破れざる旗の下に

ジェイムズ・リー・バーク

山中朝晶 訳

FLAGS ON THE BAYOU

James Lee Burke

早川書房

破れざる旗の下に

FLAGS ON THE BAYOU
by
James Lee Burke

Translated by
Tomoaki Yamanaka
First published 2024 in Japan by
Hayakawa Publishing, Inc.
This book is published in Japan by
arrangement with
Philip G. Spitzer Literary Agency, New York
through Tuttle-Mori Agency, Inc., Tokyo.

装幀／國枝達也

トビー・トンプソンへ

ミュージシャン、シンガー、詩人にして、気骨ある保守派のジャーナリスト。その作品は「新たな西部」ばかりでなく、アメリカそのものの心を表現していた。これからも変わることなく、昔ながらのロックンロールを歌いつづけてほしい、わが相棒よ。

登場人物

ウェイド・ラフキン…………傷痍軍人
チャールズ・ラフキン………ウェイドの伯父。レディ・オブ・ザ・レイク農園主
ハンナ・ラヴォー……………同農園の奴隷
フローレンス・ミルトン……北部出身の奴隷制廃止論者
ピエール・コーション………巡査
ミノス・スアレス……………スパニッシュ・レイク農園主
ダーラ・バビノー……………同農園の解放奴隷
カールトン・ヘイズ大佐……ゲリラ組織レッドレッグの首領
ジョン・エンディコット……北軍の将校

第一章　ウェイド・ラフキン

本来なら、レディ・オブ・ザ・レイク農園で過ごす朝は至福の時間だろう。とりわけ秋が深まって空が青く澄みわたり、沼地に風が吹き、猿麻桛擬《サルオガセモドキ》が樹々から枝垂《しだ》れ、南部までの長旅を終えた無数の鴨がガァガァと鳴き声をあげるころには。しかしこの争乱と悲嘆の時代には、胸に沁みるそうした瞬間に浸るのは難しい。現に昨夜も、北部から来たキリスト教徒の侵略者が夜空を砲火で照らし、爆発した砲弾から黄色い硝煙がたなびいて草地や沼地に舞い降りるさまは蜘蛛の肢《あし》を思わせた。

　座っていた椅子や絵を描いていたイーゼルから十フィート足らずのところまで、熱くひしゃげた金属片が飛んできたが、それでもぼくは家の中に戻らなかった。ぼくが勇敢で、人体や動物にもたらす砲火の脅威に動じなかったからと言いたいところだが、あいにくそういうわけではない。左脚にはいまだにミニエ弾が食いこんでおり、北軍の兵士《ビリー・ヤンク》が本気で怒ったらどれほど痛い目に遭わされるかは身に沁みてわかっている。本当のところ、ぼくは敵の怒りを神の怒りと同様に恐れていた。しかし同時に、怒りの炎に焼き尽くされることで、まさか自分が犯すとは思っていなかった罪を清めたいと願っていたのだ。

　一八六二年、ぼくは外科医の助手を務めるという約束で第八ルイジアナ歩兵連隊に従軍し、バージニア州へ赴いた。きみが同胞の血を流すことは決してない、と上官は言った。

ぼくが無邪気だったのは確かだ。自分は決してカインの印、すなわち人殺しの罪を負うことはないと信じていたのだから。たとえ上官が約束を破り、ぼくに武装させて、敵兵にいかなる悪意も抱いていないのにその列に発砲するよう命じたとしても。ぼくは第一次と第二次のマナサスの戦い、とりわけ激戦地のシャープスバーグで、大勢の手足を鋸《のこぎり》で切り、山と積み上げた。そこのダンカー教会近くのとうもろこし畑で、第八ルイジアナ歩兵連隊は一斉射撃されたのだ。ぼくは窓越しに哀れな同胞たちがなぎ倒されていく姿を見、戦火の中へ飛びこんで、北軍だろうが南軍だろうが生者だろうが死者だろうが構わず、体を引きずり収容した。そしてわれわれ全員のために祈った。

シャープスバーグの光景は、わざわざ死ななくても地獄に行けることを教えてくれた。

それから冬が訪れ、ぼくたちは泥濘《でいねい》と寒さと昼の短さと薄暗さに辟易《へきえき》しはじめた。それに指導者の話とちがい、北軍があきらめて引き返そうとしないという事実にも。不運なことに、進軍せず戦闘もしない軍隊というものはささくれ立ち、もめごとを起こしやすい。ぼくが雪に覆われた裸木《はだかぎ》の森を小川に沿って歩いていると、同年代の兵士が岩の上に座り、本を読んでいた。黒い中折れ帽をかぶり、肩に掛けた灰色の毛布は霜で凍っている。腕を伸ばせば届く木にライフルが立てかけられ、銃身の先端には剣が装着されていた。

岩の上の兵士はひたすら本を読み耽《ふけ》っている。ロバート・ブラウニングの詩集だ。ぼくはシャツのポケットのタバコ入れにコーヒー豆を入れ、雑嚢《ざつのう》には二客のブリキのカップと半切れのパン、ひと塊のハムを携えていた。聖書も持ち歩いている。つい先週はクリスマスだった。こんなに気の滅入る日でも、同胞の兵士と食事を分け合って聖書を読めたらどんなにいいだろう。彼はぼくと同じ詩人を愛し、きっとぼくのように家族と会いたくてたまらないはずなのだ。

「小枝を集めて火を熾《おこ》してくれたら、休戦がてらご馳走してあげるよ」ぼくはそう呼びかけた。相手は返事をしなかった。顔の前でひらいた本が、マスクのように表情を覆い隠している。

「お邪魔でなければよかったんだが」ぼくは言った。

彼はゆっくりと本を下げた。ぼくの視線は、彼のライフルに引きつけられた。スプリングフィールド銃だ。一八六二年当時、南軍の兵士はめったにスプリングフィールド銃を持っていなかった。

「ぼくは丸腰だ」そう言った。

相手はしおりを挟みもせずに本を閉じ、岩の上で脇に置いた。顔は帽子の縁の陰になっている。肩の毛布を落とし、外套《がいとう》の内側に手を入れた。紺の外套で、金の肩章を縫いつけている。彼は腰から小型のリボルバーを抜き、ぼくに向けた。

「危害を加えるつもりはない」ぼくはなおも言った。

相手が親指で撃鉄を起こす。

「お願いだ」声が嗄《しゃが》れた。

相手の目に怒りの色はなかった。かといって慈悲もない。そこにはいかなる表情もなかった。

「だったらここを出ていこう。ぼくは外科医の助手だ。戦闘員ではない」

手が震えていたのか、リボルバーが滑ったのかはわからないが、相手は構わずに発砲し、ぼくの外套を銃弾がかすめた。北軍の将校はぼくと同じく驚いたようだが、偶発的にして理不尽な行為をやめようとはしなかった。そのせいで、双方の人生が取り返しのつかないほど変わってしまうかもしれないのに。相手は両手で狙いをつけ、引き金を引いた。しかし撃鉄は乾いた音をたてただけで、雷管は不発だった。

彼は唖然としたようでもあり、怯えているようでもあった。この男はこれまでにも頭に血が昇って発砲したことがあるのだろうか、とぼくは思った。しかし分析している余裕はない。心臓は早鐘を打ち、頭が爆発しそうだ。

と、ぼくはこれまで気づかなかった内なる何者かに、心身を乗っ取られた。「この大馬鹿野郎が」

ぼくは叫び、ライフルへと走った。「自分を恨め」

相手は両手の親指で撃鉄を上げようとしている。だがぼくは先にスプリングフィールド銃を摑《つか》み、銃剣を相手の胸に突き刺して、上向きに骨と筋肉を貫《つらぬ》き肺を抉《えぐ》った。刃《やいば》に刺さった体が蠢《うごめ》き、重みが伝わってくる。相手はどうにか素手で血溝《ちみぞ》を握って刃を押し戻そうとしたが、おもむろに膝を突き、光沢のあるどんぐりのような茶色の目を大きく見張って、今度は両手でライフルの銃身を握ろうとした。

しかし、ぼくはやめなかった。最初の傷口から銃剣を抜き取り、心臓めがけてもう一度突き刺すと、渾身《こんしん》の力で串刺しにし、雪の上に釘づけにした。相手の口がゆっくりとひらき、まるで休息を取るかのように丸くすぼまる。両腕を広げた姿は、磔刑《たっけい》にされたキリストを思わせた。いまわの際《きわ》、彼はひと言も言わなかった。


ぼくは戦争体験をなるべく思い出さないようにし、戦闘は東部にとどまってやがて終息するだろうと自分に言い聞かせた。しかしそうはいかないのはわかっている。アフリカ系人もわかっているだろう。ルイジアナ州の郡ではどこでも、彼らは畑で歌わないように命じられている。歌はアフリカ系人同士の合図で、讃美歌にはしばしば別の意図が込められているからだという。だが、なんと皮肉なことだろう。ぼくたち白人は優越した人種だと大言壮語しておきながら、自分の名前も書けず、十までしか数えられない人たちを恐れているのだから。

一八六一年六月、セントマーティン郡の住民は、反乱を企てた罪で告発された六人の奴隷と一人の白人を首吊りにした。〝矯正《きょうせい》〟された人たちもいた。それは地元の新聞が使っていた言葉だ。その記事では〝奴隷〟という言葉も使っていなかった。われわれは言葉を偽善で粉飾し、奴隷を〝使用人〟と言い換えるようになっていたのだ。そうした首吊りをけしかけて見物した男たちと握手するのは恥ずべきことに思われたので、ぼくは教会で彼らの姿を見かけると避けるようにした。

それでも、心穏やかには過ごせなかった。ぼくはリンカーン氏に投票したものの、彼の政策に同意しているわけではない。ニューオーリンズが北軍に占領されてからすぐ、同市の造幣所《ぞうへいしょ》に星条旗が掲揚されたが、群衆にたちまち引き裂かれた。川船で暮らしていた賭博師が一人、星条旗の断片を上着の襟のボタン穴に挿して飾っていたので捕まり、バトラー将軍——たとえて言えば、抹香鯨《マッコウクジラ》の頭ほどの巨大な悪意を持った男だ——はこの哀れな男を造幣所の旗竿で絞首刑にすることを許可された。

ぼくが転地療養したからといって、心の問題が改善するわけではないだろう。真の敵はわれわれの中にいまも息づく獣性なのだと思う。この点でフランスの啓蒙思想家ヴォルテールが人類に提示した答えは、ぼくたちの庭を耕して気のふれた連中は好きにさせておけ、というものだけだ。チャールズ・ディケンズも同じだ。ディックさんを覚えているだろうか？　この『デイヴィッド・コパフィールド』の登場人物は、主人公にこう語りかけている。「この世の中は狂っている。ベドラムの精神病院並みだ！」と。ディックさんはベドラムにいたとき、羽ペンを髪に挿し、何か考えを思いついたら書き留められるようにしていた。その本を読めば、公開処刑を観に来る群衆を彼がどう思うかがわかる。きっとミスター・ディケンズは孤独な人間だったのだろう。そんな気がする。

戯言《ざれごと》はこのへんにしておこう。ぼくは故郷も大義も持たない男で、伯父の農園に仮住まいし、鳥の絵を描いているにすぎない。しかしやがて、ハンナ・ラヴォーという若いクレオールすなわちアフリカ系出身の女性に興味を惹かれるようになった。彼女は一年前、ニューオーリンズの奴隷市場で伯父に買い取られた。この市が降伏する直前のことだ。そしてスパニッシュ・レイクの知人にいわゆる賃貸奴隷として貸し出された。

貸し出しは一カ月足らずで終わった。伯父は自ら馬車を駆ってスパニッシュ・レイクまで行き、セントマーティン郡の自宅へ彼女を連れ帰って、それきりひと言もその問題には触れなかった。伯父の知人に関してはさまざまな噂があり、そのどれも悪い噂だ。しかし伯父はそうした話をいっさいせず、その若い女性に沼のほとりの小屋を一軒与えて住まわせた。伯父は厳粛で物静かな男で、その胸の内は決して理解できないのだが、ぼくにはとても優しかった。

つい昨夜まで、ぼくがこの若い奴隷の女性と顔を合わせることはほとんどなく、互いに通りすぎるだけだった。どうやら彼女はスペイン語とフランス語を話せ、西インド諸島で奴隷だったらしい。そこへ連れて行かれたアフリカ系人は、あらゆる辛酸をなめ、困難に見舞われたようだ。伯父の家のアフリカ系人から聞いた話では、彼女には魔術的な力があるという。しかし、アフリカ西岸から西インド諸島にかけての苛酷な中間航路を生き延びてきた彼らのなかには、奇跡か魔術としか思えない不思議な出来事に遭遇した者が少なからずいるだろう。昨夜、北軍がぼくたちの頭上に砲弾を炸裂させはじめたとき、ぼくにはこの女性が奇妙な取り合わせの持ち主であることがわかった。権威主義的な社会ではそう長くは黙認されないような。

最初の砲弾が爆発したとき、伯父とその家族は地下室に入り、アフリカ系人たちは沼地のほとりにあるそれぞれの小屋で縮こまっていた。夕陽は赤く、松の影は剃刀《かみそり》で切ったように鋭い。だがぼくとイーゼルに差したひとつの影は、明らかに木によるものではなかった。

「ご主人様は大砲が怖くないんですか？」フランス語訛りの声がした。

振り返ると、彼女の顔が見下ろしていた。頭には修道女のようにショールをかぶっている。それでも顔立ちはわかった。黒い肌は夕陽で金色に輝き、緑がかった青い目は珊瑚礁《さんごしょう》のたゆたうカリブ海を思わせる。

「ぼくは〝ご主人様〟ではないよ」

「ではあなたは？」

奴隷、いわゆる〝使用人〟は、われわれの文化では白人に二人称で呼びかけることはまずない。沼地の上空で砲弾が破裂した一瞬後、破片が水面を打ちつけ、子どもが砂利を投げるような音がした。

「ぼくは失業した兵士だ」と答えた。「字は読めるかな？」

「ええ」

「眼鏡を置き忘れてきたうえに、脚が痛むんだ。玄関の陰のテーブルから、ミスター・オーデュボンの『アメリカの鳥類』を取ってきてくれないか？　きみも椅子を持ってくるといい」

「暖炉に火を熾さないといけません。それがわたしの仕事なので」

「北軍のヤンキーどもにわざわざ居場所を知らせることはないじゃないか、ミス・ハンナ」

「わたしなんかを〝ミス〟と呼んじゃいけません」

「呼びたいように呼ぶまでさ」

夕陽は空に沈みかけていたが、ショールで作った覆いの陰から彼女の目が見えた。その目はまっすぐぼくの目を覗きこんでいる。

「伯父様がときどき厳しいことをおっしゃいますから」

「大きな声で言おうか、ミス・ハンナ？」ぼくはそう返事した。だが思わず笑みを浮かべていた。

「本と椅子のついでに、ランプも持ってきてほしい。なんなら、二往復してもいいよ」

「いいえ、それはできません」

彼女は歩き去ろうとした。服は足首までかかり、黒い外套のウェストをベルトできつく締めている。革靴は古く、きっと鉄のように硬いだろう。沈む夕陽が西の空を赤く染めている。銃声が聞こえたような気がした。中国の花火が弾けるような音だ。彼女は立ち止まり、首《こうべ》をめぐらせた。まるでようやく、解放者の武器が悪魔に仕える者だけでなく罪のない者も殺すことに気づいたかのように。しかしそうではなかった。

「伯父様はわたしを、スパニッシュ・レイクの悪い男のところから連れ出してくださいました」と彼女は言った。「わたしはシャイロー教会で、南軍の兵隊のために料理番をしていたんです。わたしのかわいい息子もいっしょでした」その声はうわずっていた。

「なんだって?」

「あの子を見失ってしまいました。ひどい煙で、銃弾が飛び交って、テントが燃えてしまったので」目が濡れている。砲声と砲弾の爆音が高まり、どこかの小屋で誰かがうめき声をあげた。「あれから、わたしのかわいいサミュエルがどこに行ったのかわからないんです」

「気の毒に、ハンナ」

彼女はぼくにつかつかと近づいてきた。あたかもぼくが彼女の不幸の原因であるかのように。真っ赤な夕焼けが目に映っている。「わたしは必ずあの子を取り戻します。命は惜しくありません。北軍も南軍も怖くありません。サミュエルのためなら、死んでもいいんです」

「そういうことは、他人《ひと》に言ってはいけない。いいね?」

「ご本を取ってきましょう」

「返事をしてくれ、ハンナ。ぼくはきみの味方だ」

彼女は歩き去った。砲声はやみ、沼地に隠れていた真鴨がふたたびガァガァと鳴き声をあげはじめている。日はとっぷり暮れ、空気は湿り気を帯びて、辺《あた》りは痣《あざ》のように黒い。ぼくは目をしばたたいてこすった。彼女は暗がりの中へ消えていったようだ。

第二章　ピエール・コーション

三つの郡にまたがって奴隷捕獲人と黒い連中のどちらにも法律を守らせるのは簡単ではない。奴隷捕獲人はしょっちゅう頭に血が昇り、黒い連中は最悪の事態にならないかぎり学ぼうとしないようだからだ。

最悪の事態とはどういうことかって？　それは知らないほうがいいだろう。

朝まだき、沼地から這い上がってきた霧が虹のように光っているが、行く手にあるレディ・オブ・ザ・レイク農園のサトウキビ畑からは、もう黒い連中が茎《くき》を刈り取って積み重ねる音が聞こえてくる。奥のほうでも歌っている者はいない。ミスター・ラフキンのところの黒人たちは噂を聞きつけ、ここからアチャファラヤ川流域にかけて野兎《のうさぎ》みたいに逃げたところで無駄だと思っているのだろう。

先週、ニューイベリアで三人の暴徒が水差し一杯のシロップとひと袋のとうもろこし、サトウキビの刈り取り用ナイフを盗んで逃げたが、犬と奴隷捕獲人たちが沼地の奥の木から犯人たちを引きずり出し、矯正の取り決めに従わせた。俺はこういうことを、公式に正しいとされている言葉で言いくるめるのは好きになれない。そんなことをしたら、こうしたやりかたが正しいのだと一般に受け入れられてしまう。たとえば――矯正の取り決めによって逃亡者たちの思考様式が変わった、という具合に。

俺はたった一人の黒人のためにここまで来ている。ハンナ・ラヴォーという名前だ。彼女のことでは二、三度煩《わずら》わされていた。とりわけ、賃金と引き換えにニューイベリア郊外スパニッシュ・レイク農園のミスター・ミノス・スアレスのところへ貸し出されていたときには。スアレスが俺に、あの女は狂気に取り憑かれていて、ほかの黒いやつらを焚《た》きつけているからひとつ調べてくれと言ってきたのだ。しかし本当のところ何があったのかは公然の秘密で、スアレス旦那は下働きの口を封じられず、誰もが真相を知っている。スアレスから、あの女は反乱を扇動したと告げられたとき、俺はそのことを本人に匂わせようかと思ったのだが、そうすれば俺自身が厄介な目に遭いかねなかった。まわりをけしかけたければ、反乱という言葉は実に効果的だ。二年前、セント・マーティンヴィルで縛り首にされた連中に訊いてみるといい。

　しかし、その言葉をこんなふうに利用されると胸が痛む。本音を言えば、俺はあの女が好きなのだ。彼女はシャイローで俺たち兵士のめしを作ってくれた。それは事実だ。ルイジアナの部隊は有色人種の使用人を連れて進軍していたときに、アウルクリークでさんざん打ちのめされた。魅力的な女でもある。そいつはまちがいない。

　俺は馬を降り、手綱《たづな》を引いてサトウキビ畑に入った。黒い連中は一人もこちらに目もくれず働いている。奴隷監督は〝ビスケット・アンド・グレービー〟・コモーで、食事に必ずビスケットとグレービーソースをつけるのでそう呼ばれている。いつもタバコをくちゃくちゃ嚙み、六十秒おきにペッと糸を引いて唾《つば》を吐き出す。俺は時間を測ってみたのだ。地面にはサトウキビの葉とともに、蹄鉄《ていてつ》から落ちる屑《くず》に似た半月型の鉄片が散らばっている。爆発した砲弾の破片だ。

「おはよう、ビスケット」

「おはようございます、旦那」彼は答えた。

　俺は地面の鉄片に目をやった。「昨夜は北軍のせいで眠れなかったようだな」

　ビスケットは笑みを浮かべた。「北軍じゃねえですよ。ジェイホークだかレッドレッグだかと名乗っている匪賊《ひぞく》が大砲をぶんどったって話です。それはそうと、わざわざ旦那がお出ましになったのはどういうわけで？」

「ミスター・ラフキンはお目覚めかな？」

「あの方はいつ寝ているのかと訊いたほうがいいんじゃないですか」ビスケットは独りよがりの冗談に声をあげて笑った。

ミスター・ラフキンは仕事の虫で有名だ。彼自身と農園で働くみなのために身を粉《こ》にしている。聞いた話では十九歳でペンシルバニアからルイジアナに移り住み、米英戦争のニューオーリンズの戦いで、後《のち》に大統領になったアンドリュー・ジャクソンの側について戦ったといわれている。そして手に入るものはなんでも、とりわけ奴隷を買い入れはじめた。子どもを作れれば、性別や年齢は問わなかった。投資としては手堅い商品だ。殺されたり、自殺したりさえしなければ。大人の奴隷はどこでも八百ドルから千二百ドルで売れる。それも金貨で。

「ハンナ・ラヴォーという黒人の女を知っているか？」

「ええ、そりゃもう」ビスケットは答えた。

「何か厄介事を起こしたことは？」

「いいえ、あっしにはないですね」彼はそう答えてから、目を泳がせた。首のまわりに贅肉がだぶついている。赤みがかった肌で、顎の下に白い鬚《ひげ》が生えていた。

「まだ何か言いたいことがあるようだな？」俺はかまをかけてみた。

彼は糸を引いたタバコの汁を地面に吐き出した。「あの女は悪魔祓《グリ》いの魔除《グリ》けができるんでさ」

「それがどうした？」

「ほかのニガーはあの女の言うことを聞くってこってす」

沼地から一陣の風が吹きつけ、メキシコ湾や南の地平線へ続く無数の沼水木《ヌマミズキ》の樹々で、猿麻桛擬《サルオガセモドキ》がなびくのが見えた。

「こいつは嵐になるかもしれませんね、旦那」ビスケットが言った。

「そうだな」俺は答えた。

奴隷監督はもう一度唾を吐き、今度はそれがサトウキビの束を荷車に積んでいる胸の大きな黒人女のくるぶしに当たった。彼女の顔がこわばる。その目はすでに死んでいた。彼女の心中を推測する気にはなれなかった。

俺は牝馬《ひんば》を駆り、レディ・オブ・ザ・レイク農園の母屋《おもや》へ向かった。愛馬はミズーリ・フォックス・トロッターだ。鞍《くら》に乗って長時間過ごす農園主のために交配された品種であり、畝《うね》のあいだを延々と歩かせても農園主の尻がすりきれることはない。俺の馬は栗毛で、体高は五フィート。俺はその端正な顔立ちをこよなく愛している。この馬にはヴァリーナと名づけた。南部連合国の大統領ジェファーソン・デイヴィスの妻の名だ。

母屋は丘の上にあり、湿地帯やメキシコ湾上空の雷雨がよく見える。この家にはもうひとつ特筆すべき点があった。西インド諸島でよく見られるような造りで、ベランダが全体を囲み、天井まで届く窓と鎧戸《よろいど》がついた二階建ての家屋なのだ。両側の煙突から煙が筋を描いている。見るからに風通しのよさそうな家だった。

馬を降りて鉄製の杭に繋《つな》ぎ、正面玄関をノックする。ポーチとベランダを支える柱はコンクリートではなく煉瓦《れんが》で、太陽が樹々の上にあるいまも濃い日陰ができていた。誰も出てこない。俺は懐中時計を取り出して一分待ち、もう一度ノックした。

ミスター・ラフキンが、いかにも不承不承といった体《てい》で、ゆっくり扉を開けた。黒いズボンと上着に灰色のベストを着こみ、素足にスリッパを履いて、首から金時計をぶら下げている。まるでバルサの木を彫ったような顔立ちだ。ぼうぼうに伸びた髪は薄汚いブロンドで、ロープのような色が顔に垂れている。目には苛立《いらだ》ちの色が露わで、俺は一瞬たじろいだ。「なんの用だ？」ラフキンは言った。

俺は帽子を脱いだ。「ピエール・コーションと申します。巡査と申します、ミスター・ラフキン。ニューイベリアのミスター・スアレスから通報がありました。スパニッシュ・レイク農園の所有者です」

「ミスター・スアレスが何者で、どこに住んでいるかぐらいわかる。用件は？」

「ハンナ・ラヴォーという使用人について、ご存じのことをどんなことでもお伺いしたいのです。反乱の謀議に関わった疑いがありまして」

「わかった。裏口にまわれ」

「なんですって？」

「耳が聞こえんのか？」

俺の鼻先で扉がピシャリと閉められた。俺は帽子をかぶり、家の側面から裏手にまわった。二人の黒人女性がたらいで服を洗っている。二人ともクスクス笑っていた。俺が一瞥《いちべつ》すると、真顔になった。ミスター・ラフキンが裏口を開ける。俺は彼の口から、いまの振る舞いに関する釈明が聞きたかった。たとえば、**どうかお許し願いたい、ミスター・コーション、ちょうど家を掃除しているところでねとか、ヤンキーどもの砲弾でやられた箇所を修繕していてとか、家内が病気で人前に出られる服装ではないんだでもいいから、**たったいまの侮辱的な言動を説明してほしかったのだ。

「家に入るのか、入らんのか？」開いた扉からラフキンが言った。

「恐れ入ります」俺はふたたび帽子を脱ぎ、台所に足を踏み入れた。後ろ手に扉を引いて閉める。

「反乱に関することとは？」彼が訊いた。

「いえ、そうした嫌疑がかけられたというだけです、ミスター・ラフキン。正当な根拠はないでしょう。本官はその使用人を知っています。おそらく彼女は善人――」

俺の言葉は途中でさえぎられた。「こっちへ来なさい、ハンナ」彼は俺から目を離さずに、大声で呼んだ。

ハンナが戸口に現われた。ほうきを握りしめ、頭に赤い水玉模様の黄色のスカーフを巻いている。

「おまえは反乱を起こすとかいう話をしたことはあるのか？」ミスター・ラフキンが言った。

「いいえ、ご主人様、ありません」

「これで答えはわかっただろう」ミスター・ラフキンが俺に言った。「わかったら、さっさと帰れ」

顔が熱くなり、口がからからに渇いた。俺はテレビン小屋のそばにある床が野ざらしのあばら家で育ち、草を食べ、豚の背脂《せあぶら》はたまにしか口に入らなかった。父は黄熱病《おうねつびょう》で死に、母は目が見えなかったが、ありがたいことに字の読みかたを教えてくれた。俺がこのまま、この老人の侮辱を撤回させることなく部屋を出ていったら、もう二度と以前には戻れないだろう。手足を切り落とされてごみ同然に道端へ投げ捨てられたように感じるはずだ。

なにくそ、と俺は自分に言い聞かせた。「本官はミスター・スアレスから、いま申し上げたような情報を提供されたのです。このままあの方の家に引き返し、嘘つき呼ばわりするのは甚《はなは》だ気が進みません」

「わしはそんなことは言っていない」

「あの方は本当のことをおっしゃっているか、いないのかのどちらかということになります」

「いいかね。ミスター・スアレスは仕事上の知り合いで、友人ではない。それはともかく、わしは赤の他人の前で、知り合いや友人のことをどうこう言うつもりはない。この話はこれで終わりだ」

「どうか聞いてください」俺は言った。「この件がこんなに無造作に扱われることには承服できません」

「おまえの言葉など聞く耳持たん。おまえは白人のクズ野郎だ。お引き取り願おう」

ハンナ・ラヴォーは目を伏せ、肩を丸めて、ほうきの柄《え》を両手で押さえている。それからほんの束の間、俺を見た。彼女が何を考えているのかはわからない。俺に口答えしてほしいのか？　それとも俺が屈辱を受けるのを楽しんでいるのか？　なぜ彼女の両手は、ほうきを固く握っているのか？　いったいなぜ、彼女の緑がかった青い目の輝きと胸の頂《いただき》の光沢を見ると俺は恥じ入り、いままで感じたことのないような疼《うず》きを覚えるのだろう？　なぜ俺が黒人のことを気にかける？

俺はミスター・ラフキンを見つめた。彼には紛《まぎ》れもない嫌悪の念を覚える。たとえ理由などなくても。俺だって生身の人間なのだ。

「ご気分を害したら申し訳ありません、ミスター・ラフキン」俺はそう言った。

彼は扉を開けて俺を待ち、口で呼吸をしながら、片手にハンカチを持っている。俺が触れた扉をじかに触《さわ》りたくないのだ。

俺は卑小な人間になったように感じ、眩暈《めまい》を覚えた。身長は六フィート一インチもあるのだが、まるで船の甲板を歩いているようにふらつきながら、踏段《ふみだん》を降りる。たったいま味わったこの十分間を追体験するぐらいなら、いにしえの重罪犯のように内臓を抜き取られ、はらわたを火あぶりにされたほうがましに思えた。われながら馬鹿げたことに、この期《ご》に及んでもなお、ラフキン老人が俺を呼び戻して虫の居所が悪かったんだと言い、笑みを浮かべて手を振ってくれるかもしれないと期待していた。しかし振り向くと、彼は大理石のように冷たい目で俺をまともに睨みすえ、ガラス窓にさっとカーテンを引いた。その日の仕事を終えた首切り役人さながらに。

俺はヴァリーナにまたがり、馬銜《はみ》をぐいと引いて、必要もないのに鞭で打った。なんと恥ずべき、冷酷な男だと自己嫌悪を覚えながら。

第三章　ハンナ・ラヴォー

ラフキンご主人様のミスター・コーションに対する扱いはひどかったけれど、それはご主人様が、スアレス様にわたしを貸し出したご自身を許せなかったからだ。あそこの農園に着いて二日目の夜、スアレス様はいちばんいい小屋をわたしにあてがってくれ、なんでも好きなものをやろうと言った。ただし、とスアレス様は続けた。近いうちにわしがここを訪ねてきてもいいのならな。畑仕事が終わり、湖に日が沈んで風が蚊《か》を吹き飛ばし、働き手がみんな体を洗って食事をとり、使用人らしくひっそりと寝静まったころ、わしとおまえの二人で西インド諸島の話をしよう。それから、そうだな、おまえさえよければいっしょに寝てもいい。そういうことになったら、わしはおまえにやりたい仕事をさせ、いいものを買ってやろう。子どもができても怖がらなくていい。このわしが父親になってきちんと世話をしてやる。そいつを忘れるな。

わたしにはもう夫がいるんです、とわたしは言った。名前はエルカナ。わたしたちは神父様の前で夫婦になったけれど、エルカナはほかの奴隷の女たちにうつつを抜かして売り飛ばされ、わたしは一人ぼっちで取り残されて、一心に祈ったら、主《しゅ》からかわいいサミュエルを授かった。わたしはあの子をそれはそれは大切にしていたのに、北軍のヤンキーどもが大砲を並べて丘の麓《ふもと》のテントを撃ってきたときに、シャイロー教会であの子の行方はわからなくなってしまった。

スアレス様はひどく怒って家に戻り、それから三日間わたしをサトウキビ畑で働かせた。そして夜になると水差し一杯のウイスキーを持ってきていっしょに飲めと言い、わたしが酒は飲まないしタバコも吸わないと断ったら、ケーキをくれて、わしは寂しい男で女房は病気で呆《ぼ》けてしまったが、男というものは一人きりでいてはならないのだと言った。そうしたことはみんな聖書に書いてある、イブは男を慰めるために造られたのだから、わしがおまえと寝ても何ひとつまちがったことではない、と。それでもわたしがいやなものはなんとしてもいやだと言ったら、あの方はわたしの下着を剝《は》ぎ取って何度も激しく乱暴し、わたしがいったいどれだけ乱暴したら気がすむんですかと言ったらますます荒っぽくなって、わたしの顔中をなめまわすので息ができなくなり、わたしは抵抗する力も失せて泣きじゃくり、このまま死ぬんじゃないかと思った。

そのとき、いままでなかったようなことが起きた。わたしの心の中に、スアレス様の身にこれから起きる出来事が見えたのだ。あの方が黒人の女に二度と襲いかかることができなくなるような出来事が。瞼《まぶた》の裏にそうした出来事が見えてから、わたしは何も感じなくなり、わたしの内側は空っぽになって、光で満たされた洞穴《ほらあな》のようになった。心の中にかわいいサミュエルが見え、いつか必ずわたしがあの子に会えるのがわかった。そしてわたしたちは、ココナッツの木が生い茂ってパイナップルの実が育ち、太陽が出ているのに雨が降り、波の上で魚が跳ねるところへ行く。そこに行けば悪い男たちに見つかることは二度とない。

使用人居住区内のわたしの小屋にはランプがある。字を書ける尖筆《せんぴつ》と紙もあるけれど、奴隷が持ってはいけないことになっている。ミスター・コーションがレディ・オブ・ザ・レイクを訪れラフキンご主人様に侮辱されてから二週間経った日曜日の朝、ミスター・ウェイドが坂を下りて使用人居住区へ近づいてくるのが見えた。あの人は善良な白人男性にちがいないが、姿を見ると怖くなる。あの人には幽霊が潜んでいるのだ。その目の中に。きっと心から払いのけられないような出来事があり、どこへ行こうとそのために苛《さいな》まれるのだろう。それであの人は、ほかの人たちを救うことをご自分に課したのだ。さらにミスター・ウェイドは人の言うことに耳を貸さず、屋根に穴が空いたと思いこんだら家ごと燃やしてしまうようなところがある。

わたしが扉を開けると、日曜日のよそ行きを着たミスター・ウェイドが帽子を取った。「おはよう、ミス・ハンナ、気分はどうかな?」

「いつもどおりですよ」わたしは答えた。「何かご用ですか?」

「画集を作りはじめたんだ。それに日記も。きみも自分で書いているんだろう」

わたしの視線はミスター・ウェイドを素通りし、その向こうに広がる沼地に向かった。顎には剃刀の切り傷がある。どうもこの人を見ていると、いまだに大人になりきれない男の子のように思える。彼もわたしの視線を追い、沼地を見た。「何かぼくに見えないものがあるのかな?」

「なんとお返事すればいいのかわからないんです」

「きみが読み書きできるからといって、通報するようなことはしない。ぼくも伯父も。入ってもいいかな?」

「どうぞ」

小屋にあるのは床とテーブルと椅子ふたつ、壁際にベッド、棚には乾物《かんぶつ》があり、使用人用の溜池《ためいけ》から汲んできた雨水が入った木のバケツがある。わたしの日記と尖筆はテーブルに載り、横には小さなインク瓶があった。農園での掟《おきて》を破った奴隷には、手段を選ばずに罰が加えられる。たいがいは鞭打ちだ。ニューイベリアの残酷な白人の奥方が単なる気まぐれで、なんの咎《とが》もないのに奴隷の少女に焼印を押し、失明させたのを知っている。

「お座りになりませんか?」

「ありがとう」ミスター・ウェイドは答えた。「きみの絵を描いたらいけないだろうか? 無理強いはしたくないんだが」

「あまりよくは思われないんじゃないでしょうか、ミスター・ウェイド」

「そうだね」そう言いながら、わたしのテーブルに視線が向かう。「尖筆には骨を使っているのかな？」

「おっしゃるとおりです」

「もっとちゃんとした筆をあげよう」

「ありがたいですが、わたしが動物の骨を使うのは、彼らの命を蘇《よみがえ》らせるためなんです。旧約聖書を読んでそうしたいと思ったんです。わたしたちはむやみに動物を傷つけてはいけません」

ミスター・ウェイドは笑みを浮かべた。「きみのような女性《レディ》はなかなかいない、ミス・ハンナ」

「わたしはレディと呼ばれるような者ではありません」

「それは承知している。きみの境遇にいろいろ制約があることも。ぼくの体にはミニエ弾が食いこんでいるが、それは忌まわしい大義による戦いのせいだ。頼むから、もう少しぼくに優しくしてくれないか」

わたしは目を伏せ、何も答えなかった。

「きみも座らないか？」

「かしこまりました」

「ここに来たわけが、もうひとつある。ミスター・スアレスのことだ。巡査が二人来て、きみに事情を訊きたいと言っている」

冷たい手が胸の中まで伸び、心臓を鷲摑《わしづか》みされたような気がした。胸が苦しくなり、荒々しく息を吸う。「スアレス様に何かあったんですか、ミスター・ウェイド？」

「おとといの夜、何者かに喉を切られた。両目や、ほかの場所も。Xの形で。呪いの印だそうだが？」

「おっしゃるとおりです。グリグリという悪魔祓《ばら》いの。ですが、わたしはグリグリにはいっさい関わっていません」

「二人の巡査には、ぼくからすでに言っておいた。おとといの夜、きみはここにいて、スパニッシュ・レイクには近づきもしなかったと」

わたしはミスター・ウェイドと正面から向き合った。「警察はどうして、わたしが犯人だと思っているんです？」

「ミスター・スアレスが奴隷たちにしてきたことを知っているからだ」

「巡査のなかにはピエール・コーションもいましたか、ミスター・ウェイド？」

彼は深呼吸した。「ああ、いたとも」

「では、彼はここに戻ってきたんですね？ ラフキンご主人様に追い出されてから？」

「ミス・ハンナ、きみの小屋から赤い布や墓の土や骨のかけらを処分しておくことだ。きみの尖筆も含めて」

「わたしは人に呪いをかけるようなことはしません、ミスター・ウェイド」

「わかっている」彼はもう一度深呼吸した。しかし彼は白人であり、白人にはわからない。わかるはずがない。ほんの一瞬たりとも、わかったことはないはずだ。彼は腕組みをし、それから両手を膝に置き、両手で拳を作って膝を叩いた。

「スアレス様は、ほかに何をされていたんですか？」わたしは訊いた。

「体の局所を切断されていた。おそらくまだ生きているうちに」

「よかった」

「そんなことを言ってはいけない、ハンナ」

「うんと痛い思いをすればよかったんだわ。わたしがあの男にされたように」

ミスター・ウェイドは立ち上がり、帽子を手にして、背筋をしゃんと伸ばした。窓から差しこむ光に、整った顔が浮かび上がる。「ぼくが立ち会わないかぎり、巡査とは話さないことだ」

「わたしはこれからどうなるんです、ミスター・ウェイド？」

「わからない、ハンナ。ぼくにもまったくわからないんだ」

彼はそう言って出ていき、表に出るまで帽子をかぶらなかった。かわいいサミュエルをこの腕に抱きたかった。胸にあの子を抱きしめ、幼子の匂いに顔を埋めて、わたしの首にあの子の腕を巻きつかせ、二人で表に出て日差しと風の中で踊り、世界中に広がる神の栄光を見たかった。でもわたしの世界では、そんなことは起こらない。悪い人たちがわたしを捕まえようとしている。どういうわけか、そうなる定めなのだと思える。どうやらこの世界には善人にチャンスはないようだ。どうしてそんなことになるのか、わたしにはわからない。

第四章　ピエール・コーション

なぜ俺が軍にいないのか、不思議に思われるかもしれない。何を隠そう、俺だって従軍していたのだ。過去の話だがね。一八六二年、シャイローのあとはコリンスで戦い、そこで俺は自分の爪先を撃ったとして告発された。事実はまったくちがう。俺がテントで寝ていたら、ミシシッピ州から来た抜け作が俺のテントの真横で薪割りを始め、俺の足と松材の区別がつかなかったのだ。

きっとこんな体たらくだから、俺たちは戦争に負けるのだろう。どういうことかって？　わが南軍の兵士の四分の三は、奴隷を持たない白人で占められている。そいつらは俺と同じく間抜け揃いだ。ただでさえ裕福な男どもをさらに肥え太らせるために、進んで砲弾に吹き飛ばされ、はらわたをさらけ出そうとしているのだから。どうしてそんなに間抜けなのかって？　答えは単純だ。そいつらのほとんどは字が読めないのだ。そいつらが生きている世界には新聞も電報もない。なかには戦争が起きていることを知らない連中さえいる。ある日そいつらが目を覚ますと、窓の外には北軍の部隊がいて連中の納屋を焼き払い、家畜を撃ち殺して、庭先で糞《くそ》を垂れているわけだ。そんな目に遭えば、たいがいの人間は憤激するだろう。

大農園《プランテーション》を基盤にした社会は、このようにして動いていく。そこで生きる人間は、それぞれの境遇を自己正当化し、お高く止まり、目下《めした》の相手をねじ伏せ、上流階級の人間と結婚しようとする。貧しい人間は下働きをする――白人だろうと黒人だろうと関係ない。俺たちはみんな、白人男の綿花を収穫するのだ。北部では少し事情がちがうかもしれないが。あっちへ行ったことはないが、俺が読んだ話によると、ニューヨークの貧しいアイルランド系移民が給水管をぶち壊し、地下室みたいな部屋に住んでいた三百人の黒人を溺死させた。自分たちは徴兵されるのに、市民とみなされていない黒人は兵隊に取られずにすむので怒りを爆発させたのだ。ハーマン・メルヴィルがこのことを書いていた。

きょうは日曜日、俺はニューイベリアとセント・マーティンヴィルのあいだを通ってレディ・オブ・ザ・レイクに向かっている。道が曲がりくねっているのは、バイユー・テッシュに沿っているからだ。〝バイユー〟はゆったり流れる川を、〝テッシュ〟はインディアンの言葉で蛇を意味する。道の両側に生い茂る樫が天蓋《てんがい》のように頭上を覆い、木漏れ日が降り注ぐさまは教会を思わせる。だがこの土地は耕作されておらず、草の丈は五フィートにも伸びて、遠くまで鬱蒼《うっそう》と繁茂《はんも》した森はしばしば北軍よりも危険な敵を覆い隠す。

そう考えていた矢先、俺の牝馬の鼻腔が膨れ、黒蠅《くろばえ》が尻にたかってきたときのように肌がピクリと引きつった。開拓地の縁で、陽光に反射して光る金属が樹々を縫って移動し、風に揺れる木の葉のあいだから、馬に乗った髭面《ひげづら》の男たちの列が見えた。人を殺したくてうずうずしており、その口実さえあればどこへでも喜んで向かう連中だ。

おお主よ、こういう手合いもあなたの息子たちだったのですか？　俺には決してこうした疑問を解くことはできない。

その九人の男たちは鞍にまたがり、頭が胸につきそうなぐらい前屈みになっている。俺の見立てでは、昨夜の土曜に乱暴狼藉《ろうぜき》を働いたか、集落を焼き払ったかして、うたた寝しているのだろう。服装はまちまちで、日焼けして色褪せた北軍や南軍の軍服のほか、赤と白の格子《こうし》縞《じま》のシャツに、脚に赤い筋が入った灰色の半ズボンという出で立ちも見られる。カンザスやミズーリをうろつく非正規兵と同じ恰好だ。

隊列を率いる男のことは何度となく聞いたことがあるが、間近に見るのはこれが初めてだ。豊かな深紅の顎鬚《あごひげ》は枕ほどの大きさがあり、嚙みタバコの汁が染みついている。口を開けたしかめつらは笑っているように見え、目は寄り目だ。半径五百マイル以内にこれと似た男はいないので、カールトン・ヘイズ大佐にちがいない。奴隷制廃止論者を見つけしだい縛り首にし、自然の力と鳥たちが神の意思に従えるよう、遺族が遺体の紐《ひも》を切り落とすのを禁じたという。これは新聞のインタビュー記事で彼が言っていたとおりの言葉だ。

大佐は手綱を軽快にさばいて隊列を方向転換し、俺の進路を阻んだ。俺が変な気を起こして逃走したら、やつらが北軍兵の死体から盗んだスペンサー連発銃の餌食になると無言で警告したのだ。連中との距離は四十ヤードほどになり、一斉射撃されればヴァリーナも俺も草むらに投げ出されるだろう。俺の馬は身動きできなくなり、耳を後ろに倒して手綱に抗《あらが》っている。きっとこんな窮地にはまりこんだ俺に抗議しているのだろう。

「やあ、巡礼の旅かね?」大佐は話しかけ、帽子を取った。仰々しいブーツを履いている。顔がひどく爛《ただ》れているのは、梅毒か低地由来の感染症のせいだろう。寄り目がランタンのように爛々と輝いている。「おまえはいったい何者だ?」彼は口をねじ曲げて訊いた。

「ピエール・コーションという宣教師で、レディ・オブ・ザ・レイク農園へ向かうところです」俺はそう答えた。創造主が怒って雷を落とし、俺を鞍から叩き落とさないように祈りながら。

「そいつはすばらしいご職業で」大佐は言った。「見たところ、鞍頭《くらがしら》からネイビー・リボルバーが二挺《ちょう》ぶら下がっているが、聖書が入っていそうな鞍嚢《あんのう》は見当たらんね」

「聖書はすべて暗記しておりますから」

「ははあ。神がかった才能の持ち主というわけだ。ところでおまえ、なぜわしの名を訊かなかった?」

「お噂はかねがね伺っています、ヘイズ大佐。キリストの良心に従って働く善男善女《ぜんなんぜんにょ》のお味方と」

「お褒めの言葉かたじけない、宣教師殿。そろそろめしにしようかと思っていたところでね。いっしょに食っていかんか」

「喜んでご相伴《しょうばん》にあずかりたいところですが、これからお屋敷へ礼拝をあげに行くところですので。ミセス・ラフキンはご病気で町まで来られないので、ミスター・ラフキンがお待ちですので」

太陽は真上からかっと照りつけ、虫が草むらから湧いてヴァリーナの脚や腹に群がってくる。大佐は横向きに身を乗り出し、口一杯に溜まっていた汚い唾を吐き出した。「その前に、ひとつお願いがある。わしの馬にしてほしいことだがね。おまえに馬から降りて、わしの馬のしっぽを持ち上げ、ケツの穴にキスしてほしいんだ」

遠くで騾馬《らば》の一隊が、車輪のついた大砲を森から運び出そうと四苦八苦している。たぶん六ポンド砲だろう。片方の車輪が地中に深くはまっている。騾馬に乗った黒人が二人、半裸で引っ張っている。

「返事が聞こえないんだが」大佐が言った。

「何も言わなかったからです」

手下の男たちがニヤニヤしている。大佐はハンカチで頬を拭った。皮膚の爛れた部分に、白く乾いた場所が残った。「もうひとつ質問がある」大佐は言った。「おまえはいつも臆病者の嘘つきなのか、それともそいつはこの動乱の時代を生きる方便なのかね？」

隊列の誰かが撃鉄を起こす音が聞こえたので、俺はヴァリーナの横っ腹を踵《かかと》でひと蹴りし、一目散に駆け出した。俺は鞍に低く身を伏せ、ヴァリーナは地面にほとんど触れず飛ぶように疾駆し、驚いた鶉《うずら》が草むらから飛び出した。

大佐と手下の男たちは慌てふためき、馬は互いに右往左往するばかりだ。きっとそれだけの理由で、俺とヴァリーナの命は助かったのだろう。ミニエ弾とスペンサー弾が風を切り、つんのめり、虫の羽音のような音をたてて耳をかすめる。だが俺はもう怖くなかった。むしろ酩酊したような感覚で、心はコリンスの戦場に戻り、聖アンデレ十字の戦闘旗を翻《ひるがえ》してヤンキーの戦列に突っ込んだときそのままに、**ウー！　ウー！　ウー！**と南軍の鬨《とき》の声をあげた。

俺はホルスターからコルトを一挺抜き、撃鉄を起こして後ろに向け、狙いをつけずにゲリラ部隊レッドレッグのほうへ二、三発撃った。それから馬をギャロップで走らせてテッシュの狭い木の橋を渡り、対岸の樹々の陰に隠れて馬を降りると、両手に拳銃を構えて、ヘイズ大佐とその手下たちに銃弾の雨を降らせた。細い橋にはまりこんでいた連中は、二日酔いのところにさんざん撃ちかけられて度を失った。

俺はふたたびヴァリーナに乗り、速歩《はやあし》で樹々から抜け出しながら、胸の中で自尊心が膨らむのを感じた。もしかしたら自分はごく当たり前のまともな男で、武器を携えて自己の良心に従い、自分なりに理解している造物主というものに忠実でいられるのではないかとさえ思えた。大農園主のような裕福な人間たちにへいこらし、たとえ地獄の業火に焼かれても鼻にも引っかけられない卑賤《ひせん》な男ではなく。

実際、きょうという日はまだ始まったばかりだ。空は青く澄み、風は心地よく、鷺《さぎ》がバイユー沿いで毛づくろいし、無数の駒鳥《こまどり》が樫の中でかしましくさえずっている。日陰の十字路を教会へ向かう人々の姿さえ見えた。ここまで来たら、さすがにヘイズとその手下どももつきまとってこないだろう。ひとまず、いまのところは。

俺の脳裏にふたたび、ハンナ・ラヴォーのことが浮かんだ。彼女の前でミスター・ラフキンに貶《おとし》められたときのことも。俺はそのときのことを頭から振り払えなかった。彼女のことも。彼女には呪術《ブードゥー》的な力があり、黒人に共感する白人の男たちの目を釘づけにする。もしかしたら反乱を扇動する力もあるかもしれない。俺はそうした危険な連中にちょっかいを出すほど愚かではない。やつらは一本の木に狙いを定めたら、必ずそれを見つけ出す。一八六一年にセント・マーティンヴィルで起きたリンチの犠牲者には、白人男性もいた。俺がそうなってもおかしくはない。俺を忌み嫌っている白人の男は大勢いる。俺が法を適用した結果、その男たちは不利益を被《こうむ》ったからだ。

だが、そんなことは気に病んでいない。俺の心にいちばん引っかかっているのは、ミスター・ラフキンが俺を侮辱しているときにほうきの柄を摑んでいたハンナ・ラヴォーの姿だ。あのとき彼女は、俺に力を与えたかったように見えた。俺たちが同じ側にいるかのように。

もうひとつ、心にかかっていることがある。宣教師だと偽ったとき、俺は人殺しの機会を窺っているヘイズ大佐を欺くためにそうしたと思っていた。しかしそれは、真の理由ではなかった。いままで俺は、なぜ空に星が輝いているのか、永遠の世界の向こう側には何があるのか、なぜこの世では善人がこれほど苦しんでいるのかといった疑問に、答えが浮かばなかった。そうした疑問に答えられる宣教師にも出会ったことがなかった。俺はそうした存在になりたかったのではないか？

レディ・オブ・ザ・レイクまであと五マイル、ヘイズとの小競り合いで頭がくらくらする。率直なところ、あのラフキン老人を射殺して片をつけたかった。しかしそうしたことは起こらないだろう。ただしひとつだけ、俺をごみ袋同然に扱った男を蹴落としてやれる方法がある。俺はミスター・ラフキンが、ミスター・スアレスに多額の借金をしていた事実を突き止めたのだ。ハンナ・ラヴォーがミスター・スアレスを亡き者にするために送りこまれたと証明できれば、俺はあの老人を絞首台に送ってやれる。

あまり健全な考えとはいえないが。

第五章　ウェイド・ラフキン

伯父のチャールズがぼくにとても優しいのは、ぼくがひとりっ子で、なんの前触れもなく両親に黄熱病で立て続けに死なれ、何件もの訴訟やら不正な請求権にまみれた家と土地が遺されたからだ。おまけに戦争でバージニアにいたとき、ラッパハノック川の土手で外科医用テントに飛びこんできたミニエ弾で負傷したからでもある。だからたぶん、たとえ伯父が自分の奴隷や家畜や、賃仕事を求めて訪れる〝ビスケット・アンド・グレービー〟・コモーのような貧しい白人労働者に厳格だとしても、ぼくがそれを指摘するのは偽善というものだろう。しかし残念ながら、伯父が彼らに厳しいのは事実だった。伯父はぼくと同様クリスチャンとして生まれ育った。そして伯父もぼくも、ほかの人間を所有している者が神のしもべを名乗る資格はないことを知っている。

伯父は絶えず良心と闘い、その怒りの矛先《ほこさき》を周囲に向けてきたのだと思う。チャールズ伯父にとって、南北戦争は国の分裂をめぐる問題ではない。チャールズ伯父自身の分裂をめぐる問題なのだ。

伯父は幸福な人間ではない。三十三歳で、ジョージア州ウィルクス郡のブース家から嫁いできた十六歳の乙女と結婚した。彼女は七人の子宝を授けてくれたが、神はその四人をお召しになった。それゆえにぼくは、これから目《ま》の当たりにすることになる光景が耐えがたいのだ。伯父は遺された三人の息子を大事にし、息子たちは両親にひんぱんに手紙をよこしていた。ところが、ぱったり手紙が来なくなった。伯父はニューイベリアの電報局に足繁く通ったが、捕虜や行方不明者、傷病者、戦死者の名簿は日増しに厚くなるのに三人の名前はなかった。

チッカモーガの戦いから何週間か経ったあと、グランドコートから保安官、医者、カトリックの修道女が家を訪ねてきたが、チャールズ伯父は畑に出ていた。伯母は一行が携えてきた知らせを静かに聞き、それから何も言わずに重い足取りで寝室に入って黒いドレスと白の帽子に着替えると、台所に入ってこんろの火を熾し、大きな鍋でキャベツやハムをゆではじめた。眼鏡の奥の目は牡蠣《かき》のようにきつく閉じている。それから伯母はやおら鍋を床に投げつけ、嗚咽《おえつ》しながら椅子に倒れこみ、眼鏡も壊して顔に両手を押しつけた。

奴隷が一人、チャールズ伯父を探して畑へ行き、居間で偶然耳にした話を告げたにちがいない。チャールズ伯父は顔面蒼白になって裏口から戻ってくるなりジェファーソン・デイヴィス大統領の戦争政策を呪い、息子たちの遺体を家に戻すための手続きや輸送の大変さを思って悪態をついた。

それでも遺体は戻ってきた。ニューオーリンズまではグレートノーザン鉄道で、ニューオーリンズからラフキン家の土地の麓にある入江までは船で。ぼくの部屋の窓越しにその船が見えた。小さな蒸気船で、操舵室や舷縁《げんえん》の辺りにはブリキ缶や綿花の梱《こり》が山積みにされ、北軍やレッドレッグの狙撃手から船員を守っていた。

ぼくはいまその光景を見るまで、自ら軍に志願した三人の息子たちの悲報が何かのまちがいであることを祈っていた。しかし、それは現実だった。北軍の占領地が日増しに拡大してくるにつれて――ヴィクスバーグ、ポートハドソン、バトンルージュ、ゲティスバーグ、ミシシッピ川まで――戦場での死傷者について正確に把握するのは難しくなっていた。目下《もっか》起きているもうひとつの問題にも、南部連合を支持する理想主義者たちは困惑していた。確かにわが軍の志願兵たちは勇敢な精神の持ち主だったが、脱走兵もまた多かったのだ。それは家族を養うためでもあり、自らの農地を略奪者から守るためでもあった。ぼくが見るところ、南部は丸ごと墓場か野外収容所になってしまいつつあるようだ。だがそれは自業自得でもある。北軍の狙いが混乱の種をまき散らすことだったとしたら、それは見事に成功した。ぼくの考えでは、北軍のウィリアム・シャーマン将軍は唾棄すべき男だ。彼が最も得意とする戦法は焦土作戦で、古代ローマ時代のフン族の首領アッティラとなんら変わるところがない。シャーマンの兵器の使いかたは破壊をもたらすばかりの愚かしいものだ。

　三人の棺《ひつぎ》は肥満した船員たちの手で船から運び出され、彼らは船着場へ乱暴に落としてから、自分の体に染みついた臭いを嗅いだ。その日は季節外れに暖かく、ぼくには彼らの無作法な振る舞いと遺族への配慮の欠如もあながち咎めるわけにはいかないと思えた。しかし問題の根源は天気ではないはずだ。

　チッカモーガの葬儀屋から届いた手紙によると、息子たちの死因は迫撃砲の一撃で塹壕《ざんごう》を吹き飛ばされたことだった。三人とも即死だったが、葬儀屋は棺を閉じたまま戦場近くの墓地に埋葬するよう忠告していた。チャールズ伯父はその忠告を一蹴した。伯父は葬儀屋だけでなくジェファーソン・デイヴィスの無能さや、ルイジアナ州の鉄道網が寸断されていることを罵《ののし》った。

　ぼくは伯父や伯母や数人の奴隷たちとともに船着場へ向かった。風が吹いて、入江の水面上を汚れた泡が流れていき、銅板のように鈍く日光を反射している。そのとき遠くから、栗毛の馬に乗った男が一人、こちらへ近づいてきた。ぼくは錯覚であってほしいと願って目をこすり、見なおした。よりによってピエール・コーションのうすのろが、これ以上ないほど間の悪いときにふたたび現われたのだから。

　棺を下ろした男たちは船に引き返すところだった。

「戻ってこい！」チャールズ伯父が声をあげた。

　船員たちは敵意を隠そうともしなかった。ぼくが見たところ、全員がアイルランド系だ。ニューオーリンズにはうようよしている。刺青《いれずみ》だらけの男が手すりから身を乗り出し、水の中で鼻をかんで、ズボンで手を拭いた。

「いったいなんの用だ？」大柄な男が訊き返した。黒髪のケルト人の異教徒を見たことはないが、きっとこの男のようだったろう。

「棺を開けろ」チャールズ伯父が命じた。

「たわごとを抜かすな」大柄な男が言い返す。

「言葉遣いに気をつけろ」

「内緒で教えてやろう」大柄な男はなおも言った。「あんたがそんな老いぼれじじいでなかったら、あんたの奴隷のケツの穴に詰めこんでやるところだ」

「名前を言え、アイルランドのならず者が！」

船長が出てきた。紺の上着にズボン、金モールで飾った帽子。髭面の陽気な男で、ぼくもよく知っている。操舵室から現われた船長はかなてこを船着場に放り投げた。「くだらん言い合いはもうよせ！」こちらに向かって叫ぶ。「ミスター・ラフキン、あんたもだ」

「言いたいことはまだまだあるぞ」チャールズ伯父が言った。

「ああ、そうかい」おざなりに船長が応じた。

チャールズ伯父はかなてこを拾い上げた。自ら招いた苦境に陥ってしまった恰好だが、きっと伯父の人生の大半はそうだったと思う。伯父はかなてこを握ったまま、妻のエゼミリー伯母を見つめた。次にどうしようか考えあぐねているのだ。

「あの人たちは帰してあげましょう」叔母は言った。「やるべき仕事はしてくれたのです。あとはわたしたちで息子たちを迎えてあげましょう」

第六章　ピエール・コーション

こんなことは想像もしていなかった。たぶん小便器ぐらいの大きさの蒸気機関を積んだ船がラフキン家の土地を離れていき、甲板員が一人、ズボンを下げて痩せこけた白いケツをミスター・ラフキンとその奥方に向けている。一方、船着場では細長い三基の棺桶が並べられ、底からは水が染み出している。

俺は慇懃《いんぎん》に帽子を取り、鐙《あぶみ》に足を掛けたままわざわざ立ち上がって敬意を表した。誰も見向きもしない。ただ一人、ハンナ・ラヴォーを除いては。彼女は折りたたんだ防水布の束を両腕に抱え、入江に向かう斜面を下りている。

「お邪魔でなければよかったのですが」俺は呼びかけた。「よろしければ、何かお手伝いしましょうか？」

まるで大鉢を漂う犬の糞になったような気分だ。

ラフキン老人は蓋部分の一枚の板にかなてこをこじ入れ、板を外そうとした。一度手を放し、咳払いしてもう一度試す。奥方が近づいて手助けし、二人は釘を曲げて板を剥がすと、一枚ずつ慎重に置いた。

夫妻には脱帽するしかない。俺ならとても無理だったろう。馬に乗っていても悪臭が鼻を衝《つ》く。棺の中も見えた。シャイローやコリンスの戦場でむごたらしい死体はさんざん見てきたが、そのどれよりもひどかった。遺体はおそらく何週間も前におがくずや砕いた氷に浸されたが、ほかの防腐剤と混じり合った結果、化学作用による逆効果をもたらしてしまったのだ。皮膚はしなびて蜘蛛の巣のように骨にへばりつき、黄褐色のニスでも塗ったように見える。骨ばかりが突き出した死骸は、空から落ちてきた翼竜を思わせた。

俺はハンカチを口に当て、吐き気をこらえた。ハンナが船着場へ下り、棺の上に防水布を広げる。まったく、この若い女の行動はいつも予想がつかない。

俺はヴァリーナの向きを変えてニューイベリアへ引き返すべきだったのだろうが、俺も馬もレッドレッグとの銃撃戦で疲れ果てていた。それに、俺にはやらねばならないことがある。たとえ俺の個人的な恨みがあろうとなかろうと、ミスター・ミノス・スアレスが生殖器を肉切り包丁で切り落とされていたのだから、犯人を捕らえなければならない。それが法律というものだ。

それで俺はヴァリーナの背から船着場に降り立った。ありがたいことに、風向きが変わった。「お悔やみ申し上げます、ミセス・ラフキン」俺は切り出した。「旦那様にも、ミスター・ラフキン。できれば日を改めたいところですが、本官の権限では如何《いかん》ともしがたいもので」

ミスター・ラフキンは夢から覚めたような顔つきで俺を見た。「権限だと？　おまえいったい、何様のつもりだ？」

「本官は一介《いっかい》の公僕《こうぼく》であります」俺は淡々と答えた。

「ここは神聖な土地だ。おまえごときに立ち入る権利はない」

「ではひとつ申し上げましょう、ミスター・ラフキン――本来このことをお話しするつもりはなかったのですが。本官はけさ、お屋敷が攻撃されるのを食い止めたのかもしれないのです。カールトン・ヘイズ大佐の攻撃から」

「おまえが何をしたと？」

「おそらく本官の働きにより、悪名高いレッドレッグの血迷った輩《やから》が旦那様の財産に火を放ったり、奴隷や銀器や尿瓶（しびん）を持ち去ったりするのを止めたと申したのです——もちろん、仮に尿瓶をお持ちだったらの話ですが。この男がいままで女性の捕虜に何をしてきたか——そこにはあえて触れません」

「よくもいけしゃあしゃあと嘘を並べたてておって。カールトン・ヘイズはわしやわしの財産に手を出すほど馬鹿ではないわ。おまえのようなお手合いのことはよくわかっとるぞ、ミスター・コーション。おまえは芯からの臆病者だ。だがそれは、おまえが悪いのではない。両親の種が悪かったのだ。現におまえは自らの体を損ない、祖国のための戦いから逃げ出したではないか」

怒りで目の焦点がぼやけてきた。これまで俺は、敵を殺したことを決して自慢しなかった。北軍のヤンキーどもが攻撃を仕掛けてきたときでさえも。しかしいまなら、喜んで目の前の相手を殺してそれを自慢できる。

俺が戦争から学んだ教訓はたったのひとつだ。破壊的な衝動に駆られたときには、決してそれを敵に向けてはいけない。だからこそ俺は、ふだんは吸わないコーンパイプを持ち歩いている。いまのような怒りの衝動に駆られたときに、シャツのポケットからパイプを取り出して口にくわえ、剣と盾で

はなく沈黙と冷静さで身を守るのだ。

「いつまでそこに突っ立っているつもりだ？」

「本官の調べの結果、あなたがスアレス家に多額の借金をしていたことがわかりました、ミスター・ラフキン。主な理由は、あなたがニューオーリンズの奴隷市場をそっくり買い取ろうとして財産を注ぎこみましたが、市場はすでにバトラー将軍に接収されたあとだったからです。さて、そのミスター・スアレスは死亡しました。そのことで、ある奴隷があなたにひとかたならぬ貢献をしました。その奴隷とはハンナ・ラヴォーです。本官はいまここで彼女を逮捕します」

「そんなことはさせんぞ」

「逮捕状は携えています。次はあなたの逮捕状を持参するかもしれませんよ」

奥方がハンナに近づき、肩を抱いた。「怖がることはないわ、ハンナ。わたしたちはあなたを家に取り戻すためになんでもしますから」

「ありがとうございます、ミズ・エゼミリー」ハンナは答えた。「でもわたしの家は、いとしいあの子がいる場所です。あの子はときどきシャイローからはるばる会いに来てくれます。わたしはあの子とずっといっしょにいるつもりです」

「ああ、わが子よ、気をしっかり持つのです」ミセス・ラフキンはそう諭《さと》した。

そのときウェイド・ラフキンが、俺と船着場にいるほかの人間とのあいだに割って入った。負傷した脚がわなわなと震え、息をあえがせている。「このままではすみませんよ。ぼくは改めてきみを呼び出しに行きます。拳銃を持ってね。樫の木の下で」

「楽しみにしていますよ」俺は意気揚々とした口調で応じた。

しかし内心は楽しみどころではなかった。俺は世界の誰よりも孤立無援の男になったような気がした。

第七章　ハンナ・ラヴォー

ニューイベリアの住民は、裁判所の裏手にあるこのずんぐりした陰鬱な建物を〝ニグロの牢獄〟と呼んでいる。窓にはまっている格子は鉄だが、それ以外はすべて丸太でできている。丸太には刻み目が入っているが、樹皮は剝いでいない。まるでこの醜い建物など不要であると告げているかのように。大農園の主人は自分たちの問題は自分たちで解決でき、司法の手を借りなくても何もかも自力でやれるかのように。

わたしの牢獄の床はすべすべした粘土で、木のベッドには枕代わりの四角い木がある。水を入れる桶もあり、きれいな水が入っている。もうひとつの桶は用を足すためで、看守に見られないよう、隅っこに持っていかないといけない。窓の向こうには月と大通りと樫の並木とバイユー・テッシュの流れが見え、円柱つきの玄関がある家々には馬車灯が吊るされ、夜になるとそれがともってウェディングケーキの蠟燭《ろうそく》みたいに綺麗《きれい》だ。

わたしがここに入れられてから四日目になった。毎晩、うとうとしたときにサミュエルに会える。あの子はわたしに笑いかけ、金色の光に包まれて、寝てしまっても夢の境目でわたしといっしょにいてくれる。そして盗みに押し入ってくる悪い男たちからわたしを守ってくれるのだ。聖書に出てくるような悪い男たちから。

できることなら、シャイローに戻ってサミュエルの行方を知っていそうな人たちを探したい。あのとき南軍の兵士たちは丘の麓に散開していた。アウルクリークと呼ばれていた場所の近くだ。あの日の夕方、兵士たちはうれしそうだった。丘の上にあったヤンキーの大砲が静まり、わたしたち南軍の右側にいたヤンキーは手ひどく打ち負かされて、夜になる前に撤退していったからだ。ところが救急馬車の近くのテントで、ムートン大佐とボーレガード将軍が今後の方針をめぐって議論した。ムートン大佐が荒々しく出てきたとき、出入口の幕がめくれあがってテントの柱にぶつかった。大佐は紫の羽飾りをつけた帽子をかぶり、わたしたちの前で大きな愛馬にまたがると、屋根板のように平坦で虚《うつ》ろな顔をして全員に告げた。状況が一変したので、わたしは麾下《きか》の兵士を引き連れてこれから丘を上る、と。

　みんなの顔が青ざめ、まるでスープに入っていた虫の死骸を食べたような表情になって、誰もがその場から身動きできなかった。それからおもむろに雑嚢や飯盒《はんごう》をその場に落とし、ライフルに着剣すると、シャツに名札を留めた。すでに鼓手《こしゅ》の少年がドラムスティックで〝集合〟の合図を叩きはじめている。あの音を思い出すと、いまだに背筋が寒くなる。ムートン大佐は羽飾りのついた帽子を剣先に刺し、空中に掲げ、鞍の周囲を見まわして兵士たちを鼓舞した。「怯《ひる》むな諸君、大義はわれらにあり！　南部諸州万歳！　われに続け！」

　そうして兵士たちは大佐に続いた。自分の考えというものをなくしてしまったかのように、大佐に続いて次々と坂を上った。向かい風に逆らって体をかがめ、草をそよがせる彼らの影は、隠れたがっているようにも見える。夕闇に包まれた丘の上の樹々は暗緑色《あんりょくしょく》になり、神が天国を炎で包んだかのように雲は真っ赤に染まった。それから大砲が火と煙を吐き出しはじめ、車輪は反動で跳ね上がって、黒雲のような砲煙と塵芥《じんかい》と硫黄の臭いが丘を下りてきた。

　二十フィートも離れていないところで砲弾が破裂し、何か硬いものが頭に当たって、どうしたわけか植木鉢が粉々に割れて破片が飛んでくるのが見えた。まるで鉄片ではなくアザレアの花びらのように。わたしは四つん這いになった。耳鳴りがして、いまどこにいて何が当たったのかもわからなくなった。わたしのいとしい子が爆発や悲鳴や飛び散る血から逃げようとしてよちよち歩いている。おむつだけを身につけた姿で、命懸けで小さな脚を動かしている。なぜこんなことになっているのかはわからずに。

　わたしの体に馬がぶつかってきた。その馬は垂れ下がった自分のはらわたの上を歩いている。それからわたしは兵士に踏まれ、肺から空気が押し出された。その兵士は火傷《やけど》した目がゆで卵のように白くなり、何も見えなくなっていた。

　一晩中、わたしはサミュエルを探しまわった。暗闇で水をくれという負傷者の声が聞こえたが、構っている余裕はなかった。ただただ、あの子をこの腕に取り戻したい一心だった。しばらくわたしは神に怒っていたが、しばらくすると主がわたしを救ってくれたのには理由があるのだと思った。その確信はますます強くなった。なぜなら朝になると、まわりの人たちはみんな死んでいたからだ。まちがいない。戦場の至るところで豚はブゥブゥ鳴いていたのに、辺り一面に転がる人々は文句ひとつ言わなかったのだから。兵士たちのポケットは必ずと言っていいほど泥棒によって裏返しにされていた。その中をずっと歩きまわるわたしの体には一滴の血もついていなかった。それはサミュエルのおかげだ。わたしのかわいい息子が、神の恵みをわたしたちみんなに届けてくれるだろう。

　逮捕されてから五日目の夕方近くになって、看守が扉の鍵を開け、ピエール・コーションを入れた。看守は地の精《ノーム》のような醜い老人で、目は片方しかなく、背中を亀のように丸めて、黒人に目を向けるときには悪意を隠そうともしない。コーションが看守の掌《てのひら》にコインを置く。看守はそれを握りしめ、わたしの菜園から掘り出したような茶色い歯を剥《む》き出して笑みを浮かべた。

　コーションは自分が座れるための木の腰掛けを持ってきていた。紳士然としたぴったりした白いズボンを穿き、燕尾服のような上着を着ている。その下の光沢のあるベストは、柘榴《ざくろ》の汁が滲《にじ》み出したような色合いだ。果たして彼は、コーションというフランス語の「豚《コション》」とそっくりな発音であることに気づいているだろうか。その顔は柔らかな果実のようにいびつで片方だけ膨れている。もしかしたら黒蠅に刺されたのかもしれない。手で口を覆って咳をしたが、それでもひどく酒臭い。一晩中、ビヤ樽に頭を突っこんで寝ていたかのようだ。

「やっとわたしに会いに来たのね？」

「寝る間も惜しんでこの殺人事件を捜査していたんでね、ハンナ。被害者が殺された夜、きみは馬車に乗って、ミセス・ラフキンの薬を取りにニューイベリアに来ていた。このことはきみに有利とは言えないな」

「あなたの息は甘いお酒《ジュレップ》の臭《にお》いがするわね」

「聞いているのか？」

「もちろん。あなたの臭いも嗅がされているけど」

「本官が礼儀を守っているのを当たり前とは思わないことだ。ニューオーリンズにマリー・ラヴォーというブードゥーの呪術師がいる。この女はきみの親戚か？」

「知らないわ」

「きみと彼女が双子だとしても？」

「あなたはほかの警官とはちがうと思っていたんだけど、ミスター・コーション」

彼は腰掛けから転げ落ちそうに見えた。「ちがうとは、どういうことだ？」と訊く。不審そうに目を細め、瞼を半ば閉じた顔は蛙《かえる》に似ている。

「あなたは思いやりを示せる人だと思っていた。わたしがそうしてほしいように。でもあなたはそうしてくれない」

「本官は法の手続きを遂行しているだけだ、お嬢ちゃん。そう誓いを立てた」

「わたしはお嬢ちゃんじゃない。聞いてちょうだい。ラフキンご主人様があなたを白人のクズ呼ばわりしたとき、わたしはあなたのために祈った。あなたが勇気を持って自分のために立ち上がれるように。でもあなたにはそれができなかった。気の毒に思うわ」

コーションは顔を上げた。窓の鉄格子から差しこむ赤茶色の光線にその顔が照らされる。腰掛けの座り心地が悪いようだ。「マリー・ラヴォーはきみのはとこだ。あの女は魔女だ。そしてきみは、一部の人間から反乱の煽動者《せんどうしゃ》と思われている。ルイジアナ州では魔女と反乱の煽動者は同じ扱いを受ける。どんな扱いか知っているか？」

牢獄の窓の外から、バナナの葉に落ちる雨の音が聞こえる。わたしは雨のことだけを考え、それ以外のことは頭から締め出そうとした。

「きみは手足を縛られ、ランプの油に体を浸されて火をつけられたいか？　そうされたいのかね？これは実際に起きたことだ。一八一一年の反乱で」

「だったらわたしを燃やしたらいいわ。そうすればわたしは死んで天国に行けるから。でもあなたが燃やされても、ただ燃えるだけでしょうね。ただひたすら、燃えつづけるだけ。そうなったらどんな気分でしょうね？」

「ハンナ、被害者が殺されたとき、きみはスアレス家の土地にいた。三人の女性の奴隷が、そう証言している」

「くだらない」

「きみはいなかったのか？」

「ええ」

「きみがスアレスを殺していないのであれば、彼の奴隷のうち誰かが犯人ということになる。本官の前で証言してくれ。奴隷たちの噂では、ミスター・ラフキンはあの忌まわしい男の首に懸賞金をかけていたはずだ」

「ミスター・ラフキンがそんなことをするはずがないわ。気難しい人だけど、人を殺すようなことはしない」

　コーションは上着から平べったい瓶を取り出し、コルクを抜いてひと口飲むと、コルクを元に戻した。「本官を助けてくれれば、金できみの自由を買ってあげよう。きみほど頭がよければ、ニューオーリンズでいくらでも事業を興せるはずだ」

「わたしは物ではないんだから、買うことはできないわ。北軍はルイジアナ全土にいる。わたしたちが奴隷の身分から解放されるのは時間の問題よ。わたしはただ、その日を待っていればいい」

「そいつはちがうな、ハンナ。ルイジアナはたとえ占領されても、降伏していない。リンカーンが奴隷を解放しているのは、降伏した州だけだ。ルイジアナは決して降伏しないだろう」

　そんな話は初耳だった。わたしはコーションの表情をじっと見た。彼はわたしから目を逸らさず、瞬きもしない。今度ばかりは、彼が嘘をついていないのがわかった。わたしはすっかり気が滅入った。

「シャイローできみの息子さんが行方不明になったのは聞いている」コーションは言った。「息子さんが生きていたら、本官が見つけ出してきみに返してあげよう」

　その言葉を信じようとしたが、信じることはできなかった。

「そういう取引でどうかな？」

「わからないわ。もう何を信じていいのかわからない。あなたの瓶からひと口もらってもいい？」

　コーションは扉を見た。扉の樫材には錆《さ》びた釘が打たれ、覗き窓にも錆びた鉄格子が入り、南京錠も錆びている。

「囚人とアルコールを分け合うことは禁じられている」彼は言った。

「でもあなたが気にしているのは、そういうことじゃないんでしょう？」

コーションは手を重ね合わせ、どう答えようかと考えている。この男の言葉の重みなど、薪ストーブの上の雪片ぐらいしかないのに。わたしは窓の下枠からブリキのカップを持ってきた。「あなたの瓶に口はつけないから」

「これはブランデーだ。ジュレップではない」彼は言った。「だから迷ったんだ。ブランデーはなかなか手に入らないからな。ほら」

わたしは彼の手から瓶を奪い、部屋の片隅へ行って、用便に使っている桶に放り投げた。「わたしはもう何も求めないと決めたわ」

ピエール・コーションが出て行ったあと、わたしは暗がりで木のベッドに座った。ベッドにはマットレスがあったのだが、わたしが来てから二日目に看守が持ち去っていった。外ではまだ音をたてて雨が降り、月はバイユー・テッシュの流れにかかる雲に白く輝く穴を開け、跳ね橋の下を漂う真鴨がときどき頭を動かしている。わたしは良心に苛まれていた。ニューオーリンズの呪術師に関して嘘をついたからではない。スアレスの農園にいる女性の奴隷たちに関することだ。わたしは自分でも、あのときそこにいたのかどうかわからない。

ときおりわたしは心の中で、世界から切り離された安全な場所へ避難し、ずっとそこにこもっていることがある。まだ幼いころ、フランス領西インド諸島にいたときからそうしていたし、悪魔島でもそうしていた。そこは密林に茨《いばら》が生い茂り、百足《むかで》や毒を持つ生き物だらけで、みんな汗臭くなっても体を洗うことができず、目がひりひりし、頭に穴が開くかと思うほど太陽が照りつけた。主人がわたしたちに与えた糞便用の場所には蝿がたかっていた。

父は白人の血を引いていて、オランダ人農園主の下で監督として働き、奴隷たちに鞭を使っていた。わたしの考えでは、きっと母が父を殺したのだと思う。だが本当のことは決してわからない。ある朝、母は連れ去られて、奴隷たちは畑から出るよう命じられ、母がひざまずいて台木《だいぎ》に首を置くところを強制的に見せられた。母の頭上では大きな刃が振り上げられ、顔の下には籠《かご》があった。母には刃が見えなかったが、そのことを知っていたにちがいない。処刑人はシャツを着ておらず、日焼けした体をさらけ出し、歯は白く、髪は黒く、頭に赤いハンカチを巻いていた。その男は海を見て、鼻をもたげた。きっと風の匂いを嗅いでいたのだろう。母のほうは決して見なかった。男が刃を振り下ろしたとき、母の体中がわななき、首が籠に転がり落ちた。

そのときにわたしは、自分だけの場所へ逃げることを学んだ。わたしは船に乗せられてハバナからフロリダ、それからニューオーリンズへと運ばれ、そのあいだずっと船底で汚水溜《ビルジ》りの真上の寝棚《ねだな》に押しこめられていたが、そのうちビルジのことはまったく気にしなくなった。その代わり、船底の向こう側の水がわたしにささやきかける言葉に耳を傾け、鯆《いるか》や鷗《かもめ》、あるいはひょっとしたら主の言葉を聞こうとした。

あのときわたしは、主にとても近づいていた。船員たちが飲んだくれて船首楼の下で黒人の若い女たちにしたことを話すのが聞こえてきたら、主はわたしに聞かないよう命じ、世の中には悪い男たちもいるがきっとその行為の代償を支払うことになると告げて、海の魚たちや空の鳥たちがいつもわたしのそばにいると教えてくれた。だからこそ、ノアの方舟《はこぶね》には動物たちや鳥たちが最初に積みこまれたのだ。つまり、いちばん大事なのは彼らなのだ。

けれどももしかしたら、わたしはとても悪いことをしてしまったのかもしれない。ミノス・スアレスに襲われたとき、わたしは自分だけの場所に逃げなかった。痛みはわたしが耐えられないほど大きく、意志の力ではどうにもならず、あの男の息や口やわたしの顔中につけられた唾液を押しのけることはできなかったから、わたしは憎悪に満ちた恐ろしい考えを抱いた。わたしがスアレスの手足から自由になり、わたしがされたことをこの男にできるようになったらどうしてやろうかと考えたのだ。

そのときすでに、わたしは自分と同じ痛みを彼に味わわせるためにどれほどの苦痛を与えてやらねばならないかわかっていた。あの男がわたしの体を放し、月明かりにその裸体が浮かび上がり、その胸が波打っていたとき、わたしの手は空想のナイフを握りしめ、いつかナイフが本物になればいいと願った。その日が来たら、わたしは相手が痛がるとわかっている場所に突き刺し、〝目には目を〟だけでなく、あの低劣な男でさえ名前を知っているいくつもの場所を、わたしの手首をひねって深く抉り、ナイフの柄《つか》ごと傷に指を入れてやるのだ。

わたしがミノス・スアレスを殺したのかって？　わたしには答えられない。わたしはただ、主がわたしを怒らないことだけを祈っている。

第八章　ピエール・コーション

　まさかこんな目に遭うとは思わなかった。俺は黒人にブランデーを分けようと持ちかけてやったのに、その女は瓶ごと、おまるに使っている桶に放り投げた。まったく感激の極みだ。

　俺は牢獄から酒場に行ってしこたま飲み、シャドウズ農園の隅っこに借りている家に帰るなり、屋外便所の階段につまずいて転げ落ち、気絶した。

　朝が来て目覚めると、腹を撃たれた犬のように気分が悪く、大通りの突き当たりにあるカフェで入店を断られた。店主によると、〝体を洗っていない〟からだそうだ。

　俺の借家には溜池《ためいけ》がない。どこで体を洗えというのか？　あのどぶ臭いバイユーで？　運よく蛭《ひる》に吸われなかったとしても、体中が蚊に刺されるだろう。

　それで俺は裁判所の近くへ行き、奴隷ではない黒人が開けている露店で朝食を買い、ベンチに座って食べた。そこから二十ヤードほどのところに北軍兵がたむろしている。シャドウズ農園の裏手にもヤンキーの砲艦が停泊しており、農園ではヤンキーの将校が何人も生活していた。実際、俺も家賃をシャドウズの将校に支払っている。疑問の余地はまったくない――俺たちは北軍に占領されているだけでなく、首根っこを押さえられている。しかし北軍は奴隷たちの首根っこまでも押さえつけているのだ。バイユー・テッシュ沿いのオペルーサスから河口付近に至るまで、奴隷はまだ主人の管理下にあるという通達が出されている。俺に言わせてもらえば、奴隷たちは騙されたのだ。

　戦争がどのような終わりかたをしようとも、実際には何も変わらない。この土地での収入源はふたつしかないのだから――サトウキビと綿花。では、誰が畑で働くのか？　ナポレオンに似合いそうな大邸宅を大通りのあちこちに所有している農園主たちか？　北軍は民間人の扱いで大きな過ちを犯した。下士官に黒人女性をレイプさせ、市街地の民家や商店を略奪させたばかりか、地元の町にある聖公会の教会の信徒席を寄せ集めて飼い葉桶を作るような振る舞いに及んだ。これが賢い考えだろうか？　小さな町の住民はこうした出来事をいつまでも覚えているものだ。

　俺が朝食を終えて歩いていたら、肩甲骨のあいだに松ぼっくりをぶつけられた。振り向くと、三人の北軍兵がベンチに座ってニヤついている。一晩中飲んでいたようだ。

「本官にご用かな？」俺は訊いた。

「あんた、コリンスで撃たれたんだって」兵士の一人が言った。

「正確にはちがう」俺は答えた。「撃たれたのはシャイローだ。コリンスでは薪割りの事故で負傷した」

「こりゃまた失敬」兵士は言った。「背中を撃たれたと聞いたんだが」

「それは事実だ」俺は応じた。「誰よりも早く走ったんで、敵さんは俺の背中を撃つしかなかったのさ」

　三人の兵士たちがどっと笑い、俺はやり過ごして、こわばった笑みを顔に貼りつけたまま立ち去った。だが内心はそれどころではなかった。北軍兵どもの冗談なんか、面白くもなんともない。不愉快そのものだ。

　家に戻り、少しは身綺麗にしようとコンロで湯を沸かして髭を剃る。水切り台の上にある小さな鏡で顔を見ると、手が震えており、喉元を剃る剃刀が危なっかしい。昨夜浴びるように飲んだ安酒で白目の部分がまだ赤かった。俺はハンナ・ラヴォーからこけにされた。だが不思議なことに、あの女を責める気にはなれなかった。いや、率直なところ称賛の念すら覚えた。彼女なら、淑《しと》やかな笑みをちょっと浮かべただけで悪魔にココアを売り、アラスカのエスキモーに雪を売りつけることだってできるだろう。

しかし、俺たちが生きている時代と社会に思いやりが入りこむ余地はない。北部でも南部でも人間の命が金に換算されている。そこに生きる人間は、買う側か売る側かのどちらかだ。軍服を作る紡績工場、銃を作る武器工場、綿花工場、競売台に載せられた黒人の家族。金の問題になると、聖書はあまり答えてくれない。試しにシャイローの墓地を歩いて、そうした問題をどう思うか戦死者に訊いてみるといい。

俺には別の問題もあった。ハンナのことを考えていると、体のある部分が熱くなり、簡単に鎮められなくなるのだ。日没とともに灯《ひ》がともる町外れのテントへ行けばいいのだろうが。だが俺は女に関してはあまりうまくやれず、それはきっと物心ついたときには父がいなくなり、母は目が見えず、女性の貞節を穢《けが》すのは最大の罪だと教えられてきたので、簡単には手出しできなくなったからだろう。そのせいか、なぜだか俺はいつも普通ではない女性とくっついてしまう。最初の妻はチカソー族の混血で、身長は五フィート八インチ、馬の測りかたで言えば手の幅十七つ分もあり、あの女の顔を見たら列車も方向転換して泥道に落ちかねなかった。二番目の妻は州の救護院にいた清掃人だ。俺は大出世をしたような気分だったが、最初の結婚記念日を忘れてしまったら、おまるで死ぬほどぶたれた。

通りの端にある酒場へ向かう。日没とともに灯がともるテントからそう遠くない場所だ。バイユー・テッシュは満ち潮とともに水位が上がり、水面から霧が立ちこめる。魚卵の臭いが混じった冷たい霧は、俺の手が見えないほど濃くなった。本来なら見事な景色にちがいない。南ルイジアナは多くの点でエデンの園に通じるところがあり、その美しさを余すところなく味わえるはずなのだ。だがこの俺はすでにしこたま酒を飲んでしまい、これから何をしようかと選択肢を考えるも、結局酒場に逆戻りして、二日酔いにうんざりし、自己嫌悪に陥るのだろう。

状況はそんなに悪くないはずじゃないかって？　そうかもしれない。俺がその気になれば、俺の顔に泥を塗ったラフキン老人を見逃してやれるだろう。ハンナ・ラヴォーを恐ろしい方法で死刑にすることもできれば、自由の身にしてやることもできる――たとえ彼女がミノス・スアレスを殺した犯人だとしても。ただしその場合、俺は今後の人生を貧窮のうちに過ごすことになるだろう。

そうしたことを考えると、頭が痛くなる。酒場は霧に包まれ、風通しのいいスイングドアが、店内に怖いものは何もないと保証しているかのようだ。酒場は暖かく清潔で、バーテンダーが俺に笑みを投げかけている。俺は指を四本かざして見せ、カップになみなみと注いでほしいと意思表示した。

「お客さんをお探しの紳士が見えてます、ミスター・コーション」

「なんだって？」俺は答えた。「俺に金を借りたやつか？」

バーテンダーは俺の後ろを指した。ウェイド・ラフキンだ。すぐ近くにあと二人立っている。三人とも高価な背広に身を包み、いかにも身元確実な教養人というたたずまいだ。そして俺のような人間には当然そうする権利があると言わんばかりに、鼻に止まった虫でも見るような目を向けてきた。一人が小脇に箱を抱えている。薄く平べったい、黒っぽい染みが浮いた木製の箱で、真鍮の蝶番《ちょうつがい》がついていた。

「先日、改めてきみを呼び出しに行くと言いましたが」ラフキンが口火を切った。「準備はよろしいですか？」

「準備とは？」俺は言った。

「なるほど、臆病者のきみらしい言い草だ」

二日酔いになるには最悪の日だ。

第九章　ウェイド・ラフキン

「こちらの紳士たちは、ぼくの友人で付添人です」ぼくは言った。「拳銃は六五口径の燧石式《すいせき》で、最高の品質によるものです。きみとぼくは同時に発射してもいいし、藁《わら》で籤《くじ》引きをしてどちらが最初に撃つかを決めてもよろしい。もっともきみの場合は、どちらが先に逃げ出すかを決めることになるかもしれませんね」

コーションの表情は鉢の外を見ている金魚のようだ。「スイセキシキ？」と彼は言った。

「火打ち石式ということですが、まちがいのない銃です。今後、それを保証する悪人が何人も出てくるでしょう」

コーションはぼくの言葉を検分するように間を置き、それから膝を折り、脱いだ帽子が床につきそうなぐらい深々とお辞儀した。「光栄ですな」と答える。「しかしいったいなぜ、あなたがたのような地位におられる方々が、本官ごとき下賤《げせん》な生まれの人間に時間を浪費するんです？」

「健全な社会は時と場合によって、自浄能力を発揮すべきです。ぼくはその一助になれば幸いに思います。きみの遺体を届けてほしい場所のご希望があれば、いまから聞いておきますが？」

コーションは講義する教授のように、指を一本立てた。「本官はあなたの雄弁さに感嘆しています。それから、十七世紀以降の人々と同じようなきちんとした言葉遣いにも。本官もそうするよう努め、実際以上に賢く見せかけたいものです。ですが、あなたがたのようにお育ちがよい方々の足下《あしもと》にも及びません。おあいにくさまです」

問題の原因が近親交配によるものか、先天性の梅毒のせいか、それとも宗主国から国外追放されてジョージア州に送られた犯罪者たちがまいた暗愚な種によるものかはわからないが、南部にはどうにも手の施しようのない人々が一定数いる。何もぼくは、薄情なわけではない。ノアの息子ハムが方舟を降りて大地を汚す種を落としたときから、こうした問題はぼくたちにつきまとっているのだ。

コーションはまだ、ぼくが話すのを待っている。「けさ、きみはハンナ・ラヴォーの水と食事の割当量を減らしましたね。ぼくは胸糞の悪くなるような手合いを何人か知っていますが、きみはそのなかでも最低最悪の人間です」

「本官は彼女の食事の量を減らしていません」

「看守がぼくに、きみの命令どおりにしたと言いました」

「あの男を牢獄の責任者に任命したのは、あなたがたの仲間であって、本官ではない」

ぼくは右手で手袋を握っていた。フェルト製の手袋だが、ぼくは思わず手首をさっと動かしてコーションの左目の下を突いた。その頬に涙がひと筋流れた。痛みのせいではない。何か別の感情によるものだ。彼は瞬きひとつしなかった。これまでの人生で、彼のようなまなざしでぼくを見た人間は一人もいなかった。

コーションは頭をめぐらせ、窓の外を見た。「葬儀馬車は来ているんですか？」彼は訊いた。

「来ています」ぼくは答えた。

彼はうなずいた。「六五口径、とおっしゃいましたか？」

「拳銃のことですか？」

コーションは答えない。

「ええ、六五口径です」ぼくは言った。

酒場にはほかに客はおらず、いるのはバーテンダーとぼくの付添人たちだけだ。玉突き台のフェルトがオイルランプの光で奇妙に輝き、開いた棺を連想させる。痰壺《たんつぼ》とテーブルの足掛け桟《さん》はバターのように柔らかい色合いだ。脚に食いこんだ五八口径ミニエ弾が疼く。骨に向かって押されたときにも、こんなふうにときどき痛む。外から霧の冷気が漂い、町外れで売春婦がひらいた店から煮炊きしている煙も流れてくる。葬儀馬車に繋がれた馬が樹々の下からいななき、緑の中で馬の額革《ひたいがわ》の羽飾りが揺れている。「ミスター・コーション」ぼくは言った。「ただ、この地を離れると約束してください」

「いいえ、あなたとそうした約束をするつもりはありません」と彼は答えた。「ただ、あなたがたに異存がなければ、表に出る前に固ゆで卵と豚足のピクルスを食べさせていただきたい」

そんな口を利く輩は二種類しかいない。脳に損傷がある者か、失うものが何もない人間だ。ぼくは自分の気持ちを落ち着かせ、決闘を果たすため、ヨブ記のヨブさながら苦しみを耐え忍ぶことを選んだ。

第十章　ピエール・コーション

俺たちは木の下に立っている。霧が冷たいのはわかっているが、冷気は感じない。感触が残っているのは、あいつの手袋の先が俺に触れた部分だけだ。あのとき俺は、あいつから顔の皮膚の一片をもぎ取られたように感じた。痛みはない。あるのは死んだような感覚だけだ。あいつは俺の一部を虚無に作り変えた。上流階級のやつらはいつもそうしてきた。あいつらは俺たちを虚無に作り変える。

俺は自分の虚無のこと以外何も考えられなくなっていたので、俺よりほかの連中のほうが、事《こと》のなりゆきをよく覚えているだろう。売春婦たちのテントが活気づいていた。女たちは腰掛けや乳搾り用の椅子や敷物を引っ張り出し、樫の木立の端に陣取って、豚の背脂をつまんで食べながら、とうもろこしとチコリを炒った飲み物を口にしていた。北軍に封鎖されてから代用コーヒーとして飲まれているものだ。さまざまな見物人のなかには、カールトン・ヘイズ大佐率いるレッドレッグも混じり、何人かは昨夜から酒を飲んでいるようだ。だが北軍兵の姿は見えない。きっと教会にいるのだろう。

なんとも奇妙な戦争だ。北軍も南軍も来ては去っていく。レッドレッグのような白人のならず者どもは両方の陣営を攻撃し、人々を恐怖に陥れては略奪していく。ウィリアム・シャーマンの焦土作戦に優る荒廃をもたらしたいのだろうか。そうした連中はたいがい愚鈍で、〝ドレッド・スコット〟という言葉はスコットランド系人に近づくなという警告だと思いこんでいる。実際にはドレッドは「怖い」(dread)という意味ではなく、ドレッド(Dred)という黒人の名前だ。自由州に移り住んだドレッド・スコットが、裁判で奴隷からの身分解放を訴えたが判決で認められず、この戦争が起きる一因になったのだ。奇妙な話はまだある。黒人の部隊は南軍の捕虜になると奴隷として売り飛ばされるが、おかげで彼らはほかの奴隷たちを焚きつける機会を得られるのだ。それから、北軍はバイユー・テッシュのあちこちで船を沈めたが、今度は自分たちが撃沈した船のせいで川を通れなくなった。この戦争を引き起こした連中の大半は暇をもてあましていたのだろう。俺にはそう思えてならない。ところで、南ルイジアナの占領地を監督しているヤンキーの将軍はナサニエル・バンクスという。彼は十二歳のころ、マサチューセッツの紡績工場で糸巻き少年《ボビン・ボーイ》をしていた。いまごろどうやって金持ちに仕返ししているのだろう。

俺は周囲を見まわしながら、ただひとつのことしか考えていなかった——こんな連中の楽しみのために死ぬのはまっぴらごめんだ。

ラフキンの付添人が二挺の拳銃が入った箱を開け、葬儀屋のような厳粛な足取りで俺の方へ歩いてくる。付添人はまるで聖杯が入っているかのように、俺に向かってうやうやしく箱を掲げた。「取り決めにより、あなたが最初に選んでください」

「二挺とも選んでいいのか？」俺は言った。

「なんですって？」

「いや、あんたは自分の仕事をしているだけだからな」俺に悪気はなかった。正直に言えば、とても怖かった。俺は箱のベルベットの布地から拳銃を一挺取り上げた。まるで磁石でもついているように重く、決闘で決められた四十五度の角度に持ち上がらないような気がしてくる。心臓が早鐘を打ち、喉は灰皿のようにからからだ。だが俺は、平気な顔を押し通すことに決めた。「あんたのご主人のところへ戻っていいぞ」

付添人はまじまじと俺を見つめ、その目つきで俺がどう思われているかわかった。

「それから、あんたの奥さんによろしく伝えてくれ」俺はさらに言った。「愛らしい女《ひと》にたっぷり癒してもらうといいさ」

付添人はくるりと向きを変え、しゃちほこばった足取りでウェイド・ラフキンのところへ戻った。さっさと終わらせて家に帰りたいのだろうが、何か様子がおかしい。ラフキンがなぜだか怒りだし、その視線は付添人たちを素通りして俺を見ている。それから手を彼らの肩に置き、慰めて何か説明しているように見えた。ラフキンは箱に残っている拳銃を取り出さず、足を引きずって俺のほうへ歩きだした。歯を食いしばっているのは、脚に銃弾が食いこんでいるからだろう。

「そこで止まってくれ」俺は言った。「あんたのたわごとはもうたくさんだ」

「きみはクリスチャンですか？」ラフキンが訊いた。

売春婦とその客たちが苛立ち、俺たちに向かって野次を飛ばしている。そのとき、黒人の御者と正装の白人女性を乗せた馬車が道端で速度を落とし、木陰で止まった。「俺がクリスチャンか、だって？」俺は鸚鵡《おうむ》返しに言った。「考えさせてくれ。確か地元の教会に一、二回は立ち寄ったことがあるはずだ」

「どちらの宗派ですか？」

「細かいことは覚えていないな。だからと言って罪にはならないだろう」

「フレデリックスバーグの戦いのすぐあと、ぼくはヤンキーの将校を殺してしまいました。たぶんぼくと同い年の青年を」

「言いたいことはそれだけか。もっとわかりやすく言えば、あんたの血腥《ちなまぐさ》い話なんぞうんざりだ」

「ごもっともです。ですが、もしこの状況できみを殺してしまったら、ぼくは魂を失ってしまうでしょう。それに、きみがぼくを殺したとしても、ぼくは殺人行為への責任を負うことになります。ぼくが無理やり、きみをそういう状況に追いこんだからです。その結果は、ぼくたち双方にとって取り返しのつかないことになります」

「あんたは手袋で俺の顔を打ったんだぞ、くそ野郎」

「そのことはお詫びします」

白人女性が馬車を降り、黒人の御者が手を貸した。首のまわりがレースでできた紫のシルクのロングドレスと、鮮やかな赤いウールの外套を着て、衣類を詰めこんだとおぼしきバッグを手に持っている。顔はよく見えないが、明らかにここの住人ではない。俺たちとは何もかもがちがう人間だ。

「聞こえましたか、ミスター・コーション」ラフキンはさらに言った。「分別ある方法で問題を解決しましょう」

「ご高説恐れ入ったよ」俺は応じた。「だがあいにく、俺はあんたのような教養やマナーを身につけていないんでね」咳払いし、前屈みになって、ありったけの力で相手の顔に唾を吐きかける。「ほらよ」俺は捨て台詞を吐いた。「気分はどうだ、ミスター・ラフキン？　こんなことをされたら、どんな気分になる？」


俺たちは位置についた。ここまで来たら、もう引き返せない。見物人は水を打ったように静まっている。まるで生より死のほうが、彼らの行動に大きな影響をもたらすかのように。それは俺たち全員にあてはまるのかもしれない。おかしなことに、誰しも人生を終える間際まで、その教訓を学ぶことはないのだ――人生最後の丘を踏破《とうは》し、無窮の空の輝きを見て、いま自分が立っている丘の緑にすでに抱きしめられていたことに気づくまで。

俺は樫の木の下に立ち、賽《さい》が投げられたのを悟った。奇妙なことに、俺は馬車を降りた女性から目を離せなかった。俺は彼女を知っている。名前はフローレンス・ミルトン。マサチューセッツ出身で、ニューイベリアで私立学校を経営し、ニューオーリンズの合衆国造幣所で賭博師が北軍兵の手で絞首刑にされたときに抗議活動をした。奴隷たちがアチャファラヤ川流域へ逃れるのに手を貸したという噂もある。たぶん本当だろう。彼女が挑発されたら、悪魔でもバプテスト教会に入信させることができるにちがいない。少なくとも俺はそういう印象を抱いている。

俺はなぜ、生死がかかっているこの瞬間になって彼女に注意を惹かれているのだろう。彼女は俺のことを、奴隷制の維持に肩入れしている中心人物で、アフリカ系人の背中を鞭で打つために大農園主に金で雇われた汗臭い白人だと思いこんでいるにちがいない。エデンの園から逃れた蛇のような邪悪な生き物で、黒人女性を慰み者にしている男だと。俺はそうした人間ではないつもりだが、他人の考えを変えることはできない。ともあれ、俺がここにいる群衆の中から一人だけ信頼できる証人を選ぶとすれば、それは彼女をおいてほかにいない。ニューイングランドに上陸した巡礼始祖《ピルグリム・ファーザーズ》は、まさしく彼女のような人間だっただろう。

俺は樫の枝を見上げたが、霧が濃くて空は見えない。俺は造物主に、わが魂に慈悲を与えたまえと祈り、盲目だった亡き母にまた会えるだろうかと思った。小声で母の名前をつぶやき、誰にも見られていないことを願った。恥ずかしかったからではなく、この樫の木立にひしめく見物人の中でフローレンス・ミルトンとその御者だけが母の名を聞くに値すると思ったからだ。

俺たちが合意した取り決めでは、二人のあいだに五十フィートの距離を置き、付添人がハンカチを落としたときに発砲することになっていた。この決闘で最も奇妙なのは、俺の相手が名誉を重んじる男で、相手を騙すぐらいなら自分自身を撃つような人間であるところだ。果たして、名誉の証を立てるために自殺するような軍隊が存在するだろうか？　俺たちは名誉を重んじるあまり、戦争に敗れつつあるのかもしれない。

マサチューセッツから来た女性は騒ぎを起こしはじめていた。俺の視界の片隅で、彼女がバーテンダーやレッドレッグの男や、へべれけになって立ち上がれない酔っ払いを鞭で打っているのが見える。だが俺は付添人の指にぶら下がっているハンカチに注意を集中しなければならない。彼はすでに声を引き延ばしてゆっくりと「十」から秒読みを始めている。数字のあいだで沈黙するたびに俺の心は重くなった。風が出てきて、頭上の樹々から水滴が落ちてくる。ふくらはぎがブルブル震え、肛門がすぼまる。俺は撃鉄を起こし、片目でウェイド・ラフキンの顎に狙いをつけた。そうすれば弾丸は顔の中心か胸の上に当たり、致命傷を与えられるはずだ。

「八……七……六」付添人が秒読みする。

「これは異教徒の儀式ですわ！」ミルトンという女性が叫んだ。「みなさん、気は確かなの？」

「五……四……三」付添人が続ける。

「これは主への冒瀆《ぼうとく》にほかなりません！」女性はなおも叫んだ。「みんな、恥を知りなさい！」

「二……一」付添人の声は消え入りそうだ。

彼の指がひらいてハンカチが風に飛ばされるのと同時に、俺は拳銃の引き金を引いた。火打石が火皿の隣の鉄を打ち、火花と閃光が飛び散った一瞬後、火薬が爆発して六五口径の弾丸が銃身から放たれた。ウェイド・ラフキンもほぼ同時に発砲し、火薬の臭いと煙が立ちこめる。どちらの弾が命中したのか、俺にはわからない。俺は拳銃を下げて死ぬのを待ったが、何も起こらなかった。だがウェイド・ラフキンの悲鳴も聞こえない。俺がまるっきり的を外したのか、それとも彼はもう死んでいるのか。率直に言えば、俺は前者であることを願った。

俺はラフキンへ向かって歩いた。足下はふらつき、精魂《せいこん》尽き果てて、右手がジンジンする。ラフキンは四つん這いになり、驚いた犬のように俺を見上げている。いや、そうではない。彼には何も見えていなかった。顔は血で深紅に染まり、両目に血溜まりができている。頭皮の一部はなくなっている。拳銃は地面に投げ出されていた。銃身が割れ、撃鉄も火皿も吹き飛んでいる。彼は立ち上がろうとしたが、両脚が絡《から》まってふたたび倒れた。ラフキンは正気を失ったように見えた。にやにや笑いながら、群衆に向けて頭をやみくもに振りまわしている。

「悲しむのはやめてください、淑女《しゅくじょ》のみなさん」彼は言った。「シャンパンを開けて、ぼくに熱い口づけをお願いします。ジェファーソン・デイヴィスなんかくそくらえ。ぼくはみなさんを一人残らず愛しています」

第十一章　フローレンス・ミルトン

いかにも、聞きまちがいではありません。確かに私《わたくし》はあの振る舞いを〝異教徒〟と呼びました。アイルランド人は銃の撃ち合いをしていないときは殴り合いをしている。殴り合いをしていないときは酒を飲んでいる。だから私は、あの人たちが木立の下でやっていたことを神への冒瀆と言ったのです。決闘というのは殺人を覆い隠すために考え出された儀式にすぎない。古代ローマ人やケルト人に伝わっていた迷信を、私たちが続ける必要はどこにもない。だからこそ使徒パウロは、生贄《いけにえ》に関する警告をしたのです。新約聖書の『コリント人への第一の手紙』八章一節から十一章一節までをお読みなさい。

そのあと、御者のジェロームは私を〝ニグロの牢獄〟から目と鼻の先にある裁判所へ連れて行ってくれた。あの牢獄も私たちの心にできた染みのようなものだ。私はジェロームに、露店で朝ごはんを買えるようにお金を渡してから、保安官事務所に足を踏み入れた。あらかじめ言っておくわね。保安官のジミー・リー・ロメインは悪人ではないけれど、残念なことにアンポンタンなの。もっと残念なのは、アンポンタンにもかかわらずその地位に選ばれたのではなく、むしろそれゆえに選ばれたということ。ルイジアナでは、知性がなく腐敗した人々が官職に選ばれる。そうした連中を遠くの街で忙しく働かせるため。程度の悪い人間になればなるほど、遠くの街へ追いやられるわけ。あなた、連邦議会議事堂へお越しになったことはおあり？

ロメイン保安官はジャガイモの袋みたいに机の奥の椅子にどっかり座り、まるで階段を駆け上がってきたばかりのように息をぜいぜいさせている。もちろん、そんなことはしていないのに。きっとミスター・ダーウィンが言うとおり、魚が陸地に上がって類人猿になり、やがて人類に進化したんでしょう。だとしたら、ロメイン保安官の祖先だった魚は誰かに頭を踏まれたんだと思うわ。もうひとつ、主が保安官のような男をお造りになったのは、白人が優越人種だという考えに信憑性《しんぴょうせい》はないと証明するためにちがいない。

保安官の目が私を服の上からなめるように見ている。

「おやめなさい」

「なんのことかな？」

「私をそんな目で見ないでちょうだい」

「あんた、鞭を持っているな」

「いましがた、二人の男が拳銃で決闘しているところを見てきたんですの。一人はピエール・コーションという低劣な白人で、もう一人はウェイド・ラフキンよ。私、彼の伯父さんがどうしてあんなことを許可したのか、どうしてもわかりませんわ」

保安官は体が水平になるほど椅子にだらしなく寄りかかっている。外科手術で背骨を摘出《てきしゅつ》されたみたいに。そして、机上の吸取り紙に載せた鍵束をいじくっている。柔らかそうな頰には赤や青の血管が浮き、金色の髯《ひげ》が生えていた。「昨夜、スアレスの農園から四人の奴隷が逃亡した」

「それで？」

「本官にあんたを逮捕させないでくれ、ミス・フローレンス」

「言いがかりはよして」

彼はあくびをしてから、大儀そうに手を口に当てた。「ウェイド・ラフキンは怪我を負わなかったんだろう？」

「ご自分で東大通りへ出かけて、確かめればすむことでしょう？」

「そうするのにやぶさかではないがね」彼は応じた。「それで事態が変わるのなら」

しかし保安官は動こうとしない。だらしない恰好のまま、窓越しに墓地を眺めている。大半の地下墓地は煉瓦やモルタル造りだ。地面は柔らかく、棺の重みで入口の基礎のコンクリートにひびが入り、建物全体が傾《かし》いでいる。死者のほとんどは黄熱病の犠牲者で、発生源はいまだに謎の災いだ。私たちは確たる対策もわからないまま、この地域の恐ろしい犠牲者数を少しでも減らせればと願い、沼沢地に大砲を撃つことまでした。

「私、ニグロの牢獄に入っている有色人女性に着替えを持ってきましたの」私は本題を切り出した。

「ハンナ・ラヴォーのことです」

「あの女の服が足りていないとでも？」

「まあ、あなた、しらばっくれるおつもり？」

彼はようやく背中を起こしかけた。よどんだ目が青白い。「まあ、お好きなように、ミス・フローレンス。ラフキン青年の様子は？」

「顔が恐ろしく損なわれてしまいました。鸚鵡のようにとりとめのないことを口走って、目は血溜まりみたいになって、それはもうひどいありさまだわ」

「そんなにひどいのか？」

「ねえあなた、子どものころに脳に障害でも負ったの？　両親に虐待された？　大きな蚯蚓《みみず》みたいに寝ていないで、せめてまっすぐ椅子に座ったらどうなの？」

彼は当惑してぽかんと私を見た。それもそうだろう。私はかっとすると自分でも何を言っているのかわからず、なぜ周囲の人たちに指図するのかもわからなくなる。とりわけ、相手がそろばんを使っても自分の指も数えられそうにないのろまだったら、なおさらのことだ。おお主よ、同胞にこんな恐ろしい考えを抱いた私をお許しください。

保安官は私の頭上に日傘を差して牢獄まで案内し、別れの挨拶をしてあとは看守にまかせた。看守の名前はルイ・ブードロー。その体からは強烈な悪臭が漂い、私はまるで見えない生き物に窒息させられるようだ。眼帯で片目を覆い、こそこそした足取りで卑屈な態度を取る。中世の人間がそのまま現代に移ってきたようだ。「どうも光栄です、ミス・フローレンス」狭い看守室に入ってきた私に、ブードローは立ち上がって言った。

「ハンナ・ラヴォーと話がしたくて来ました。着替えと毛布も持ってきました」

「そうしたものは足りてやすが」

「そう聞いています。それでも、彼女に届けたいのです」

「かしこまりやした」ブードローは頭を下げて言った。「では、テーブルに置いていってくだせえ。必ず届けやすから」

見えるほうの目が光を帯び、私が帰るのを待っている。肌は土埃《つちぼこり》にまみれ、煙突掃除でもしてきたようだ。

「直接、彼女と話したいのです、お願い」

彼は机の時計に目をやった。「それができるかどうかはわからんですな。あの女はまもなく取り調べを受けることになってやすから」

「取り調べ?」

「ニューオーリンズから法執行官が来てやす」

「あなたがた、彼女に手荒なことをしているの?」

「とんでもねえ、あっしらはそんなこたあしません」ブードローはそう答えて、不敵な笑みを浮かべた。歯茎《はぐき》は噛みタバコの汁で蝕《むしば》まれている。

「二人の黒人から、ラヴォーという女性が食事も水も与えられていないと聞きました」

「そう言っていたのはどちらの黒人ですかな、ミス・フローレンス？」

「私を気安く〝ミス・フローレンス〟と呼ばないでちょうだい、ミスター・ブードロー。名前で呼ぶという伝統は、社会的な礼儀を守りつつ家族的な親愛の念を示すために用いられます。いまの私たちは、そうした状況にはありません」

彼は何か吸うような音をたて、壁の釘から鍵束を手にした。片目が私を刺すようにねめつけている。

「ではおいでいただけやすか、ミス・ミルトン。ミス・ミルトンでしょうな？　その点はまちげえねえでしょう？」

ハンナは木のベッドに座っていた。剝き出しの足は汚れている。服の裾《すそ》が小さな足についていた。痩せ細って悲しげな彼女は膝頭をぴったり寄せ、両手を膝の上で組んでいる。私に向かって目を上げたが、無言のままだ。この〝ニグロの牢獄〟と呼ばれている惨めな場所で何が起きているのか、私は確信した。

「あっしがここを出る前に、服や毛布を検《あら》めさせてもらいやすよ」ブードローが言った。

「これはミスター・チャールズ・ラフキンが、使用人のハンナ・ラヴォーのために私に下さったものです」私は言い返した。「なんでしたら私から伝えましょうか？　あの方のお気遣いにあなたが疑いの目を向けたと？」

「まったく、あっしらの仕事をやりにくくしてくれやすな、ミス・ミルトン。ミスター・ラフキンのご気分を害するつもりなど、ゆめゆめありやせん。ではここを出るときに、あっしを呼んでくだせえ」

ブードローは悪臭を残して独房を出ていき、扉を荒々しく閉めて鍵をかけると、大きな音をたてて鍵を看守室の机に置いた。私はハンナの傍らに座り、肩を抱いた。「あの男に何をされたか話して」

「それはできません」

「私を信用していないの？」

「わたしが話したら、それは本当の出来事になってしまいます。でもわたしが自分の秘密の場所に入れば、本当のことではなくなりますから。それは主がわたしのことを気遣ってくださるからです。だからきっと、わたしは大丈夫ですよ、ミス・フローレンス」

私はハンナの肩とうなじを撫でた。泣きたくなる。いや、私はルイ・ブードローもあの男に権限を与えた連中も皆殺しにしてやりたい。

私は彼女を抱き寄せ、耳元でささやいた。「ハンナ、私が持ってきた着替えの中に、自家製のワインが入っています。でもあなたは飲まないで。私がここを出ていったら、きっとミスター・ブードローがあなたの部屋へ入ってきて、瓶を見つけ出すでしょう。あの男は酒浸りで下劣な男だから、瓶を自分のものにして看守室で飲むにちがいないわ。そうしたら、あの男は気を失うでしょう。いま鍵を渡しますから、それは絶対に見つからないようにしてね。あなたの部屋の南京錠の鍵だから。南京錠には鉄格子のあいだから手が届くわ」

「どうやってその鍵を、ミス・フローレンス？」

「お金を払ったの。この戦争を動かしているものはお金だし、あなたがたを縛りつけているのもお金。そうじゃないとは誰にも言わせない。ミスター・ブードローはきょうの午後にこのワインを飲むはずよ。きょうは雨が降りそうだわ。あなたの味方になってくれる人たちを待たせておくから」

「ミス・フローレンス、わたしの身にとても悪いことが降りかかろうとしているんですか？　それであなたはこんなことをしてくれるの？」

「あなたは賢く、勇敢な女性だわ、ハンナ。だからこそ、あの男どもはあなたを恐れるのよ。だからこそあいつらは、あなたの品位を落とし、汚そうとするの」

「わたし、ミスター・スアレスを殺してしまったかもしれません」

「よかったじゃない。死んで当然の男よ」

「いまの言葉は聞かなかったことにしておきます、ミス・フローレンス」

私は彼女の背中を軽く叩いた。ハンナの全身と薄い服から、胸の高鳴りが伝わってくる。「私たち女性は団結しないといけないわ」

第十二章　ウェイド・ラフキン

野菜を運搬する荷馬車に乗せられ、診療所へ運ばれているときの気分は、ゴルゴタの丘の十字架で目覚めたようだった。誰かがアヘンチンキを渡してくれたのだと思う。だとすれば、視界が真っ赤に染まっていた理由も説明がつくだろう。頭上の樫の枝は赤く、はらわたを取り出された動物のような形に見えた。

恐ろしいことに、ぼくはもう自分が何者なのかわからなくなってしまった。これまでぼくはいつも自分のことを鳥類愛好家で、ウォルト・ホイットマンやラルフ・ウォルドー・エマーソンのような慈善的な理想主義に傾倒した芸術家だと思ってきた。しかし憤怒に駆られて北軍の若い将校を殺してしまい、それから戦争を人任せにして家に帰り、チャールズ伯父に自分の面倒を見させた。伯父の富は奴隷にされたアフリカ系人の労苦によって得られたものだということも忘れて。

その挙句《あげく》、好戦的な衝動に囚《とら》われてしまった。人間が摂取できる最も有害な薬物のような感情に。その感情のまま、ぼくは棺に入った三人の従兄弟《いとこ》たちの遺体を見下ろし、ピエール・コーションに決闘を挑んだ。それによって自分が魂を失い、忌み嫌っていた存在に成り下がる可能性など考えもしなかった。ところがいま、まさにそうなってしまったのだ。

救い主に赦《ゆる》しを求め、それで終わりにすればいいだろうって？　ぼくだって試してみたさ。まさにそれこそが問題の核心だ。赦しを求めようとしても、ぼくは同時に怒りを覚えてしまうんだ。決闘の前には主の助けを求めた。それでも決闘はお構いなしに進行した。ぼくが決闘をやめていたら、ラフキン家の面汚しになってしまっただろう。そのとき、主はどこにいた？　主のくびきは負いやすく、荷は軽いと言っていたのに。敵は無礼で放埒《ほうらつ》な男なのにもかかわらず、傷ひとつ負わなかった。ぼくはこの先、恐怖を絵に描いたような顔のままだろうし、心優しい人たちはぼくを思いやって泣くだろうが、子どもたちは怖くなって逃げ出すだろう。負いやすいくびきだって？　ああ、まったくだ。

ぼくが手前勝手な悲しみや喪失感に浸り、ことさらに抑鬱状態を求めていると思うだろうか。では、まだ話していなかったことを明かそう。六五口径の拳銃がぼくの顔の前で暴発したときに起きたことが、もうひとつあったのだ。それはぼくが負った傷よりもさらに恐ろしい出来事だった。ぼくがバージニア州北部で殺した若い将校が肉体の形を取って現われ、地面に倒れて火薬の爆発で何も聞こえなくなったぼくの頭のそばに、のんきにしゃがみこんでいたのだ。青いウールの上着は血糊でごわつき、ぼくが銃剣で突き刺したときと同じ長いズボン下が見えていた。

あの世への道案内に来たのか？　とぼくは訊いた。

まさか、と将校はケルト系の訛りで答えた。きみにはたっぷり償いをしてもらわないとな。そう言って笑う。

ぼくがおまえを殺したからか？　あれは正当防衛だったんだ。

それとは別問題だ。きみは自分を血まみれの聖人だと思っているんだろう。

ぼくは戦争には行きたくなかった。だから非戦闘員になったんだ。見かたによっては、ぼくは兵士よりも大きな危険を負っていた。身を守る武器を持たなかったんだからな。

そいつはたわごとだ。きみは喜んで俺の内臓を突き刺していたじゃないか。

嘘をつくな、とぼくは言った。

だったら、自分の胸に訊いてみろ。上流階級の福音主義者を気取り、奴隷の擁護者を自任しているが、それは相手が熟れた食べごろのかわいいアフリカ系人だからだ。そうとも、俺はハンナ・ラヴォーという名の黒人女にきみが暗い情欲をたぎらせていることを言っているのさ。

ぼくは彼女と不適切な関係を結んだことはない。おまえがそんなことを言う権利はない。

そうかもしれない、と彼は言った。だがそれでも、きみは偽善者だ。きみはどちらの側にもつかず、闘争になんの価値も置いてない。いずれきみは学校の教師あたりになり、手前勝手な話を生徒たちに吹きこんで、機嫌が悪くなると手をあげるんだろう。

どうやらおまえは、ぼくが殺した男ではないようだな。おまえは悪魔だ。

どうかな。まあ、すぐにわかるだろう。ついでにひとつ、教えておいてやる――きみがチッカモーガで戦死した従兄弟たちと同じ場所へ行くことはないだろう。それじゃあ、あばよ。

荷馬車の車輪が穴ぼこを通ったとき、鎖骨を丸頭《がんとう》ハンマーで打たれたような痛みが走った。両目から血が流れ出すのがわかる。頭上の木の枝はまだ赤いが、いまは腐肉《ふにく》を漁る鳥たちの鳴き声や糞に震えている。


ぼくは伯父の家の二階にある自室のベッドで五日間、断続的に眠った。食事はほとんどとれなかった。顔の縫合糸《ほうごうし》が突っ張るので、咀嚼《そしゃく》は地獄の苦しみだった。濡れた革の覆面をかぶせられ、それがしだいに縮まっていくような苦痛だ。いちばん身近な友だちはナイトテーブルに置いたアヘンチンキで、たとえ自分がアヘン依存症になろうが構わなかった。率直なところ、〝ピンク・レディ〟という愛称のこの薬は、ぼくをいつでも癒してくれる優しい友だちだった。

寝室で療養して六日目、視界がいくらか戻ってきた。外科医によると、失明状態は精神的外傷が原因の可能性があり、回復の見通しは不確かで、楽観視はできないということだった。

使用人が一人、ぼくのベッドの下から尿瓶を取り出している。腰が曲がった、年輩で白髪の男だ。黒い上着は色褪せ、白い礼装用シャツのカフスはすりきれている。

「名前は？」ぼくは訊いた。

「クリストファーです、旦那」彼はベッドのそばに立ち、両手で尿瓶を抱えたまま言った。

「ぼくを知っているのか？」

「存じています。もう長いこと」

「こんなことをさせてしまって、すまない」

「どうかお気になさらず」

ぼくは枕を重ねて上半身を起こされていた。窓からは沼地と硬質な青い空が見え、遠くの湾は黄色みがかり、白い波が立っている。まるで無数の鷗が水面ぎりぎりを飛んでいるようだ。

「外は暖かいのか、クリストファー？」ぼくは訊いた。

だが、彼はもういなくなり、どこへ行ったのかはわからない。階段に足音が響き、チャールズ伯父がベッドのそばに腰かけた。「少しは具合がよくなったかな、かわいい甥っ子よ？」

「はい、おかげさまで」

チャールズ伯父は日ごとに愛情を滲ませた口調で呼びかけてくる。伯父の息子は一人残らず死んでしまった。チッカモーガで戦死した三人の息子たちの遺体には、親指ほどの大きさの鉄片がいくつも入っていた。伯父は遺体から素手で鉄片を取り除いていた。

「おまえは理想主義者かもしれないが、立派な理想主義者だ」伯父は言った。「家内もわしも、おまえを息子同然に愛している」

「ぼくも伯父様とエゼミリー伯母様を愛しています、チャールズ伯父様」

「外科医は快方に向かうと言っているが、辛抱しなければならん」

「何を辛抱するんです？」ぼくは笑みを浮かべようとしたが、顔が引きつって痛い。

「手近な処方薬に頼りすぎてはならん」

伯父は寝室から鏡をすべて運び出していた。それに銀器や幅広の銀のナイフも、決してベッドの近くに持ってこないよう使用人に厳命しているようだ。

「ご親切にありがとうございます、チャールズ伯父様。どうかご心配なく」

伯父は身を乗り出した。ぼくの肌にかかる息は羽毛のようだ。伯父も老境に入り、息遣いがいつも優しく感じられるようになった。「わしらの暮らしに大きな影がのしかかっている、息子よ」

伯父がぼくを〝息子〟と呼んだのは初めてのことだ。

「生き残っていたわしの子どもたちは、みんなヤンキーどもに殺されてしまった。おまえも悪人のせいでこんな目に遭わされた。やがて使用人たちも逃亡し、わが家は徴税という名目で奪われるかもしれない」

「それも主の思し召しでしょう」ぼくは答えた。

「いや、悪魔自らがこのことに関与しているのだ、ウェイド。だからこそ、わしらは悪魔の罠にかからないよう気をつけ、もっともらしい名目でわしらの財産を奪おうとする連中に動じてはならんのだ」

伯父は植民地時代の貴族の末裔《まつえい》らしい、柔和な顔立ちをしていた。銀色がかったブロンドの髪が、天使のように目に垂れている。一瞬、このエデンの園を思わせる土地から富を搾取した辛辣な男は部屋から消えたように思われた。実際、その声は顔つきと同じく穏やかだ。「わしの言っていることがわかるか？」

「いいえ」ぼくは答えた。

「わしらは連中と同じ方法で反撃し、それがわしらの不利にならないよう祈らなければならん」

ぼくは伯父と言い争いたくなかった。それだけの気力もない。「チャールズ伯父様」

「なんだね？」

「使用人に鏡を持ってこさせてほしいのですが」

伯父は息を呑んだ。「体は自然に治癒するものだ。しかしそれには時間がかかる」

「ぼくは自分がどうなったか見たいのです」

伯父の目から光が消えた。「おまえは勇士であり、前途洋々たる若者だ、ウェイド。そのことを忘れてはならない、たとえ不運がおまえを墓場に連れていこうとしても。おまえはラフキン家の人間なのだ」


ぼくは心地よい眠りに落ち、そのまま午後まで寝ていたが、地面に影が落ちて目が覚めた。窓は半びらきで、微風《そよかぜ》がカーテンを揺らしている。豚の甲高い鳴き声が聞こえてくる。殺される間際、死に物狂いで鳴いているのだ。沼地に散弾銃の銃声が響き、真鴨や駒鳥や浣熊《あらいぐま》が撃たれているのがわかる。オクラシチューをゆでる大鍋に入れられ、畑仕事をしている働き手たちの夕食になるのだろう。だが、ぼくたちはこうした世界で生きているのだ。無害な動物たちを痛めつけ、殺すことはぼくらを養うばかりでなく、家族を富ませてきた。しかし、ほかに方法があるだろうか？　修道士のような生活を送ればいいのか？　では、修道士は小動物を殺さないのか？　北軍がぼくらの家に火をつけ、有色人種の女性たちを情欲の対象にしていることはどうなのか？　ここは本当にぼくらが働いて休息するために、主がお造りになった世界なのか？

ぼくはベッドに起きなおり、〝ピンク・レディ〟をスプーンに注いで口に入れた。それから窓越しに見えたものは、幻影としか思えなかった。隊長に率いられた二百人ほどの騎馬隊が、レディ・オブ・ザ・レイク農園へ入ってくるのだ。その隊長はいかにも仰々しいブーツを履き、縁《ふち》が指紋で汚れた幅広のシルクハットをかぶっている。チャールズ伯父は窓から鳥を観察できるように望遠鏡を置いてくれていた。ぼくは隊長の顔に焦点を合わせてみた。顎鬚は深紅で、頬は爛れて何かの液体で光っている。その男は鞍から身を乗り出し、唾を吐いた。

隊列の最後尾には騾馬に引かれた大砲が見える。御者は二人とも黒人だ。一人はシャツを着ていない。もう一人は北軍のズボンを穿いている。これだけで一目瞭然《いちもくりょうぜん》だ。この集団はレッドレッグだ。髭も剃らず、服は風雨に色褪せて、どの顔も自堕落で愚かな表情をしている。鞍の上でうたた寝している者もいた。ありとあらゆる種類の拳銃、幅広のナイフ、マスケット銃、銃身を切り落とした散弾銃のような武器を携えている。まごうかたなき非正規兵や盗賊の証だ。北軍からぶんどったスペンサー銃を抱えている者もいた。なかには、鞍尾《あんび》に人間の首をいくつもぶら下げている輩もいる。髪が長いので女性の首のようだ。

隊列は巨大な輪縄のように屋敷を取り囲んだ。隊長が馬を降り、腰にサーベルを提げ、正面玄関に近づいて、ぼくの視野から消えた。それから拳が正面玄関を乱暴に叩く音が聞こえ、寝室の壁まで振動した。チャールズ伯父が扉を開け、ならず者の無礼に罵声を浴びせて、いますぐ農園を出ていけと命じる様子が目に浮かぶようだ。しかし実際には、そんなことは起きなかった。階段に彼らの足音が響いたかと思うと、ぼくの寝室の扉が開けられ、目の前にその男が立っていた。病気で爛れた顔はぬらぬら光り、口は瘢痕《はんこん》組織のせいで歪《ゆが》んでいる。

「こちらはカールトン・ヘイズ大佐だ、ウェイド」チャールズ伯父が言った。「わしらを助けてくれる」

「あなたがご苦労なさったことは承知しています」大佐が言った。

「そんなことはありません。自ら招いた苦境です」

「見上げた心意気ですな。わしもまずい立場になったことは何度かありますが、あなたのようには対処できませんでした」

「大佐の生い立ちやなさってきたことはよく存じています」

彼はうなずき、それから言った。「何かお気に召さない点はありましたかな？」

「甥はそうしたことに目くじらを立てる人間ではありません」チャールズ伯父が言った。

「善良な青年であることはわかっていますよ」大佐が答えた。

「チャールズ伯父様になんの用だ？」ぼくはいままで、伯父の屋敷でこんな口を利いたことはなかった。

「おまえ、何も知らないんだな？」大佐が言った。「わしはおまえのために来たんだぞ。ピエール・コーションが、おまえは嘘つきで北軍の手先で、異人種混交を実践しているという噂をまき散らしている。ありていに言えば、おまえがハンナ・ラヴォーというふしだらな黒人女と親密な仲だと言いふらしているんだ」

ぼくはチャールズ伯父を見た。伯父は窓の外を見ている。

「あんたの手下が鞍から人間の首をぶら下げていたぞ」ぼくは大佐に向かって言った。「女性の首かもしれない」

「いいや、それはちがう」大佐は答えた。「あの首は白人女性を強姦した混血の男どもだ。やつらの首は日が沈む前にセント・マーティンヴィルの外れで槍の先に刺して並べることになっている。混血の連中だけでなくニグロにも見せしめにするのだ」

「伯父様？」

だが伯父は窓の外を見つづけている。

「チャールズ伯父様？」ぼくはなおも呼びかけた。

「敵の敵は味方だ」伯父はこちらを向いて言った。「わが軍の兵士たちは最善を尽くしておるが、数は劣勢で、食料も弾薬もないありさまだ。このままでは、ほどなくわしらは北軍に占領され、辱《はずかし》めを受けることになるだろう。ヘイズ大佐はわしらを失望させるようなことはしない」

「そのとおりだ、お若いの」大佐が言った。「ミズーリやカンザスで、わしはジェイムズ・レーンやウィリアム・クラーク・クアントリルのような指導者とともに戦ってきた。そこから何を学んだと思う？　おのれ自身と家族を守るためには、自分で立ち上がるしかないのだ。それ以外の人間などくそくらえだ」

「言っておくが、ここは伯父様の家だ」

「いいんだ」伯父がとりなした。「いまは困難が迫っているのだ、ウェイド」

「どうか考えなおしてください、伯父様」

「おまえにはまだ話していないことがある」伯父は続けた。「ハンナが〝ニグロの牢獄〟から脱獄した。しかも逃亡する前に看守のルイ・ブードローを去勢していた。おまえには気の毒だがな。おまえが彼女に親愛の情を持っていたことは知っておる」

「ハンナがそんなことをするわけがありません」ぼくは言った。

「いや、彼女の仕業《しわざ》だ、ウェイド」伯父はにべもなかった。「ミノス・スアレスを殺したのもあの女である可能性が高い。現実を直視するんだ、息子よ。ペンや絵筆が剣より強いと信じるのは心地いいだろう。しかし、そう言って死んだクエーカー教徒だっているのだ」

第十三章　ハンナ・ラヴォー

脱獄してからずっと、わたしは怖かった。わたしたちは人目を忍び、二日間というものアチャファラヤ川を漕ぎ渡って隠れられそうな島を探した。ゴムの木や沼水木《ヌマミズキ》が入江に鬱蒼と、見渡すかぎり遠くまで生い茂っている。地平線から日が昇ると、赤い光が炎のように水面に広がり、この世界には生き物たちの影が踊って魚卵の臭いがしてくる。それから神様はわたしに、恐れることはない、アチャファラヤ川流域はノアの大洪水のあとで神が自らの手でお造りになった大きな鉢でしかないのだと告げてくれた。ここは特別な場所なのだ、と神は言われた。ここは昼も夜も刻一刻と姿を変え、バイユーの流れも入江も潮《しお》の満ち干とともに水位が上下して、波は木の幹に打ち寄せ、鰐《わに》は島々のあいだを丸太のように漂い、鹿や小動物がわたしたちを警戒のまなざしで眺めている、そんな場所なのだから、と。

二日目の夜、事態は一変した。それはミス・フローレンスのせいだ。世の中には信念があまりに強く、勇敢すぎる人たちがいる。勇敢で信念が強すぎてこっちの話を頑として聞かないので、頭を叩きたくなる人も。

わたしたちが丸木舟で隠れられそうな島に着いたとき、辺りはすっかり暗く、月明かりで見えるのは掘立て小屋の輪郭と、湿り気を帯びて光る樹々と、潮流でメキシコ湾に引き戻された大小の生き物の足跡だけだった。ミス・フローレンスが最初に丸木舟から降り、沈泥《ちんでい》に舟を引き上げた。その弾みでわたしは倒れそうになったが、彼女はお構いなしに、舟を水面から引き上げて食料や衣服や毛布を積み下ろしなさいと指図した。わたしはミス・フローレンスに、その前にまず火を熾したいと言った。真っ暗闇の中を歩きまわるのはよくない、と。しかし彼女は聞く耳を持たなかった。

「ミス・フローレンス――」

「つまらないことを騒ぎ立てるのはおよしなさい」彼女はそう言った。「まずあなたに何か食べさせたいのです。ルイ・ブードローはあなたを餓えさせて言いなりにしようとしたんでしょう。ちがうとは言わせないわよ。いつかあの男を鞭でうんと懲らしめてやりたいわ」

「ミス・フローレンス、わたしは西インド諸島や悪魔島を生き延びてきました。物事にはやるべきことをやってはいけないことがあります。真っ暗になってから密林の中を走ってはいけません。それにわたしは、つまらないことを騒ぎ立ててはいませんよ」

彼女は耳を貸さずに掘立て小屋へ足を踏み入れ、がらくたを窓や扉から投げ捨てはじめた。次の瞬間、悲鳴が聞こえた。わたしは小屋へ駆けこんだ。彼女は小屋の中に突っ立ち、首や腕に巻きついたヌママムシを叩いている。長さ三フィートほどの毒蛇だ。棚から落ちてきたにちがいない。生長して窓から入りこんできた糸杉の枝がそこまで伸びている。

ああ、神様、どうかわたしが気を失わないようにお支えください。そう祈った。わたしはそれほど勇敢な人間ではありませんが、どうかいまだけは勇敢にしてください。ミス・フローレンスは善良な女性です。頑固でときどき頭を叩きたくなっても、こんなことで殺されるいわれはありません。

それで神が力を与えてくれ、わたしは猛然と蛇を掴み、椅子にその頭を叩きつけて床に投げ落としてから、何度もジャンプして頭を踏みつけ、のたくるのをやめるまでそうした。蛇がもう一度体をくねらせたので、椅子をふたたび頭にぶつけると醜い口を開けて死んだ。

ミス・フローレンスを助けなければ死んでしまうのはまちがいない。農作業をしたり、沼地で丸太を切り倒して運んだりしていたら、蛇のことに詳しくなる。水面に体をかがめる仕事は誰もが嫌がる。

もし蛇に首や顔を嚙まれたら、奴隷監督のところに戻れなくなるだろう。監督にとってもその奴隷が戻ってこないほうがいい。戻ってきたら監督が主人に責められるだろうし、蛇の巣を片づける役がまわってくるからだ。

珊瑚蛇《サンゴヘビ》の毒が脳まで達すると、正気を失い自分で応急処置ができなくなる。アメリカマムシは必要がなくても攻撃してくるだろう。ガラガラ蛇はとぐろを巻いて警告してくれるが、やると決めたら断固とした力で襲いかかってくる。

ヌママムシはほかの蛇とは少しちがう。思いがけず人間に出くわしたら、泳いで逃げるか水にもぐろうとするだろう。沼地では低く垂れた木の枝に這い上がり、そこで眠る。しかしヌママムシがとぐろを巻いて白い歯をすべて剝き出しているのに、こっちがそれに気づかずに魚網《ぎょもう》や蟹《かに》用の罠を引き揚げようと体をかがめたら、ヌママムシは顔に向かって飛びかかり、頰に牙を突き立ててぶら下がるだろう。振り落とせたとしても、布を巻いて止血するのは難しい。

わたしは蛇を窓から素手で放り投げ、それからミス・フローレンスを毛布に寝かせ、上半身にもう一枚毛布を掛けて、さらに枕代わりにわたしの外套を敷いた。顔が大きく腫れ上がって口を閉じることができず、自分の唾でむせている。わたしは彼女の体を横向きにし、喉から唾を出そうとしたが、救命に必要な道具――吸引カップ、薬品、傷口を切開するナイフ――は何ひとつない。

それでわたしは傷に口を当て、血や毒液をできるだけ吸い出した。その味は予想とはちがい、土から掘り出したばかりの野菜のような味がした。わたしは吐き出し、何度もそれを繰り返した。そのあいだずっと、ミス・フローレンスの目はわたしの目のすぐそばにあった。その目を見ると母を思い出した。連れ出されて処刑される前に、自分の身にどんな恐ろしい出来事が起きるのか説明してほしいと求めていたような。ミス・フローレンスの両手はわたしの背中を押さえていた。まるでわたしを潰してしまいたいが、そうすると彼女も死んでしまうのでできないかのように。

息遣いが荒くなり、わたしの頰に熱い息がかかる。彼女はわたしの耳元にささやいた。「このまま死なせて、お嬢ちゃん。

私《わたくし》は怖くありません。

主がこの迷える子羊を導いてくださいます」

わたしは自分の目にかかった髪を腕で払った。「そんな気弱なことを言わないで、ミス・フローレンス。時が来たら、主がお告げをくださいます。いまのところ、わたしはまだそうしたお告げを聞いていません。だから静かにして、偉そうに人に指図するのはやめてください」

だが、わたしは嘘をついていた。ミス・フローレンスは瀕死の状態だった。わたしは夜通し彼女に付き添い、藪蚊《やぶか》を追い払って傷口を洗い、下着を取り替えて、体力をつけてもらおうと、とうもろこしパンや塩漬け豚肉を少しでも食べさせようとした。夜明けごろ、四人の男が漕ぐ、二枚の帆を張った小舟が島のすぐそばを通りすぎていった。手を振って知らせることもできたが、奴隷捕獲人であることはわかっていた。どうしてわかったのかって？　男たちはみんな怒った表情をしていたからだ。なぜか？　自分たちのしていることは正しくないと知っているから。

昼になると太陽は空の真上に上がってギラギラと熱く白く輝き、小さな島から影はすべて消えてしまう。遠くから水を叩く音が聞こえ、それはしだいに大きくなって、蒸気船の音だとわかった。まるで地球の本来あるべき姿を破壊しようとする、ここにふさわしくない機械のように。

わたしはミス・フローレンスの額にひんやりした布を当て、窓へ近づいて樹々を透かして見た。わたしたちと落ち合って北部へ連れていってくれるはずの人たちは、いつまで経っても現われない。ミス・フローレンスによると、彼らは捕まってしまったかもしれないということだ。だが、わたしにはそうとは思えなかった。わたしにまつわる噂が広まっている。わたしがミノス・スアレスを殺したという噂が。奴隷制廃止論者は逃亡奴隷を命懸けで救おうとするが、下劣な男を殺した有色人種の女に命を懸けようとはしないだろう。たとえその男のせいで彼女の人生が破滅したとしても。

蒸気船は舳先《へさき》で水面をかき分け、わたしたちの島の対岸にある、柳で覆われた島の向こう側にいる。わたしにとって、蒸気船はいつも自由を意味していた。少なくとも、自由になれるチャンスを。もしかしたら北軍の船かもしれない。だとしたら薬や石鹸や湿布を備え、ミシシッピ川へ連れていってくれる。ミシシッピ州のヴィクスバーグは陥落した。それが意味するのは、ルイジアナやミシシッピなどの深南部《ディープサウス》と呼ばれる一帯の逃亡奴隷にもオハイオ川まで通じる道がひらけ、そこへたどり着けたら真の自由を得られて、二度とふたたび焼印を押される恐怖に怯えなくてもいいということだ。

しかし蒸気船が柳の島をまわり、煙突から黒く汚い煙を吐いて、船尾の外輪や甲板に積んだ空っぽの檻《おり》や、船首の回転砲、そして操舵室の屋根にはためく旗が見えてくると、わたしはたちまち強い恐怖に襲われた。もはや逃げ場所がないからだ。溺死するための時間稼ぎをする場所さえないだろう。いましがたまで抱いていた希望は跡形《あとかた》もなく消え去った。わたしが投降しなかったら、ミス・フローレンスが死ぬのは確実だ。投降したら、わたしは甲板の男たちに慰み者にされた挙句、殺されるだろう。だったら、そんな目に遭う前に自分で命を絶てばいい。

わたしは窓から離れ、ミス・フローレンスのそばにしゃがみこんだ。彼女がこちらを向き、目を開ける。「どうかしたの、お嬢ちゃん?」

「南軍の蒸気船です、ミス・フローレンス。これから投降しようと思います」

彼女の手がわたしの手首に這い上がる。「いいえ。それはいけません」

「そうしなければ、あなたは死んでしまいます、ミス・フローレンス」

「私はもう、心の平安を得られました。私のために、あなたを犠牲にするつもりはありません」

その手はわたしの手首を、血行が止まるほど強く握りしめた。わたしは手を引き剥がそうとした。

「私の言うことがわかる、お嬢ちゃん?」

わたしは手を振り払い、立ち上がって窓際へ向かった。船首に男が一人立ち、望遠鏡を覗いている。

すべてを終わらせるには、わたしは扉を出て樹々を通り抜け、潮が満ちている砂洲《さす》へ出ればよく、そうすればもう何も選択する必要はなくなる。母のように、わたしはこの世界に破滅させられ、そして時間が過ぎていき、わたしはこの世に存在すらしていなかったことになるだろう。

そのとき、声が聞こえてきた。西インド諸島で自分の世界へ逃げたときにも、シャイロー教会で周囲にいた人たちがみんなミニエ弾や散弾で殺されたときにも同じ声を聞いた。

声は言った。**わたしとともにとどまり、災いを恐れるな。**

その声がどこから聞こえてくるのかはわからない。わたしの頭の中からではなかった。あるいは、外の水面からでも。樹々からでも。「あなたは誰?」わたしは訊いた。

しかし、答えはない。蒸気船はわたしたちの島の方へ船首を向けつつあり、外輪が絵の具のように黄色い水をかきまわしている。

「誰と話しているの?」ミス・フローレンスが言った。

わたしは答えかけた。そのときにわかった。目から鱗《うろこ》が落ちるように。神の声ではない。まったくちがう。わたしのいとしいサミュエルの声だ。ゆりかごに寝ている。赤ん坊だったころに寝ていたゆりかごだ。彼の発する光が小屋の中を満たした。ミス・フローレンスにさえも彼が見える。まばゆい光が彼女の顔を照らすのでそれがわかった。

「どうしたらいいのか教えて」わたしは呼びかけた。

けれども彼は答えない。ただ微笑むだけだが、サミュエルが笑うほど光は強くなる。

そのとき、何もかもが止まった。半びらきになったミス・フローレンスの口、鉤爪《かぎづめ》のように宙に浮いた彼女の手。この島へ向かって船体を傾けた蒸気船、船首から上がる飛沫《しぶき》、そして煙突から出る煙までが一瞬凍りついた。

そこでわたしは、サミュエルが伝えたかったことを悟った。言葉にして伝えられたわけではない。

神のお告げでもなかった。サミュエルがわたしの頭の中で言ったことは、言葉で捉えきれないほどの意味があったのだ。そのメッセージはわたしの瞼の裏にも、心臓にも魂にも受け止められた。

「そうするわ」わたしはまだ小屋の中でちらつく光に向かって言った。

「何をするの？」ミス・フローレンスが訊いた。

蒸気船は島から針路を逸らし、メキシコ湾のほうへ遠ざかっていった。甲板員が舷縁に身を乗り出し、バケツのごみを投げ捨てている。

「答えて、お嬢ちゃん」ミス・フローレンスがなおも訊いた。「どうしてそんな不思議な表情をしているの？」

「あなたはきっとよくなります、ミス・フローレンス」

「どうしてわかるの？」

「そう運命づけられているからです。何もかもがそうなのです、ミス・フローレンス。わたしたちに必要なものはすでにあります。ただ、それを見つけ出せばいいのです。ひとつお願いがあるのですが」

「何？」

「わたしを〝お嬢ちゃん〟と呼ばないで」

彼女はわたしの頰に指を触れた。さっきまでその目にあったものは消えている。「あなた、熱があるみたいね」彼女は言った。「もっと自分をいたわりなさい、ハンナ」

第十四章　ピエール・コーション

風向きが俺に有利になっているとは思えない。ウェイド・ラフキンは自ら顔を吹き飛ばしたが、それでも責められるのは俺だろう。ラフキン家のような階級の連中は、目下の人間をねじ伏せて上流階級の相手と結婚するだけではない――搾れそうな相手からことごとく搾り取るのだ。まず最初に、相手にどれほどの金があるのか突き止め、それから一ドル残らず巻き上げる。ところで、俺の連隊がシャイローでどんな地獄を見てきたかわかるか？　俺たちの側面を援護することになっていたのはアイラ・ジェイミソン少佐だった。ところがなんと、こいつは最後まで現われなかった。まるっきり姿を見せなかった。戦争の真っ最中だというのに、あの男はどこか別のところにいたのだ。俺たちは夕刻の太陽を見ながら丘を上り、散弾や迫撃弾の一斉砲火を浴びせられた。北軍の砲撃で俺たちは畑の小麦のようになぎ倒された。ものの十五分で四割の兵士が死傷した。一晩中、悲鳴が聞こえてきた。あんな声を聞く羽目にならないよう、祈るがいい。風が死者を悼むような、冥界から亡霊がすすり泣くような声を。

アイラ・ジェイミソン少佐の噂を聞いたことがある。彼には未来がわかっているそうだ。俺たちがいま持っているものをすべて失うという未来が。〝木綿王〟と自称していた南部は〝貧困王〟に転落するだろう。奴隷がいなければ綿花は収穫できず、アンゴラ農園のように収穫期に三千梱《こり》も採れるところはやっていけない。噂によればアイラ・ジェイミソンはすでに、南部の労働問題への答えを出しているらしい。囚人を新たな奴隷にするのだ。俺たちはこんなリーダーを崇《あが》め奉《たてまつ》るというわけだ。

しかし、俺にはこうした物事は変えられないし、あれこれ考えるべきでもない。州知事に仕える巡査として、俺には法を遂行する義務がある。不運なことに、俺は三つの問題を抱えて苦労している。ひとつ、俺はラフキン家の人間に恨みがあり、白蟻《シロアリ》があの屋敷をおがくずにしてその大半が海に吹き飛ばされるのを見たいと思っている。ふたつ、俺がチャールズ・ラフキンに仕返しするためには、ラフキンがスアレスに借金をしていたがゆえに、ハンナ・ラヴォーを送りこんでミノス・スアレスを殺したことを証明しなければならない。三つ、俺がミノス・スアレスといまはルイ・ブードローの殺人事件に関して集めた情報は、奴隷から聞いたものだ。奴隷が言うことは何ひとつ信用できない。それは彼らが悪いのではない。主人に向かって本当のことを言えば、たいがいは鞭で打たれる。

そういえば、牢屋でジミー・リー・ロメイン保安官と話したのを忘れていた。ブードローの遺体の第一発見者だ。彼によると、床には割れたワインボトルがあったが、ワインは飛び散っていなかった。ということは、ブードローはワインを飲み干したあとで床に倒れたのだ。ハンナの扉の南京錠は開いており、鍵は挿したままだった。犯行当日は強い雨が降っており、遺体の周囲には濡れた足跡がついていた。出入りした人物が、一人なのか二人なのか三人なのか判別するのは困難だった。ただし、ひとつだけ確実なことがある。ルイ・ブードローの性器を切り落とした人物は、紛れもなく被害者に苦痛を与えるつもりだった。なぜなら哀れなブードローは悲しみと驚愕《きょうがく》に目を見張り、片目に涙をたたえ、自分の体にされていることが信じられないようだったからだ。

そこまで話を終えた保安官は、窓から雨を眺めていた。赤と白の頰髯《ほおひげ》と青い目と赤ん坊のような肉づきを見ると、甘やかされた子どもがそのまま五十歳になったように思える。

「犯人に心当たりはありますか、ジミー・リー？」俺は訊いた。

彼は鉄格子越しに、バイユーの流れに立ちこめる煙霧《えんむ》を見ていた。空は藍色で、シャドウズ農園の窓にオイルランプの灯《あか》りがともっている。たとえ農園主が堂々と歩きまわっていても、北軍はそこの屋敷に司令部を構えていた。「目星はついている」彼は答えた。

俺は続きを待った。

「ハンナ・ラヴォーの仕業にちがいない」保安官は言った。「さもなければ、ブードローの悪臭に悩まされていた誰でもおかしくない。あとはおまえにまかせる」

さすが、われらが保安官だ。


けさ、俺はフローレンス・ミルトンの家を訪ねて扉をノックし、屋外便所まで確認した。どこも施錠され、屋外便所も例外ではなかった。奴隷がアチャファラヤ川流域に逃れたときにはいつでも、俺はミス・フローレンスに事情聴取したが、彼女に嫌疑をかけることなく穏便にすませるようにしてきた。俺の職業からして矛盾しているように思えるかもしれないが、ミス・フローレンスは自ら志願して南軍の野戦病院で負傷者の手当てをしていたのだ。俺たちがスターリング・プライス将軍の指揮下、コリンスの戦場で敵の十字砲火にさらされたときのことだ。あれは酸鼻《さんび》をきわめる戦場だった。俺たちの連隊駐屯地のテントにはアヘンチンキがなかった。腕を鋸で切断される兵士の悲鳴の凄まじさは聞いたことがないだろう。俺は彼女の姿を見ていた。彼女は持ち場を守って怯《ひる》むことなく、服や顔中に返り血を浴びても顔色を変えなかった。たとえミス・フローレンスが数千人のピグミーやツチ族を解放し、知事公邸や俺の裏庭を行進させたとしても、俺はいつでも彼女の味方をするだろう。

さらに、彼女は家の奥に書庫を持つほどの蔵書家で、南部十一州が連邦を脱退する以前、バイユーに面した裏庭の芝生で夜会を催し、俺たちにレモネードを振る舞ってナサニエル・ホーソンの作品を朗読してくれた。あのころの彼女はいまよりずっと若く見えた。きっと人類にまつわる苦悩が顔に表われたのだろう。聴衆の大半は文字が読めず、英語を話せない者も多かったが、みなその夜会で表情が明るくなっていた。率直に言って、俺には彼女のような人間のことが理解できない。彼女には利己心というものがないようだ。

さて、俺は愛馬のヴァリーナを駆ってスパニッシュ・レイクのスアレス農園に向かっていた。前にも触れたが、以前にもここへ来たことはあった。一七九〇年代に創建された立派な建物で、煙突が二本、二階にはベランダもあるが、幸福な気分になれる場所ではない。ここを訪れるのは、子どもたちが虐待されているとわかっている家を訪問するような気分だ。その家の子どもたちは肉体的暴力はもとより、性的虐待も受けているかもしれないのに、理由はどうあれ俺にはどうすることもできない。

その日はよく晴れ、アザレアが咲き誇り、樫の樹々の下の草地には白粉花《おしろいばな》がちらほら見え、背景には湖面が輝いている。しかし、門をくぐって長い馬車道を進んでいくと、すぐに家族の者や奴隷監督の視線に気づく。彼らは一様に眉を顰《ひそ》め、俺の素性を怪しんでいる。もしかしたら振り返ってスアレス老人がいるかどうか確かめ、不意の来訪者にいささかでも譲歩してよいものかお伺いを立てたいのかもしれない。

俺はヴァリーナを鉄の杭に繋ぎ、辺りを見まわした。家族の者は誰も出てこない。きっと喪に服しているのだろう。奴隷監督たちもいないようだが、そんなはずはなかった。スアレス農園は恐怖によって支配されている。彼らの主な武器は、農園主や管理人が見えないところから目を光らせ、いつ何時《なんどき》、怒りに満ちた白い手に殴られるかわからないという恐怖感を奴隷に植えつけることだ。

スアレス家の奴隷には、もうひとつほかとちがう特徴がある。女たちは何度も洗われて色褪せた、チーズの水切りに使うような薄い服を、男たちはぼろ布同然の服を着せられている。とりわけ年老いた奴隷の服はみすぼらしい。この世界で、彼らの持ち時間は終わりかけていると言わんばかりだ。

俺は家の裏手にまわった。そこからは湖とサトウキビ畑と、そこで一列になって雑草を掘り起こしている黒人たちが見える。監督の姿は見えない。黒人たちはみな、俺を見て見ぬふりをしている。太り肉《じし》の混血の女が母屋の裏口の扉を開け、バケツ一杯の残飯を樽に空けた。きっと豚小屋に運ばれるのだろう。彼女は俺を見たが、横目で一瞥しただけだ。

「やあ、こんにちは」俺は挨拶した。

彼女は立ち止まったが、警戒して答えない。

「ミズ・スアレスはご在宅かな？」

「奥様に訊いてみな」

「どこにいるかわからないのに、どうやって訊くんだ？」

彼女は母屋へ戻り、何も答えずに扉をピシャリと閉めた。

俺は納屋へ向かった。水辺に面した納屋は古びて、赤いペンキは剝げ落ち、板材は腐食して縞《しま》になっている。解放奴隷の女性が一人、名前は思い出せないが、牝牛《めうし》のそばに乳搾り用の腰掛けとバケツ一杯の水と空のバケツを並べている。牝牛の尾が女の顔に当たった。彼女が牛の尻を強く叩く。名前はなんだった？　ダービー？　ドータリーブ？　彼女に関する記憶は心地よいものばかりではない。バビノー？　いや、ちがう。ダーラ？　ダーラ・バビノー？　それだ。

「元気かい、ミス・ダーラ？」

「まあ、なんとかやってるわ、ミスター・ピエール」

「俺の名前を覚えていてくれたのか。うれしいね」

「もちろんよ、あなたみたいないい男なら」

彼女の目はハンナと同じ色で、カリブ海を思わせる。ただし彼女は、こちらの頭を混乱させる。少し話してみると、俺の考えを笑っているのか、俺の頭の中のあらぬ妄想を見透かしているのかわからなくなるのだ。

髪は漆黒、肌は浅黒くて、唇は赤い。ふんわりした紫と白のドレスを着、首にはマルディグラビーズを、耳たぶには真鍮のリングをつけている。立ち上がると意外に小柄だが、彼女が顔を上げると、相手は白人だろうが黒人だろうがあとずさりするだろう。この辺りでは、そんなことはめったにない。

なぜ彼女がスアレス家にとどまっているのか、俺にはどうしてもわからない。ここを離れるだけでなく、南部を離れることだってできたのに。四、五年前、頬に二本の刀傷をつけたドイツ人が二週間ほどスアレス老人のところに滞在し、千百ドル支払ってバビノーを奴隷の身分から解放してから、何も言わずに立ち去っていった。彼女はドイツ人といっしょに行かず、ここに残ってとうもろこしの皮を剥き、尿瓶を洗って、牛の乳搾りをし、あの忌まわしい主人に料理を作りつづけてきた。本来なら何年も前に、屋外便所の穴に頭から突き落とされていてもおかしくない男のために。

「ミズ・スアレスの居場所をご存じかな?」俺は訊いた。

「みんなから成金のアイルランド人と呼ばれている方のことかしら、ミスター・ピエール?」

彼女には話が通じるだろうか?

「ミズ・スアレスの居場所がわかるとありがたいんだが、ミス・ダーラ」

「ミズ・スアレスは町にいるわ。それでいいかしら」彼女は言い、ウィンクした。ダーラは乳搾り用の椅子に腰かけている。水の入ったバケツに布を浸し、牝牛の乳頭を拭《ぬぐ》う。それから肩越しに俺を見た。「ほかに何かしてあげられることは?」

俺は胸元で両手を組み、瞑想するように雲を見上げた。「ハンナ・ラヴォーとミスター・スアレスの関係を教えてくれないかな?」

彼女が牝牛の乳頭を引っ張ると、牛乳がブリキのバケツに搾り出された。「関係?」ぼんやりとした口調だ。「それはよくわからないわね」

「わかっているはずだ、ミス・ダーラ」

「あたしにはわからないわ」彼女は答えた。「けれども、あなたのために何かしてあげたいの。本当にできることはないかしら、ミスター・ピエール? ほんの少しでも?」

認めたくはなかった。女たちからこんなふうに言い寄られると、顔が赤くなってしまう。これまでにもそういうことはあった——つまり、酒場の女たちに言い寄られることは。俺はそうした女たちからは距離を置くようにしてきた。それは断じて俺には必要のないものだ。

「ルイ・ブードローと知り合いだったかい?」

「〝ニグロの牢獄〟の看守? いいえ、よく知らないわね。あの人に友だちはいなかったはずよ」

「ハンナがミスター・スアレスを殺す理由はあっただろうか?」

「いいえ、ないわ」彼女は目を伏せて答えた。

「ほかの黒ん坊はそうは言っていなかったが」

「あたしをそんなふうに呼ばないで、ミスター・ピエール。あたしは解放された自由な女よ。黒ん坊と呼んでほしくないわ」

「きみを悪く言うつもりはなかったんだ、ミス・ダーラ。ミスター・スアレスはおぞましい殺されかたをした。そんなことをした犯人を突き止めなければならない」

彼女は牝牛の乳頭を引っ張る手を止め、服で指を拭った。「いいえ、あなたは別のことを考えているわ。そのせいで夜も眠れないんでしょう?」

「夜はよく眠れるがね」

「だったらどうして、そんなにそわそわしているの?」

「別にそわそわしてはいない。ハンナ・ラヴォーがミスター・スアレスを殺したと考える理由はないか?」

風が吹き、樫の樹々から差しこむ陽光が金の網の目のように彼女の肌や髪や服の上で揺れている。

「あたしの隣に座って」

「なんだって?」

「納屋から籐《とう》椅子を持ってきて、座って」

湖畔のサトウキビ畑の端で、遠くから奴隷監督が俺たちを見ている。俺はそいつを睨んで追い払おうとしたが、監督は動かない。俺は納屋から籐椅子を持ってきて、彼女の隣に座った。監督はいなくなっていた。ダーラの太腿が俺のすぐそばにある。俺は考えがまとまらなくなってしまった。「何か話したいことがあるの？」彼女が言った。

「いいや」俺は答えた。

「あなたはハンナ・ラヴォーのことを考えているんだわ。あの女は呪術使いよ、ミスター・ピエール」ダーラは言った。「人前で祈るかどうかに関係なく、彼女には神から不思議な力が贈られているの。ふつう贈り物というのは、男から女へ、あるいは女から男へ渡すものだけど」

「不思議な力とは？」

「人に呪いをかける力」

「ハンナ・ラヴォーは呪術使いではない、ミス・ダーラ。暴力的な人間でもない」

俺の顔を見る彼女の目が泳いでいる。「あの女はすでにあなたの中にいるわ。あなたが知らないだけ」

「いや、そんなはずはない」

「その気になったら、あたしに会いに来て」ダーラは鼻歌を歌いながら、乳搾りを再開した。

「俺の話を聞いていたか？」

ダーラは足を俺の足にこすりつけ、バケツに乳を搾りはじめた。二人の太腿が触れ合った。

第十五章　カールトン・ヘイズ大佐

わしは平等主義的価値観でよく知られている。わしの掲げる旗は聖アンデレ十字、すなわちスコットランドの旗で、南部にも北部にも与《くみ》していない。公文書や政令には従う価値などなく、風に書かれた言葉と大差ない。いま生きている世界を切り拓くのはおのれの力だが、わしはミズーリやカンザスからテキサスにかけての世界をわが剣で切り拓き、いまはルイジアナを行軍している。そのあいだ、ただの一度も戦闘で敗れたことはなく、ただの一人も離反者を出していない。そしてわしの下《もと》には、あらゆる生まれ育ちや人種の戦士たちが集まってくる。

わしは哲学の知識人を気取るつもりはないが、人間の性質や苦悩についてはいくつかの結論を得た。わしらが生まれるときは一人ぼっちで、死ぬときも一人ぼっちだ。そのあいだ、わしらには天国か地獄のどちらが好みか考える時間がある。わしはどちらも訪ねてみるつもりだ。この戦争の硝煙が晴れたら、カールトン・ヘイズ大佐の名前は敵の記憶にも刻まれ、庶民からは称賛されるだろう。なぜなら、この戦争の意義はほかにないからだ。実際すでに多くの人間が、この戦争でわし以上の策士はいないと言っている。フォレストやシャーマンやジャクソンも大変優秀だが、わしには及ばないと。

もう少し具体的に言おう。わしのおぼろげな記憶では、会堂《シナゴーグ》でユダヤ教徒がイエスを嘲り、「医者よ、汝自身《なんじ》を癒やしてみろ」と言った。しかしイエスは、履き物の塵《ちり》をそいつらにまいてやったそうだ。わしはユダヤ教徒にもキリスト教徒にも同じように、塵よりも多くのものを与えるつもりだ。わしが町を浄化したら、ずっと浄化されたままになる。

わしの顔に刻まれた苦悩のことを聞きたい？　こいつは悪魔と、悪魔に雇われた商売女の仕業だ。しかしわしはこの病を、炎の中から引き上げたトロフィーのように身につけている。日の光に向かって顔を上げれば、世界の邪悪をことごとく浄化した証としてこの傷がきらめくのだ。わしは町に来るまで、この体についた傷痕も、血のように赤い顎鬚の色も、人が嘲る寄り目も誇りに思っていた。

いまはもう夜になり、わしらはラフキン家の土地の麓にある沼地のほとりを野営地にしている。ラフキン家で働く者たちにはかがり火を焚き、自分たちの食事を作ったり、影絵遊びをしたり、藪蚊の群れを沼地へ追い返したりすることが許されている。いましがた、わしが聞いたところでは、うちの若い衆が三人、ふらふらと小屋へ行って奴隷監督に会い、一クオートのウイスキーと引き換えにアフリカ系の女を買ったという。こうした振る舞いはきわめて嘆かわしいもので、わしは大いに心を痛めているところだ。

わしはこの三人を裸にし、木の幹に縛りつけて、足にたかる蟻の群れに食わせてから、馬に乗って坂を上がった。奴隷監督の〝ビスケット・アンド・グレービー〟というあだ名のあさましい男にあとをついて歩かせる。牛追い鞭で手首を縛り、首にも巻きつけておいた。ミスター・ラフキンは庭にランプをともし、孫たちとクロッケーをしているところだった。しかしわしを見るとすぐに孫を家に追い払った。「いったい何事です？」彼は訊いた。

「あなたのところで働いている人間が、副業に精を出しているようでしてな、ミスター・ラフキン」わしは答えた。「どうやらそいつは、〝売春の斡旋《あっせん》〟というやつみたいで」

「鞭を首から取りなさい、いますぐに」

「いいですとも」

俺は馬を降り、俺の鞭を解いて丸めると、鞍嚢《あんのう》に入れた。奴隷監督は喉をさすり、わしが詫びるのを待っている。あるいは自分が威厳を取り戻すのを。俺は鞍嚢から松の瘤《こぶ》を取り出した。そこには一フィートほどの鞭がついている。ブロンドの魔女の洗っていない髪さながらに、きめが荒くざらついて、乾ききった鞭だ。

「何をするんです？」ラフキンが言った。

俺は彼に笑いかけ、それから監督の膝の裏に蹴りを入れて前のめりに転ばせると、鞭で打った。十六歳だったときに俺が船首楼でやられたように、ひと鞭ごとに血を流し、シャツを切り裂いて、布の端を切り落とし、鞭の繊維が湿って重くなり、彼が泣き出してシャツの切れ端が傷に埋もれて見えなくなるまで続けた。

「これだけやれば効き目があるだろう」俺は言い、松の瘤を監督の背中に落とした。「何か質問はありませんでしたか、ミスター・ラフキン？」

「質問？」

「北軍に反撃して、主導権を握っているのは誰なのか思い知らせてやる話をしていたでしょう。わしの兵士がどれだけの働きをするか、まだお目にかけていませんからな」

ラフキンは呆然としていた。上着を脱ぎ、監督のかたわらにひざまずいて、上着を肩に掛けてやる。

「母屋へ連れていってやろう、ミスター・コモー。こんなことになってしまい、本当にすまなく思う」

「そいつは大丈夫ですよ」わしは言った。「あす、朝食をごいっしょにいかがですか？」

二人ともわしを見て目をしばたたき、怯えて口をひらこうとしない。

「いやですか？」わしは言った。「ではご自由に。すんだことは水に流しましょう。あす、またノックします」

わしは馬を方向転換させ、坂を下りて引き返した。美しい夜だ。星はいまにも空から降ってきそうだ。黒い連中がかがり火のまわりで踊り、その影が墓から出ようとしている亡霊のように草の上を蠢いている。わしはテントの蚊帳《かや》に入り、外套を頭までかぶって死んだように眠った。

たぶんお気づきだろうが、わしはラフキン家の連中に心酔しているわけではない。あいつらは窓際にレースのカーテンを吊るせるほどの金は集めたものの、気がついてみたらにっちもさっちもいかなくなったとんまなアイルランド系人なのだ。ウェイド青年はなよなよした坊ちゃんに見える。あれでラッパハノックの戦場で銃弾を受けたというから驚きだ。たぶん逃げた方向がまちがっていたのだろう。それはともかく、わしがこの戦争をどう見ているか教えよう。戦争とは一大事業なのだ。北軍は南軍を軍事的に打ち破ろうとしているわけではない。それはただの見せかけだ。やつらは南部を餓死させようとしている。

わしはビル・アンダーソンやウィリアム・クラーク・クアントリルからゲリラ戦の戦略を学んだ。戦争を戦うのに武器や弾薬は必要ない。どちらも重くて厄介だ。身軽に移動し、火を味方につければよい。金はかからないし、すぐ実行に移せるうえ、忘れがたい傷痕を残す。あのろくでなしのシャーマンがやったことを見ろ。やつの指揮下で北軍の兵士は家畜を射殺し、井戸に投げこんだ。疫病が蔓《まん》延《えん》し、驚異的な効果を挙げた。北軍の連中がやり遂げたことを見ろ。やつらがアナコンダ作戦と呼んでいる封鎖戦だ。そのせいで、すでにリッチモンドで二回もパンをめぐる暴動が起きた。それも黒人によるものではない。白人のご婦人方が街頭に繰り出し、一斤《きん》のパンを争って互いの服を破ったのだ。言っておくが、これは南部連合国の首都で起きた出来事だ。

北軍はテキサスからルイジアナを封鎖し、他の南部諸州からの食料、弾薬、エンフィールド銃の流入を阻止したかった。その目的も見事に達成された。だがわしには、やつらの事業を頓挫させる方法がわかっている。わしの兵士たちなら、北軍の指揮官ナサニエル・バンクスを煮えたぎったタールに突き落としてやれるのだ。木の飾りつけの仕方だってわきまえている。と言っても、月並みな飾りを使うわけじゃないぞ。わしの兵士たちはほとんど全員がボウイナイフや刃渡りの長い短剣を携えている。そのほとんどがテキサス北部で腕を磨き、コマンチ族に死ぬにはいくらでも方法があることを教えてやった。

わしらはニューイベリアに駐屯するナサニエル・バンクス麾下《きか》の軍勢に火を放って追い出し、ニューオーリンズからも撤退させて同市を解放し、バトンルージュとヴィクスバーグに小艦隊を配置できる。わしが言いたいのは、鉄を熱くさせておけということだ。生身の人間はその熱さに耐えられなくなる。わしらの軍勢はやつらをひざまずかせてやれるのだ。

現実離れした空想だと思うなら、きょうの地元の新聞を見ればいい。クアントリルがカンザス州ローレンスを焼き払い、二百人以上の男たちを殺したと書かれているだろう。殺された男たちに、十六歳未満の者は一人もいなかった。クアントリルはわしが見てきた中で、そういうところは最も徹底している。

翌朝は恐ろしく暑かった。コーヒーを飲んだあと、わしは切り株に腰を下ろした。両側には半裸の黒人二人が控え、わしに日傘を差している。こいつらがわしに献身しているのは、〝悲惨《ミゼリー》な農園〟と呼ばれているところから解放してやったからだ。そこの農園には実際に背の小さいピグミー族が住んでいて、彼らはアフリカでオランダ人に捕まえられた奴隷のそのまた奴隷だった。それはともかく、わしは曹長に命じ、一晩中木の幹に縛りつけておいた三人の若い連中を連れてこさせた。三人とも血の気を失った陰鬱な表情で、足は蟻に嚙まれて腫れ上がり、爪先はくっついて離れないありさまだ。

「おまえたち、何か申しひらきはあるか？」わしは言った。

三人ともうなだれ、顔は髪にすっかり隠れている。母親の手で産湯《うぶゆ》に入れられて――もしかしてそのまま捨てられそうになって――から、一度も体を洗っていないような汚れ具合だ。手首はまだ後ろ手に縛られている。一人はズボンを濡らしていた。この三人をどこで拾ったのか思い出せない。レッド川の辺りだったような気がする。あそこの流域の放浪者には、爪先が六本あり、首に鰓《えら》があって猿のような尻尾がついているやつらがいる。わしはこの目で見たのだ。

「おまえたちみんな、洗礼は受けたのか？」

一人がわずかに顔を上げ、鼻の上で髪が分かれた。「イエッサー」そいつが言った。「浸礼《しんれい》を受けました」

よくもぬけぬけと、とわしは思った。「だったらなぜ、アフリカ系女性を不道徳な目的のために買うことにしたんだ？」

「ほかにも買っていたやつを見ました」そいつは言った。「ビル・プラットを襲ったときです。誰も殺されないのなら、気にすることなんかないって言ってました」

こんなたわけは見たことがない。「なんだと？」

「うちの家族は熱心に教会へ通ってました、大佐。教会の牧師が言ってた話では、アフリカ系人は野獣と同じぐらいの頭だそうです。ただ、やつらには親切にしてやらないといけないとも言ってましたけど。実際、モーゼがカナンに入る前に、あいつらが追ってくるのを振り切ったじゃないですか。だから黒人はアメリカで奴隷になったんです」

わしはうなずき、糖蜜のキャンディを口に入れ、歯で転がしてしゃぶった。「なるほど、おまえには特別な洞察力があるというわけか。学問的な裏づけの持ち主にして、いわゆる読書家だと」

「大佐？」

「まあいい。おまえたちはみんな兄弟のようだな」わしは言った。

「そのとおりです、大佐殿。俺たちは大佐の大義のために、死ぬまで戦い抜きます」

わしは口からキャンディを取り出し、土に弾き飛ばした。切り株が硬くて尻が痛い。まったく、わしについてくる者どもは信じがたい馬鹿さ加減だ。そのことは認めざるを得ない。開いた口が塞がらないほどだ。貧しい白人のクズが聖書を手に入れると、とんでもなく恐ろしい解釈をする。街角で実際に嬰児《えいじ》殺しをする人間が出てこないのはむしろ驚きだ。

「おまえの意見は、曹長？」わしは訊いた。

曹長は黒い顎鬚に黒い眉毛の持ち主で、ロープのような剛毛だ。日焼けして色褪せた北軍の軍帽《ケピ》をかぶっているが、それには誰かの噛みタバコの汁がついている。曹長は入江を見ていた。水面にきらめく日光が無数のナイフのようだ。「わが軍は野営しているのです、大佐」彼は口をひらいた。「沼地の周囲には北軍の兵士がうようよしています。この三人もそのことはよくわかっていたはずです」

「で、おまえの提案は、曹長？」

眉根を寄せて考え、口を引き結ぶ。練兵係の軍曹のようだ。「厳罰に処すべきです、大佐殿」

強い日差しが若い連中の目に突き刺さる。手首は見るからに疼き、上腕が震えている。唇に塩がつき、脇の下が汗でじっとり湿っていた。

わしは一人だけ口を利いている若者に告げた。きっと長男にちがいない。「おまえのご両親は敬虔《けいけん》だから、わしがおまえたちにいかに慈悲深く接しているかをわかってくれるだろう。わしらはおまえの弟二人を処刑し、おまえに遺品を持たせて家に返すこともできるし、さもなければおまえを弟たちの身代わりに射殺し、二人におまえの遺体を持ち帰らせて家で丁重に埋葬させてやることもできる」

わしは懐中時計の蓋を開け、眉間に皺《しわ》を寄せて文字盤を見た。「おまえたちはどっちがいい？」

三人とも怯えきっている。一人がうめき声をあげたが、わしには誰の声かわからなかった。なぜならちょうどそのとき、入江から甲殻類の死臭混じりの熱く乾いた風が吹き、わしの背後でテントの帆布《はんぷ》をばたつかせたからだ。そのうめき声はまるで、金属製の罠にかかった動物が自分の足を噛み切るしか逃れる方法はないと悟ったときのようだった。誰だかわからないが、一人が鼻をすすりだした。

長男が肩をいからせ、頭を振って髪を後ろに跳ね上げた。「俺を殺してください」彼は言った。

「おまえの名前は?」

「シェイ・ラングツリー兵卒です」

「〝大佐〟とも〝大佐殿〟とも聞こえなかったが。それとも、わしの耳が悪いのかな?」

「俺の名前はラングツリー兵卒であります、大佐殿! あんたはくそったれであります、大佐殿!」

わしはいま一度、切り株の上で身じろぎした。わしの頭上に日傘を差し出している二人のアフリカ系人は、漆黒の肌から汗をしとどに噴き出している。その目にはいかなる表情もなく、墓石を押しのけて出てきたゾンビのようだ。

「こいつらの縄を解き、便所の穴掘りをさせろ、曹長」わしは命じた。

「イエッサー」曹長が応じる。

わしは三人の反応を待った。だが三人とも何も言わない。わしが心変わりするのを恐れているのかもしれない。長男の目をひたと見据えたとき、ゴムバンドが跳ねるように自分の顔が痙攣《けいれん》するのがわかった。わしは曹長に十五分以内に経過を報告するよう命じ、テントの日陰に入って柔らかい籐椅子に座ると、腰を落ち着けてぬるいレモネードを一杯飲み、顔と首を拭ったが、その汚いタオルはわしのものではなかった。世にもひどい臭いがする。

曹長が坂を上がってテントに戻り、足を踏み入れて敬礼した。わしは曹長の胸にタオルを投げつけた。「こいつをここに置いていったやつを見つけ出せ」

「大佐のタオルです、大佐殿」

「わしのだと?」

「大佐のイニシャルが縫いつけてあります」

「ああ、そうか、忘れていた。女の友だちにもらったんだ。あの若いのを見張っていろ」

「どの若いのですか、大佐殿？」

「当ててみろ」

「シェイ・ラングツリーですね？　目下、新しい便所の穴を掘らせているところです、大佐殿。その穴に、あいつを埋めてやるのはどうでしょう？」

「そいつは笑えないな」

「はい、大佐殿。ごもっともです」

「では下がれ」

「イエッサー。このタオルは持っていきましょうか？」

なんのタオルだ？　こいつはなんの話をしている？　なぜわしの部下は、どいつもこいつも間抜け揃いなのだ？　「おまえの名前をもう一度言ってくれ」

「マクナブ曹長であります、大佐殿」

「だろうと思った。ご苦労、マクナブ」

第十六章　ハンナ・ラヴォー

なけなしの食料も底をついてしまったので、わたしは掘立て小屋の横で跳ねていた飛び魚を捕まえたり、地元の漁師から蟹を買ったりして餓えをしのいだ。漁師たちはフランス語しか話せず、戦争のことをよく知らないか、気にもしていないようだ。だが逃亡奴隷のことを通報したら報奨金がもらえるので、この人たちがアチャファラヤ川を捜索している無慈悲な奴隷捕獲人に知らせないという保証はなかった。

ミス・フローレンスは果たして正気なのか疑わしいところだ。目を覚ますとここがどこなのかわからず、日なたに歩いて出て、通りすぎる船に手を振る始末だ。わたしは何度か彼女を小屋に引き戻し、一度は力づくで押さえつけ、ここへ置いていくと脅した。彼女はまだ、友人たちは決してわたしたちを見捨てないと言っている。しかしわたしには、ミス・フローレンスが人間の性質というものをよく知らないのではと思えてしまう。イエス様に訊いてみたらいい。弟子の中で、十字架までついていったのはヨハネだけだった。

嵐が近づいている。空にまだ黒雲はないが、見ていればわかる。風は凪《な》ぎ、太陽は色褪せた真鍮の色になって、空気は塩け臭く濡れた砂の臭いも漂い、鷗の巣が波に呑まれ、遠く南の空に灰色のじょうごのような竜巻が揺れて、水平線に音もなく光がちらつく。稲妻だ。

わたしは骨の髄まで疲れていた。綿花を収穫するときのような疲れではなく、心が肺炎にかかったような疲れで、頭の中の声がぐっすり眠ってもう目覚めるなと呼びかける。わたしはミス・フローレンスが好きだが、彼女は強情でしょっちゅう喧嘩になるので、朝が来て目覚めるとわたしはぐったり疲れ、目は真っ赤で、薪を思うように集められずまともな朝食を作れない。一度、怒るべきでないのに怒ってしまったことがあり、彼女が川へ向かって歩きだしたのを止めて強く揺すったこともあった。川の流れには鰐が待ち構え、彼女に嚙みついて引き裂こうとしていたのだ。わたしはミス・フローレンスを強く揺さぶったので、危うく首の骨を折るところだった。いまもわたしは彼女に怒り、こんな天気にした神にも怒りを覚えていた。いまは嵐の顔を直視し、嵐が過ぎ去るのを待ったほうがいいのだろうか。

わたしは片隅に敷いた藁《わら》布団に座り、ミス・フローレンスを見つめた。

「何を考えているの、お嬢ちゃん？」

わたしはお嬢ちゃんと呼ばないでと言いかけたが、彼女のほうが早かった。「ごめんなさい、ハンナ。もう年上ぶった偉そうな言いかたはしませんから」

「ハリケーンが来るかもしれません、ミス・フローレンス」

彼女は窓から空を見上げた。黄色い霧のようなものが広がっている。彼女は片手を震わせて喉に当てた。喉笛に何かが詰まったような声だ。「水面から砂が巻き上げられたみたいに見えるわ。どうしてこうなるの？」

「ハリケーンには自分たちの決まりがあるんです」

彼女が咳払いした。鼻腔のまわりが白くなっている。ミス・フローレンスは決して臆病ではない。しかしこのときは特別な瞬間だった。わたしはいままでに何度もそうした瞬間を見てきた。その瞬間、人はどこからともなくささやきを聞き、死が目前に迫っているのを不意に悟るのだ。

「どうすればいいかしら？」彼女が訊いた。

「丸木舟に乗るんです」

「潮がまだ浅すぎるわ」

「ほかに方法がありません、ミス・フローレンス」

彼女の目がわたしを見て逡巡《しゅんじゅん》している。そして首を振った。「いいえ、わたしは行きません。あなた一人で行ってちょうだい。友だちに会えたら、わたしの居場所を伝えて」

そうしたい誘惑に駆られたが、それは嵐が怖かったからではない。この小島で悪い男たちに捕まったら、運命からの逃げ場はどこにもなくなるからだ。わたしの言いたいことがわかる？　たぶんわからないでしょうね。白人の手に落ちた有色人種の女は絶望しかないのだ。

「どうして眉を顰めているの、ハンナ？」ミス・フローレンスが訊く。

「あなたはわたしといっしょに丸木舟に乗るんです。さもないと、靴で横っ面《つら》をぶちますよ、ミス・フローレンス」

わたしたちは真北へ向かって四、五時間漕ぎつづけた。なんとか雷や竜巻に捕まる前に陸地にたどり着き、隠れ家を見つけられるのではないかと思っていた。しかし風はどんどん強くなり、波は高くなっていき、わたしの不安は大きくなっていった。わたしは丸木舟の船尾で左右両側を漕いでいた。ミス・フローレンスの両手に水ぶくれができたからだ。ひどい水ぶくれで、皮膚はすでに破れていた。と、そのとき突風が吹き、彼女はわたしの背後を見て顔色を変え、櫓《ろ》に手を伸ばした。「急いで！」彼女は叫んだ。「ああ、ハンナ、もうだめだわ。足手まといになって、ごめんなさい」

わたしには彼女の言っていることがわからなかった。それで振り向き、愕然《がくぜん》とした。話には聞いたことがあるが、これほどの嵐は初めて見た。高さ十フィート以上の波がわたしたちに襲いかかろうとしている。流された砂や頁岩《けつがん》や枯れ草がその頂にあり、波は崩れ落ちたり倒壊したりすることなく小魚や汚れた黄色い泡を巻きこみ、ほかの波を飲みこんで勢いを増し、枯れた糸杉をセロリの茎さながらに何本も根こそぎにしながら目前に迫ってくる。

次の瞬間、波はわたしたちの下になった。わたしたちを空高く持ち上げ、棒切れのようにくるくるまわして、てっぺんまで水没しつつある樹々のほうへ押し流した。枝に群がってしがみついている小動物も溺れる寸前だ。雲が破れたように雨が降り注ぎ、鉛のように顔に打ちつける。波に翻弄されて眩暈がする。視界の片隅に一隻の船が見える。外輪と二本の煙突を備え、船尾に檻を積んで操舵室の屋根に南部連合旗を掲げている。それを見てわたしは、途方もなく恐ろしい予感を覚えた。スアレス様が服を脱ぎ、体を使ってわたしからすべてを奪おうとしたときと同じ予感だ。


不意にわたしは空中高く投げ出され、ミス・フローレンスと丸木舟も同じく放り出された。高波は鯨の背中のようにわたしたちの下で膨れ上がり、体長六フィートもあるアリゲーターガーが何匹も腹を上にして泡にまみれている。背骨は折れ、鰓は剃刀で切られたように赤くなって、水中から死臭を漂わせている。

そのとき、南部連合の船がわたしたちの真下に向かってきた。甲板は水に浸かり、檻の鉄扉を飛沫に揺らして、白人の男たちが転落しないよう鉄格子に摑まっている。丸木舟は甲板に激突してまっぷたつに割れた。一瞬わたしは、背骨が折れたかと思った。ミス・フローレンスはわたしのそばに流され、空っぽの木箱を爪で摑んでいるが、これでは二秒と浮いていられないだろう。

わたしはいつも、死ぬときが来たら抗わずに受け入れようと思っていた。それは、愛するサミュエルが待っていると信じていたからだ。しかしこの船にいるのは、汚らしい服を着て髭ぼうぼうで餓えた目を向けてくる男たちだけだ。その一人が丸太でも摑むようにわたしを摑み、自分が沈まないようわたしを浮き輪代わりにしてその上に乗ろうとしている。

そのとき高波が去った。嵐は北へ向かい、入江一帯に残された水浸しの沼水木《ヌマミズキ》が墓標のように見える。水面は穏やかになり、雨は優しく、太陽が顔を覗かせている。そこら中に死んだ魚が転がっている。横向きになって跳ねている魚は、まだどうにか生きているようだ。ミス・フローレンスは起き上がろうとしたが、二回滑って転び、膝をぶつけた。甲板には男が二人、操舵室には一人いて、三人とも彼女の姿を見て笑い声をあげている。そのうちの一人は、ラフキン夫妻の息子たちの遺体をレディ・オブ・ザ・レイク農園の船着場へ届けた乗組員だ。その目はわたしに注がれ、顎鬚に覆われた口に白い歯を見せて笑った。そいつが何を考えているかは本人より先にわかった。今夜、日没のあとで何が起きるかはわかっている。ミス・フローレンスがいかなる運命に見舞われるかも。こうした男たちは自分が捕まえた獲物を人と分かち合うことをしない。仮にそうすることがあったとしても、自分たちの不利になるような証拠は残さないものだ。

わたしたちは檻に入れられ、南京錠で扉に鍵をかけられた。馬尾藻《ホンダワラ》と呼ばれる赤茶色の海藻の断片が鉄格子から垂れ下がっている。悪魔島や西インド諸島周辺の海でも育っていた。わたしが二度と見たくない土地だ。海藻は濡れていておぞましく、分厚く、白い生き物が中にいる。いまここで、その生き物がわたしの裸足の上に落ちてきた。わたしの靴は流されてしまったから。**いまここで。**

第十七章　カールトン・ヘイズ大佐

いかにも、造物主のなさることは測り知れない。わしらが遭遇しているこの高潮やハリケーンやいくつもの嵐は、ルイジアナ州だけでなくアーカンソー州全体の人間が体を洗えるほどの水をもたらすだろう。わしは大尉一名と中尉二名、曹長に兵士たちの指揮をゆだね、老夫婦となよなよした甥のウェイド青年に助けが必要ではないかとレディ・オブ・ザ・レイク農園の屋敷へ向かったら、果たして予想どおりだった。

父からはいつも、本当に強い男は優しいと教わってきたが、優しい男は概して弱く、見せかけの慈悲の行為の中に自らの失敗を隠すことが多い。わしの父は人間として深みがあったが、一八三八年にアンドリュー・ジャクソン大統領の下に行なわれたチェロキー族のオクラホマ州への強制移住で護送の任務に携わっていた。

ラフキン老人は発熱と右腕の痛みで床に伏し、顔面が震える症状にも悩まされていた。そして奥方は使用人に頼まず、自分で夫の食事を運ぼうとして階段でつまずいて転び、片やウェイド青年は鏡を手に入れて自分の顔がどうなっているかを知り、ハリケーンの最中に表に出て雷に向かって叫び、拳を震わせていた。

わしが思うに、一般的には農園主の貴族的な家庭はこんなことにならないはずだ。あるいはこれがふつうなのだろうか。やはり大農園主だったジェファーソン・デイヴィス大統領はどうなのだろう？このばかげた南部連合国はそいつの統治下にある。この男はかつて合衆国陸軍長官としてアラビア半島からアメリカ合衆国へ駱駝《らくだ》を輸入し、アメリカ西部の騎兵隊に配属した。わしの理解では、駱駝はいまでも砂漠で放し飼いにされ、大勢の探鉱者が駱駝に蹴られて禁酒の誓いを立てたはずだ。

わしは鎧戸に全部かんぬきをかけ、地下室へ通じるすべての防風扉の前に煉瓦の重しを置いて、家中に蠟燭とオイルランプをともし、料理人に使用人の分を含めて全員に行き渡るだけの食事を用意させた。そのときミセス・ラフキンから、甥を探して連れ戻してほしいと頼まれた。奥方は皺くちゃになった白い衿つきの黒い喪服を着ている。黒人たちの話では、最近三人の息子の遺体を地下室に埋めたらしい。北軍のやつらが、農園主は墓地に銀器を隠していると信じこんでいるからだという。

「ミズ・ラフキン」わしは答えた。「あの子にはしばらく好きなだけ叫んで雨に打たれてもらってから、体を乾かしブランデーのお湯割りを飲ませて寝かせてやるといいでしょう。いまは気が動転していると思いますよ。それとも、あの子はいつもあんな様子ですか？」

「いいえ、そんなことはありません」

「なるほど」わしは相槌《あいづち》を打ったが、そのあとなんと言えばいいのかわからなくなってしまった。それでも奥方はわしを見つづけている。まるで家に飛びこんできた蝙蝠《こうもり》でも見るような目だ。わしはひどく気詰まりになった。「奥さんがジョージア州のブース家と親戚だというのは本当ですか？」

「何をおっしゃるの。わたしはブース家の親戚ではありません。このわたしがブース家の人間です。ウィルクス郡の出身ですわ。なぜそんなことを？」

「では、エドウィン・ブースなんかはご存じでしょうね」わしは言った。

「いいえ、そんな人は知りません。いったいなんの話ですか？」

「有名な俳優ですよ」

「まったくあなたったら支離滅裂ね」

わしに言わせれば、ここの家族のほうがよほどおかしい。

まあ、少なくとも新たな情報は得られた。わしは油布《あぶらぬの》を頭にかぶり、雷鳴と嵐の真っ只中に出た。わしの兵士たちが野営しているテントにランプがともっている。なかには風でひしゃげているテントもあった。黒い連中の小屋に宿営している兵士もいるだろう。わしが教えてやったとおりだ。腹が減っては戦《いくさ》はできない。食料は手に入る場所で調達するのだ。

空が穏やかになってきた。地平線の辺りで雲を透かして光っていた稲妻も消え、闇夜に星が瞬《またた》いている。わしはウェイド青年を捕まえ、母屋へ連れ戻して二階の寝室に引っ張っていった。彼はまるで木切れの束のようだ。使用人に言いつけて一階からウイスキーも取ってこさせた。わしもウイスキーには目がないのだ。こよなく愛しているので、依存症になることはない。もしそうなったら、ウイスキーをやめねばならなくなるからだ。わしは自分用に三インチ注ぎ、使用人に命じてウェイド青年の衣服を脱がせ、体を乾かして寝巻きを着せた。裸体を見ると、いかにも病人のように弱々しく、すぼまった傷痕にはまだミニエ弾が食いこんでいるのだろう。それにしても、なんという顔だ。たとえ盲目の女でも、この顔に耐えられるかどうかは疑問だ。

ロバート・ブラウニングの詩集がベッドに置いてある。わしが手に取ってひらくと、装丁《そうてい》の糊づけがバリバリと剝がれた。

「ぼくの痛み止めを渡していただけますか、大佐？」

アヘンチンキの瓶は壁際のテーブルに置いてある。「薬を飲むのは一日何回と決めているのかな、ウェイド君？」

「いいえ、痛むときに飲みます。顔に釘が打ちこまれているんじゃないかと思うぐらい痛むときに。お願いですから、早く渡していただけませんか？」

わしはベッドの縁に座り、彼にアヘンチンキをスプーン一杯飲ませてから、ナプキンで口を拭ってやった。わしがスプーンをしまおうとしたところで、手首を摑まれた。「瓶ごと渡してください」

「東洋からわが国にどっとアヘンが流れこんでいるんだ、お若いの。ウイスキーで我慢してくれ。いや、もっといい考えがある。アヘンチンキにウイスキーを少々混ぜれば、徐々にどちらもなしですませられるだろう」

ウェイドはベッドに起き上がっている。顔は割れた植木鉢のようだ。目にはもの欲しげな色がはっきり表われ、彼自身とわしへの嫌悪が見てとれる。「それで解決ですか？」

わしは片手にアヘンチンキを、もう片方の手にウイスキーを持ったまま、バルコニーへ通じる両びらきの窓へ向かった。「空は黒いビロードのようだ。天の川は風に舞う雪を思わせる。天界が教えてくれることがある、ウェイド君。それは美しさと力と儚《はかな》さだ」

わしは窓に背を向けて振り返り、自分の言葉が彼になんらかの効果をもたらしたのか確かめようとした。その目はわしの両手にあるアヘンチンキとウイスキーの瓶に釘づけになっている。

「チャールズ伯父さんはどこにいる？」わしは訊いた。

「ベッドで休んでいます」

「きみの薬については、伯父さんと相談したい。その用法には注意が必要だと思う」

「伯父を起こしたら、伯母がいい顔をしないでしょう」ウェイドは答えた。唇を濡らし、手の甲で拭う。「アヘンチンキとウイスキーを混ぜたものをいただきます、大佐」

「それも考えなおしたほうがよさそうだ」わしは応じた。

「いや、それがほしいんです。あまりもったいぶらないでください」

「今晩はもう寝たほうがいいだろう。あした、また来る」

わしはアヘンチンキの瓶とウイスキーの瓶を外套のポケットの両側に入れ、ウェイドの顔から視線を逸らして部屋を出た。そっと扉を閉めたとたん、彼が何かを投げつけてきた。たぶん、ベッドに置いてあったが読んでいない本だろう。

そのとき運命のいたずらか、ミセス・ラフキンの叫び声と、使用人たちがいっせいに廊下を駆け出す足音が響いた。わしも使用人たちに続き、ラフキン夫妻の寝室に入った。彼らの頭越しに、ベッドで痙攣を起こしている老人の姿が見える。腕をばたつかせ、局部を露わにしていた。灰色の足は鉤爪のように曲がり、舌は豚の膀胱《ぼうこう》のように厚くなって喉に引っかかっている。

わしに助けられることは何もないので、使用人たちの邪魔にならないようウェイド青年の部屋に戻り、そうした形でこの家族の力になろうと思った。ウェイドのような青年には、その人生において、魂を鼓舞したり優しい言葉をかけたりしてくれる威厳のある存在が必要だ。かつて、父がそう言っていた。実際、わしの青年時代はずっと、父は耳にタコができるぐらい何度も何度もそう繰り返した。わしに撃ち殺されたその日まで。

第十八章　ハンナ・ラヴォー

船は潟湖《せきこ》で揺れ、砂洲にぶつかった。夕陽は水浸しになった樹々の向こう、西の水平線で赤い石炭のように燃えている。三人の男たちは操舵室でへべれけになっていた。船員たちはフランス語と英語を話すが、ミス・フローレンスとわたしのことを話すときにはフランス語しか使わない。心が汚れ、やることも汚い男たちは肩越しにわたしたちを見つづけている。さっきは鰐を撃って楽しんでいた。拳銃はイギリス製で、わたしがこれまで見たことがないようなものだ。撃鉄を起こしても起こさなくても撃てるらしい。男たちは代わる代わる銃を撃っていた。

先ほど、男たちは帆布の防水布を檻の片側にあてがい、用を足すときのためにわたしたちに新聞とバケツを渡した。ミス・フローレンスはそれを使うのを拒んでいた。彼女は憤激し、その怒りで捕獲人たちが恐れをなしてわたしたちを陸地に戻すか巡査に引き渡すものと信じていた。彼女はフランス語を話せず、わたしは彼女に三人の男がわたしたちのことをどう話し合っているのか伝えなかった。実際のところ男たち自身も、これからわたしたちをどうするのか、その計画を話し合う口調はどこか他人まかせだ。彼らは臆病者の集まりで、互いを利用して一種の別人になろうとしている。自分だけではとてもできないことでも、徒党を組めばできるようになるのだ。

わたしは学があるわけではない。ただ、悪い男たちに手ごめにされる女たちはさんざん見てきた。その経験から言えるのは、悪い男たちは自分がどんな人間であるかに耐えられないということだ。自分が誰であるか、ではなく、どんな人間であるかに我慢ならないのだ。子宮からこの世に生まれ出てきたとき以来ずっと、彼らは憎悪に満ちている。仮にそうでなかったとしても、生まれたあとで憎悪を叩きこまれる。彼らの人生で価値があることは、彼らのほうがわたしたちより優れているという信念だけだ。彼らの見かたによれば、わたしたちには魂などない。彼らがわたしたちを奴隷にしているのは、神から所有権を与えられたからなのだ。レビ記二十五章四十六節にそう書いてあるではないか。

男たちはさらに大きな笑い声をあげ、さらに酒をあおって、笑いこけて立っていられなくなり、むせて痰を吐き出した。もうすぐ始まるだろう。まずはコインを投げ上げる。ミス・フローレンスが耐えられるとは思えない。わたしも耐えられないだろう。できることなら、船縁《ふなべり》から水中深く飛びこみ、入江の底にとどまって、最後にもう一度顔に日の光を受け、口を開けてゆっくりと沈み、誰にも手の届かない暗く冷たい場所へ行きたい。

メキシコ湾のはるか遠くでは、雨雲の下で燠火《おきび》のような夕陽が燃え、沈んでいく船の炎のようだ。だが、わたしが見たものはそれだけではない。檻の中で立ち上がり、鉄格子の向こうを見ると、天使《セラピム》がその燠火に向かって舞い降り、火鋏《ひばさみ》でそれを摑んで水面を飛び越え、わたしの目と唇にそれを触れさせて、わたしの人生から永遠に邪悪を取り除いた。いや、わたしの人生だけではない。わたしは船に乗っている男たちの邪悪からも解放されるのだ。たとえ彼らがわたしの体にどんな仕打ちを加えようと。こうした考えが理性的と思われないのはわかっているが、それは問題ではない。わたしにはこうしたことが現実なのだ。

ミス・フローレンスの手が肩に触れ、彼女の息がうなじにかかる。「あの人たちが何を言っているのかわかる？」

「はい」

彼女の唇は渇き、灰色になっている。「なんて言ってるの？」彼女は訊いたが、それでいて質問への答えは聞きたくないようだ。

「わたしたちを馬鹿にしています、ミス・フローレンス。不快なことも言っています」

「〝不快なこと〟というのは？」

「話したくもないようなことです」

彼女はわたしの背中から手を離した。「わたしたちを痛めつけようとしているの？」

「いまはふざけてそう言っています。そういうふうにして始まるんです」

「そんなことをさせてはいけない」彼女はそう言い、肩をいからせた。

「あの人たちに抵抗しようとしないことです、ミス・フローレンス。じっと目を閉じているんです。あなたの中にある場所に行き、引きこもるんです。そうすれば、じきに終わります」

ミス・フローレンスの息遣いが荒くなり、手をひらいたり閉じたりしている。「あなたはすべてを話していないわね、ハンナ」

「あの人たちはわたしに何をしようが、たいしたことだとは思いません。わたしは取るに足らない人間だからです」

彼女は掌の付け根で額についた髪を払いのけ、頭蓋骨に押しつけた。「そんな扱いを許してはいけないわ。あの人たちの好きにさせてはいけない」

「ミス・フローレンス、あなたが言っている〝あの人たち〟は、人間ではありません。きっと地の底から出てきたんでしょう。残酷さや忌まわしさが作られるどこかの場所から。地獄の竈《かまど》かもしれません。鉄床《かなとこ》の上で、鉄が槌《つち》で打たれる場所です。あいつらは人間ではありません、ミス・フローレンス」

彼女は拳でわたしの胸を叩きはじめた。「あいつらがなんと言っているのか教えて！」

「ああいう人たちは証人を残さないものです」わたしは答えた。

「私《わたくし》、あなたの前で用を足すしかないわ、ハンナ。見苦しいでしょうけどごめんなさい」

わたしはミス・フローレンスを気の毒に思った。彼女は嗜《たしな》みのある淑女であり、人々のために多くの善行をしてきた。こんなことが自分の身に起きるとは思ってもいなかっただろう。こんなことはまちがっている。わたしは神にそう言おう。

「古代ローマの闘技場で、ペルペトゥアとフェリシティに起きた話を知っていますか？」

「さあ、覚えていないけど」彼女は苛立たしげな口調だ。

「一人は奴隷で、もう一人はその主人でした。二人はいっしょにカルタゴで死にました。二人が死ぬ前に恐ろしい出来事が起こりました。わたしたちは勇敢にならなければいけません、ミス・フローレンス」

いまそんなことを言って何になるだろう。ミス・フローレンスはこんな日が自らに訪れるとは夢想だにしていなかったし、こんな船に乗せられ、同じ人間とは思えないような男たちといっしょになるとも思っていなかったのだ。

「用を足したら、船長と話をしたいわ」彼女は言った。

そんなことをしてもなんの役にも立たないでしょう、とわたしは思ったが、あえて何も言わなかった。

甲板員の一人が茶色の瓶を潮の流れに放り投げた。瓶は波に揺れながら砂洲から離れていき、硬質な瓶の口が夕陽を浴びて輝いている。

第十九章　フローレンス・ミルトン

私《わたくし》の服は乾かないままだ。肌にも髪にも藻屑《もくず》がまとわりついている。日はすっかり暮れてしまったが、入江はまだほのかに明るく、地球が水面下に光を引きこんだかのようだ。ひとつ白状しなければならない。私の振る舞いや物言いはほとんど虚勢を張ったものだ。本当は怖かった。そしてそれを認めるのが恥ずかしかった。教育者として、私はいつも生徒たちに、大農園制《プランテーション》の社会や文化の担い手たちに教えてきた。〝使用人〟や貧しい人に決して憎悪を抱いてはいけない。彼らへの慈悲を失ったら、やがて不安や恐怖を抱くことになるだろうと。

いま、私はその恐怖ゆえに胃に穴が開きそうで、脚に力が入らず、口がからからに渇いている。瞼は紙やすりのようにざらついていた。あの男たちが私に手を出すと想像しただけで頭皮がひりひりし、克己心が試される。私は恐れと恥を感じるのみならず、自分自身に怒っていた。コリンスの外科用テントにいたときには、鉛玉《なまりだま》の入った散弾が綿畑《めんばたけ》中に飛んできて爆発し、鉛玉がテントを突き破ってくるたびに帆布が飛び跳ねた。味方の兵士が敗走している中で、私は外科医や担架に横たわる負傷兵とともに踏みとどまった。テントが燃えたときでさえ逃げなかった。そしてそのことを誇りにしていた。

私は檻の鉄格子に額を押しつけた。ハンナは、あの男たちがどういう人間か私はわかっていないと思っている。しかし私はわかっている。あいつらは最初に私を餌食にするだろう。決して美人ではなく化粧をしていない私を、教養があってニューイングランドの発音で話す私を、〝地下鉄道〟の一員として奴隷の逃亡を手助けしているという噂がある私を、性的に貶めるだろう。こんな年増とやりたいわけじゃないが、北部と南部を分けるメイソン・ディクソン線の南まで出しゃばってきたヤンキーの奴隷制廃止論者の性根《しょうね》は叩きなおしてやらなきゃなと言って。

そのあとで私を殺し、体に鎖を巻いて重しにするか、はらわたを抉り出してそこに煉瓦を詰め、メキシコ湾の深淵に遺体を沈めるだろう。それからハンナを弄《もてあそ》ぶのに飽きたら、連中は彼女をガルベストンの売春宿に売り飛ばすか、メキシコのフランス系貴族に売って大金を得るはずだ。これは単なる不吉な想像ではない。私は十代のころにボストンで理想主義に燃え、ルイジアナへ赴いて聖パウロのように信仰のために戦い抜くことを決意した。自らの選択を後悔してはいない。けれども、自分があまりに多くのことを当たり前だと思っていた挙句、いまこうして不慮の死に直面していることは残念に思う。

フェリシティとペルペトゥアの話は、ハンナから聞くまでもなく知っていた。彼女らは西洋の歴史上、最も勇敢な女性たちだ。私はいつもこの二人に称賛の念を覚え、祈りさえ捧げた。いまもそうしている。それからおまる代わりのバケツを持ち、鉄格子にぶつけて鳴らした。

「男ども、こっちへ来なさい！」私は呼ばわった。「話したいことがあります」

鉄格子のまわりに集まってきた男たちは、進化途上の三匹の猿を思わせた——筋肉を見せびらかし、類人猿のように体毛は硬く、刺青を入れて、服には糞尿の臭いが染みつき、息は酒臭い。

「私はリチャード・テイラー将軍の個人的な友人です」私は切り出した。「誰なのか知らなければ教えてあげる。南部連合のためにバトンルージュを奪回しようとしている人よ。その人はザカリー・テイラー元大統領の息子でもあるわ。あなたがたがいまここで狼藉を働いたら、ただではすまないでしょうね」

後頭部に不潔な帽子をかぶった船長は、私の目の前で高笑いし、鉄格子を両手で摑み、腋《わき》の下から猫の小便のような悪臭を漂わせた。船長は三人の中でいちばん大柄で、シャツの袖をまくり、ハムのような腕を露わにしている。首は日焼けし、ベルトの上から腹の贅肉が垂れ下がっていた。「ねえちゃん、言ってくれるじゃねえか」船長は言いながら、自らの生殖器を握った。「こいつをくわえてくれないか？　あんたがバケツに散らかしたものを片づけてからな」

「ロメイン保安官も知っているわ。ニューイベリアのスアレス家やセント・マーティンヴィルのラフキン家も知り合いよ。ハンナ・ラヴォーはチャールズ・ラフキンの財産だわ。あなたがた、彼に申しひらきをしたい？」

三人は驚いたふりをして顔を見合わせてから、もう一度けたたましく笑った。

「いっしょに飲んで、話し合おうじゃねえか？」船長が言った。「こっちへ来い。鍵を開けて、あんたの体を綺麗にしてやる」

「あなたがた、フランス語と英語を話すのね」私は言った。「いくらか教育を受けたんでしょう。あなたがたがいま考えているようなことをするのはやめなさい。あと二時間もしたら、自分たちの犯したまちがいに気づくでしょう。そしてそのときから、ロメイン保安官とチャールズ・ラフキンがあなたがたを一生罰することになる」

「ほう、そうかね？」船長は応じた。「ねえちゃん、いい発音じゃねえか。さあ、扉を開けてやろう」

私は鉄格子からあとずさりしたが、逃げ隠れできる場所はなかった。

「こっちへ来い」船長は檻に足を踏み入れ、私の顔に触れようと手を伸ばした。「ロブスターの話をしよう。俺はノヴァスコシアで漁師をしていたんだ」

私はあとずさりしつづけた。

「あんた、嫁に行き遅れたんだろう？　それに〝地下鉄道〟の一員でもある」

「ねえちゃんがわかっていないことがふたつある。右にいるのは俺の息子だ。左にいるのは弟だ。俺の名前はクロード。よろしくな」

「触らないで」

次の瞬間、私の顔面で船長の拳が炸裂した。

男たちは私の衣服と髪を摑んで甲板に引きずり出し、私を立たせては床に叩きつけ、体中を殴った。空は煤《すす》のような黒雲に覆われ、瞬く星はほとんど見えない。甲板はテーブル石のように硬い。もしかしたら古代の石もこのように硬く、フェリシティとペルペトゥアも千七百年前に同じような試練を受けたのだろうか。ハンナは船長やその息子や弟と戦おうとしてくれたが、男三人が相手ではとても勝ち目がなく、男たちは彼女を檻の中に叩きつけて足蹴《あしげ》にし、扉に鍵をかけた。

船長は私を操舵室に引きずりこみ、舵輪の下に突き飛ばしてズボンの前ボタンを外した。

「最初はどこがいい、ねえちゃん？」

私は息もできなかった。鼻から血が流れ、両手も顔もがたがた震えている。何か言いたかったが、言葉が浮かばない。私はこの男に、全能の神が審判を下すだろうと言ってやりかった。地獄があなたを待っていると言ってやりたかった。暴風雨や雷がこの男と家族をちりぢりに引き裂いてくれると信じたかったし、正義はつねに忍耐強い者を見出して慰めを与え、邪悪な者を罰してくれると信じたかった。しかし、言葉が出てこない。舌はもつれ、私は折れた歯を飲みこんでいた。喉に血と痰が詰まり、窒息しそうだ。

心臓も肺も止まりそうで、死が近づいているのがわかった。

そのとき、これまでの人生で経験したことのない出来事が起こった。入江と沼から一陣の風が吹き、雲をかき乱し、柳や糸杉を透かして月光を投げかけ、水面をきらめかせ、その光が操舵室に反射してたゆたった。私たちの周囲の島々にいる動物たちが見える。大きな動物たちで、なかには聞いたことのない鳴き声をあげているのもいた。私の頭の中で、群衆のどよめきと鞘《さや》から剣を抜く音が聞こえ、血や生温かい砂や動物の糞の入り混じった臭いがしてきた。

　私の目に、海辺の野外闘技場で死にゆく二人の女性の姿が見えた。海は見たことがないほど深い青だ。二人は時間をかけて死の苦しみを味わわされていた。鞭打ちを受け、野獣の鉤爪と歯に引き裂かれ、剣闘士の衣装に身を包んだ古代ローマ人の剣に突き刺されて。やにわにその二人の女性が私を指さした。そしてそのうちの一人、奴隷の少女フェリシティが言った——いまはまだあなたの時ではない。

　私は操舵室の床から立ち上がった。舵輪は私の目と鼻の先にある。雲間からちらつく遠くの稲光《いなびかり》で、舵輪の下に吊された革のベルトが見えた。そのベルトにはホルスターがついており、ホルスターの中には先込め式《キャップ・アンド・ボール》のリボルバーが入っていた。私はそれをホルスターから両手で引き抜いた。ずっしりした重さだけで、一般的なリボルバーとはちがうことがわかった。並外れた大きさだ。薬室は装填《そうてん》されており、雷管《キャップ》は清掃されている。私は銃身を上げて照星《しょうせい》を船長の顔に合わせ、両手の親指で撃鉄を起こし、引き金を引いた。一フィートもの銃口炎が出た。この男がこれほど驚愕するのは初めて見た。水面に浮いた魚のように酸素を求めて口をぱくぱくさせている。両手を前に突き出し、掌をこちらに向けて、列車に轢《ひ》かれるのを防ごうとしているようだ。それから後頭部が吹き飛び、舵輪に飛び散った。

　ほかの二人は私からあとずさりしている。二人はフランス語、次に英語、それからまたフランス語で何か言っている。私に何度も聞こえたのは「ノー」という言葉だけだ。私はもう一度撃鉄を起こし、一人は喉を、もう一人は腹を撃った。二人とも丸くなって甲板に倒れている。一人の口から赤い泡が吹き出した。もう一人は両手で耳を叩いて何か話そうとしているが、言葉は出てこなかった。私は全身が震えていたので、滑らないように両手の親指を使って撃鉄を起こした。そして銃口を男たちのこめかみに当て、目を逸らして片手で引き金を引いた。

男たちの頭が発射速度の反動で跳ね上がり、弾丸が反対側の側頭部から出て床にぶつかり、跳弾《ちょうだん》が機関室に飛びこんだ。

私は船長のズボンのポケットから鍵束を取り出し、檻の扉を開けた。ハンナにいま起きたことを説明しようとしたが、私の聴力は一時的に麻痺し、そのうえ私の話す言葉は折よく風に乗って消えていった。古代のカルタゴの円形闘技場が見えたなどと言っても、信じる人はほとんどいるまい。あるいはそのほうがいいのかもしれない。あの二人の女性にまつわる私の話は、彼女らの遺産に泥を塗るだけだ。さらに言えば、二人の男たちの命を助けてやらなかったことで私をなじる者もいるだろう。だが、もしあの二人が船内にほかの武器を隠し持っていたら？　あるいはなんらかの方法で、もう一度私たちの優位に立ったとしたら？　ほかの人たちはこの問いにどう答えるだろう？

私は檻の中でハンナのかたわらに座り、髪を撫でて、内心密かに、彼女にも私の髪を撫でてほしいと思った。潮が満ち、船が砂洲から浮きはじめているのがわかる。空は暗闇に包まれ、星々は溶けかけた雹《ひょう》の粒のようにくすんでいる。動物たちも円形闘技場も目の前から消え去り、恐怖もまた去った。私はハンナの額に口づけし、それから服を脱いで慎重な足取りで舷縁から水に入り、体の隅々まで丁寧《ていねい》に洗った。そして世界の静けさの中に長いことたたずみ、わが心に教えなおしたいと切に願った——あらゆる川の流れが海に注いでも海は決して満ちることなく、祖先の清教徒のように、神の御手《みて》に身をゆだねながら神の御業《みわざ》を疑ってはならないと。

第二十章　ピエール・コーション

受難のイエスの名において、いったい俺は降りかかってくるすべての問題をどうやって解決すればいいのか？　九つもの郡の全住民が、俺を非難している。三人の奴隷捕獲人がアチャファラヤ川の船上で射殺され、船は燃やされて、それはどういうわけか俺の不始末ということにされた。あの三人ともくそったれだということは俺もよく承知している。むしろ訊きたいのは、なぜこれほど長きにわたって、あの三人が誰にも撃ち殺されなかったのか、だ。

それはともかく、近隣の住民は怯えて小便をちびり、奴隷たちの反乱がいつ起きてもおかしくないと思っている。一部の者は、フローレンス・ミルトンが〝ニグロの牢獄〟からのハンナ・ラヴォーの脱獄に手を貸し、看守殺しと奴隷捕獲人殺しにも関与したと見ている。おそらくそのとおりだろう。率直に言うと、俺がハンナを逮捕したことがこの一連の事件の原因であるならば、二人の女性がここからオハイオ川のあいだのどこかへ、群衆に捕まってリンチされる前に逃げ延びるのを俺はただ静観するつもりだ。

つまり俺は、もうすっかりうんざりしているのだ。こうしたことは戦争とはまったく関係ない。報奨金がらみの話だ。できることなら俺は南軍に復帰したい。そうすれば少なくともいくらかの尊厳は得られるだろう。それに正々堂々と北軍の兵士どもを撃ち殺せる。当面の俺の問題は、まさしくその連中に関することだ。バトンルージュにいる上司が、民間人の土地で家畜を没収する北軍をなんとかしろと言ってきた。俺にそいつらを止める義務があるとでも思っているのか？　南北戦争が始まったサムター要塞で、俺が最初の一発を放ったとでも？

そういうわけで俺はいま、またしてもスパニッシュ・レイクのスアレス家の農園に来ている。丸腰で、背中にはシャイローで受けた銃創《じゅうそう》を負い、間抜けな薪割りに爪先の三本を切り落とされた足を引きずって。道に迷った青鷺《あおさぎ》やペリカンが湖に飛来してくる。ペカンの果樹園の木の根元に、ピンクや黄や赤の白粉花《おしろいばな》が咲き乱れる。そしてここがいちばん大事なところだが、納屋の辺りに北軍の兵士がたむろしている。十一名の兵士と一名の将校で、全員が馬にまたがっている。やっぱりおいでなすったか。

解放奴隷のダーラ・バビノーが、彼らと言い争っている。俺は鞍から降り、ヴァリーナの手綱をその頭上で握り、果樹園を歩いて通り抜けた。なぜ降りたのかって？　北軍兵は北軍兵だからだ。北軍のバンクス将軍は彼らにやりたい放題やっていいと許可している。そんなやつらを相手にするときには、できるだけ低姿勢で臨むのが賢明だろう。南軍のフォレスト将軍は、戦勝を重ねたのは〝最大限の装備でいの一番に戦場に駆けつけた〟からだと言った。そう聞くと、俺は最大限にうれしくなる。しかしながら、このピエール・コーションは最小限の装備で現場にいの一番に将軍に祝辞を伝えよう。はて、どうしたものか。

敗北はそう簡単に受け入れられるものではない。とりわけ勝者が顔を突っこんでくるときには。俺はときおり、なぜ奴隷たちが俺たち白人の喉を切り裂かないのか不思議に思う。俺は北軍兵に歩道から突き飛ばされたり、店で目の前に割りこまれたりするたびにそう思う。俺はそのたびに斧を振り上げたくなるのだ。

果樹園を抜け、俺は将校に向けて帽子を取った。階級は大尉、端正な顔立ちの持ち主で、背筋を伸ばして鞍にまたがり、両手を鞍の前橋《ぜんきょう》に置いている。快男子《かいだんし》のように見えた。納屋の前庭には牛が七頭、子牛が三頭、豚が二頭いる。そこへ集められ、この土地から連れ去られようとしているのはまちがいない。ダーラは俺が来たのを歓迎しているようだ。もしかしたら将校でさえも。

「やあ、こんにちは」将校が挨拶してきた。

「こんにちは」俺が答える。

「何かご用かな？」と将校。

ダーラがさえぎった。「ねえあなた、このヤンキーどもをスアレス家の土地から追い払って、何も悪いことをしていない人たちをいじめるのはやめるように言ってちょうだい」ダーラが俺に言う。ズボンにメキシカン・ブーツを履き、白い縁取りのついた紫のシャツを着ている。顔は輝き、目が光を帯びていた。ミス・ダーラは女優になれるだろう。

「本官はピエール・コーション、この地区でニグロの法的問題を監督する巡査だ」俺は将校に向かって言った。「本官がお役に立てることは？」

兵士たちが笑いさざめいた。「誰だって？」大尉が言った。

俺はフルネームを繰り返した。

「そいつはジャンヌ・ダルクを焚刑《ふんけい》にした司教と同じ名前だな」と大尉。

「何度もそう言われたことがある」俺は答えた。

「あんたはその子孫か？」

「さあ、よくわからないが、調べがついたらお知らせしよう」

大尉は鐙《あぶみ》に載せた足を伸ばした。「それなら、あんたがミス・ダーラに納得させてくれないかな。わが軍には、いまここにいる家畜を押収する権利があるということを。彼女やスアレス家の人間が望むのなら、ニューオーリンズまで行って返還請求をしてもらっても構わない」

「小屋にはまだ幼い子どもたちがいるのよ」ダーラが言った。「もうお乳が出ないお母さんもいるの。お願いだから、牝牛を持っていかないで」

大尉は帽子を取り、大仰に鼻息を吐き出した。銅色《あかがねいろ》の豊かな髪は、ほっそりした顔と対照的だ。二人は水面下で駆け引きしているようだ。疑いの余地はない。大尉はダーラに気があるのかもしれないし、彼女が大尉に気があるのかもしれない。たぶん誰しも感じているだろうが、人間はみなどこか役者なのだと思う。

大尉が帽子をかぶった。「お役に立てず残念だ。そこをどいていただけるかな？」

お気の毒だ、ミス・ダーラ。スアレス老人は腐敗していたとはいえ、こんな所業を許さなかっただろう。彼は酒場で、自分の倍の大きさの男の首を鉄拳一発でへし折ったことがある。俺は将校を見上げた。「まだ名前を聞いていないが、大尉」

「エンディコット。ジョン・エンディコット大尉だ」

「前に一度会ったことがあると思う、エンディコット大尉。あれは四月七日の夕方だった。昨年だがね」

「どこで会ったかな、ミスター・コーション？」

「シャイローの教会だ。もっと具体的に言えばアウルクリーク、ボーレガード将軍の左翼の部隊にいた。おまえたちはわが軍を一斉射撃し、大砲へ向かって丘を進軍するわれわれを粉砕してくれた。さぞかし楽しかっただろうな。ここにいる兵士どもは、あのときおまえの指揮下にいたのか？」

「そのとおりだ」彼は答えた。

「陽気な仲間たちというわけだな」俺は応じた。「農家のせがれの寄せ集めを吹き飛ばしたあとは、納屋の動物を片っ端からぶんどってまわるのか。陸軍士官学校《ウエストポイント》ではそういう授業があるのかね？」

「あんたも巡査をやめて農家になったほうがよさそうだな、ミスター・コーション」

「ご親切にありがとう。もうひとつ聞かせてくれ、アイラ・ジェイミソン少佐に会ったことはあるのか？　そいつはごみ溜めみたいな男で、戦場に現われずにわが軍をおまえたちの餌食にした。その点はボーレガードも似ているがね。われわれを丘に上らせ、おまえたちのような人でなしの待ち構える死地に追いやったのだから」

「なかなか辛辣な男だな、ミスター・コーション」

「馬を降りて話さないか？　そうすればおまえの部下も、子どもたちから奪おうとしている牛乳をバケツに一、二杯飲めるだろう。臆病者《イエローベリー》どもがそんなことをしているとは知らなかったよ。ああ、これは失敬。おまえたちは北軍兵《ブルーベリー》だったっけ？」

　彼は横目でダーラを一瞥し、怒りで頬を紅潮させた。俺の見立てどおりだったらしい。この男がここへ来たのは、黒人たちから食料を奪うためだけではなかったのだ。部下の兵士たちが彼に注目し、号令を望んでいる。彼がひと声かければ、兵士たちは待ってましたとばかり、たぶん俺をロープでぐるぐる巻きにしてスアレス家の土地を引きずりまわすか、俺の眉間に拳を見舞って体に拳銃を突きつけるだろう。

　ダーラは彼の太腿に手を置き、指をズボンの脚に這わせた。どうやら彼の雄鶏《いちもつ》が目を覚ましたようだ。「ミスター・コーションに他意はないわ」彼女はとりなした。「あなたはいい男よ、エンディコット大尉。ミズ・スアレスはご病気で物忘れがひどくなり、彼女の子どもはみんな北部で暮らしているわ。残っているのはあたいだけ。ここの子どもたちの牛乳がなくなったら、あたいはどうすればいいの？」

　彼女のアカディア訛りが強くなってきた。アカディアはカナダにあったフランス植民地で、ルイジアナに移り住んでいる者も多い。アカディア人はthatのthが発音できないのだ。たとえ死ぬほど殴っても、その癖は直らないだろう。

「来週また来る」大尉は言った。「家畜をこの土地から移すのは中止する。それからミセス・スアレスの主治医と話がしたい。ニューイベリアの大通りにあるシャドウズ農園に設置したバンクス将軍の本部に来れば、わたしと連絡が取れる。わかったかね？」

「わかりました」ダーラは言い、お辞儀した。

「今回は人道的理由による例外的措置だ」

「わかりました」彼女はふたたび言った。「誰の目から見てもそれはまちがいないわ」

大尉はダーラになんとかして顔を上げさせようとしたが、彼女はそうしなかった。勝ったのは彼女なのだ。どうやら大尉の今夜の逢引きのもくろみは、この瞬間スパニッシュ・レイクの泡と消えたようだ。大尉は馬の手綱をぐいと引き、こわばった指を俺に突きつけた。「きさま！」彼は言った。「きさまがシャイローにいたかどうかなど、どうでもいい。きさまは部下の銃弾の露《つゆ》ほどの価値もない男だ」

「ありがとよ、この傲慢ちきの紅茶野郎が」俺は言い返した。「蛆虫《うじむし》でさえおまえの死体を吐き出すだろうな。そしたら悪魔に死を嗅ぎつけられて、おまえは地獄行きだ」

このとき初めて、俺は戦争という病巣《びょうそう》が俺の魂にどれほど深く食いこんでいるかを知った。

俺はそのまま帰ることもできた。しかしそうしなかった。一日の終わりに、自分では消すことのできない心の暗い場所へ降りていくことがたまにある。俺は目の見えなくなった母を思い出し、いっしょにいたくなる。幼いころ遊んだ子どもたちとも。俺たちはみんなぼろを着て、食べ物もろくになかったが、あんなにいい子どもたちはいなかった。白人も有色人種も仲良く、近所のおじいさんやおばあさんにもよくしてもらった。晩夏の夕方、火群《ほむら》のように樹々のあいだを飛びまわる蛍の光を見ながら、老人たちは子どもたちを集めてさまざまな物語を聞かせてくれた。俺たちが北軍の大砲へ突っこんでいったとき、同じ仲間だった兵士たちのことも思い出す。まだ十二歳だった鼓手の少年たちが突撃の太鼓を叩き、南部連合旗が翻って、旗手は胸を狙った一斉射撃を受けても怯まなかった。

不思議なことに、俺はダーラにそうしたことをすべて話したくなった。彼女と親しくなってあわよくば欲望を満たそうとしていたわけではない。俺は離婚してから禁欲を貫き、売春宿を訪ねたこともなかった。自分が白人であることを利用したいとも思っていない。ただダーラといっしょにいたくなっただけだ。子どものころ、友だちといっしょにいたかったように。あるいはハンナといっしょにいたかったように。恥ずべきことに、俺は自分を白人のクズ扱いしたラフキン老人に仕返ししたかったがゆえに、自ら進んで彼女を犠牲にしてしまった。

有色人種の人たちには、俺たちより優れたところが多いと思う。親切で愛情深い人たちだからこそ、俺たちは自分が弱ったときに彼らを求めるのだ。しかしその一方で、俺自身にさもしい欲望があることも否定できない。けさ目覚めるとそうした疼きを覚え、夢は当惑を覚えるような情景に彩られていた。

誰の目から見ても、俺は愚かな男だ。窮乏の中で生まれ育ったにもかかわらず、幼いころの思い出や母を懐かしみ、それなのに軽蔑を覚える人間たちに隷属している。さらに俺は、信じてもいない大義のために戦ったが、それでもなお南軍に復帰したいと願い、上官が父親のような口調で号令を下すのを聞きたいと思うのだ——「諸君、わしに続け！　突っこめ！　いいか、やつらを打ち負かすんだ！」

「ミスター・ピエール？」ダーラが言った。

「なんだい？」

「顔色があまりよくないわ。ここに来て、いっしょに座って。気持ちのいい空気だわ。これからペカンの殻を割るから」

二人でそうして夕方まで座っていたら、やがて空が真っ赤に染まってきた。「ひとつ、秘密を打ち明けてもいいかしら、ミスター・ピエール？」

「もちろん、いいとも」

「あたし、スアレス様が財宝をそこの湖に隠すのを見たの」

「どうしてそんなことをしたんだ？」

「ニューオーリンズが陥落してすぐあと、あの方は『わしらは負けるだろう』と言ったの。それで家中の金や銀を集め、樽に入れて釘を打ち、坂を転がして湖に沈めたわけ。あたし、この目で見たんだから」

「ほかの人には言うんじゃないよ、ダーラ」

「もちろん言わないわ。打ち明けたのはあなたが初めて」

その湖も水に浸かった樹々も燃えているようだ。俺は椅子から立ち上がった。「もう行かないと」

彼女も立ち上がった。「あたしを納屋の中に連れていって、ミスター・ピエール」

「それは権力の濫用《らんよう》だ、ダーラ」

「いいえ、そうじゃないわ。何年も前、男たちはあたしにそうしてきた。あたしはそんな男を一人殺し、もう一人も殺すところだった。二人とも白人だったわ。それ以来、あたしにそんなことをした男はいない。あなたは白人だけど、そうした連中とはちがうわ、ミスター・ピエール」

「ひとつ訊きたいことがある」

「何かしら？」

「ハンナはスアレス老人を殺したのか？」

「あたしには何も言えないわ」

俺はいままさに沈まんとしている夕陽を見た。まるで世界の終わりを見ているような気分だが、なぜなのかはわからない。俺は彼女の手を取り、手の甲に口づけした。

「あたしにこんなことをしたのは、あなたが初めてよ」

「また会おう」

「どうしてこんなことをするの？」

「きみが心配なんだ。おやすみ、ダーラ」

「行かないで」彼女は言った。「お願い、ミスター・ピエール。どうしてこんなことをするの、ねえ」

それでも俺は、振り返ることなく歩きつづけた。俺が奉仕している社会に蠢く暗い力は予測不能であまりに残酷なので、神の存在を疑いたくなる。閉められない扉を開けてしまったのでなければよいが。俺はそう思った。

第二十一章　ウェイド・ラフキン

ぼくは使用人たちに、二階の廊下と浴室の鏡に覆いを掛けるよう命じ、ピエール・コーションによって損なわれた顔のことを嘆き悲しむのはやめた。ただし、寝るときの激しい痛みは続いた。アヘンチンキとスプーン一杯のウイスキーが頼りになり、ぼくはそれらを友人のように思ったが、そこに含まれている成分は常用癖を促すという懸念があるらしい。

夏は終わりに近づいていた。太陽は軌道を下げて夕方には沈み、明け方には沼地に霧が立ちこめるようになった。チャールズ伯父は廊下を隔ててすぐそばにいるのだが、ぼくはめっきり会わなくなった。きっとそれは病気で弱り果てていく伯父を見たくなかったのと、呼吸器疾患による死の前触れである肺病のような耳障りな咳を聞きたくなかったからだろう。ぼくに外界のことを知らせてくれるのは、ヘイズ大佐になった。彼はぼくをかわいがり、贈り物を持ってきたり、ミシシッピ川を奪還する計画の話をしたりしてくれた。もっとも、川沿いの主だった都市はすでにほとんど陥落しているのだが。

いまは日曜日の朝だ。ぼくの寝室の窓は開き、カーテンは風になびいて、空気は驚くほど涼しく、湿地の楓《かえで》はすでに赤く色づいている。ヘイズ大佐が扉をノックし、マグカップ一杯のコーヒーを手に顔を覗かせた。「気分はどうかな、ウェイド君？」

「いい気分です。大佐は？」

彼はベッドの縁に座り、ぼくの手にコーヒーを渡してくれた。最近ではコーヒーは贅沢品だ。彼はすぐに返事をせず、ズボンの前ボタンについていた何かをつまみ、それを放した。「これから出かけないとならんので、その前にきみの様子を確かめようと思ったんだ」

「出かけるとは、どこへです？」

「そのうち噂が聞こえてくるだろう。心配することはない。ミズーリからの部隊と合流するかもしれんのだ。すでに赫々《かっかく》たる成功を収めている男たちだ」

ぼくはうなずくだけにとどめた。ミズーリ奇襲隊にまつわる大佐の話はほとんど信用していない。きのうはコール・ヤンガーやフランク・ジェイムズのことを言っていた。いったい、コール・ヤンガーやフランク・ジェイムズとは何者なのだ（両者とも実在したレッドレッグで、後に西部の開拓地で列車や銀行の強盗をした）？「コーヒーをありがとうございます。けさはチャールズ伯父様に会いましたか？」

「ああ、会ったよ。それから黒ん坊どもに、しっかり仕事をするよう念を押してきた」

「はあ？」

「あいつらには睨みを利かせないとならん。少しでも譲歩したら、際限なく要求してくるからな」

「お言葉ですが、わが家ではそういうやりかたはしていません」

「ああ、わかっておる。念のためだ」ヘイズは立ち上がり、ぼくの肩を叩いた。「これからはまわりの動きに注意し、どんな音も聞き逃すな、ウェイド君。蹄の轟《とどろ》きが聞こえるだけじゃない。歴史の作られる音が聞こえてくるだろう」

「まさにそうですね、大佐」

大佐が立ち去ると、ぼくはウイスキーとアヘンチンキをコーヒーのマグに注ぎ、ひと口残らず飲み干した。ほどなく眠りが訪れ、ぼくは一切の心配事や苦しみから解き放たれて桃色の庭にいた。そこでは妖精《ニンフ》たちが樹々のあいだを飛び交い、オルガン弾きが花畑で走りまわる子どもたちに演奏し、子どもたちはそのおぞましい顔の男をちっとも怖がらない。そう、そのオルガン弾きはぼくだ。

ぼくは昼すぎまで目覚めなかった。起きて窓辺へ行き、南に目を向けると、大佐とその兵士たちがいた野営地はもぬけの殻で、ごみや酒瓶やかがり火の跡が残っているばかりだ。ぼくには地面に轟く蹄の音も聞こえなかったし、騎士伝説とちがい、ロンセスヴァリェスへ向かう道に響くローランの角笛《つのぶえ》も聞こえなかった。見えるのはただ、思案げにズボンの前ボタンをいじっていた男が大地に残した汚い傷痕だけだ。

ぼくは教訓を学んだのかもしれない。ラフキン家にとっては、これが戦争の終わりなのかもしれない。ぼくたちにとっては、子羊が狼とともに宿り、もう誰も死なずにすむ日がついに訪れたのかもしれない。ぼくたちは敬虔に暮らしてきた。そうしたことはイザヤ書やヨハネの黙示録に書かれており、主が何度も約束したのだから、ぼくたちが拒む理由がどこにあろう？　それにそうした預言が本当なら、なぜここレディ・オブ・ザ・レイク農園で起きてはならないのか？

果たして本当に、ぼくの人生にとてつもなく大きな変化が起きようとしているのだろうか。ぼくは精神的なその激変を経て、バージニア州北部で若い将校を銃剣で突き殺した記憶を払拭《ふっしょく》することができるのだろうか。

四日後の日没すぎ、外から蹄の音が聞こえてきた。窓から見下ろすと、エゼミリー伯母がオイルランプを手にして庭に立ち、十二人から十五人の馬にまたがった北軍兵《ヤンキー》どもに囲まれている。小糠雨《こぬか》が入江から吹きつけ、ランプの光が兵士たちの顔や油布を照らしていた。一団は絶えず肩越しに周囲を窺い、馬は腹の下に蝿でもたかっているように足を踏み鳴らしている。兵士たちはスペンサー騎兵銃で武装していた。七連発できる高性能の銃で、兵士一人で大惨事を引き起こせる。

ぼくはローブを着、スリッパを履いて階段を下りると、扉を開けて雨のそぼ降る庭へ出た。二人の使用人がエゼミリー伯母の背後に立ち、目を伏せている。決闘のあと、ぼくが外に出るのはこれが初めてだ。将校は帽子を取り、伯母に敬意を示している。ランプの光に照らされた顔は端正で、髪は銅色だ。武器は携帯していない。彼は顔をハンカチで拭い、ふたたび帽子をかぶった。

「つまり、奥様《マダム》はヘイズ大佐がどこへ行ったのかご存じないということでしょうか？」将校は言った。

「そればかりか、彼が二百人の手下や馬車や大砲とともに、いつあなたの農園に野営していたかもご記憶にないと？　いまの居場所もわからないのですか？　まるで蒲公英《たんぽぽ》の綿毛のように、どこへともなく消えてしまったと？」

「わたしの時間はことごとく、夫であるミスター・チャールズ・ラフキンの介護に費やしています。夫はいま、最期の日々を過ごしているところです」エゼミリー伯母は言った。「わたしたちはチッカモーガで三人の息子を失いました。最近、遺体が運ばれてここへ埋葬したところです。樫の木立の中に墓があります。息子たちの埋葬のあと、わたしたちは戦争になんの関心もありませんし、ほかの人たちは好きなようにすればいいと思っています」

「ヘイズ大佐がここで野営していた期間はどれぐらいですか？」将校はお構いなしに訊いた。鞍の上で体の向きを変え、斜面を見下ろしている。

「わかりません」

「あなたは二百人ものレッドレッグがここをうろつき、かがり火を焚いて、おそらく酔っ払って、そこら中にごみを投げ捨てても関心がなかったとおっしゃるのですか、ここは全部あなたがたの土地なんですよ？」

「その馬鹿にしたような物言いは好きになれませんわ、エンディコット大尉」

「そういうつもりはありません、マダム」

「わたしを二度と〝マダム〟と呼ばないでください。わたしの名前はミセス・エゼミリー・ブース・ラフキンです」

「あの俳優と親戚なんですか？」

「わが家の敷地からお引き取りいただけませんこと？」

「そうした命令は受けていません、ミセス・ラフキン。わたしはあなたがたの家畜を押収し、武器やレッドレッグとの共謀関係を裏づける書類がないかどうか、お屋敷を捜索しなければなりません」

「わが家で何を捜索するとおっしゃいました？」

「あなたがたは本当に無実かもしれません、ミセス・ラフキン。しかしこの数日でカールトン・ヘイズは有色人種の集落に火を放ち、オペルーサスの銀行を襲って、奴隷制廃止論者とみなした三人をリンチし、ニューイベリアのバンクス将軍の本部に大砲を撃ちました。こういう騒ぎを起こしている連中が、あなたがたに同じことをしたらどうしますか？」

「これ以上、何も申し上げることはありません」伯母は言った。「あなたがたはわたしたちの息子を殺したのです。いまは弔《とむら》いをさせてください」

　彼女はランプの灯を消し、毅然と前を見据えて母屋に引き返した。使用人たちがあとに続き、霧雨の中にぼくと兵士たちが残された。兵士たちはぼくを一顧だにせず、彼らが何を考えているのかは見当がつかない。将校は知性と教養がありそうで、きっと上流家庭の出身だろう。鍔《つば》を摑んで帽子をかぶりなおし、歯を食いしばって、馬を足踏みさせている。これで引き揚げてくれるといいのだが、それは希望的観測というものだろう。将校は内心葛藤しているようだ。ぼくにはいやな予感しかなかった。

「お話ししてもよろしいですか？」ぼくは訊いた。

「なんだって？」食ってかかるような口調だ。それから初めてぼくの顔を見た。部下たちも同じだ。

「失礼した。ご用件は？」

「ヘイズ大佐がここへ来たとき、伯父と伯母に選択の余地はありませんでした。ぼくにも二人を助けるすべはありませんでした。ぼくは北バージニア軍第八ルイジアナ歩兵連隊に在籍しており、マルヴァンヒルの戦いで重傷を負って傷病兵と宣告されました」

「続けなさい」

「バンクス将軍のやりかたはよくわかっています。グラント将軍とはまったくちがうことを」

「わたしの上官を見下したように言わないでもらいたい」将校は応じた。

「ぼくたちは反乱を企てているわけではありません」

将校は背筋を銃剣のようにまっすぐ伸ばし、両手で鞍の前橋をしっかり押さえつけている。馬は激しく体を揺すっていた。「きみのおかげで、わたしの考えが正しいことがわかった」

「なんですって？」

「きみはリーやジャクソンの下で従軍していた。交戦規定については知っているはずだ。リーがカールトン・ヘイズのような盗賊まがいのならず者をこき下ろしていたことも。きみとその家族は、そうした連中を支持し、けしかけていたんだ。いますぐそこをどきなさい、さもなければ逮捕する」

「ここにいるのは病人ばかりです」ぼくは反論した。「使用人や畑仕事をしている労働者を養わなければなりません」

「だったら彼らを解放し、どこへなりと好きなところへ行かせたらよかろう」

「どこへ行けというんですか？　教えてくださいよ。木の皮を食べろとでも？」

軍曹が一人、馬を動かして大尉とぼくのあいだに入ってきた。軍帽《ケピ》を目深《まぶか》にかぶり、むっつりした表情をしている。

「そのろくでもない馬をぼくの前からどけろ」

そいつはぼくの言葉を無視し、わずかに手綱を緩めて馬の腹にブーツの踵を触れたので、馬はぼくを後ろの土の上に突き飛ばした。

それを合図に、彼らは仕事にかかった。何人かは納屋に向かい、ほかの者は正面玄関と裏口から母屋へなだれこむ。ガラスの割れる音、机が窓から放り投げられる音、伯母のピアノが叩き壊される音が聞こえた。下士官の一人は、二階のベランダから衣服を投げ捨てている。

ぼくはなんとか将校に近づき、馬から引きずり落とすか、慈悲を乞うか、自分の挑発的な言葉を謝罪するかしようとした。だが部下の馬たちが周囲を駆けまわり、ぼくをふたたび突き飛ばし、体を踏みつけ、泥を跳ね散らかした。これほどの憤怒に駆られたのは生まれて初めてだ。ぼくは馬にまたがった下士官に摑みかかり、鞍から引きずり落とした。そいつはスペンサー銃を持ったまま地面に落ちた。ぼくは手綱を握り、そいつの顔を蹴ってスペンサー銃を奪い取ろうとしたが、相手は必死で銃床《じゅうしょう》にしがみついている。ぼくにとって幸運だったのは、周囲に敵が密集していたことだ。同士討ちになりかねないので、彼らは発砲できなかった。ぼくはそいつの馬の鞍に飛び乗り、全力で走らせた。身をかがめ、手綱を激しく動かす。敵から奪い取った馬は泥を蹴り上げ、蒸気機関車のような荒い息遣いとともに驀進《ばくしん》した。

瞬く間にぼくは敵の集団から離れ、猛スピードで斜面を下りて、カールトン・ヘイズ大佐が放棄した野営地と使用人居住区を駆け抜けた。ぼくは不運な馬がつまずかないよう願い、潟湖の対岸までたどり着けたら、十字路をセント・マーティンヴィルまで行って、保安官の助けを求めようと思った。と、背後で銃声が聞こえた。スペンサー銃の連射だ。遠くまで飛んできた銃弾が、バンジョーの弦が切れるような音をたてた。沼水木《ヌマミズキ》に跳ね返って湖に落ちた弾丸もある。一発の跳弾がうなりをあげ、回転花火のような音とともに耳をかすめた。

だが主のご加護のおかげで、ぼくは悪魔を退けた。星々の清冽《せいれつ》な輝きの中に昇っていくような爽快感を覚える。ぼくは田舎道を抜け、盗んだ馬とも友だちになって、柔らかな大地を疾駆し、バイユー・テッシュのほとりにある船小屋で眠った。朝が来て目覚めると、まったく新しい世界観が得られたような気がした。アヘンは使っていないのに、この世界がすばらしい場所に思える。まるで母親のようなしなやかさと優しさで迎えてくれ、腕を伸ばせばエデンの果実に手が届きそうだ。顔が傷つけられたのなら、それはそれまでのこと。肌に名誉ある傷を負ったほうが、魂に傷を抱えるよりいいじゃないか?

保安官は見つからなかったが、彼は役に立たない男なのでむしろほっとした。ぼくは正午少し前にレディ・オブ・ザ・レイクに戻り、馬から降りると騎兵用の鞍を外して沼地に投げ捨て、盗んだ馬を引いて使用人居住区に歩いて向かった。屋敷が遠くに見える。ヤンキーどもは放火まではしていなかった。屋内にこうむった被害は修繕できそうだ。ぼくたちは新たにやりなおし、奴隷を解放して貧しい人々に寄り添い、真のクリスチャンとして生きる道を探っていこう。ぼくたちはどうにかして、今度こそ主のお造りになった世界で働き、休息できるのではないか。

一人の黒人が使用人居住区からぼくのほうへ歩いてきた。名前はアルサイドだ。ほかの名前はない。長身で威厳があり、すり切れた上着と揃いのズボンを身につけ、石鹸《せっけん》で黄ばんだシャツの襟元をピンで留めている。しかし、何かがおかしかった。きょうは日曜日ではない。

「ご無事でお戻りになられて何よりです」彼はそう言い、ぼくの手から手綱を取った。

「ありがとう、アルサイド。みんなも無事だったか?」

「いいえ」

「なんだって?」

彼はちらりとぼくを見た。掌で額をこすり、ぼくの顔を正視できずに嗚咽しはじめる。

「ミスター・チャールズか、それともミス・エゼミリーか?」

「使用人居住区に少なくとも四発が撃ちこまれました、ミスター・ウェイド。そして赤ん坊と母親が殺されました」

「ヤンキーどもが居住区を撃ったのか？」

「わかりません。わたしは見なかったので」

「本当のことを教えてくれ、アルサイド」

「銃が撃たれたのは、あなた様が居住区のそばを駆け抜けたときです、ミスター・ウェイド」

ぼくはふたたび歩きだした。手綱を持たない手は空っぽだ。斜面に伸びた丈の高い緑の草がぼくの足に踏みしだかれる。水平線がぐらりと傾いた。

「何か朝食をご用意します」アルサイドは言った。「ヤンキーどもの仕業です、ミスター・ウェイド。気を確かにお持ちください。あなた様は善人です。きっと、何もかもうまくいくでしょう」

第二十二章　ハンナ・ラヴォー

餓えに苦しんだことはこれまでに何度もあった。悪魔島の沖合でガレオン船の船倉に閉じこめられたときがそうだ。水の樽に汚水が混じり、果物も塩漬け豚肉もだめになってしまったうえ、海岸に伝染病が広まったのだ。それから、奴隷監督が母に怒り、わたしたちに食事をくれなかったとき。その前は嵐のあと、母が海に入って波に浮かぶココナッツの実を拾い、砂浜へ持ち帰って珊瑚岩で割り、自分はあとまわしにして子どもたちに食べさせてくれたとき。

　しかし、今回の餓えはこれまでとは段ちがいだ。ミス・フローレンスが奴隷捕獲人を始末したあと、銃弾が機関室を爆発させて船が燃えてしまい、わたしたちは潮が引いてから砂嘴《さし》まで歩かねばならなかった。フランス系の漁師――フランス語では〝アカディア人《ル・アカディアン》〟――がわたしたちを陸地へ連れていき、いくらかパンを分けてくれたが、金や衣服は分けられるほど持っていなかった。

　わたしたちは夜になるとバイユー・テッシュに沿って何マイルも歩き、日中は物陰に隠れて、物干し竿《ざお》から衣服を盗み、農園の料理小屋から食べ物を盗んだ。ミス・フローレンスはこんな生活をしたことはなかった。いまは星が見えないが、ブラシェア・シティ（現在のモーガン・シティ）の明かりが見えてきた。メキシコ湾近くのこの町に向かうべきなのか、わたしたちは今度も判断がつかなかった。というのは、町にいるのが北軍なのか南軍なのかレッドレッグなのかわからないからだ。そして空腹のあまり、わたしの胃はずっと痛み、まるで鼠《ねずみ》に齧《かじ》られているようだった。ミス・フローレンスも同じ飢餓感を覚えているにちがいない。彼女の頬骨ははっきりわかるほど浮き出て、目は動物の目のように小さく見える。

確かに北軍は去年からニューオーリンズを占領しているが、こんな遠くの片田舎までは来ていない。それでも南軍に加わっていたクレオールの兵士たちは宗旨《しゅうし》替えをし、北軍の兵士になってニューオーリンズと行き来する鉄道線路を警備している。ブラシェア・シティの外れにはテントや掘立て小屋が並び、そこで女たちが体を売っていた。紙幣ではなく金貨や銀貨で払ってくれれば、誰でも客に取る。

ミス・フローレンスとわたしは一枚の毛布にくるまって震えていた。そうしないと湿気と蚊にやられるのだ。奴隷捕獲人の船から持ち出せたのは、拳銃のほかには少々の火薬や散弾や雷管の入った革袋だけだ。わたしはミス・フローレンスに、拳銃を売るかバイユーに投げ捨てるべきだ、さもないと絞首刑にされるか、もっとひどい目に遭うと忠告した。〝もっとひどい目〟とはどんな目か、これから話そう。

一八一一年、ニューオーリンズで奴隷反乱の指導者が捕えられ、納屋へ連れこまれて、群衆によって両手を切り落とされ、両足の太腿も撃たれて、さらに腹まで撃たれた。しかもそのあと、まだ生きているうちに藁を積み重ねられて火をつけられた。

大勢の奴隷も殺され、その首は槍の先に突き刺されてミシシッピ川の土手に並べられた。でもわたしは、これ以上そういうことを考えたくない。わたしはただ、かわいい息子のサミュエルを取り戻したいだけなのだ。それ以上のことは何も望んでいないのに、神はなぜ聞いてくれないのだろう？　わたしは最近ますますそう思うようになった。

ミス・フローレンスは彼女に割り当てられた毛布で、修道女のように頭を覆った。「ミス・フローレンス」わたしは言った。「あなたは蚊にやられています。甘く見てはいけません。血を吸って、あなたが蚊を叩けなくなるぐらい弱らせるんです」

「馬鹿なこと言わないで。私《わたくし》は大丈夫よ」

「あなたは船でわたしたちの命を救ってくれました、ミス・フローレンス。わたしはむざむざあなたを死なせたくないんです」

「もちろん、そんなことにはならないわ」彼女は言い張った。「ニューオーリンズまで歩いていけたら、友人たちの家に行きましょう。あの人たちはきっと、あなたを奴隷から解放するための手段を考えてくれるわ」

いまやミス・フローレンスは彼女自身を欺こうとしており、その言葉はバネが壊れて動かなくなった時計のようだ。彼女の気持ちを傷つけたくはないが、わたしは嘘をついて二人の命を失うわけにはいかない。「すでに見てきたように、あちこちの木にわたしたちの人相書きが貼り出されています」わたしはそう言った。「それも五百ドルの懸賞金つきです。このへんの人たちが一年間働いても稼げないほどのお金です」

「そんな悪意に満ちた人間が勝手に貼ったようなものは、誰もまともに取り合わないわよ」

彼女の言葉はそこで途切れ、咳が始まった。わたしは彼女の額に手を当てた。アイロンのように熱い。「わたし、あそこに並んでいるテントへ行ってきます、ミス・フローレンス」

「だめよ、やめなさい！」

「あそこへ行って、拳銃を売るつもりです。きっと十ドルにはなるでしょう」

彼女は反駁《はんばく》しかけたが、そこでわたしをじっと見た。その目から月や星の光が失せている。死期を迎えた人のような暗い表情だ。わたしは泣きたくなった。

「すぐに戻ります。聞こえますか？　何も悪いことは起きません。そんなことにはしませんから」

アチャファラヤ川沿いの土手の木立の奥まったところに、テントや掘立て小屋が立ち並んでいる。川はブラシェア・シティを通り抜け、沼地や湿地帯を経てメキシコ湾に注ぐ。戦争が始まってこのかた、ブラシェア・シティは危険な町になった。両軍から脱走した無法者が漁船に金を払ってメキシコ側へ密航しようとするのだ。河口付近には北軍の艦艇が出ているが、夜になるとときおり封鎖破りが突破を図り、艦艇の舷縁から発砲するのが見えるだろう。土手に近づけば、夜闇《やあん》に照らし出される砲兵の顔が見えることもある。まるでハロウィーンの仮面のような顔だ。

ミス・フローレンスに警告を受けるまでもなかった。テントや掘立て小屋で暮らしているのがどういう人たちかは知っている。女たちは貧しく、ポン引きに顎で使われている。なかには精神を病んでいる人もいる。梅毒で脳が侵されているのだ。ポン引きは女たちを殴るが、女たちを困らせる客は用心棒に叩きのめされる。スアレス様の農園にいる友人のダーラ・バビノーは、年端もいかないころからこうした場所で働いていた。わたしはいつもそんな彼女に称賛の念を覚えていた。男たちは彼女の体を食い物にしたが、それでも彼女は自らの魂を守ったのだ。決して簡単なことではない。

わたしは拳銃を肩掛けに包んでいた。テントや掘立て小屋の外で酒を飲んでいる兵士たちが、近づいてくるわたしに気づきはじめる。大半はレッドレッグではなく北軍兵で、思っていたより年月が顔に刻まれている。若い兵士たちは自分が学んだ道徳規範をまだ覚えている。年嵩《としかさ》の兵士たちは昔の自分を忘れ、そのように行動する。影の中で、彼らは豚のように鼻を蠢かせている。

わたしはランタンの灯をともしているテントに近寄り、松の切り株に座っている五人の男たちの前で立ち止まった。五人とも酒を飲んでいる。入口の幕は閉まっているが、帆布に影が映り、中で何が行なわれているのかはわかった。わたしは逃げ出したくなったが、このままではミス・フローレンスが餓え死にしてしまう。

「こっちへ来いよ」兵士の一人が言った。袖章《そでしょう》に二本の山形紋章があり、山羊の毛のように硬そうな金色の顎鬚を伸ばしている。赤く、とろんとした目で水筒から酒を飲んだ。「どこでそんなに日焼けした？」

「銃を売りたいの」

わたしは肩掛けをひらき、銃をひっくり返した。青光りする金属のもう片方の面も見せるためだ。

「北のお金で十二ドルほしいわ」

「こっちへ来て、よく見せてくれ」同じ兵士が言った。

「その前にお金を見せて」

「金はズボンに入っているんでね。こっちへ来いよ、ねえちゃん。あんたがその銃を見せてくれれば、俺がぶら下げているやつも見せてやろう。それから商談といこうじゃないか」

男たちがどっと笑った。

「こっちの暗いところへ歩いてきて、わたしと話しましょうよ」わたしは言い返した。「それとも、あなた怖いの？」

「とっととここから出ていけ、この売女《ばいた》め」兵士は言った。「ポン引きは縄張りを荒らされたら黙っていないぞ」

「あなたの家族はそんな口の利きかたを教えているの？」わたしは訊いた。「あなたがわざわざ北部から来たのは、そんな汚い言葉を使って、何も悪いことをしていない人たちを侮辱するため？」

兵士はだらしなく口を開けて笑みを浮かべ、ぼんやりと自分の膝を見つめている。そのまま酔い潰れてしまいそうだ。ほかの男たちはわれ関せずとばかり、互いに目を逸らしている。

「十一ドル」わたしは値を下げた。「銃身にボーモン・アダムスという名前が刻まれているわ。きっと特別なものだと思う」

「どこで手に入れた？」彼は訊いた。

「ニューイベリアのネルソン運河の戦いのあとで、南軍が泥の中に残していったわ」

「もっと灯りがほしい」

彼はそう言い、立ち上がった。十ヤード離れた木にランタンが吊り下げられている。ランタンの横には、あの人相書きが木に釘で打ちこまれていた。バイユー・テッシュ沿いで少なくとも六枚は見たあの人相書きだ。

「ここにいる人たちの振る舞いはあまり好きになれないわ」わたしは言った。「いっしょに水辺まで歩きましょう。月が明るいから」

実際にそのとおりだった。浅い潟湖があり、手漕ぎ舟が砂の上に乗り上げている。川面《かわも》の月はシャンデリアのように煌々《こうこう》とさざなみを照らしていた。河口近くのアチャファラヤ川はミシシッピ川と同じぐらい幅が広い。

「あなたは怖くないでしょう?」

「大丈夫だよ、娘さん、いっしょに歩こう」彼は言い、ズボンの埃を払った。

「わたしは娘さんじゃないわ」

「うん、まあそうだろうけど」

彼はわたしの先に立ち、水辺の斜面を歩いた。わたしが落ちないよう気を遣ってくれているのかもしれないが、よくわからなかった。彼は仲間の兵士たちを振り返り、それからわたしを見た。「きみの名前は?」

「わたしの名前は問題じゃないわ。あなた、拳銃を買ってくれるの?」

彼は水筒の酒をひと口飲み、それから言った。「そうか、悪かった。飲まないか?」

「いいえ、結構よ」

「さっきはあんな言いかたをしてすまなかった。仲間の目があったからね。なんなら、殴ってもいいよ」

「人を殴りたいとは思わないわ。十一ドルで買ってくれる?」

「七ドルでいいかな。それしか持ち合わせがないんだ。ポケットを裏返して、見せるよ」

彼は軍服よりも小さく見えた。誰かに着せられたのだが、その中で縮んでしまったかのようだ。そもそも軍服を着るように生まれついていないかのように。「あなたもこの辺りで戦ったの？」

「第二次フレデリックスバーグの戦いでね。マリーズハイツの丘の戦闘だ」

「ひどかったの？」

「その話はしたくない。リボルバーを手に取ってみてもいいかな？」

「弾をこめているわよ」わたしは注意し、彼に手渡した。

「きみは奴隷なのか？」彼は訊き、銃を見下ろして、銃把《じゅうは》に刻まれたイニシャルに手を触れた。

「そんなふうに見える？」

「訊いたのは、きみが逃亡者だと思うからだ。もしそうだったら、無事に逃げ延びて自由になってほしい。この戦争はきっと終わらないだろうからね」

「どうして終わらないの？」

「そもそもの始まりから、狂っていたからさ。俺の家族はペンシルバニアで農家をしている。バージニアやメリーランドの農家と変わるところはない。石灰岩の壁も、納屋やサイロも、教会や言葉も同じだ。それなのに、いまは畑だったところが墓地になってしまった。墓石も建てられないいまま」彼はわたしの手に銃を返した。

「ほしくないの？」

「そりゃほしいさ。ズボンから金を出させてくれ」

ポケットの硬貨を手探りするとき、彼の体がふらついた。わたしは彼を気の毒に思った。思っていたより若い。軍帽《ケピ》が頭から滑り落ち、それをどうにか受け止めた。自分で笑いながら、ケピをかぶりなおして硬貨を取り出し、ポケットを直す。「ひとつ言っておきたいことがある」

「どんなこと?」

「きみに会えてよかった。俺は仲間と飲んでいるうちに、気がついたらここまでふらふらと来てしまっていた。きみが現われなかったら、あすの朝はさぞかし寝覚めが悪かっただろう。名前を聞いてもいいかな?」

名前を明かしたくはなかった。けれども彼の気分を害したくもなかった。「わたしの名前はハンナ」

「聖書に出てくるのと同じ?」

「ええ、そうよ」

「きみは素敵な女性だ、ミス・ハンナ」彼は微笑み、手を伸ばしてわたしの手を握った。いとしい息子とどこか重なる。息子が成長したらこんなふうになってほしいとも思う。と、彼の視線が泳いだ。

「でも、いますぐにここを出たほうがいい」

「なんですって?」

「行くんだ、ミス・ハンナ」

心臓が早鐘を打ち、辺りを見まわす。「何も見えないわ。何かあったの?」

そのとき、掘立て小屋やテントから走ってくる足音や騒々しい音が聞こえてきた。誰かがけたたましく笑い、月に向かって怒鳴っている。

「やっちまおうぜ、みんな!」誰かが叫ぶ。

「ハンナ、逃げろ!」友人になった兵士が言った。「俺のことは気にするな! 走れ!」

もう手遅れだった。大男が松の木から突進してくる。黒い髪と髭はライオンのたてがみのように荒々しく濃い。肌は石炭の屑で汚れ——船の機関室でついたのだろうか——ブーツの先は硬く、鉄を入れているようだ。目は怒りに燃えている。「おい、うちの商売を邪魔しに来たんだろう、小娘が?

てめえをまっぷたつにしてやる！」そう言って歯ぎしりをし、わたしの友人になってくれた兵士をぶちのめすと、わたしの顔を拳で殴ってきた。体臭でむせ返りそうだ。

こんなに強く殴られたのは生まれて初めてだ。鼻の奥の骨が脳に押しこまれたような気がする。これほどの痛みも経験がなかった。いや、スアレス様に体を奪われたときと同じぐらいか。わたしは膝を突き、銃と一ドル銀貨が辺りに散らばった。指で顔を覆うと、血が前腕から流れ落ちてきた。

しかし何が起きているのかわからなかった。気がつくとミス・フローレンスが隣にいる。口をひらいたり閉じたりしているが、まるで水の中にいるように彼女の言葉は聞こえない。兵士は立ち上がり、体をふらつかせている。額は割れていた。腕がおかしい。片方の肩がもう片方より下がっている。彼は大男に近寄り、体を軽く叩いて、胡桃《ウォールナッツ》のように口の形が丸くなる言葉を話しているようだが、やはり聞こえない。なぜ兵士は大男を軽く叩き、埃を払っているのか？　友人なのか。

わたしははたと気づいた。彼は大男をなだめようとしてくれているのだ。それなのに、ミス・フローレンスはリボルバーを構えている。奴隷捕獲人を撃ったときに、彼女は撃鉄を上げなくても撃てることを知った。そしていきなり引き金を引いた。まるで絞首台の落とし戸を踏んだかのように、大男の体はまっすぐ沈みこんだ。口を大きく開け、片目が後頭部から吹き飛ばされる。

彼女はリボルバーを兵士に向けた。

やめて！　わたしは叫んだ。そして両腕を振りまわした。やめて！　やめて！　やめて！　その人は友だちなの！　聞いて、ミス・フローレンス！　その人を撃たないで！　お願い！

だが、頭の中でそう言っただけなのか、それとも実際に言ったのかは定かではない。ミス・フローレンスはもう一度発砲し、銃弾はペンシルバニアから来た心優しい兵士の心臓をあやまたずに射抜いた。

わたしは叫んだような気がするが、はっきり覚えていない。樹々のあいだを走り抜け、松葉に足を取られ、低い枝に顔を打たれて、服が破れた。夢中で走り、肺が燃えるように熱くなる。そのとき不意に耳が聞こえるようになった。誰かが耳元で手を叩いたように。ミス・フローレンスがわたしの名前を呼び、息を切らせて坂を上がってくる。彼女は右腕を空中に突き上げた。拳を握りしめ、表情は勝ち誇っている。「お金を手に入れたわ、お嬢ちゃん」彼女は言った。「友人たちを探すには充分よ。あそこにいた男どもは、もうあなたを傷つけられないわ。ねえ、聞いてるの、ハンナ？　どうして泣いてるのよ、お嬢ちゃん？」

第二十三章　ピエール・コーション

そのニュースは電信でも新聞でも知らされた。フローレンス・ミルトンという教師とハンナ・ラヴォーという逃亡奴隷に、北軍兵士とブラシェア・シティの売春仲介人を射殺した容疑がかかっている。動機は金銭目的らしい。北軍兵士のポケットが裏返されていたそうだ。

俺は腑に落ちない。この二人の女性はどちらも暴力的な人間ではない。ミス・フローレンスが考える罪とは、思いがけず猫の尾を踏んでしまうようなことだ。だが俺には、なぜ二人がポン引きの近くにいたのかがわからない。考えられるのは、誰かが彼女らを誘拐しようとした線だ。ルイジアナの森はどこも、カールトン・ヘイズ大佐のような人間がうじゃうじゃしている。俺はますます、あの男がランプの獣脂《じゅうし》にされるのを見たくなった。実際、あいつのせいで俺はこれからシャドウズ農園に入り、ナサニエル・バンクス将軍やジョン・エンディコット大尉と同席する羽目になるのだ。

誰もが物心ついたころから、この国の偉大な指導者たちの話を聞かされて育ったのではないか。実業家や大統領や教会の宣教師の話を。そうした指導者の下、人々は毒を飲み、マムシの入った箱に腕を突っこんで、家に帰ったら家族を殺し、遺品を全部燃やしている。

俺はいま、そうした指導者たちと並んで、樫の樹々に囲まれたベランダに座っている。エンディコット大尉は金ぴかの軍服を着て、サーベルをぶら下げている。この会合がひらかれることになったのは、ミセス・ラフキンが訴えたからだ。彼女はいまでも喪服を着ている。つらく悲しい人生にちがいない。

ほかの人たちには納得するのが難しいこの世の理不尽さを、俺なら説明できるかもしれない。北部でも南部でもよくあることだが、俺たちが権力を与えてしまう人間は、俺たちのことなどどうでもいいのだ。シャドウズ農園から目と鼻の先、バイユー・テッシュにかかる橋のそばに、エレン・リー・バークという嗜みのある女性がいて、夫に先立たれたあと三人の息子たちを育て上げた。夫はゴリアドの虐殺（一八三六年、メキシコ軍がテキサス共和国軍の捕虜を殺した事件）を生き延びたが、黄熱病で命を落とした。彼らは貧しいアイルランド系移民で奴隷制廃止論者でもあった。息子たちは三人とも南部連合軍に志願した。その一人のウィリー・バークは俺とともにシャイローの丘を上り、さらにはコリンスでも戦って、悪魔も怯むような一斉放火にさらされた。ところが北軍のやつらは、エレン・リーの飼っていた牝牛を奪っていったのだ。こんな話、信じられるだろうか？

この戦争で理にかなっていることは何ひとつない。マサチューセッツの紡績工場の所有者はそこで働いている子どもたちになんの関心も持たない。鉄道の建設会社は大草原の荒れ地に放り出されたスラブ系移民労働者に無関心だ。俺たちが使った武器弾薬の製造会社は、彼らが生産した製品のせいで無数の人々が失明し、手足を失い、殺されたことなどなんとも思わない。それなのに、俺と並んで座っている連中はそうしたことはどれも事実ではないと言おうとしている。

バンクス将軍は威儀を正し、口髭を蓄えて、頬髯も三、四日ほど伸ばしているが、俺が見たところ、頭の働きは見かけほどしっかりしていないようだ。ハーディーハットと呼ばれる礼装用軍帽をかぶり、軍服はたったいま戦線から戻ってきたかのように汚れている。しかしこの男が有名なのはその無能さと、記録的な数の綿花の梱《こり》をぶんどって国中の実業家に売りつけた〝実績〟によるものだ。

「紅茶をもっといかがですか？」将軍はミセス・ラフキンに話しかけた。

「いえ、結構です」彼女は断った。「わたしがいただきたいのはただ、わたしの家に加えられた損害を償ってくださるというお言葉だけです。そうしたら、もうあなたがたを煩わせることは致しません」

「その点はエンディコット大尉から聞いております」将軍は答えた。「ですがその前に、とても興味があるのでひとつお聞かせ願えますかな。あなたはエドウィン・ブースの親戚ではないのですか、あの有名なシェイクスピア劇の俳優の？」

「いったいなぜあなたがた、つまり軍関係の方々は、そんなにエドウィン・ブースがお好きなんですの？」

「そういう認識はありませんでした、マダム」

「わたしを〝マダム〟と呼ばないでいただけますこと？」

エンディコット大尉はティーカップを置いた。どうやら、自分が主導権を得るためにこの瞬間を選んだようだ。優秀な大尉というのは、劇的な演出効果も心得ているらしい。「ミセス・ラフキン、このたびお宅で起きてしまった出来事を心から遺憾《いかん》に思います」

「失礼ですが、わたしの家が破壊されたのは〝起きてしまった〟出来事とは言いかねます」彼女は反駁した。「あなたが狼藉者の集団をわが家に侵入させて破壊のかぎりを尽くしたんです。うちのピアノはハンガリーから買い入れたものです。フランツ・リストがあのピアノを使って作曲したのですよ」

「あなたはわが軍とカールトン・ヘイズとの行きがかりをまったくご存じないようですな、ミセス・ラフキン」エンディコットが応じた。「あの男とその手下どもは、ルイジアナの中央部と南部の全域で、わが北軍の兵士や民間人を殺傷してきました。そのなかにはわたしの部下も含まれています。その同僚だった兵士たちが、怒りをあなたに向けてしまったのです。彼らはそのことで譴責《けんせき》されるでしょうし、あなたが受けた損害はいずれ償われるでしょう。ですが、あなたの憤りと独善的な正義感には当惑を覚えます」

「あなたの部下は使用人の住居をやみくもに撃ちました」彼女は言った。「そのせいで使用人一人とその幼い子どもが殺されたのです」

「あなたがおっしゃる〝使用人〟とその子どもというのはいずれも奴隷であって、使用人ではありませんよ、マダム」エンディコットは反撃した。「その不誠実な言葉遣いは謹んでください」

「もういいだろう」将軍がとりなした。「きみの見解を聞かせてもらおうか、コーション巡査？」

「本官に特段の見解はありません」俺は言った。

「ほう、それは興味深いね。きみは州知事に奉職しているんだろう？　ニグロの法的権利を調べているのではなかったのかな？　それは称賛に値する活動だと思うがね」

「イエッサー」俺はそう答え、木から垂れ下がって風に揺れる猿麻桛擬《サルオガセモドキ》に目をやった。ベランダで木漏れ日が無数の目のように光る。「しかしわれわれはみな、それ以上のことを知っています」

「どういうことかね？」将軍が訊いた。

「本官は無力です、将軍」

「だったらきみは、なんのためにここへ来たのかね？」

「罪のない人たちが殺されようとしています。その人たちの名前はハンナ・ラヴォーとフローレンス・ミルトンです。将軍の麾下《きか》の兵士たちが、懸賞金つきの人相書きを至るところに貼っています」

「その女性たちの潔白を示す証拠はあるのかね？」

「本官は彼女たちがどういう人間か知っています、閣下」俺は言った。

「残念ながら、その二人は五人の殺害に関わっているようだな。その点について説明は？」

「死者のうち三人は奴隷捕獲人でした」俺は言ったそばから、口を滑らしたことに気づいた。

「つまりきみは、二人に動機があったと認めるのか？」将軍が追及する。

「いえその、殺された三人はろくでもない連中で、誰からも忌み嫌われていたと言いたいのです」

「どうもきみには偏見があるようだ、ミスター・コーションン」将軍は答えた。「まあいい。ミセス・ラフキン、一部の者の振る舞いをお詫び申し上げます。埋め合わせができるよう努める所存です。しかし一方でわたしは、わが軍の真っ只中にいる醜悪極まりない勢力、すなわちカールトン・ヘイズ大佐と自称する下劣な輩に対処しなくてはなりません。あなたとご主人が焚きつけたその男は、ニグロの住居を二度焼き討ちし、一軒の銀行強盗をし、三人の白人をリンチしたうえ、わたしに大砲まで撃ってきたのです」

事実かどうかはともかく、この話だけ聞いていると、どういうわけか将軍は被害者になっているようだ。

「ほかに何かご希望がありますか、マダム？」彼は臆面もなく言った。

「ええ」彼女は椅子から立った。「どうか、もう二度とわが家の敷居を跨《また》がないでくださいませ」

「ミセス・ラフキン、あと一、二年もすれば、あなたがたの世界は終わり、二度と取り戻せなくなるでしょう。その世界は不名誉の烙印《らくいん》を押されつづけるのです。この国自体は存続しますが、レディ・オブ・ザ・レイクのような場所は骨董品同然になるでしょうね。息子さんが先立たれたことにはお悔やみ申し上げます」

エンディコットは目を伏せ、俺も従った。ナサニエル・バンクスは好きになれない男だ。だが彼の言葉は俺の心を沈ませた。ペカンの殻を割るダーラ・バビノーの隣に座り、誰も説明できない死にゆく文化とともに西の空が真っ赤に染まるのを見ていたときにも同じ気持ちだったのだが。

第二十四章　カールトン・ヘイズ大佐

夕方になった。一日のうちでも特別な時間だ。夕陽が森に沈む様子は、まるで地球が天地創造を一度取り消し、エデンの園で起きたことやカインの行動を過ちだったと認めて、一からやりなおしたいと思っているかのようだ。カインは兄の頭を割り、それに使った石を処分して手についた血を拭おうとしたが、思いとどまってその石を家の土台に据えたせいで、家は彼の頭上に崩れ落ちたという。

カインと同様、わしも火のような武器を思いのままに利用できる。いまも森のそばの農家では燃えさかる火の手が広がり、火花や炎が混じった濃い煙をまき散らしている。濃い煙は納屋から出ており、わしらは知らなかったのだがウイスキー蒸留器があったらしい。ならず者の南軍兵どもが農家から発砲してきたので、わしらがやむなく応戦したらこんなことになってしまったのだ。いま、わしらは人けのない道ばたにおり、騾馬《らば》を繋いだサトウキビ運搬用の荷馬車十台はいずれもレッド川の方向を向いている。荷馬車には黒人がひしめき、その顔は悲しげだ。ほどなく、こいつらはテキサスから来た奴隷仲買人に売られる。不必要に暴力的な男で、できれば相手にしたくないコマンチェロ（十九世紀にインディアンと取引した商人）だ。しかし戦争では、現実の前に譲歩しなければならないことがままある。

奴隷のなかにはピグミーの子孫もいる。わしは以前にもそう言った。もともとはアフリカにいた部族がピグミーを奴隷として所有しており、オランダ人がその村を襲撃したときに、その部族ごと鎖で繋いで蝶の繭《まゆ》の列のように船倉に押しこみ、通称〝ミゼリー農園〟に連れてきたのだ。わしがつけたあだ名ではない。その黒人たちはいまはわしのものだが、もうすぐわしの友人でコマンチェロのリトル・ボーイ・ローイの所有物になる。

わしを冷酷非情な人間だと思うだろうか？　わしは一八四六年の米墨《べいぼく》戦争のとき、メキシコでロバート・リーと知り合った。のちに南軍の総司令官になった男だが、当時の彼は若き砲兵隊の将校で、女性や子どもたちを平気で吹き飛ばしていた。リーはまた、チェンバーズバーグやペンシルバニアで兵士たちが浮かれ騒ぐのを許し、逃亡奴隷も自由人として生まれた黒人もお構いなしに捕獲させて、リッチモンドへ運んで競売にかけた。彼と並ぶ独善主義者の典型はジェブ・スチュアート将軍で、連邦政府の御者をしていた六十人もの黒人をワシントン郊外で拉致し、売り飛ばして綿畑で働かせた。この将軍たちはわしを育ちが悪く下賤な人間だと思っているだろう。それはまちがいではない。さらに言えば、同様に、やんごとなき紳士が女性や子どもを殺しても、相手が農民であれば許されるのではないか。そうしたわしの見解もあながちまちがいではないだろう。

さて、わしはなんの話をしていたんだ？　農家の主人とその子どもはみんな死んだ。彼らが死んだのは、わしらが窓に最初の一斉射撃を行なう前のことだったと思うが、確信は持てない。わしらは窓から狙い撃ちされたので、葡萄弾《ぶどうだん》で応戦して南軍兵の生き残りを出さないように万全を期したのだ。確かに、そのことはわしの心にのしかかる。そうした内省の時間は持ちたくないものだ。頭が痛くなる。

さて、リトル・ボーイ・ローイだ。わしが知っているなかでも最低最悪の男で、どこか昆虫を思わせる。便秘でもしているようなやつれた顔で、バンクス将軍のようなハーディーハットをかぶり――シルクハットに似ているが上部が潰れている――先の尖った乗馬用のメキシカンブーツを履いて、帆布の半ズボンは大きすぎて尻からずり落ちそうだ。わしはこいつのような生きかたはしたくない。この男については、思い出したくもない話がいくつもある。誰も聞きたくないだろう。

わしがこの戦争を生き残れたら、必ずリトル・ボーイ・ローイを精神病院にぶちこんでやる。

わしは馬にまたがり、燃えさかる家の風上でリトル・ボーイを出迎えた。わしは鞍の上で体を起こし、帽子を取った。「お元気かな?」わしは呼びかけた。「ここまでの旅路が快適だったことを祈る」

相手の顔は陰になっていたので、何を考え、どういう気分だったのかは見当もつかない。ともかく、やつはわしの挨拶に応えなかった。

「具合でも悪いのか、リトル・ボーイ?」

「こいつはなんの臭いだ?」

「死人の臭いさ」

唇を嚙み、蔑んだようなまなざしを向けてくる。「おまえさんの目は生まれつき寄り目なのか、それとも誰かが頭に落ちてきたのかね?」

「そいつはなんとも言えん」

リトル・ボーイは会話に興味を失い、荷馬車の列に目をやった。色褪せた綿のシャツが、風に膨らんでいる。肌は日焼けし、乾いた泥のようにざらついていた。

「ニガーを何人連れてきた?」

「三十五人ぐらいだ」

「ぐらい、だと?」

「何人か逃げた。数えなおす暇がなかったんだ」

今度は家を見つめた。その目は虚《うつ》ろだ。「あそこで民間人を殺したのか?」

「わしは中に入らなかった」

唇を固く結んでいる。湿らせようとしたが、口は乾いていた。「どうも経緯《いきさつ》が気に入らんな。この件に俺の名前はいっさい出さないでくれよ。いいな?」

わしの馬が鼻を鳴らし、胴体を膨らませて、足踏みしている。「金の話をしよう」

「金はシュリーブポートの銀行にある」

「シュリーブポートだと？」わしは笑い声をあげようとした。「あんた、どこの学校で教わってきたんだ？」

いやいや、そんなことは聞かずともわかっている。だがわしは、商取引でわしをたぶらかそうとする人間が我慢ならんのだ。とりわけ憲法で合法とされている取引では。わしはふたたび口をひらこうとしたところで、相手の顔を一瞥した。

「まだ何か言いたそうな顔だな？」リトル・ボーイが訊いた。

「わしはいつだって、あんたと取引するのが楽しかった、リトル・ボーイ。あんたの悪口を言うつもりはない。あんたは紳士で、名誉を重んじる男だ」

「あの家には南軍兵がいたのか、それとも、おまえさんが燃やそうと決めただけなのか？」

「あいつらは脱走兵だ。南軍兵ではない。わしらがあいつらの戦争をしているあいだにこの土地に寄生してきた、生きる価値のない連中だ」

「じゃあこうしよう、カールトン。おまえさんの愛国心に敬意を表して、南部連合の金で支払ってやる」

「おい、そいつはちょっと待ってくれ」

もう黄昏時《たそがれどき》で、農家から飛び散る火花は沈む夕陽より明るい。と、一頭の馬が荷馬車の列から猛スピードで近づいてきた。乗り手は鞍上《あんじょう》で身をかがめ、蹄から土埃を蹴立てている。

「おまえさん、バンクス将軍に大砲を撃ったそうだな」リトル・ボーイがそう言ったのは、馬の乗り手からわしの注意を逸らすためだろうか。

「なんだって？」わしは言った。

「黒人の女は荷馬車に何人いる？　子どもを産める女が品薄なんだ」

わしは荷馬車の列に目を凝らした。知らない顔がちらほらいる。「あんた、誰を連れてきたんだ、リトル・ボーイ？」

「牛追いだ」

「どこで見つけた？」

「けさ、糞をしたところでだ。そいつがどうした？」

「そんな怒ったような口調で話さんでほしいね、リトル・ボーイ」

「おまえさんこそ、いまさらお上品ぶるな。膿《うみ》で爛れたその顔を見るだけで虫唾《むしず》が走る」

リトル・ボーイは鞍から降り、近づいてくる馬の乗り手の姿をわしの視界からさえぎった。ホルスターに入ったレミントン四四口径がリトル・ボーイの鞍の前橋からぶら下がっているが、馬の反対側にあるので、簡単には取り出せない。リトル・ボーイが手綱を口にくわえ、ハーディー・ハットを脱いで櫛《くし》で髪を梳《と》かす。髪には脂や頭垢《ふけ》が積もってぎらついている。沈まんとする陽光がその頭を照らす。櫛をしまい、親指をベルトに引っかけて歯をなめる。この男がこれほどくつろいでいるのは見たことがない。

「いったいどうしたんだ、リトル・ボーイ？」

彼は首を傾げ、歪んだ愚かしい笑みを浮かべた。「ちょっとした事業を思いついた。おまえさん、癩《らい》病患者の療養所をひらこうとは思わんかね？」

だがわしはこの男に注意を向けていられなかった。馬の乗り手はシェイ・ラングツリー兵卒で、鹿革色の馬を飛ばして駆けてくる。彼は馬から飛び降り、もうもうと上がる土埃の中を転がるように走ってきた。鹿革色の馬はそのまま走り去った。

「おいおまえ、誰かに杭でケツをぶたれたのか？」わしは言った。

ラングツリーは答えない。いきなりリトル・ボーイを土埃の中で殴り倒し、馬乗りになって、両膝で押さえつけた。

「こいつは大佐を殺そうとしていたんです！」彼はあえぎながら言い、リトル・ボーイに喋《しゃべ》る隙を与えずナイフに手を伸ばした。

「相手は丸腰だぞ」わしは言った。「下がれ、若造。話をさせるんだ」

リトル・ボーイはラングツリーの体重から逃れようともがき、もう少しで抜け出せるところだった。しかしラングツリーは彼をひっくり返してうつ伏せにし、髪をぐいと摑んで頭をもたげ、喉元にナイフを滑らせた。

「やめ――」わしは言いかけた。

「こいつは武器を隠し持っています」ラングツリーは言った。「牛追いどもがそう言っていたのが聞こえたんです。こいつは大佐殿が唾を吐く価値もない男です」

「そんな――」

彼は髪をむしり取りながらリトル・ボーイの頭を後ろに逸らし、ナイフを喉に突き立てて、喉笛をまっぷたつに切り裂いた。それからリトル・ボーイの体から立ち上がり、自分が何をしたのかよくわかっていないかのように見下ろした。わしにもどうしていいのかわからない。リトル・ボーイはまだ生きていて、仰向けになろうともがきながら喉からとめどなく噴き出す血を止めようとしている。

ラングツリーはリトル・ボーイの右前腕を踏みつけ、かがみこんで、リトル・ボーイの袖から小型拳銃を取り出した。「二連式のデリンジャーと付属品です。やっぱり、牛追いどもが言っていたとおりです」

「どうしておまえに教えてくれたんだ？」

「教えてくれたわけじゃないんです、大佐殿。俺が立ち聞きしたんですよ。前にもこういうコマンチェロの相手をしたことがあります。どいつもこいつも卑怯《ひきょう》な連中です」

「おまえ、気づいているか？　わしらは、三十人以上の奴隷を売りさばく相手を失ってしまったんだがね？」

「いいえ、大佐殿。そのことには気づきませんでした」

「牛追いどもは、シュリーブポートの銀行口座のことを何か言っていたか？」

「いいえ、大佐殿。お許しをいただければ、これから訊いてみます」

「ああ、そうしてくれるとありがたい」

わしは慎重な男なので軽はずみなことは言わないし、相手の顔を見れば危険な徴候には気づくと思っていた。最初の徴候は常に野心だ。次は阿諛追従《あゆついしょう》か。だがわしは、なぜラングツリーのことが気になるのかわからなかった。いままではこいつの顔を見るたびに叱り飛ばしたくなったが、こうなっては恥じ入る思いだ。わしはリトル・ボーイを見下ろした。横向きに倒れ、周囲には頭の二倍ほどの血溜まりができている。

「いまからおまえを軍曹に昇進させる」わしは言った。

「軍曹？　俺がですか？」

「ときに、マキャベッリの作品には詳しいかね、軍曹？」

「いいえ、大佐殿。詳しくありません」

「では一冊、貸してやろう」

「はい、大佐殿。きっと気に入ると思います。では、牛追いどもに話を聞いてもよろしいでしょうか？」

「ああ、よろしく頼む。わしはこれからテントでひと眠りする。何かわかったら知らせてくれ、それから進軍しよう」

「奴隷はどうしますか？」

「ピグミーの町へ帰るように言え」

「えっ？」

「解放すると伝えるんだ。これ以上ピグミーどもを連れまわしてどうする？」

「全員がピグミーというわけではありません、大佐殿」

「じゃあ、言いかたを変えようか。シュリーブポートの銀行を襲うのと、わしらを憎んでいる連中にめしを食わせ服を着せて病気になったら看病するのと、どっちが簡単だ？」

「そう考えたことはありませんでした」ラングツリーは言った。


これよりましな生きかたがきっとあるにちがいない。農家の火は消え、満天の星が明るく瞬いている。わしはテントに入ると、樟脳《しょうのう》を振りかけたハンカチを顔に当て、すぐに寝入った。遠くから男たちの悲鳴が聞こえてくるが、夢を見ているのだと自分に言い聞かせた。夜明け前の光に目覚めると体が震え、北軍からぶんどった毛布を肩に巻いてどんな夢だったのか思い出そうとしたが、まったく覚えておらず、それどころかリトル・ボーイが死ぬに至った経緯も、黒人を解放した理由も記憶にない。こうした度忘れは、はっきりしていない医学的な問題によるものだろうか。

テントから出ると、朝食の豚の背脂が焼ける匂いと、とうもろこしの粒を炒った代用コーヒーの香りがしてきた。わしは部下の兵士たちとともに食べ、陽気な時間を過ごした。黒人たちの姿はなく、どこへ行ったのかはわからない。荷馬車は空になったが、騾馬はまだ繋がれている。朝日が樹々の上に昇り、地面に筋をつけるころ、わしは列の先頭に立って馬を出した。五人の遺体が農園のアーチ道に吊るされている。全員がリトル・ボーイ・ローイと同じ先の尖ったブーツを履いていた。アーチは三十フィート以上の高さがあり、体にくくりつけられた輪縄は梁《はり》からぶら下がっているので、どの遺体もこの世のものとは思えず、世界に拒まれたかのように宙を漂っている。

曹長が追いつき、「どこへ向かっているのですか、大佐殿？」と訊いてきた。

わしは曹長を見つめたが、名前を思い出せない。「東だ」わしは言った。

「東ですか？　そうするとバトンルージュへ向かうことになります。北軍兵がわんさといますが、大佐殿」

「そうだな」わしは答えた。「しばらく考えさせてくれ。うむ、わしらには選択肢がいくらでもある、そうだろう？　いくらでもあるんだ。バトンルージュには北軍兵がわんさといると言ったな？　わしは、やつらが移動したかもしれんと思ったのだ。あるいは、わしらがあの街を綱紀粛正《こうきしゅくせい》してやるべきかもしれん。何人かの首を切るとかしてな。おまえの意見は？」

彼はわずかに口を開けたが、言葉は出てこなかった。妙なやつだ。まったくおかしな時代になったものだ。

第二十五章　ピエール・コーション

日々は過ぎていき、きょうの夜気にはバイユー・テッシュ沿いの裏庭で落ち葉を焼いている匂いが入り混じっている。シャドウズ農園に借りた小屋は寂しい場所で、西の太陽が柔らかなオレンジ色に変わってサトウキビ畑に立ちこめる埃の中に沈むと、俺は無性に、切ないほどの人恋しさを覚えた。なぜなのかはわからない。

子どもの時分、俺はよくまじないに夢中になった。母は、それは俺が〝特別〟だからで、母が視力を失ったために俺には未来を見通す力が与えられたのだと言った。ただ、ひとつだけ問題がある。誰も俺の言うことを信じないだろう、と。その話をするとき、母の目は涙で一杯になり、俺を抱いてその胸に俺の顔を押しつけ、頬を俺の頭に押しつけた。しかし母が覚えていた痛みは俺のためだった。決して自分のためではなく。

夕潮《ゆうしお》のころ、俺はいちばん母が恋しくなり、野戦病院で少年兵が死に際に母親を求めて泣き叫んでいた声を思い出し、地の果てに落ちていくような彼らの喪失感をひしひしと感じる。そして俺は西の空へ沈む夕陽を見ながら、誰かに俺の手首と剥き出しの足を釘で打ちつけてほしいと思うのだ。

だが俺はそうしてもらう代わりにヴァリーナに乗り、スアレス農園まで走らせると、湖畔まで歩いていき、ダーラ・バビノーの小屋を訪れた。陽光はまだ糸杉や沼水木《ヌマミズキ》や地衣《ちい》類を照らし、湖の真ん中で水浸しになった樹々のそばを漁師が小舟を漕いで通りすぎると、地衣は酸性乳のように波立った。オイルランプがダーラの小屋の中で燃えている。彼女のようにつましく暮らしている者にとっては、法外な出費になるはずだ。俺がノックする前に彼女は扉を開けてくれた。

ダーラの顔は片方が腫れ上がり、片目が細くなって潤んでいる。

「大丈夫かい、ミス・ダーラ？」

「酔っ払って馬鹿騒ぎしちゃったの」

俺は馬を繋ぐ杭のまわりの地面を見た。二時間前に雨が降っていた。「ここに馬を繋いだのは誰だ？」

「何をしに来たの、ミスター・ピエール？」

「きみの様子を見に来たんだ。ここに繋がれていた馬はヘンリー・バーデンの蹄鉄《ていてつ》を打っていた。北軍の騎兵しか使わないやつだ。入ってもいいかな？」

「どうしてあたしに訊くの？　あたしはそんな偉い人間じゃないわよ」

ダーラは小屋の片隅にある籐椅子に座り、ランプから離れた。俺は足を踏み入れ、扉を閉めて彼女と向かい合わせに座った。彼女はふわりとした足首丈の白いドレスに紫の上着を着ている。「あなたが思っているようなことじゃないわ」彼女はそう言った。

「エンディコットがきみを殴ったんだな？」

「あたしが彼を追いかけて転んだのよ。あたしは怒っていた。あたしはコーンブレッドやライマメのようなつまみ食い用の女になるつもりはないって言ったの」

「きみはあの男が北部へ連れていってくれると思っていたのか？」

「あの人、最初はそう匂わせて近づいてきたわ。それから、自分には子どもと病気の妻がいると言い出し、きみは自分にはもったいない女だって言ったの。前にも誰かからそんなセリフを聞いたことがあるわ」

「きみは素敵な女性《レディ》だ、ダーラ」

「あたし、レディなんかじゃないわ。そうなりたいとも思わない。あたし、大農園主になりたいの。この戦争に誰が勝とうと関心はないわ。あたしは金持ちになりたい。そして二度と畑で働きたくないの」

室内は清潔で、厚板の床はきちんとブラシでこすっているようで、食事用のテーブルには塵ひとつなく、粘土を焼いて作った皿やカップは薪ストーブの上に整然と並んでいる。「きみといっしょに歩きたいんだが？」俺は言った。

「どこへ行って何をするの？」

「わからない。俺はきみが好きなんだ、ミス・ダーラ。俺は気まぐれでおかしなことを考える。きっときみもそうだろう」

「いったいなんの話？」

「きみを見ていると、母を思い出すんだ。母は夢想家だった。そしていつも、夢を見る人たちが世界をもっとよくすると言っていた」

「ひとつ訊いてもいいかしら、ミスター・ピエール？」

「もちろん」

「あたしをよくない女だと思っている？　どうも、そういうふうに聞こえるんだけど」

「エンディコットはきみに何をしたんだ、ミス・ダーラ？」

「彼はあたしを抱いて、それからもういらないと言ったの。それが彼のしたことよ」

俺は椅子を持ち上げ、彼女の隣に移動してふたたび座った。「いいかい。きみは強い女性だ。エンディコットにきみほどの価値はない。あいつは弱い男で、人に認められたくてたまらず、自分の権力を利用して貧しい人たちから食料を奪っている。きみの足を洗うにも値しない男だ」

涙がひと筋、彼女の潤んだ目の縁からあふれ出した。「ありがとう、ミスター・ピエール」

俺は彼女に微笑みかけた。「だが、ひとつ訊かなければならない」

「何を？」

「きみはミスター・スアレスを殺したのか？」

ダーラは目を伏せた。髪は定規を使ったようにきっちり分けられ、両肩の辺りで先端をリボンで結んでいる。まるで幼い少女のようだ。彼女は目を上げ、俺を見た。喉の傷痕をさする。それは日にあぶられて死んだ線虫《せんちゅう》に見えた。「スアレス様が地獄に落ちていることを祈るわ。そして自分が孕《はら》ませた有色人種の女性を全員思い出すがいい」

ダーラは俺の反応を待った。だが俺は何も言わなかった。彼女はいまだに、自分をレイプした男に敬称をつけている。

「何も言わないの？」

「ハンナ・ラヴォーが心配なんだ、ミス・ダーラ。ハンナのことはどうすればいいだろう？　教えてくれないか？」

彼女は両手を下ろし、俺に歩み寄った。

「何をするんだ？」俺は訊いた。

ダーラは俺の頭を胸に押しつけた。彼女の胸の鼓動が聞こえ、肌の温もりが伝わってくる。湖のほうから、さかりがついた鰐のうなり声が聞こえてきた。浅瀬でしっぽをばたつかせている。しかし季節外れだ。鰐が交尾するのは春だ。それでも、この鰐は相手の雌《めす》に襲いかかり、泥と塩生草《えんせい》の中でのたうって、結果を考えもせずに暴れまわっていた。

第二十六章　ハンナ・ラヴォー

わたしたちはニューオーリンズの市内に入り、南部連合からは守られていた。セントルイス・ホテル取引所《エクスチェンジ》で開催されていた奴隷の競売は閉鎖され、建物の窓は何枚も割れて柱は黒焦げになっているが、たとえ何が起きようと、わたしがそこで目の当たりにした、一人ずつ売られて散り散りになったいくつもの家族を忘れることはないだろう――この四分の一黒人《クアドルーン》はこちら、この八分の一黒人《オクトルーン》はあちら、この完全な黒人はこちら、この子どもはあちらと決まったところで、母親がわれを忘れて泣き叫び、丸天井のホールの陰に連れて行かれ、気を失うほど殴られていた光景を。

着飾った裕福な男女が、売られていく奴隷を見ながらワインを飲み、銀の皿に載った料理を食べていた。悪魔は地獄の業火の中にいるのではない。まさしくこの地上にいる。

ミス・フローレンスとわたしは従姉妹《クジン》のマリー・ラヴォーの家の奥の部屋にかくまってもらった。練兵場《プレイス・ダームス》と呼ばれる広場（現在のジャクソン広場）からそう遠くない小さな家だ。広場には北軍の兵士が大勢いるので、わたしたちは日中は外出しないようにしていた。クジン・マリーがわたしたちに食事や清潔な衣類を用意し、ミス・フローレンスには根菜やハーブを持ってきてくれた。ミス・フローレンスは明らかに心身をひどく病んでいたからだ。本人はマラリアか黄熱病だと言っていた。しかしそうではない。彼女が誤って北軍の兵士を殺してしまったからだ。その証拠に、殺したほかの四人の男たちは、彼女の夢に出てこない。きのうの夜明け前、彼女はベッドから起き出して両手でガラス窓を突き破り、手首を切ってしまうところだったが、間一髪でクジン・マリーが彼女に飛びつき、ベッドに引き戻してくれた。そのあいだずっと、ミス・フローレンスはこう言っていた。「どうして身元を教えてくれなかったの？　どうして売春宿の近くにいたの？　どうして何も話してくれなかったのよ？　ああ、本当にごめんなさい、お若い方」

　わたしは彼女を説得できなかったが、あれは事故で誰のせいでもなく、悪いのはただ一人、わたしの目が飛び出すかと思うほど顔をひどく殴ったポン引きだけだ。まさしくそのことが、ミス・フローレンスにはどうしてもわかってもらえなかった。悪人は自らの悪事の責任を人に押しつけようとするが、それを許してはいけない。彼らはそうやって他人を罪の意識で苦しめるのだ。そして人を強制的に従わせようとする。ニューオーリンズを見てみるといい。金の鈴のような凌霄花《ノウゼンカズラ》や血のように赤いブーゲンビリアがスペイン風の鉄細工を施したバルコニーから垂れ下がり、フランスパンやカフェオレの行商人が朝一番に石畳の道で荷車を押し、ミシシッピ川から冷たく白い霧が立ちこめる。そしてお告げの祈り《アンジェラス》の鐘が大聖堂から鳴り響くと、ここは世界一すばらしい場所ではないかと思えてしまう。蛇が木から這い出してくる前のエデンの園は、きっとこんなふうではなかったかと。しかしそうではない。

　プレイス・ダームスの広場ではいまだに公開処刑が行なわれている。わたしは一度、見物の群衆に巻きこまれてしまったことがある。あの息の臭さは忘れられない。夏に排水溝で甲虫が詰まってしまったときのような臭いだ。ベイスン通り沿いに住んでいる売春婦たちは、夜になると赤いランタンを窓際に置き、シャツをはだけて兵士たちに胸を見せつける。その辺りではアブサンも売っている。飲んでいる人間はひと目でわかる。もはや人間とは思えないのだ。その顔は蛙の腹のような色で、瞼の肉はそげ落ち、魂がどこかへ消え去ったかのように見える。

　平底船で暮らす人たちもいる。ナイフや〝悪魔の鉤爪〟と称する武器を持ち歩き、白人やインディアンや混血《ムラート》の女たちを連れて川を移動しては、川沿いでかがり火を焚き、ときには酔った兵士たちと喧嘩騒ぎを起こして殺し合いになることもある。死体はメキシコ湾を漂い、朝になると、水死体が兵士でないかぎり、誰もが昨夜の出来事など気にもかけない。

コンゴ・スクエアという広場ではいまでも何百人もの黒人や有色人種が踊り、アフリカのドラムや鈴やバンジョーやリードパイプで嵐のような音楽を演奏している。バルコニーから好んで眺める見物人も多いが、わたしの考えでは、こうした音楽や踊りはアフリカから船倉に押しこめられて旅してきた苦しみを歌っているので、広場で踊りまわっている人たちが何を考えているのかを知れば、見物人たちも怖くなるだろう。

ほんの二、三分前まで、ミス・フローレンスは自首したいと言っていた。彼女がわかっていないのは、そんなことをしたらわたしも捕まってしまうということだ。奴隷捕獲人たちを射殺したときの目撃者はおらず、ポン引きと哀れな若い北軍兵を射殺したときの目撃者もいない。ミス・フローレンスはおそらくバトンルージュのザ・ウォールズと呼ばれる刑務所へ送られるだろう。そこで囚人たちは話すことを許されず、牢屋の外では鎖をつけられるが、わたしは絞首刑にされるにちがいない。クジン・マリーはニューオーリンズで死刑囚を慰めようと努めてきた。彼女は一晩中、彼らとともに座り、朝が来ると絞首台までいっしょに歩いた。クジン・マリーはこれ以上にひどい拷問は見たことがないと言っている。死刑囚たちは食事もできず、汗もかけない。絞首台の階段を上るときさえ話せない。みんな痩せ衰え、怯えきって、強い風でも吹けばたちまち飛ばされそうだ。

けさ、わたしはミス・フローレンスと口論してしまった。そのせいで後味が悪かった。彼女はいままでに何度も命懸けで人のために尽くしてきた。コリンスでは南軍の負傷兵の看護までした。クジン・マリーが飼っている小さな犬が、ミス・フローレンスの枕元で丸くなっている。犬には人を見る目がある。この小さな犬も、一度嗅いだだけで善人か悪人かはわかるのだ。

これからわたしはどうすべきなのか？　クジン・マリーはミス・フローレンスとわたしを二人とも、

川を遡《さかのぼ》ってセントルイスへ向から蒸気船に乗せてくれると言う。しかしわたしにはひとつ大きな問題がある。わたしのいとしい息子はどこかで母を待っているにちがいないのだ。わたしはシャイローへ戻り、南軍の兵士たちが丘を上って大砲の餌食になったあの恐ろしい日に、あの子がどうなったのかを見ていた人を探さなければならない。神よ、いまになってわたしたちから歩み去るということはないでしょう？　これまで神は決してわたしたちを見捨てなかった。まさかいまになって逃げ出したりはしないでしょう？

こんなことは考えたくない。惨めな気分になり、ミス・フローレンスのように物を壊したくなる。それでわたしは神にこう言った——なんとしてもわたしを助けてください。一人で全部やり遂げることはとてもできません。それはあんまりです。あなたはわたしをはるばるニューオーリンズまで連れてきておいて、ミシシッピ川とヤンキーの軍勢のただなかに置き去りにするんですか。それは——あまりにも——ひどい。

裏窓から通りを見ると、排水溝に沿ってバナナの苗が育っており、そこに見覚えのある男性がいた。白いスーツに、黒いダイヤモンドを飾りつけたきらきら光る緑のベストを着ているが、髭は剃っておらず、髪も伸び放題で、まるで列車の下で寝ていたか、あるいは列車に引きずられでもしたように見えた。というのは、ひと目見ただけで身震いするような顔なのだ。あたかも誰かに顔をスプーンで抉られ、そのあと針金で縫い合わせたような。メキシコで〝死者の日〟に人々がかぶる仮面にも似ている。

彼は拳で部屋が震えるほど強く扉を叩いた。おお、主よ、まさかあの人じゃないでしょうね？　レディ・オブ・ザ・レイクから来たんじゃないでしょうね？　親切で端正な顔立ちをした、鳥の絵を描くのが好きな、決して誰も傷つけなかったあの男性なの？　神様、どうかあの人がミスター・ウェイドではありませんように。

彼はいよいよ強くノックし、同時に扉を蹴った。わたしはゆっくり扉を開けたが、相手を見るときに気持ちを顔に出さないようにした。おお主よ、わたしをお救いください。この哀れな方の気持ちを傷つけないようにしてください。


「きみか、ミス・ハンナ?」と彼は言った。

その息は下水溝の空気と同じ悪臭に満ち、クジン・マリーも話していた、プレイス・ダームスの広場の絞首刑を見物しに集まった群衆と同じ臭いだ。

「どうしてここへ、ミスター・ウェイド?」

「きみと奴隷制廃止論者の女性を助けに来たんだ」路地を見まわしながら言う。「ここで立ち話をするのはまずい」

「どうぞ中へお入りください」

彼は足早に入り、背中で扉を押しながら後ろ手に閉めた。「ジョン・エンディコットという北軍の将校を知っているか?」

「いいえ」

「そいつがきみたち二人を殺人容疑で指名手配している。きみたちを捕まえようと追っているんだ。ぼくにはああいう手合いのやることがわかる。あいつとその部下どもは、レディ・オブ・ザ・レイクの住居で女性とその子どもを殺したんだ」

「そんな、いくらなんでも。確かにヤンキーは悪い人たちでしょうが、まさか――」

「きみはあいつらを知らないんだ」彼は言った。目が震えている。「あの連中は芯まで腐っている。お金はあるのかい?」

話が早すぎてついていけない。「ミスター・ウェイド、わたしたちは命からがら逃げのびてきたんです。何か召し上がりますか？」

「そんな時間はない」

「ミスター・ウェイド、悲しいことはもうたくさんです」

彼は寒けをこらえるように自らの体に腕を巻きつけた。「確かにそうだろうね。煩わせるつもりはなかったんだ」

煩わせるつもりはない？　ミスター・ウェイドはまるで、眠っているときにうるさく飛びまわる大きな蚊のようだ。「毛布を持ってきましょう」

「ありがたい。きみに会えてどれほどうれしいか、ミス・ハンナ」彼はそう言った。「まるであのころのようだ」

「ミスター・ウェイド、ひとつ教えてください。お顔をどうなさったのですか？」

「あのコーションの野郎と決闘したんだ。ところがぼくの拳銃が暴発してしまった。しかし、もういいんだ。ぼくはいろいろなことに関して、考えかたを変えることにした」

「どういうことか、よくわかりません」

「ヤンキーどもは撤退しなければならない」彼はなおも言った。「ぼくたちの問題は、ぼくたち自身で解決するんだ」

「あなたがたはいままでに、そうした問題を解決しようとしたことがあるんですか？」

「それは核心をついた質問だね」彼は答えた。「でもきっと、答えはどこかにある。いまから始めればいいんだ」

「まったくあなたらしくない言葉に聞こえます」

「ぼくはちょっと病気にかかった、それだけのことさ。薬が必要だ。それさえあれば大丈夫だよ」

「どんな薬ですか？」

「そこの店で売っている。ここからそんなに遠くない。使用人をよこしてくれないか？　お金は持っている」

　そのとき、クジン・マリーが背後に近づいてきた。「その男は誰？《キ・エ・セ・トム》」頭にスカーフを巻き、ペチコートの上にスカートを二枚穿いている。彼女はフランス語で「キ・エ・セ・トム？」と繰り返した。

「友だちよ《アン・ナミ》」わたしは答えた。「病気なの《イ・レ・マラード》」

「気が狂っているの《エツィ・フ》？」彼女が訊いた。

「たぶんアブサン中毒だと思うわ《ジュ・クロワ・キ・レ・タクロ・ア・ラブサン》」

「きみたちはぼくのことをどう話しているんだ？」彼が訊いた。

「座って休んだほうがいいと言ったんです、ミスター・ウェイド」わたしは答えた。

　神が聞いていないことを祈った。それ以上に、クジン・マリーがわたしたちを路地に追い出さないことを。

「ご面倒をおかけしてすみませんが、あなたの使用人にぼくの薬を買いに行かせることはできないでしょうか？」彼はクジン・マリーにそう言った。

　わたしはその薬とやらを、彼の頭にぶつけてやりたくなった。

第二十七章　ウェイド・ラフキン

ぼくはソファと毛布と枕をあてがわれ、目が覚めたときには誰もいなかった。カーテン越しに秋の日差しと傷ついた桃のように浮いている雨雲が見え、バナナの葉が風に揺れて、ぼくは自らの青春と良心とぼくが生まれた純真無垢な世界を取り戻したいと思った。

眠りは友ではなくなった。奴隷にされていた母親と子どもを殺したライフルや拳銃の銃弾は、ぼくを狙ったものだった。母子はぼくの身代わりに死んだのだ。夢はぼくにそう告げていた。だが日中になると、悪いのはエンディコット大尉とその部下だと自分に言い聞かせることができた。伯母と伯父の家を破壊したのが彼らの責任であるように。ぼくが属していた連隊は決して民間人のいる区域にやみくもに小火器を発砲することはなかったし、ほかの部隊がそんなことをしたのも見たためしはない。もっとも、大砲は別問題だが。時間の経過とともに残虐行為が起きてしまい、片方の陣営がもう片方を挑発して、両方が交互に報復攻撃を繰り返すうちに、やがてぼくたちは誰にも言えない秘密を抱えて帰郷することになる。それが戦争の現実であり、騎士気取りの詩が書き連ねる戯言とはわけがちがうのだ。

真新しいスーツと下着が椅子にかかっていた。浴室の浴槽は半分ほど満たされ、かたわらの木のテーブルに石鹼が置いてある。床には湯の入ったバケツが置いてあった。ぼくがいつニューオーリンズに着いたのかはよく覚えていない。きょうが金曜日なのはわかっている。ぼくはきょうここで、信用していないけれど同盟関係を結ばなければならない男たちと会うことになっているのだ。それには自分の罪悪感も一時《いっとき》わきに置く必要があった。レディ・オブ・ザ・レイクに伯母と伯父を置き去りにし、バンクスやバトラーのような無能で粗野で愚かな将軍たちの手にゆだねるわけにはいかない。もしもネロやカリグラやカラカラのような皇帝たちが狂気の振る舞いを続けることができていたら、ローマはどうなっていただろうか？　アーロン・バーについてはどうか？　この副大統領だった男は財務長官のハミルトンと決闘して致命傷を負わせた。トマス・ジェファーソン大統領がこの血塗られた男を投獄していなかったら、どうなっていただろう？

ぼくはベイスン通りへ向かって路地を歩いた。日没は美しかった。二階建ての家のバルコニーは鉢植えの花で一杯だ。どのアパートメントや家にも天井高の風通しのいい鎧戸《サルスベリ》があった。中庭にはアーチや願かけ井戸や上端の尖った門扉《もんぴ》が備わり、煉瓦敷きの小径《こみち》があって、百日紅《サルスベリ》や木蓮《モクレン》が植えられ、煉瓦のひび割れから深緑の緑薄荷《ミドリハッカ》が群生して、夕方が近づくとそれらの芳香が匂い立つ。頭上の空に筋模様を作るピンクのちぎれ雲は、永遠の世界へ続くピアノの鍵盤のようだ。ぼくたちはこの世を完璧な世界に作り変えることはできないのだろうか？　ローランはロンスボーへ旅する途中、同じ情熱の高まりを覚えなかっただろうか？　剣や鎧の音を鳴らし、武者震いしていななく馬に乗って。

ローランとぼくはそんなにちがうだろうか？　ローランは盗人や傭兵や殺し屋を崇高な目的のために使わなかっただろうか？　ぼくはリー将軍よりも悪い人間だろうか？　五万五千もの軍勢にマルヴァンヒルを上らせて大砲の餌食にした将軍よりも？　ぼくの罪は彼らの罪の足下にも及ばない。ぼくはそう自分に言い聞かせた。しかしそう思うことで、自分の愚かな考えがどれほど堕落したものか改めて気づいた。

ベイスン通りに近づくにつれ、肥沃《ひよく》な臭気が漂ってきた。それまではポンチャートレイン湖から爽やかな空気が吹いてきていたのだが、それが腐敗のような臭いに変わってきたのだ。そう遠くないところにごみ捨て場と、臓物《ぞうもつ》で一杯の巨大な溝があり、その辺りには窓際に赤いランプをともした売春宿が連なっている。中庭のような一角に野外テーブル席を設けてエールやワインを出す店もあり、夕方になると女性の斡旋《あっせん》もしている。客に軍服姿は見当たらないが、ボストンやニューヨークやミシガンの発音は聞けばわかる。だからと言って、ぼくと同じ階級の人間がいないという意味ではない。そうした人間はまちがいなくいるからだ。彼らは例外なく豹《ひょう》の斑点や鋭敏さのような独特の雰囲気を身につけている。

ここにいる客は、いまだにニューイングランドの紡績工場に綿を売っている綿花工場の所有者、封鎖破り、ポン引き、海賊、ふたたび奴隷にされた人間をテキサスへ連行する運搬人、平底船でさすらう人たちなどで、こうした群衆の臭いを嗅いだら象も目をまわすだろう。ウェイトレスにはあらゆる人種がいるが、売春婦とほとんど変わらず、自分たちに押しつけられた人生を悲しんでいるようだ。ぼくはしばしば彼女らに惹きつけられるが、金の力を利用したことはなく、そうするのは大きな罪だと思っている。彼女らの人生はその肌の傷痕に刻まれている。大半はスペイン語かフランス語を話し、薪《たきぎ》の束のように十把《じっぱ》一絡《ひとから》げにされ、そうした境遇になじんでいるように見えた。かく言うぼくもまた、アブサン酒場にいるときには十把一絡げの人間になり、そうした境遇になじんでいるように見えるのだろう。

ぼくは周囲を見まわし、レディ・オブ・ザ・レイクで何度も見た二人の男たちを認めた。年若の男は馬車の鞭のようにしなやかな体つきで、まさかりのように角ばった顔をしている。ジョージア州に行けば、彼のような手合いは貧乏白人《クラッカー》と呼ばれ、ほかの土地ではやくざ者《トラッシュ》と呼ばれる。駱駝の御者にでもなればいい腕を見せるかもしれないが、それ以外の役には立ちそうになく、ぼくにはなぜこうした人間が創造されたのかわからない。

もう一人はマクナブという男で、ヘイズ大佐の曹長を務めているが、いまは死体の臭いを封じこめられそうなほど硬いスーツを身につけている。頬髯を生やし、無表情で、ぼくにはまるっきり愚鈍な人間のように思えた。しかし絶えず腹に一物ありそうで、油断ならない男だ。

「こんばんは」ぼくは挨拶した。

「こんばんは」マグナブが答えた。手を差し出したが、立ち上がろうとはしない。その相棒も座ったままだ。

「座ってもいいかな?」ぼくは訊いた。

マグナブがぼくに椅子を押しやった。「もちろん。飲み物は?」

「すぐに注文するよ」彼はまだ相棒にぼくを紹介していないので、ぼくは若い男に顔を向けて自分から言った。「やあ、ぼくはウェイド・ラフキンだ」

「シェイ・ラングツリーだ」彼はそう言った。指の爪は土で汚れ、握手には力がない。そして椅子に座ったままだ。「会えてうれしい」

「宿はどこだい?」ぼくはマクナブに訊いた。

「ランパート通りの角のホテルだ。ここからすぐ近くだよ。あんたはどこに泊まってる?」

「それがまだ、見つかっていないんだ」ぼくはそう答えた。

「ほう、用心深いんだな?」とマクナブ。

ぼくは虚空に向かって笑みを浮かべた。この男は牙を剝き、威嚇《いかく》する蛇のようだ。

ぼくたちのテーブルは暗がりにあり、背後は煉瓦の壁で、床は粗くひんやりしたコンクリートだ。不快であろうとなかろうと、余人《よじん》に会話を聞かれる心配はない。ぼくはウェイトレスに合図し、注文した。彼女はうなずいて酒を取りに行った。イヤリングの輪が揺れ、スカートが風を切る。

「あんた、アブサンを飲むのか?」マクナブが訊いた。

「ときどきね」ぼくは答えた。「きみは飲まないようだね」

「あれは甘草《かんぞう》のような味がする」彼は答えた。「本当に蓬《よもぎ》が原料なのか?」

「きみのグラスも頼もう」ぼくはウェイトレスに向かって腕を上げた。

マクナブは身を乗り出して言った。「やめてくれ。大佐がよろしく伝えてくれと言っていた。わかったか？」

そのときの目の表情と口の端に浮かんだかすかな笑みから、彼の腹の中が垣間見えた。ウェイトレスが酒を持ってきた。彼女の肌はきめ細かく、川床の粘土のような色をしている。片目の上に青い刺青があり、その上でほつれ毛が揺れていた。ぼくは彼女にアブサンの瓶を置いていき、新しいグラスをマクナブに持ってくるよう言った。彼は指を上げた。「いらないと言ってるだろ」

彼女が去っていくのを、マクナブは目で追った。「で、あんたには計画があるそうだが？」彼は訊いた。

「ぼくの計画というのは、ムートン将軍がヤンキーどもを引きつけているあいだを利用して、ぼくたちがバトンルージュを奪回し、グラントにヴィクスバーグの占領を断念させて、フォレスト将軍にミシシッピ川からヤンキーを一人残らず追い出してもらうというものだ。そうすれば、アトランタを占領したいというシャーマンの明らかな野望も頓挫するだろう。そうなったら、戦争の風向きは変わる」

「たわごとにしか聞こえんな」マクナブは言った。「そんなことをできるだけの武器がどこにある？」

ぼくはこの男の顔面に一発お見舞いしたくなった。「五百挺以上のスペンサー・ライフルを調達できる人間を知っているし、購入資金もある」

「南部連合の紙幣で買うのか？」

「いや、金《きん》で買うのさ」

「じゃあ、いますぐ買ってもらおうか？」

テーブルから腕が届くところに、鉢植えの椰子《やし》があった。ぼくはマクナブが飲んでいたウイスキーのグラスを取って中身を土にぶちまけ、水と少量のアブサンを注いだ。緑の液体がグラスの底に跳ね返って白濁《はくだく》し、マッシュルームのような形を作る。「ぐっと飲んでみろよ。一度飲んだらやみつきになるぞ。驚くこと請け合いだ」

「その話しかたは気に入らんな」彼は言った。

「ああ、こいつは失敬」ぼくは答えた。「それなら、ぼくが自分で大佐に会ったほうがよさそうだな？　そして、きみがぼくの計画をたわごとだと言っていたと伝えようか？　基本的には大佐の考えなんだがね？」

「ちょっと待ってくれ。これを言っていいのかどうかわからんが」マクナブは答えた。「大佐はしょっちゅう具合が悪くなるんだ。つまり、頭の具合ということさ。わかるか？」

「ああ、なるほど、よくわかるよ」ぼくは言った。「それなら、きみだけと取引しよう」

「いや、それはだめだ」ラングツリーという若者が口を出した。ぼくを睨みつけ、息からは死んだ鼠のような臭いがする。彼はマクナブに向きなおった。「大佐は調子が悪い日もあるが、物事をやり遂げる人だ」自分の主張を強調するために間を置き、ぼくに目を戻す。「スペンサー銃はどこで手に入る？」

「いいかい、ここからわりと近くのテーブルに座っている二人の紳士は、ここ二年間、アチャファラヤ川流域にエンフィールド銃を輸送してきた」ぼくは言った。「この中庭にはスパイも忍びこんでいるし、英国軍の偵察者もいる。だからもう少し言葉を控えめにしてくれないかな？」

ラングツリーという若者は、辺りを見まわし、それからぼくに目を戻した。「俺は誰とは言っていない。どこに行けばいいのかと訊いたんだ」

「ここには読唇術《どくしんじゅつ》の心得がある人間もいるぞ」ぼくは言った。

しかし、この男の愚かさは底なしのようだ。「あんたは本当に、俺たちがバトンルージュを奪回できると思っているのか？　俺はあそこの街の墓地で戦った。北軍のやつらは大砲に葡萄弾を詰めて、地下墓地の死体まで吹き飛ばしやがった。あんなのは見たことがない」

「質問に答えるなら、いかにも、ぼくたちはバトンルージュを奪回できる」ぼくはそう答えた。

ラングツリーは無言のやり取りをするようにマクナブを見つめてから、クリスマスの朝のように目を輝かせた。「俺たちから大佐に、たいまつに火をともすよう伝えよう」彼はそう言った。

「でかい口を叩くな」マクナブは言った。

「俺は、大佐は偉大な人だと思う」ラングツリーは応じた。「俺にそんな口を利くな」

「〝たいまつに火をともす〟とはどういう意味だ？」ぼくは訊いた。

「おのずからわかるだろう」彼は答えた。外套をたぐり寄せ、先込め式のレミントン・リボルバーの銃床をちらりと見せる。「教えたってどうにもならないやつもいる。ヨハネの黙示録を読んでみろ」

ぼくは水とアブサンを混ぜた酒を飲み干し、今度はストレートでなみなみと注いで一気にあおると、椅子から立ち上がった。そしてテーブルに何枚かコインを置いた。紫の空にたなびく雲が金の糸のように見える。足下の床は傾いているようだ。「大佐に、数日以内に連絡すると伝えてくれ」

「癇癪《かんしゃく》を起こしたのかい？」マクナブが言った。

「とんでもない。楽しい一席だったよ」

「大佐の居場所がどうしてわかるんだ？」ラングツリーが訊いた。

「さっきのウェイトレスが南部連合の諜報員なのさ」ぼくは言った。

ぼくは帽子を取って二人に挨拶し、中庭を歩いて出た。そこではたと、ウェイトレスにかこつけたぼくのジョークが、恐ろしい結果を引き起こすかもしれないと気づいた。シェイ・ラングツリーの知的レベルを考えればそうなるのは必定《ひつじょう》だし、マクナブでさえ真に受けるかもしれない。ぼくは店に引き返したが、二人の姿はすでになく、給仕してくれた若い女性も見つからなかった。他人を傷つけるぼくの才能が消えることはないのだろうか。ぼくは爪をことさらに左の頬に食いこませ、自分でも見たくないような傷をつけた。

外はもう暗くなっている。ぼくは居間で、ミス・ハンナ、ミス・フローレンス、ミス・マリーといっしょに座っていた。街灯がともり、カーテン越しに道路の分離地帯の線路を走る乗り合い馬車が見える。アブサンの酔いは覚め、ぼくの被害妄想が戻ってきた。腱《けん》に骨がこすれるような苦痛も。ぼくはミス・マリーに歓迎されているのかどうか心許《こころもと》なかった。彼女は豊満という意味では美人だが、赤の他人には猜疑心《さいぎしん》を抱いているようだ。とりわけぼくのような容貌の男には。

とても皮肉なことに、今晩ぼくが同席している有色人種の女性たちは、スペイン語、フランス語、英語を話せるのだが、ついさっきまでいっしょにいた二人の白人はどちらも、自らの母国語さえまともに話せなかった。

南部の抱える矛盾については理解しなければならないことがある。南部はひとつの社会ではないということだ。大農園という社会で聞くぼくたちの母国語の格調高い繊細な響きは、英国人の家庭教師から教わったものだ。彼らの唇を丸めた母音に耳を澄ますといい。バッキンガム宮殿の廊下にも響いていそうな発音だ。それと同様に、奴隷監督はたいがい、バウ教会の鐘が聞こえる界隈《かいわい》で生まれたロンドンっ子《コックニー》の子孫だ。

異教徒そのものの冒瀆的な悪態や粗野で暴力的な比喩は、もちろんアイルランド系人の持つ才能だ――神よ、彼らの魂に祝福を。だが、南部の文化に最も大きく貢献したのは、中間航路の時代に奴隷船に乗って新世界に連れてこられた人々だろう。彼らによって、弱強音節すなわち抑揚の豊かな話しぶりが形作られたのだ。ときおり、耳を澄ましてみるといい。一音節おきにアクセントがついている。

英国の詩人ならすぐに気づくはずだ。

「あなたのもてなしには感謝の言葉もありません、ミス・マリー」ぼくは言った。「つねづね、あなたは親切な女性だと伺っていました。ぼくがご迷惑をおかけしていないといいのですが」

その言葉を聞き、彼女の硬い表情が心なしかほぐれたように見えた。「きょうの夕方はどこへ行っていたの、ミスター・ラフキン？」

ぼくは喉が締めつけられるのを感じた。「クォーター地区の外れにある中庭の店にいました。でも、そんなに長くいたわけではありません」

「行くべきではなかったわね。あそこはこの街でも危険な地区よ」

「そうお思いですか？」われながら不誠実な受け答えだ。だが彼女は、ぼくがマクナブとラングツリーという若者との酒席から戻って以来ずっと、煩わしいことばかり訊いてくる。「ウェイトレスはクレオールで、たぶんバイリンガルだったと思います。西インド諸島の出身かもしれません。眉の上に青い刺青がありました」

「それはガブリエル・ルモアーヌよ。マルティニーク島の出身だわ」

彼女はぼくが話すのを待っている。「そうですか」ぼくは咳払いして言った。「その人に友人はいるんですか？　家まで送ってくれるような、そういう友人は？」

「なぜそんなことを訊くの？」

「あなたが危険な地区だとおっしゃったので」

その目はぼくから離れない。

「そろそろ就寝しようかと思います」

「何があったの、ミスター・ウェイド？」彼女が言った。

「いいえ、何も。その人についてちょっとした冗談を言っただけですよ。それだけです」

「ガブリエルについて冗談を？」

この女はスペインの異端審問官になれそうだ。

「さほど不適切なことではありません」ぼくは答えた。「ただなんの気なしに、南部連合の諜報員だと言っただけです」

「あなた、ベイスン通りでそう言ったの？」

「はい」

彼女は椅子から立ち上がった。「おやすみなさい」去り際に声をかける。「よく眠れるといいわね」

そう言って彼女は部屋を出た。ぼくの喉はからからで、心臓は早鐘を打っている。ミス・ハンナとミス・フローレンスは無言のまま紅茶の食器を運んで台所に入った。ぼくは二人についていった。二人ともぼくに背を向け、バケツで食器を洗っている。どちらもぼくに声をかけようとしない。

「悪気はなかったんです」ぼくは言った。

ミス・フローレンスがようやく振り向いた。顔に血の気がなく、虚ろなまなざしだ。「アブサンなんか悪魔にやっておしまいなさい。あなた、正気を失うわよ」

「わかっています、ミス・フローレンス。あの酒に嫌悪感を抱くようになってしまいました。この件をどうしていいのかわかりません」

気まずい沈黙の中で、ぼくはミス・ハンナが何か言葉をかけてくれるのを待った。しかし彼女は口をひらかない。ぼくはあてがわれた部屋へ入り、ソファに横になり毛布を掛け、枕に頭を載せて、すぐに寝入った。しかし、なんの安らぎも得られなかった。

夜更けすぎ、ハンナ・ラヴォーがぼくのところへ来た。ぼくはいまも、おそらくこれからも、そのことをどう解釈すべきかわからない。彼女はソファのかたわらにひざまずき、指でぼくの額を撫でた。

肌に吐息がかかる。彼女の周囲には光が差していた。溶かしたバターのような柔らかい光だ。

「ハンナ？」

彼女は答えない。かがみこんでぼくの額に、それから唇に口づけする。

「神はあなたを愛しています」彼女はそう言い、暗闇そのものに吸いこまれるように歩み去った。

ぼくはソファに起きなおり、目で室内を探した。「戻ってきてくれ、ハンナ」ぼくは呼びかけた。

「お願いだ」

答えはなかった。それから一晩中、ぼくは丸くなり、救われることなく、下腹部の疼きを耐えがたい思いで過ごした。夜の時間が責め苦だったら、夜明けになんの価値があるだろう？　思い浮かぶ考えが、愚にもつかないようなことばかりなら？　女性の唇に触れることは、ぼくにはずっと許されないのだろうか？　ぼくの心に安らぎが訪れることは決してないのか？　「いかなる鉄槌《てっつい》が、いかなる鉄鎖《てっさ》が、いかなる竈《かまど》で汝の脳を造ったのか？」ぼくは独りごちた。

ウィリアム・ブレイクの「虎」という詩の一節だ。きっと哀れなこの詩人は、愚か者の苦しみを味わったのだろうとぼくは思った。


明けがたに目覚め、夜明けに立ちこめるガス状の水蒸気の中へ歩きだし、ディケーター通りの〈カフェ・デュ・モンド〉に入ってカフェオレとベニエを注文した。マクナブとラングツリーという若者に言ったことは本当だ。両親が遺した土地はようやく訴訟沙汰が解決し、遺産はミネソタ銀行の安全な金庫室にしまってある。ぼくには大量の武器を買えるだけの資産があるのだ。今後はカールトン・ヘイズ大佐との対決が大きな難関になるだろう。ぼくは彼の私兵団に金を出すが、もはや彼の指揮下に置くつもりはない。その兵団は人道的、民主的、ジェファーソン主義的な大義のため、何よりも奴隷制廃止のために献身するだろう。

失うものがあるだろうか？　シャーマンは北軍の、ジュバル・アーリーは南軍の英雄だ。そうしたリーダーシップをもってすれば、北部合衆国政府は五年以内に崩壊するだろう。

霧はとても厚く、プレイス・ダームスの広場にいても向こう側の大聖堂はほとんど見えず、川に至っては何も見えない。夜にはその辺りで北軍兵や平底船の連中が浮かれ騒いでいたのだが。そこでぼくは異変に気づいた。人々が叫び交わし、笛が鳴り響いている。綿のように濃い霧と蒸気の塊が、川面を覆っている。ぼくが土手の斜面を下りていくと、北軍の兵士たちの姿が見え、彼らは引っかけ鉤をつけて重しにしたロープを何本も川岸から投げ入れている。ロープは少なくとも二フィートはある霧の層に沈んでから、川面で飛沫をあげる音をたてた。兵士たちがロープを引き上げ、その作業を繰り返しながらゆっくりと川岸を進んでいく。

ただならぬ恐ろしい予感がぼくの体を駆け抜けた。なぜいまごろになって？　なぜならぼくたち人間は本能的に、恐れるな、臆病者になるな、心の警告や疑念や不安の声に耳を傾けるな、と自らに言い聞かせるからだ。神に創造されて以来、恐れや疑念が人間から消えたことはただの一度もないというのに。昨夜ぼくは、ハンナ・ラヴォーが部屋を訪れて額と唇に口づけしたことをただの夢だと片づけていた。そうした夢をアヘンのように使うことで、ぼく自身がクレオールのウェイトレスを危険にさらしてしまったかもしれない事実から目を背けようとしたのだ。いかなる理由にせよ――おそらく両親が奴隷を所有していたからだろうが――ぼくが最も恐れていたことはいつも同じだった。罪のない人間に危害を加えてしまうことだ。いままさに、ぼくはそうしてしまったのか？　あのウェイトレスの名前はなんと言った？　ガブリエル？　ああ主よ、どうかこれも別の夢でありますように。

いまになってぼくは、ハンナが部屋を訪れたのは現実だと確信した。彼女には悲劇を予知する能力があり、ぼくに直接の責任がある悲劇が起きるのを知ったので、ぼくが神に愛されているとあらかじめ告げたのだ。

視界が徐々にひらけ、川だけでなく空中に投げられた引っかけ鉤の水面であげる飛沫がはっきり見える。それから兵士が大声で叫んだ。「彼女がいたぞ！　誰か、網を持ってきてくれ！　ああ、こりゃひどい。とても見られたものじゃないぞ」

第二十八章　フローレンス・ミルトン

私《わたくし》はなぜだか自分でもよくわからないまま、ウェイド青年のあとを追った。私には彼の気持ちがよくわかる。私の人生は売春婦のテントの近くで北軍の若い兵士を射殺してしまってから大きく変わった。私は日没から夜明けまで、死んでいく彼の顔を見ていた。いや、それは正確ではない。私が見たのは彼の驚きの表情と、自らの命が奪われ、もう取り返しがつかないと気づいていく表情だ。彼の口はひらき、目は私にじっと注がれていた。まるで自らの心臓を撃ち抜いた人間にすがれば、体をまっすぐに保て、膝がくずおれるのを防げるかのように。

その目からしだいに光が失せ、彼は子宮の中の胎児のように地面で丸くなって、最期の息を引き取った。私の目には見えず、入ることもできない覆いの向こうで永遠の休息を得たかのように。

私はもう二度と眠ることはできないと思う。したがって、眠ろうともしていない。目を開けたまま横たわり、夜のさまざまな幻影が蠢くままにまかせるのだ。怪物《ガーゴイル》はガーゴイルなのだ。彼らは単なる想像上の生き物ではない。自らの人生に招き寄せれば、そう簡単には元の棲家《すみか》に戻っていかない。

〈カフェ・デュ・モンド〉から出てきた野次馬たちが、足を滑らせないように用心しながらミシシッピ川の縁《へり》に近づいていく。兵士たちは海老《えび》捕り網にかかった遺体を引き揚げていた。明らかに女性だ。スカートとペチコートは水と泥でぐっしょり濡れ、人々が川に投げ捨てたごみがまとわりついている。兵士たちは遺体を乾いた草地に引き揚げ、肌や衣服や髪から網を剝がした。すると、命を奪われて冷たくなった腕がガクンと下に落ちた。

ウェイド青年は群衆の前で、彼女の遺体を見下ろしている。

「下がってください」兵士が言った。

「ランタンを持ってこい」ミスター・ウェイドが応じた。

「この方をご存じなんですか？」兵士が訊いた。袖章に二本の山形紋章がある。「すぐに検死官が到着します」

「くそったれのランタンを持ってこいと言ってるんだ」ウェイドは引き下がらなかった。

「言葉を慎んでください」兵士が言った。「ほら、ランタンを持ってきましたよ。ご存じの方ですか？」

ミスター・ウェイドはズボンのポケットからハンカチを取り出し、女性の遺体にかがみこんで額から髪を拭った。

「何を見てるんですか？」兵士が訊いた。

「刺青だ。彼女はベイスン通りでウェイトレスをしていた。名前はガブリエルだ」

「ウェイトレスですか？」兵士が答える。「ベイスン通りでウェイトレス専業の女性はめったにいないでしょうね」

「黙れ、ヤンキーが」ミスター・ウェイドが言った。

兵士は若く、私が殺してしまった青年を思わせた。私はこの兵士に、死者を冒瀆してはいけないと言いたかった。生者は死者を思いやらず、ときに冷笑することもあるが、そのあとに決まって悔恨《かいこん》の念を抱く。そうした感情から兵士を守ってやりたかったのだ。だがその青年というより少年は、こう言った。「申し訳ありません。この女性の身に何か恐ろしいことが起きてしまったようです。われわれはこうした遺体をずいぶん見ます。川や海から遺体を引き揚げるのは、決して楽しい仕事ではありません」

ウェイドはそのまま立ち去り、私には気づかなかったか、気づかないふりをしたようだ。その表情にはいかなる感情も窺えなかった。私は土手の斜面で彼に追いつき、腕に触れた。彼は泥か葉がこびりついたハンカチを手にしたまま振り向いた。「ミス・フローレンス？」

「そうです」私は答えた。「どちらへいらっしゃるの、ウェイドさん？」

「カフェの勘定を支払って、ちょっと歩いてきます」

「ごいっしょしてもよろしくて？」

「よろしければ、また今度にしましょう。片づけないといけない用事があるので」

「どうか悲しみを深めないでください。私はあなたのご家族の政治思想には同意していませんが、個人的にはいつも称賛していました。お母様の勇気は私たち全員の模範です。みなさんはすでに、私たちの生きる社会で充分な代償を支払ったのではありませんか？」

「ご親切にありがとうございます、ミス・フローレンス。よろしければきょうの昼食をごいっしょしましょうか。ピクニックもいいですね。ミス・ハンナとミス・マリーもお誘いして」

「私はもう中年ですから、若い女性が言えないことも言えます。私が思うに、あなたはハンナ・ラヴォーが好きですが、なんらかの理由でそれを認めるのが怖いのでしょう。私がぜひ申し上げたいのは、この残酷に殺されてしまった女性の命はもう取り戻せないということです。そのことであなたの人生を破滅させないでください。心を解き放つのです。ハンナにあなたの思いを伝えるのです」

「とても有益なご忠告です、ミス・フローレンス。でもぼくは、このとおり怪物のような顔になってしまいました。魂を損なったのではないにせよ、自分を欺いて現実から目を逸らすつもりはありません。大聖堂の前に輝く太陽をご覧なさい。あれこそは神の栄光を体現しています。さて、今度はぼくを見てください」

「自分を蔑まないでください。それに、自己憐憫《れんびん》に浸ることもないわ」

「おっしゃるとおりですね。あなたは素敵な方です、ミス・フローレンス。ぜひともピクニックに行きましょう。すぐにご馳走を籠一杯に持って帰りますから」

「よろしいですか、ハンナと私は指名手配犯なのですよ。率直に申し上げて、あなたは私どもを取り巻く現実がおわかりでないように思えるのですが」

「でしたら、家で食べましょう」

私はもうあきらめた。「ではごきげんよう」

「あなたも」彼はそう言って帽子を取り、腰を曲げてお辞儀した。

ニューイングランド人の私から見て、南部の紳士に優る優雅な礼儀作法の持ち主はいないと思う。彼らは名誉を懸けた場では威厳に満ち、倒れるときにも十四行詩《ソネット》を誦《そらん》じている。それなのになぜ、彼らはいつも悪役の側にまわってしまうのだろう？

第二十九章　ウェイド・ラフキン

ガブリエル・ルモアーヌの遺体の様子をいくらか詳しく述べておくことにしよう。彼女の若い命を奪った男の特徴を知るには、それしか手がかりがないからだ。ぼくの考えでは、犯人は彼女の顔に拳の雨を降らせた。そして彼女の首の骨を折った。彼女の頭と肩を繋いでいる解剖学的組織は、首の腱だけだからだ。衝撃に見ひらいたままの目は、彼女がいきなり危害を加えられ、まさか自分の身に起こるとは想像もしていなかったような致命傷を負ったことを物語っている。カメラのレンズがシャッター音とともに、思いがけず彼女の命を終わらせてしまったかのように。

あの邪《よこしま》なマクナブ曹長は、ランパート通りの角のホテルに泊まっていると言っていた。〝ホテル〟という形容はほとんどあてはまらない。売春窟《くつ》同然の代物で、ゴキブリや虱《しらみ》がひしめき、平底船に乗っている連中で一杯の宿だ。彼らは金を浮かせようとひと部屋に六人も泊まっている。宿の裏手には野外の掘り込み便所がある。週に一度、市の刑務所から来た囚人が糞便をバケツで汲み取り、石灰や灰を振りかけていくような便所だ。

そのホテルとガブリエル・ルモアーヌが働いていた中庭の店のあいだには、骨董品やハーブやブードゥーの呪術用品を扱う店があり、北軍の下士官や兵士がよく訪れているが、その大半は、彼らを魅了するそうした骨董品が街のごみ捨て場で拾ってきたものだとは気づいていないだろう。

ぼくがその店に足を踏み入れると、扉のベルが鳴った。奥からカウンターに出てきた女性は有色人種で、かなりの高齢と見え、目は白内障で濁っている。その目が見えるのかどうかはわからない。老婆はフランス語で何か言った。

「すみませんが、英語しか話せないのです」ぼくは言った。

「いらっしゃい、何をお探しで？」

「窓際にブックエンドがあるでしょう。象の頭のような形をして、とても重そうな。きっと鉛でできているんだと思いますが」

「ああ、それがほしいのかい？」

「おいくらですか？」

「六ドルだよ」

「では、それをください。包んでほしいのですが」

「ふたつともかい？」

「ええ。だってブックエンドですから、両側に必要でしょう？」

「でもお客さんは、本当はひとつしかいらないはずだ。ちがうかね？」

「話に行きちがいがあったかもしれません。ですが、ふたつともください」

彼女は窓際へ行ったが、記憶に従って歩いていたのはまちがいない。それからカウンターに戻り、茶色の紙に商品を包みはじめた。ぼくは言い値の硬貨をカウンターに置いた。「失礼ですが、さっきからずっとぼくの顔を見ていますね」ぼくは言った。「いささか困惑します」

「お客さんは、ここへ来た本当の目的を隠しているね。あんたからは死の臭いがする」

「なんですって？」

「お客さんの体から滲み出る臭いだ。服だけではなく」

「ぼくは殺害された女性の身元を割り出すのに力を貸したんです。すぐそこの川縁《かわべり》で。あなたもご存じの女性かもしれません。ガブリエル・ルモアーヌという名前です」

老婆の目が魚の鱗《うろこ》のように無機質に見えた。「ガブリエルが死んだのかい？」

「はい」ぼくは感情を抑えて答えた。

彼女は硬貨に目をやり、それをぼくへ押し返した。「持っていきな」

「ブックエンドを売ってくれないんですか？」

「その象はあんたにやるよ。金はいらん。いいかね、あんたはここへ来なかった。あたしの店のことは、誰にも言うんじゃないよ」

「ぼくはご気分を害するようなことをしましたか？」

老婆は何も答えず、ビーズのカーテンを通って店の奥へ消えた。ぼくは前後に揺れるビーズをじっと見ながら、何者かに魂の奥底を見られたという事実を受け入れ、片腕に二頭の象を抱えてランパート通りの角のホテルへ向かって歩いた。霧は晴れ、鷗の群れが建物の陰のごみに着地して、鼠のような鳴き声をあげながら、嘴《くちばし》で餌を漁っている。しかしぼくは、あの老婆を心から振り払えなかった。

受付係はぶよぶよした生き物だった。息をぜいさせ、体の重みで椅子が割れそうで、膨れ上がった睾丸《こうがん》はボウリングの球のようだ。「そんな名前のやつは知らん」男は言った。

「ラングツリーという名前の客はいないんだね？」

「いま言っただろう」

「マクナブという名前の泊まり客も？」

「あんた、耳にくそを詰めるのが仕事なのか？」

ぼくは行き詰まり、あきらめる寸前だった。「では、〝スミス〟はどうかな？」

「ああ、何人かいるよ」

ぼくはカウンターに一ドル銀貨を一枚置き、親指で押さえた。「〝スミス〟という名前で、向かいの中庭の店から、かわいい有色人種の女の子を連れて帰ってきた客は？」

男はぼくの親指の下から硬貨を取り出した。「階段を上がって、右から二番目の部屋だ」

「そのミスター・〝スミス〟はどんなやつだい？」

「俺はすかんぴんでね。うちのやつは死にそうで、俺たち夫婦はそこの便所から目と鼻の先に住んでいる。あんた、目当てのやつをそんなに見つけたいのか？」

ぼくは二枚の一ドル銀貨をカウンターに置いた。

「そいつは歩く切り株のようにずんぐりして、シーツにあそこの跡やパン屑を残すようなやつだ」男は言った。「平気であんたの目玉を抉り、きんたまを切り落として、卵といっしょに食いそうな顔をしていた。けさ早く、女の子と出ていったが、戻ったときは一人だった。この話をどこで聞いたかやつに話したら、俺があんたのきんたまを切り落としてやるぞ」

「率直に教えてくれてありがとう。きみが言う〝目当てのやつ〟に、贈り物を届けたくて探しに来たんだ。奥さんにくれぐれもよろしく伝えてほしい、きみにも幸運を」

男は怪訝《けげん》そうに眉を顰め、ぽかんとした顔をして、ぼくが何を言ったのか考えようとしているようだった。ぼくはぐらつく手すりを摑み、双子の象を持って階段を上がった。


ぼくは鉛筆を歯に当てて声をごまかし、軽く扉をノックした。

「誰だ？」マクナブの声だ。

「カールトン大佐からの伝言です」ぼくは言った。

マクナブはわずかに扉を開けた。その顔に深い引《ろう》っかき傷がある。ぼくは扉を思いきり叩きつけて彼を後退させ、後ろ手に閉めた。「策を弄してすまないが、けさは会ってくれないんじゃないかと思ってね」

室内には二台の簡易寝台があり、床にはごみが放り出され、木のテーブルには食べかけのフランスパンが置いてあった。水洗便器に浸けた洗濯物の饐《す》えた臭いがする。

マクナブが顔のまんなかを手で押さえた。「鼻が折れた」

「すまないね。だが、そんなにひどくは見えないよ。ほら、ハンカチだ。鼻の穴に綿を詰めてもいいんじゃないかな」

「ここへ何しに来た？」彼は訊いた。

「きみがけさ、この界隈をはしゃぎまわっていたと聞いてね。女の子に顔を引っかかれたみたいだな。気をつけないと、ぼくみたいな顔になるよ」

マクナブは鼻をつまみ、上唇に垂れてくる血を止めようとした。「大佐に免じて、今回は大目に見てやろう。だからといって、調子に乗るなよ」

「テキサスの荒野から来た戦士の姿がないな」ぼくは答えた。「あの若者の名前はなんだったっけ？ロングヘッジ？　いや、針鼠《ヘッジホッグ》だったかな？　そんなおかしな名前だ」

「ラングツリーだ、たわけが」

「ありがとう。その男はどこだ？」

「あいつは大佐のところへ戻った。まったく、人を馬鹿にしやがって、さっさと消えないと通報するぞ」

「きみにプレゼントを持ってきたんだ。あるいは大佐に送ったほうがいいのかな。きみは蔵書を持っているかい？」

マクナブは鼻をぼろ布で覆っている。布の中心が真っ赤に染まっていた。彼は大きく鼻をすすり、鼻声で言った。「もううんざりだ。出ていけ」

ぼくは茶色の包み紙から二頭の象を取り出した。「このブックエンドをくれた女性と不思議な会話をしてね。彼女にはブックエンドの未来がわかっているようだが、彼女自身はなんの関わりも持たないつもりのようだ。それから、ぼくには片方のブックエンドしか必要ないと思っていた」

彼は棒のようにこわばった指を突きつけた。「帰れ」

「どうしてガブリエル・ルモアーヌを殺した？　おおかた、彼女をレイプして、反撃されたから死ぬ寸前まで殴り、それから首の骨を折って、遺体を川に投げ捨てたんだろう」

「俺は酔っ払いの北軍兵と喧嘩したんだよ」

「北軍兵は喧嘩するときに爪を使うのか？」

「いいことを教えてやろう、ミスター・ラフキン。あんたが金持ちじゃなかったら、大佐はあんたのはらわたを抉り出して石ころを詰めこんで、バイユー・テッシュに捨てていただろう。さあ、今度こそ階段を下りて帰れ。さもないと俺があんたを引きずり下ろして、屋外便所に頭を突っこんでやるぞ。本当にそうして、あんたの口に汲みたての糞をバケツ一杯詰めこんでやりたくてたまらないね」

「言葉を慎みたまえ、ミスター・マクナブ」

彼は賭博師が懐に忍ばせるような単発の小型拳銃をベルトから取り出した。「あの中庭の店にいた女を殺したのは誰だと思う？　あんただ。俺はただ狩った鳥をあんたの首に掛けてやっただけだ」

そう言って撃鉄を親指で上げ、口の端にかすかな笑みを浮かべた。だが、それがマクナブの最後の行動になった。ブックエンドの材質はぼくの見立てどおりだった。まちがいなく、鉛でできている。職人は象の鼻を持ちやすい形に作ってくれたので、蔵書家は本棚であれ机であれ図書室の棚であれ好きな場所で容易に動かせる。右手を象の円形の鼻に入れてみると、重さも安定感も完璧で、重量はグレープフルーツ大の砲弾に匹敵するほどだった。ぼくにはこの瞬間がとても心地よく、ぼくの手の中にあるブックエンドはこれまでロバート・ブラウニングの作品――とりわけ『ピッパが通る』――や、「神は天にいます――平らかなるこの世界！」と教えてくれるピッパの言葉に触れたことはあるのだろうかと思った。

　しかし、ぼくはその心地よい瞬間を自分から手放した。最初の一撃は充分に力強かった。だがときには最初の方針が別のものに変わってしまうこともあるようで、ぼくは事を終える前に壁紙のデザインを劇的に変更してしまった。自分で描きたいと思っていたよりはるかに劇的に。ぼくは水とタオルを部屋から借り、両手や外套や顔にいくらか浴びた返り血を拭ってから、階段を引き返して立ち去った。肥満体の男の姿はもう受付になかった。仮にいたとしても、危害を加えるつもりはなかったが。過ぎたことは水に流そう。誰が最初にそう言ったのかはわからない。もしかしたらブラウニングだったかもしれない。生きていくうえで、それはすばらしい哲学だ。

第三十章　ピエール・コーション

前にも言ったように、俺は自分が仕えている政治屋どもを尊敬しているわけではない。だが、そいつらに情報がしこたま入ってくることは確かだ。電信はもちろん、バトンルージュやニューオーリンズにいる連れ合いやら愛人、あらゆる場所に潜んでいるスパイを通じて。そいつらには金があり、抜け目なく利殖している。一方でラフキン家のように南部連合を信じて〝ディキシー〟と呼ばれる十ドル札を買ったような連中は、貧民に成り下がる。目端《めはし》の利く連中は哲学的な志向の持ち主ではない。そいつらは俺たちが負けるのがわかっていて、何ひとつ見逃すことはない。やつらは、カールトン・ヘイズ大佐のような好ましからざる勢力の所業もちゃんと知っている。噂によると、あの男の指揮下には七百人もの非正規兵が集まっているという。ちょっと考えてみてほしい。七百匹ものアリクイの軍勢が足下の土を掘り崩したら、どんな気分になるだろう？

フローレンス・ミルトンやハンナ・ラヴォーやウェイド・ラフキンにまつわる噂も聞いた。およそあり得ない取り合わせの三人組に、これ以上殺人を重ねてほしいと思っている人間は味方側にはもちろん敵側にもいないだろう。たとえその中に奴隷捕獲人やポン引きや北軍の兵士や、最近殺されたマクナブとかいう男が含まれていたとしても。ウェイド・ラフキンがランパート通りの売春宿で、部屋中の壁をその男の血に染めたらしい。

ラフキンがどうなろうと知ったことではないが、ミス・フローレンスとミス・ハンナは心配だ。とりわけミス・ハンナが。俺は彼女に不当な扱いをし、投獄して、己の誤った自尊心ゆえに彼女をチャールズ・ラフキンへの攻撃材料に使ってしまった。しかし彼はチッカモーガの戦いで三人の息子を奪われ、いまは心身を病んでいる。このことから俺はひとつの教訓を得た。敵に対して復讐を試みる必要はない。下劣な輩は結局、自らの糞便にまみれるのだ。

だが、チャールズ・ラフキンにその言葉を使うつもりはない。確かに好感は抱いていないが、彼は年老いており、息子を三人とも喪《うしな》った悲しみには耐えがたいだろう。俺が心にとどめている輩は、俺たちを見捨てて、シャイロー教会でウィリアム・シャーマンの一斉放火にさらし、鮫《さめ》に鼠海豚《ネズミイルカ》の横腹を食わせるように、側面を敵の蹂躙《じゅうりん》にまかせた男だ。俺が言っている正真正銘の下劣な輩にして最低の人間というのは、アイラ・ジェイミソンだ。ついきのう、そいつはニューイベリアを訪れ、シャドウズ農園の奴隷監督のベランダで昼食を楽しんでいた。俺はそいつを撃ち殺してやりたかった。つかつかとテーブルに近寄り、問答無用で拳銃を抜き、口に押しこんで射殺したかった。

しかしそれでは、あの男へ下す罰としては軽すぎるだろう。あの場に居合わせなければ、シャイローの虐殺の凄惨さはとても想像できまい。俺が聞いたかぎり、この戦争でそれに近い体験談を語っていたのは、フレデリックスバーグの戦いにおいて同日の午後だけで五度もマリーズハイツの丘を上り、自分たちの血糊で足が滑ったという北軍兵と、ゲティスバーグの戦いでセメタリーリッジへ進撃した南軍兵だ。そのときの南軍兵は裸足でぼろをまとい、三十五度の猛暑の中で一時間四十分にわたって小麦のようになぎ倒され、実に八千もの兵士が斃《たお》れるか瀕死の重傷を負って横たわる中、丘の上に陣取っていた北軍兵はライフルの銃床を叩きながら「フレデリックスバーグ！　フレデリックスバーグ！　フレデリックスバーグ！」と連呼していたという。

しかし、なんと言ってもシャイローだ。俺たちが互いに抱く憎悪を、同じ教会で洗礼を受けた兄弟や息子や父親に抱く憎悪を世界に見せつけ、かつては桃の果樹園だった、悪臭が鼻を衝く塹壕で互いを銃剣で突き刺したのは。

俺はダーラ・バビノーの面影《おもかげ》も心に抱いていた。ハンナもさることながら、俺の心に入りこんでいたのはダーラだ。それは本来あり得ないことのように思えた。目覚めると彼女がそこにいる。眠るときにも彼女はそこにいる。ヴァリーナに鞍をつけ、俺がでっち上げた口実でスアレス農園に向かうときにもそこにいる。俺は肉体的に彼女に惹かれていると言いたいのではない。率直に言えば、彼女にふさわしくない考えを抱きたくないのだ。いかに彼女がとても魅力的で、男について多くを知っているとしても。俺はただ彼女が好きなのだ。彼女といっしょにいるのが。彼女の匂いが好きだ。彼女は友人であり味方なのだ。

三日前の夕方、雨雲のあいだから差しこむひと筋の陽光を見ながら、俺は彼女の首と肩のあいだに顔を埋め、長いことそのままでいた。俺は彼女の匂いを吸いこみ、肌の塩辛い汗を味わい、髪に指を埋めた。

「何を考えてるの？」彼女が訊いた。

「よくわからない」

「自分に嘘をつかないで」

「きみといっしょにどこか遠くへ行きたい。南の海の島辺りがいいね」

「そこで何をするの？」

「わからない。パイナップルとかココナッツを育てようか」

「でもあなたは、ここではあたしに何もしたくないんでしょ？」

「あの北軍兵のエンディコットみたいになりたくないんだ」

「あの人はあなたとは全然ちがうわ。あなたは善人よ。何かほかのことがあなたを引き留めているんじゃない？」

「そんなことはない」

「いいえ、そうよ」彼女はそう言い、俺から離れた。「それがなんなのか、話してくれる？」

「どうもきみは、スアレス農園から離れられないみたいだな。それはここがきみの家だからだろう」

「いいえ、あたしたちはみんな、自分が造ったわけでもない世界に否応なく生まれてきたけれど、だからと言って、この世界の言いなりにならなきゃいけないわけじゃないわ。前にも言ったけど、あたしは二度と畑で働くつもりはないの。本気で言ってるのよ」

そう言うと彼女は小屋の中に入り、扉を閉めた。俺は日陰で長いことたたずみ、蟬時雨《せみしぐれ》を聞きながらうなだれていた。どれぐらいそうしていただろうか。それから俺はニューイベリアの部屋に戻り、アイラ・ジェイミソンを射殺することを夢想していた。実際、それはなかなかいい考えに思える。俺はしょっちゅう思うのだが、人間に対しても短い狩猟解禁期間を設ければ、あまたの問題が解決するだろう。

きょう、ふたたび夕暮れ時になると、俺はヴァリーナをペカンの果樹園に繋ぎ、干し林檎《りんご》を食べさせてから、ダーラの小屋へ歩いて向かった。彼女は夕方に浮き釣りをするのが好きだ。今晩もやる気のようだった。俺たちは釣り竿にするサトウキビの茎、浮きとして使う削った小枝、錘用《おもり》の留めねじ、空き缶一杯の赤蚯蚓《あかみみず》や大蚯蚓《おおみみず》を舟に積みこみ、水浸しになった樹々のあいだへ漕ぎ出した。すると小魚《サカレ》やブリームやロックバスが水面に浮いてきて、雨の波紋のようなさざなみをたてた。

けれども、今晩の俺たちはいつもとちがっていた。というより、ダーラが。彼女は舟の舳先《へさき》に引っかけ錨《いかり》と巻いたロープを積んでいた。

「あなたが投げたい？」彼女は訊いた。「それともあたしに投げてほしい？」

「俺がやろう」と答えた。「しかし、スアレス老人が金や銀の入った樽を湖に沈めたなんて、信じられないよ」

「言ったでしょ、あたし見たのよ」

「いや、樽を湖に沈めたというのは信じられるさ。だがきっと、樽にはあいつの汚れた下着が入っているんと思うよ。あの強欲な男は財宝を肌身離さなかったにちがいない」

ダーラは笑い声をあげたが、口を手で覆った。俺はその手を口から離した。「きみが笑うところも、笑顔も綺麗だよ、ダーラ。どうしてわざわざ隠そうとするんだ？」

「あたしたち、白人のまわりでは笑い声をあげないように教えられてきたの」

「いまのきみはもうその白人どもに、足にキスしろと命じることだってできるじゃないか」

「それよりひどいこともしたわ」

「もうそのことは言わなくていい」俺は言った。彼女の言わんとしていることはわかっていた。ダーラは白人を一人殺し、もう一人の白人を殺しかけ、言うまでもなく先《せん》だってのスアレス老人の死にも関わっていた可能性があるのだ。「聞こえているかい、お嬢ちゃん？」

「錨を上げて、もう一度投げ入れて。それにあたしは〝お嬢ちゃん〟じゃないわ」

「こんなことをしたらせっかくの獲物が逃げてしまう」

「いいから、あと二、三回やってみてよ」

風はひんやりし、糸杉の葉は金に色づきはじめて、いましも暮れなんとする太陽の痛切な光は、涙が出るほどまぶしく水面を輝かせ、赤くたゆたっている。「きみを愛している、ダーラ」

「あなたはいままで一度もそう言わなかったわ」

「いま言っている」

「それなら、あたしはあなたと何をしましょうか？」

「きみのしたいことなら、なんでも」と俺は答えた。

「あなた、きっと殺されるわよ。それにあたしも」

「誰に？」

ダーラは目を上げて俺を見た。「あいつらはそこら中にいるわ。どこにでも。下劣で残酷なやつらよ。あいつらは自分たちのことも憎んでいて、その腹いせにあたしたちの体を痛めつけるの」

「そいつらのことなら知っている。俺はそいつらのために法を執行しているんだ、ダーラ。向こうに島が見える」

「柳の茂った島？　その場所も、どんな島かもわかるわよ。そこに何があるかも知ってるわ。前に、あたしを納屋の中に連れていってと言ったわね、ミスター・ピエール。でもあなたはそうしなかった」

「俺を〝ミスター〟と呼ばないでくれ」

「錨を投げ入れて」

俺が怒って投げると、錨は大きな弧を描いて水飛沫をあげ、流れに沈んだ。俺が両手でたぐってみたら、錨は何かに引っかかり、ロープが弾んでぴんと伸びた。麻のロープから水の玉がしたたり落ちる。

「この湖の底は糸杉の丸太で一杯だ、ダーラ。なかには樹齢二百年のものもある。石みたいに硬くなっているよ」

「もっと近づいて、ミスター・ピエール。あたし言ったわよね、誰かのつまみ食い用の女になるつもりはないって。あたしの暮らしを変えるのはお金しかないのよ」

俺はロープをたぐり寄せ、ロープが湖面に対して垂直になる地点まで舟を進めた。なぜだかわからないが、心臓が飛び出しそうだ。それはスアレス家の財産を盗むのを恐れているからだろう。連中の仕返しが怖いのではなく、俺が連中のような人間になってしまうのが怖かったのだ。

「引き上げて」ダーラが言った。

「いやだ」

「なぜ？」彼女の顔が失望に満ちる。

「俺がほしいのはきみだ。俺が忌み嫌う人間の血腥い財宝なんかほしくないし、俺はあの連中がことごとく嫌いなんだ」

彼女の胸が波打ち、青緑の目が光っている。彼女は手で口を拭い、虚空を見据えてから、水面に目を移した。そして俺の横を通りすぎ、尻で俺を押しのけて舳先の端に座った。

「何をしている？」

「何もしていないわよ。あたしが何もしないと言ったら、それは何もしないってことなの」

彼女は手首にロープを巻きつけ、さらに掌でしっかり握ると、両手で錨を引き、それが引っかかっていたものがなんであれ、そこから解き放った。舟は流れに乗り、柳で覆われた島のほうへ漂って、漕ぎ出した場所へ引き返すことはできなくなった。

「スアレス様はあの島の小屋を鴨撃ちに使っていたわ」彼女は言った。「そのたびに湖一面に、羽根を散らしていた。そしてその様子をあたしに見せたわ。あの方はあたしにもそのうち銃を持たせてやると言っていた。でも、そうすることはなかった。なぜだかわかる？　死んでしまったから、そうする時間がなかったの」

この瞬間、俺にはスアレス老人の運命がわかり、犯人が誰なのかもわかった。だがそれを知っても意に介さなかったし、殺人犯の女といっしょにいるのが誇らしかった。

俺は島へ向かって舟を漕ぎ、底が砂にこすれるのがわかった。そこで俺は舟を降り、浅瀬を歩いてダーラが狭い砂浜に降りるのに手を貸した。柳の樹々は風にたわみ、長くほっそりした葉がナイフのようにちらつく。俺が彼女を肩にかつぎ、砂浜をインディアンのように踊りまわると、彼女は笑い声をあげて俺の背中を蹴ったり叩いたりし、その肌は落日《らくじつ》の光を受けて金色にきらめいた。

第三十一章　ウェイド・ラフキン

ミス・ハンナとミス・フローレンスとぼくはバトンルージュの南の外れで外輪船を降り、馬車に乗って西へ向かうと、農地に戻ってアチャファラヤ川流域の北端に入った。ぼくたちは邪悪な三人組になってしまい、愛するルイジアナ州に安らぎの地を見出せず、かといって北部への脱出路も確保できなくなったようだ。船にたまたま乗り合わせた学生時代の友人が、バトンルージュ市内に入ったら逮捕されると警告してくれなかったら、ぼくたちは三人ともすでに囚われの身になっていただろう。

しかしぼくたちには、それぞれの目的がある。ミス・ハンナはテネシー州で息子を探し出したい。ミス・フローレンスは〝地下鉄道〟の友人たちとともに活動を続けることを望んでいる。そしてぼくはルイジアナ州を浄化し、名誉と高潔な精神があれば、ぼくを初めて見た人たちの恐怖に満ちたまなざしに打ち勝てるというふりをしたい。ぼくたち三人とも、松の木に高く吊るされ、烏《からす》の餌になって人々への見せしめにされる可能性はかなりあるだろう。

ぼくたちは無塗装の二階建ての農家の前で馬車を降りた。まわりはサトウキビ畑に囲まれている。まだ日没には時間があるというのに、空は雷雲のようなものに覆われて暗い。しかし、その雷雲は黒い灰を降らせ、それは南から吹きつけてくる。その方向を見ると、地平線全体にわたって炎が広がっていた。辺りの空気には熱いストーブにシロップを垂らしたような臭いが立ちこめている。

大佐はベランダで背もたれが湾曲した籐椅子に腰かけ、足下に酒瓶を置き、右手に杖を握って、頭には鍔《つば》の広いくたびれた帽子をかぶっていた。仰々しいブーツはしなやかで、磨きたてられた光沢を放っている。

若いシェイ・ラングツリー軍曹がそのかたわらに立ち、二挺の先込め式リボルバーをベルトに挿して、クロスドローできるように銃把を内側に向け、目は腐肉を漁る鳥のように鋭く光っている。南軍の軍帽《ケピ》を斜めにかぶっていた。ケピには点々と、塗料か血のようなものがついている。ほかの兵士たちは草地に横になったり、ペンナイフを地面に飛ばして遊んだり、敷物でサイコロを転がしたり、一部の地域でラウンダーと呼ばれる野球のような競技をしたりしていた。

ミス・ハンナとミス・フローレンスには決してよい環境ではない。だがこの二人なら、荒くれ男たちとも厚かましく渡り合えるだろう。いや、言葉は悪いが、これはぼくなりの称賛だ。この二人は特別な範疇《はんちゅう》に属していて、危機を前にしても怯むことなく、勇気を美徳と思うこともなく、雷雨の中でバルコニーに立って涼しい風を楽しむような人たちなのだ。皮肉なことに、彼女らは自分たちがどれほど勇敢なのかわかっていないのだが。

森の中におそらく百はテントがあり、その向こうにはさらに多くのテントが並んでいる。ぼくの目には大砲や救急馬車、弾薬車、木の幹に張った繋馬索《けいばさく》も見えた。馬たちがいななき、まだ鮮やかな緑の草を食《は》んでいる。かくも大勢の人々がなぜ、カールトン・ヘイズのような頭の弱った男に自ら進んで従おうとするのか、ぼくにはわからなかった。

それでもぼくは帽子を取り、挨拶した。「ごきげんよう、大佐」

「ああ、ごきげんよう」ヘイズは言った。椅子から立ち上がりかけたが、ふたたびゆっくり腰を下ろしたのは、大腸癌《がん》の徴候だろうか。

彼は酒に酔っているように見えた。家の中にはほかに誰もおらず、蠟燭やランプもともっていない。この男の経歴を知っているだけに、ぼくは居心地が悪くなった。

「この素敵な農場の所有者は誰ですか、大佐？」

「くそったれ、知ったことか」

「ここには淑女がお二人います」ぼくはたしなめた。「ミス・フローレンスとミス・ハンナです」

「わかっとる」彼は答えた。「椅子を持ってこい、ラングツリー軍曹。それから飲み物も」

「お心遣いはありがたいのですが、お時間を邪魔したくありませんので」ミス・フローレンスが言った。

この程度の揉め事は予想していた。いつもながら妥協を知らないミス・フローレンスは、ヘイズ大佐のような手合いと同席することを潔《いさぎよ》しとしないのだ。たとえ彼女がどれほど疲労困憊《ひろうこんぱい》していても。

「お好きなように」彼は答えてから、ぼくを見た。「わしの情報源から聞いたところでは、きみはマクナブ曹長の脳味噌をホテルの客室中に、文字どおりぶちまけたそうだが」

「〝ホテルの客室〟とおっしゃいましたが、実際には虱の巣でした」ぼくは応じた。「彼をこの世から消し去ったのは完全にぼくの功績です。マクナブは大佐を嘲り、ミシシッピ川流域を奪還する計画をたわごとだと言っていたのです」

ヘイズは椅子の中で体をひねり、シェイ・ラングツリーを見上げた。「そいつは本当か？」

「イエッサー」ラングツリーは答えた。

「なぜわしに言わなかった？」

「大佐殿のお気持ちを傷つけたくなかったのです」

大佐の寄り目の表情は読めなかった。いや、顔の表情さえも。顔の半分は感染症と膿に覆われている。彼は折りたたんだハンカチを頬に当て、膿を拭き取ろうとした。「きみは五百挺のスペンサー銃を調達できるそうだが？」

「ヘンリー銃も調達できます。弾薬筒に十五発も装塡できる銃です。ヤンキーは日曜日に装塡すれば一週間ずっと撃てるわけです」

ぼくがたたみかけたので、大佐には返答する暇《いとま》がなかった。

「ヘイズ大佐、ミス・ハンナと私は休息する必要があります」ミス・フローレンスが口を出した。「私たちの旅はつらいものでした。この家の部屋か、あなたがたのテントを使わせていただいてもよろしいでしょうか？」

彼はミス・フローレンスに目を移した。「ニューイングランドから来て、わしらの農園から黒人どもを盗んでいる奴隷制廃止論者というのは、あんたかね？」

ミス・フローレンスの背筋がぴんと伸び、いまは汗で灰色になっている白いブラウスが肌にくっついた。「いいえ、私はニューイングランドから来て、本来自由なアフリカ系人の同胞を助けている奴隷制廃止論者です。その人たちが鞭で打たれ、拘束されて、畑で死ぬまで働かされているのは、ほかならぬあなたがたのような人たちのせいです」

大佐はげっぷをこらえて言った。「あんた、看護の心得はあるのか？」

「私はボストンで医学を修め、瀕死の黄熱病患者の方を二人、看取りました。コリンスでも南軍の負傷者の看護をしました」

「わしの発疹《ほっしん》をどうにかできると思うかね？」

「お言葉ですが、あなたのは感染症で、発疹よりはるかに深刻です。いつ、どのようにして感染したのですか？」

「そんなことは気にせんでもいい」彼は答えた。「適切な処置をしてくれればいいのだ」

「治療法を考えてみましょう」

そのあいだずっとハンナは無言で、ヘイズは明らかに気になっていたようだ。「さっきからずっとわしを見ているが、お嬢ちゃん？」

「わたしはお嬢ちゃんではありません」

「なぜそんな顔をしてわしを見ている？」

「なぜかはわかりませんが、あなたはわたしのかわいい息子の居場所を知っています。わたしはシャイローの教会であの子を見失ってしまいました。でもあなたには、どうしたらわたしが息子を取り戻せるかわかっています」

「いったい何を言っているんだ？」大佐はぼくに聞いた。

「ミス・ハンナには声が聞こえるのです、大佐。けれどもぼくの考えでは、それらの声は事実を告げており、むげに退けるべきではありません」

「誰の声だ？」大佐は訊いた。

「その声は神の声であり、おそばでお仕えする天使たちの声です」ハンナは言った。「あなたがお話ししているときにも、その声が聞こえました。あなたが生きかたを変えなかったら、恐ろしい場所へ落ちると言っています、大佐」

彼は寄り目で虚空を見据え、椅子で身を縮めたように見えた。

「大丈夫ですか、大佐」ぼくは言った。

「もちろん大丈夫だとも。ラングツリー軍曹、この二人の女性にテントをひと張り立てろ」彼は言った。「それから見張りをつけるんだ。彼女たちが必要なものはなんでも手配しろ。二人に指一本でも触れる男がいたら、そいつの両手を切り落とす」

ラングツリーは呆然とした目で大佐を見た。

「聞こえんのか？」大佐が言った。「さっさと野営地に行き、二人用の寝具を見つけてこい。かかしみたいに突っ立ってないで」

ラングツリーはフローレンスとハンナを連れて歩き去った。ぼくは彼のこわばった表情に気づいた。

家の陰で、彼は振り返って大佐を見たが、その横顔は切断したブリキのように鋭く、その目はガラスのように冷たかった。

その晩遅く、ぼくは農家の裏庭でかがり火のそばに座り、大佐と夕食をともにした。ぼくが自ら選んだ状況ではないが、われらの主から「カエサルのものはカエサルに返せ」と教わったように、しなければならないことをすべきときがあるものだ。そういうわけで、火のぬくもりと空に立ち昇る火花を前に、ぼくは皿に載った豚肉と茄子《なす》と米とグレービーソースの食事をとりながら、考えたくもないような数々の戦争犯罪を犯してきた男と顔を突き合わせていた。この男はまちがいなく精神が錯乱しており、おそらく倒錯している。およそ慈悲の念を彼に抱くのは難しい。この男の脳は虫食い穴だらけではないのか。片方の陣営から別の陣営に、同盟相手をいともたやすく変えられるのは、混沌だけが彼の知る現実だからだろう。精一杯好意的に見ても。

けれどもぼくは、大佐に自分の意志をどこまで押し通せるか試そうとしている。いままでに会ってきた狂人はみな、自らの欲求と本能的な快楽と自らの赦免に関しては敏感だった。自尊心がかかると、狂人は感染症にかかった分泌腺《ぶんぴつせん》のように過敏になる。

「わしの酒を飲むのか、それとも飲まないのか？」彼は訊いた。

「酒《グロッグ》はやめようとしているんです、大佐。お気持ちはありがたいのですが」

「グロッグとアブサンは同じではないぞ」

「そうですね」

「じゃあ、どうする？」

「では、いただきます。ひと口だけ」

彼は酒瓶からブリキのカップに注ぎ、ぼくに手渡した。喉が焼けるようだ。かがり火の火花に息がかかったらどうなるだろう。

「胃が熱くなるだろう？」

「はい、大佐」ぼくは答えた。けれども本当はもっと飲みたくなり、自分の抱えている問題の深刻さに気づいたと言わねばならない。ぼくは草の上に自分の皿を置いた。「紳士は食事の席でビジネスの話をしないものですが、いまは危険に満ちた時代なので、ご異存がなければ、ビジネスの話をしようと思います。よろしいでしょうか？」

「わしはそんなことは屁《へ》とも思わん。ひとつ教えてやろう。きみの階級の人間は、ビジネスの話しかしないものだ」

「その言葉遣いはやめてください」

彼は布で歯を拭った。「きみはおかしな人間だな、ウェイド君。きっときみの脚のミニエ弾には、ヤンキーの小便がかかっていたんだろう。お代わりは？」

「ありがとうございます」ぼくは答え、カップを手渡した。「大佐、ぼくは一生結婚することはなく、子や遺産を残す喜びを知ることもないでしょう。つまりぼくは、ほかの選択を見つけなければなりません。ぼくの言いたいことがわかりますか、大佐？」

「失うものはないということか？」彼は言った。「その点に異議はない」カップから酒を飲み、昆虫のような目でぼくを見る。その顔を覆う腐敗物は、腐ったトマトに生える白い黴《かび》のようだ。

「購入可能な武器弾薬はすべて買いましょう。ですが、ひとつ条件があります。ぼくたちで指揮権を共有するのです。民間人、奴隷制廃止論者、奴隷にされた人々、北軍兵捕虜の虐待や私有財産の濫用《らんよう》は、今後いっさい禁止します」

　ぼくは彼の反応を待った。何をするかわからない、暴力的な男だ。ひょっとしたら武器を隠し持っているかもしれない。好奇心に満ちた目で見つめられながら、ぼくが彼の手にかかって死んでいくところは想像できないのだが。

　彼は脚を伸ばし、星空を見上げた。

「あのクレオールの女だが？」と言い出す。「いったいなぜあの女は、シャイローで見失った子どもとわしが関係していると思っとるのだ？」

「わかりません」

「だったら訊いてみろ！」

「ぼくが言ったことは聞いていましたか？」

「指揮権のことか？　ああ、賛成だ。まずはきみに掘り込み便所の掃除と、ごみの埋めたてと、九百人分の食事の手配をやってもらおう」

「七百人だと思っていましたが」

「それはきみが、あの女どものように正気を失った連中とつるんでいるからだ」彼は椅子から立ち上がり、円を描くようによろめくと、杖を振ってかがり火に倒れこみそうになった。「あの女と話すんだ、わかったか？　わしは他人の罪をかぶって地獄へ落ちるつもりはない。くそったれ、何を笑ってやがる！　頭をかち割るぞ」

「笑ってなどいません、大佐」ぼくは言った。「ぼくは顔の筋肉を失ったのです。それで表情を制御できないのです」

「それでも頭をかち割ってやる。いったいなぜ、わしにこの呪いを持ちこんだ？」

「呪い？」

「アイラ・ジェイミソンの罪の呪いだ。やつがシャイローのアウルクリークの坂でやったことだ。あいう金で地位を買ったろくでなしには虫唾《むしず》が走るわい。あいつらの運命をわしに押しつけないでくれ」

オレンジの月が、樹々の上で惑星のように大きく見える。大佐は拳を突き上げ、空に向かって悪態をついた。その姿はまるで、自分たちのせいで塔が壊れたのに神を逆恨みする古代バビロン人のようだった。

第三十二章　ハンナ・ラヴォー

もうすっかり暗くなったので、わたしはテントの中でランタンの灯りを消し、ミス・フローレンスのそばに横になった。わたしたちの寝床は帆布と藁と茎の長い草と軍用毛布でしつらえられ、一人ずつ枕があてがわれた。寝床を作ってくれた二人の少年は照れ屋で、わたしたちに敬意を払ってくれ、二人ともシェイ・ラングツリーの弟だと言った。ミス・フローレンスとミスター・ウェイドとわたしの前でヘイズ大佐に怒られていた軍曹だ。少年の一人がわたしに、ミシシッピへ行ったことはあるかと訊いた。わたしはまだないと答えた。少年が聞いた話によると、ミシシッピというのは大きな街で、生まれてくる人のほとんどは足の指が六本あるという。

それを聞いたミス・フローレンスが、声をあげて笑った。わたしはその笑い声を聞けたのがうれしかった。彼女のことがとても心配だったからだ。ときどき彼女は食べたものを消化できず、吐き出して震えだすことがあり、わたしがそばにいないと思っているときには長々と咳きこんだり泣いたりする。わたしは一度、彼女が血の飛び散ったハンカチを埋めているのを見てしまったことがある。彼女がじきに死んでしまうのではないかと考えただけでも、わたしには耐えられない。

誰かがテントの横に松ぼっくりか土塊《つちくれ》をぶつけ、それから石をぶつけてきた。わたしはふたたびランタンをつけ、片腕で幕を上げて頭を突き出した。「人が眠るのを邪魔するよりもましなことはできないの、ラングツリー軍曹？」

「入ってもいいですか？」

「考えることも単純なら、することも単純ね。なんの用？」

「ミス・フローレンスに樟脳《しょうのう》を少し持ってきました。これで胸をさするといいです。咳によく効きます。ヘイズ大佐からくすねてきたんです」

　わたしはランタンを消した。樹々の上で星が輝き、松の葉がくるくるまわって落ちてくる。いまはまだ、ほかのテントの人間には誰一人声を聞かれていない。わたしは軍曹をテントの中に引きずりこみ、彼が口を利く前にその唇に指を当て、もう片方の手で肩を押してゆっくり草の上に座らせた。できるだけ声をひそめ、彼にもそうしてほしいと思った。ラングツリー家では子どもの躾《しつけ》にあまり時間をかけてこなかったようだ。

「ほかの男たちに、わたしのテントに入ってこられると思わせないでちょうだい」

「そんなことはしません」彼は答えた。「俺の顔をつねるのをやめてもらえますか？」

「だったら静かにして！」

「どうしたの？」ミス・フローレンスが言った。暗がりの中、目が潤《うる》んで見える。

「大丈夫です」わたしは言った。「軍曹があなたに薬を持ってきてくれたんです」

「あら、ご親切にありがとう」

　でもわたしは、ラングツリー軍曹には薬以外の目的があるのではないかと思った。しかしそれは、わたしが想像していたようなことではなかった。

「ミス・ハンナ、あなたはさっき、大佐が地獄に落ちるとか、息子さんを見失ったとか言っていたので、俺は怖くなったんです。俺が大佐の軍に参加したのは、正しい側に就くためだったんですが」

「あなた、人を傷つけるようなことをしたの？」

「傷つけるよりひどいことをしました。命令だから許されると思っていたんです。それ以来俺は、自分の顔を見るのを避けるようになりました。窓ガラスや雨水用の樽に映る顔を見るのを。自分の目を見たくないんです」

「なぜ？」わたしは訊いたが、答えはすでにわかっていた。

「ほんの二日前、川の流れを見ていたら、俺が見ているのが誰なのかわからなくなりました」

「誰を見ていると思ったの？」

「俺が怖くなるような人間です。俺も弟たちも入隊したときはほかのことを何も考えていませんでした。俺たちはレッド川の北、コマンチに住んでいました。そこのやつらは人を焼いたり、サボテンのあいだを引きずりまわしたりしていました。白人もやつらに同じことをしました」

「それならあなたは、コマンチの人たちのようになってしまったと思ってるのね？」

「はい、マダム。俺は男たちを吊るしました。夢に出てきます。ロープでもだえ苦しむ男たちの姿が」

「あなたはヘイズ大佐のところから抜け出すべきだわ」わたしは言った。

「あなたがたはこれからどうするんですか？」

わたしはなんと言っていいのかわからなかった。「人がどこへ向かうかは運命が決めるでしょう」

けれどもわたしは、嘘をついているような気がした。

「あなたは誰かを殺したことがありますか、ミス・ハンナ？」

「ペンシルバニアから来た兵隊さんがいたわ。わたしはその人に銃を売りたかった。でもそこで喧嘩が起き、ひどいことになってしまった。あの可哀想な人は、わたしがよけいなことをしたせいで死んだのよ」

「泣かないでください、ミス・ハンナ」彼は言った。

「わたしの手を取らないで。いまさら誰にも気遣われたくないわ」

われながら信じられないほどとげとげしい態度だった。ミス・フローレンスの手を背中に感じる。

汗がわたしのブラウスに押しつけられた。

「俺は洗礼を受けたときに救われたはずでした」彼が言った。「ちっとも救われてなんかいない。俺は地獄へ落ちるんだと思います」

わたしは彼の頬をひっぱたいた。白人を殴ったのは生まれて初めてだ。「そんなこと言わないで！もう二度と！」

彼は呆然とした。「もう言いません、マダム、決して。あなたに言われたことはなんでもします。どうしたらいいのか教えてください」

だがわたしには、何も言うべきことがなかった。もう何もかも言い尽くしてしまったのだ。わたしはいとしいわが子に会いたい。わかっているのはそれだけだ。いまのわたしには、この世のどこにも居場所がないと言う人の気持ちがわかる。

それからわたしは樽の中にこだまするような意味のないことを言った。「わたしはさすらい人で、母に会いに行くところ。母はわたしが来るのを待っている。わたしはヨルダンに行くところ。わたしは故郷に行くところ」

「何を言っているの、お嬢ちゃん？」ミス・フローレンスが暗がりから呼びかける。

「わかりません」わたしは答えた。「わたしには誰も助けることはできません。わたしのかわいい子は死んでしまい、わたしにはこの世のどこにも家がありません。わたしは、ペンシルバニアから来た兵士が死んだそばのテントにいた女たちと何も変わりません。わたしは形を変えた売女です」

ラングツリー軍曹が背後の幕をさっと下ろすのが聞こえた。次の瞬間、天が裂け、雹《ひょう》がテントを激しく打ちつけた。まるで石つぶてのように。

翌朝、大佐の使いがわたしを呼びに来た。わたしは頭と肩をショールで覆い、農家まで歩いた。大佐はそこのベランダで朝食をとっていた。彼は目玉焼きを半分ほど口に入れた。「あんたも食うか？」

「いいえ、結構です」わたしは答えた。

「昨夜、あんたのテントに男が入ってきたと聞いたが」

「わたしのテントではありません。あなたのテントです」

「なんでそういうひねくれた言いかたをする？」

「事実を言ったまでです。ほかに何か知りたいことはありますか？」

「ちょっと待ってくれ。わしはただ、女性に対する不当な扱いを許すつもりはないと知らせたかったのだ。あんたとミズ・ミルトンを煩わせた男の名前を教えてくれれば、そいつを大砲の弾にしてやる。もちろんいまのは冗談だがな」

「なぜミス・フローレンスにも朝食をとるか訊かなかったんですか？」

「体調がよくないようだからだ。きっと彼女は病気なんだろう」彼は感染した頬をぼんやりとナプキンで拭った。「いっしょに座ってくれ」

「いやです」

「どうしてそう気難しいんだ？ わしがあんたの気に障るようなことをしたか？ 念のために言っておくが、これでもわしはあんたの仲間を大勢解放したんだ」

「ご自分の尿瓶を洗わせるためでしょう」

「そんなことはない。自分のは自分で洗う」彼は自分の言葉に青ざめた。

「だったら手を洗ってくれたことを祈ります」

大佐は目玉焼きを喉に詰まらせた。涼しくてよく晴れた朝で、草は濡れている。遠くに湖が見え、大農園の隣には黒ずんだサトウキビ畑があった。砲弾が湖の上空高く飛んで炸裂し、破片がたなびいて水面に落ちていく。大佐は気にも留めていない。「わしの魂の話をしたいのだ」

わたしは頭を下げ、ショールの陰に隠れようとした。

「聞いてるのか？」

「砲弾が爆発したのが見えも聞こえもしないんですか？」

「あれはくだらん北軍どもだ。取り合うことはない」

「あなたの魂のことなど知りません」

「神があんたに話したんじゃなかったのか」

「声は聞こえます。その声がどこから聞こえてくるのかはわかりません」

「いいかね、わしはアイラ・ジェイミソンといううくそ野郎と取引をした。そいつはただの取引だ。やつがシャイローでやったことは、わしの責任ではない」

「わたしの責任です」

「なんだと？」

「わたしはあの子といっしょに逃げるべきだったんです、そのためにどんなひどい目に遭ったとしても。わたしには神の声を聞く資格などありません」

彼はにわかに不安な表情になった。

「自分を貶めるようなことを言ってはいかん」

「本当のことですから」

彼はナプキンをブリキの皿に落とした。「あんたはわしの朝めしを台無しにしてくれた。あんたを味方につけるには何をすればいい？　何が望みだ？　〝何もありません〟なんて言うんじゃないぞ。誰だって何かしら望みはある。金持ちだろうが貧乏だろうが関係ない。地面を見ていないで、目を上げないか？」

「わたしをシャイロー教会へ連れていってください。あの子を探すのを手伝ってください」

「それには奇跡が必要だ、ミス・ハンナ。わしに割り当てられた分は使い果たしてしまった」

そのときわたしは、自分でも理解できないことをした。ベランダへ続く階段を上がりはじめたのだ。武器を持っていないかどうか探したにちがいない。

「おい、いったい何をする気だ？」彼は言い、寄り目を必死になって動かしてわたしの服を見た。「下がれ、ミス・ハンナ。何をする気が知らんが、兵士たちの前でわしに近づくな。示しがつかないだろう。くそったれ、何をするんだ？」

わたしは両方の掌の腹を彼の目に当て、指で彼の額を覆った。病《やまい》と熱と彼の肉体から滲み出す液体を感じる。「なんてことだ、わしを侮辱するつもりか？　だったらわしも殴るしかないぞ。わしは本気だ！」

大佐は椅子を後ろに押しやった。わたしは両手をショールで拭い、折りたたんで彼のテーブルに置いた。彼はわたしにもう一度触れられるのを恐れるようにうずくまっている。次の瞬間、大佐は顔を痙攣させ、立ち上がって指先で目に触れた。「何をしたんだ？　どういうことだ、あんた、何をした？」

彼は家の中に駆けこみ、手鏡を持って戻ってきた。「信じられん。寄り目が治って、しっかり見えるようになった。こいつはたまげた。あんたはどこから遣わされたんだ？」

だがその言葉はさえぎられた。ヤンキーの砲弾がもう一発、頭上で炸裂して、地響きをあげ、日光も農家の隣に生えたペカンの木の葉も一枚残らず震えたからだ。

第三十三章　ピエール・コーション

　俺はエンディコット大尉が俺の人生に舞い戻ってくるにちがいないと知っておくべきだった。いや、〝俺たちの人生〟に。というのは、ダーラ・バビノーと俺はいっしょになったからだ。それは俺にとって、神父の前で誓いを立てるのと同じく厳粛な約束だった。ありていに言うと、俺は改めてこの大尉に失望した。コリンスの戦場で、ある北軍の少尉が背中の負傷を抱え、腹ばいになって引き返そうとし、その勇敢な姿に胸打たれた南軍の兵士たちは誰一人として発砲しようとしなかった。しかしこのエンディコット大尉は、同じ北軍でも性格がまるで異なるようだ。

　ともあれ、あの男は俺たちの噂を聞きつけたらしい。大農園《プランテーション》で秘密にできることは何ひとつない。あいつが嫉妬や情欲に駆られたのか、それとも単なる悪意に突き動かされたのかはわからない。悪人というのは動機を明かさないものだ。そいつらはただ、こっちのズボンに穴が開くまでしつこくつきまとう。

　シャドウズ農園の敷地内に借りている小屋で寝ていたとき、俺はやつに起こされた。まだ太陽が昇ったばかりで、樫や猿麻桛擬《サルオガセモドキ》の向こうに見える朝日は小さな黄色の炎のようだった。悪夢を見ているのではないとわかるまで数秒かかった。「こいつは失敬、エンディコット大尉、いったいどういう理由で俺はこんな朝っぱらからおまえの臭い息を嗅がされなきゃならないんだ？」

「あんたのすぐ近くに射撃部隊が控えている、ミスター・コーション」彼は言い返してきた。「興味をそそられるんじゃないかと思ってね」

「おまえみたいな北軍兵の射撃部隊か？」俺は応じた。「いや、興味はないね。おまえらのほとんどは、ショベルを自分の足にも当てられないだろう」

「なんとユーモラスな御仁《ごじん》だ！　だったら試してみようか。あんたは宣誓して法執行官になった。ところがあんたの雇い主であるルイジアナ州は、もはや州ではない。いまは合衆国陸軍の所有地だ。ということは、あんたも合衆国陸軍の所有物ということになる。つまりあんたは、反逆罪に問われる可能性があるということだ」彼はみすぼらしい室内を見まわした。「なかなかの装飾だな」

「差し支えなければ、俺がどんな反逆行為をしたのか教えていただけるかな？」

「ダーラ・バビノーと共謀してスアレス農園を乗っ取ろうとした罪だ。あの農園はもう、合衆国陸軍に収用されているのだがね。そう難しい話ではない。紙と鉛筆があればあんたにもわかるはずだ」

「おまえ、彼女と寝たんだろう、くそ野郎が」

「彼女から聞いたんだな？　まあ、別にいいさ。あんたは厄介事に踏みこんだんだ、この南軍兵が」

「そろそろ起きて、おまえを叩きのめしてやりたくなってきた」

「ほう、そうかね？」エンディコットは俺のナイトテーブルに一枚の紙を置いた。「彼女の逮捕状だ。まだ署名はしていない。しかしあんたが少しでも厄介な真似をしたら、二人とも刑務所送りにしてやるぞ」

　やつらは俺にこんなことができるのか？　あいつらはラフキンの農園を破壊し、使用人居住区にいた母親と幼子を殺した。それからエレン・リー・バークの乳牛を奪い取った。ニューイベリアも略奪した。女たちはセント・マーティンヴィルのカトリック教会に避難しなければならなくなった。やつらはハンナ・ラヴォーとフローレンス・ミルトンを捕えるか、おそらく絞首刑にしたがっている。事の大小を問わず、どうやら北軍兵どももはやりたい放題できるようだ。

しかし、ダーラと俺が共謀してスアレス家から土地財産を騙し取ろうとしているという容疑を聞き、俺は大いに心をかき乱された。スアレス未亡人は認知機能を失って何年にもなり、これ以上失う余地がないのは明白だ。彼女だけではない。プランテーションを礎とした文化では大勢の女性が、夫の不《ふ》行跡《ぎょうせき》ゆえに心身を患《わずら》い、薬漬けになっている。しかし俺は、ダーラがそうした哀れな夫人を食い物にしようとしているとは考えたくもなかった。

とはいえ繰り返すが、俺は彼女がミスター・スアレスを殺したことを責めるつもりはない。女性を殴るような男は道徳的にも肉体的にも臆病者で、ぶちのめす以上の刑罰に値するだろう。女性をレイプするような男はいかなる運命を負わされても当然で、木の枝に吊るされてもいい。スアレス老人はダーラをレイプしたか、いかに控えめに言っても肉体関係を持つことを強制した。俺はダーラといっしょになってから、彼女がされたことの悪夢を見るようになり、目が覚めても、スアレスの手が彼女の体を這いまわるところや、エンディコット大尉の顔や、あの男が俺たちの人生に権力を振りかざそうとしていることが頭から離れない。

俺はヴァリーナに鞍をつけ、スパニッシュ・レイクまで走らせ、いま一度、矛盾に満ちた荘園《しょうえん》に足を踏み入れた。迷走するアーサー王朝、拒絶されるユダヤ教やキリスト教、西ゴート族の隠れ家になるかただの焼けた瓦礫《がれき》の山になるであろう壕《ほり》や跳ね橋や城――ここはそれらと同じくらい矛盾に満ちている。ペカンの果樹園の道に、おびただしい蹄の跡がついていた。見覚えのある蹄鉄だ。木の幹には、男たちがひっかけたばかりの小便の筋がついている。

湖のほとりにある開拓地で、洗濯物を干しているダーラの姿が見えた。ところが彼女は紫の上着に白いひだ飾りのついたブラウスと黒いドレスを着、梳かした髪には艶《つや》があって、顔には頬紅や口紅をつけている。太陽が照りつけているのに、その表情には心なしか暗い翳《かげ》がさしていた。

彼女は洗濯挟《ばさ》みを口にくわえたまま、振り返って俺を見た。

「やつはここに来たのか？」俺は訊いた。

「誰のこと？」

「エンディコットだ」

「ええ、ミズ・スアレスに会いに」

ダーラは彼女をファーストネームで呼ばず、ここにいる大半の人々と同様に敬称をつけて、親愛の念と敬意を同時に示している。

「やつの目的はなんだ？」

「知らないわ」彼女は俺から目を逸らした。「何を考えているの？」

「いや、別に。エンディコットは俺たちを刑務所に送れると言っている。聞いた話では、アイラ・ジェイミソンが自分の農園を巨大な刑務所農場に転用して、アンゴラと名づけたそうだ。俺たちはそこへ送られるかもしれない」

「アイラ・ジェイミソンなんて知らないわ」

俺はヴァリーナから降りた。「なぜエンディコットはここへ来た？　きみがおめかししているのは洗濯物を干すためか？」

「大尉とミズ・スアレスに会わなければならなかったの。この農園の所有権のことで」

「所有権だと？」

「ミズ・スアレスがその半分をあたしに譲ってくれるの。あの人たちの話では、ミズ・スアレスは頭がまともじゃないから、彼女が書いたものは効力がないんですって。あたしは弁護士をつけると言ったわ。ここニューイベリアの」

ダーラはその弁護士の名前を言った。

「その男がきみの味方をしてスアレス家と闘ってくれるとでも思っているのか？」

「あたしを馬鹿だと思わないで。あの人たちの力はわかってるわよ。でもあなたまで、そんな冷たい言いかたをしないで、ピエール。そんなのひどいわ」

「そういうつもりはなかったんだ」

「あなたの言葉には傷つくわ。その言葉の響きにも傷つく」

それはもっともだ。そして次に言うつもりの言葉は、俺にとってもつらいものだった。

「エンディコットといっしょに小屋に入ったのか？　それならそうだと言え。嘘はつくな」

彼女は虚ろな目で、自分の胸の上をかきむしった。それからふたたび洗濯挟みを口にくわえ、物干しを再開した。洗濯物を一枚ずつぱんぱんと叩いて干し、洗濯挟みを突き刺すように留める。

「きみは小屋に入ったんだ。そしてあの男に体をまかせたんだろう？」

彼女は洗濯挟みを口から出し、俺の顔に力まかせに投げつけた。そして小屋に入り、扉にかんぬきをかけた。

俺は木の扉に耳を近づけた。「ダーラ？」

返事はない。

「ダーラ、こんな別れかたはしたくない」

「帰って」彼女の声が、扉からくぐもって響いた。「もう二度と来ないで。こんなことになったら、もういままでと同じじゃいられないわ」

俺は鞍にまたがり、果樹園の木漏れ日の中を駆け抜けた。エンディコット大尉とその部下どもとミズ・スアレスがベランダに出ている。ダーラが雇った弁護士もいる。彼らはみなレモネードやジュレップを飲んでいるが、ミズ・スアレスだけは何も飲まずに毛布に包まれ、ミイラのように見える。エンディコットが帽子を取って挨拶してきた。暖かな日差しが、日焼けした顔や油を塗った銅色の髪を照らす。俺はその顔を大型拳銃で撃ち抜いてやりたかった。最低でも五八口径以上の拳銃で。

酒を飲むべきではなかった。飲んでいるときには、いままでに犯した過ちをすべて思い出す。翌日に感じる嫌悪感はその二倍だ。こんなことをして、いったい何になる？　それでも、俺はしこたま飲んだ。まさしくこの酒場の外で、俺はウェイド・ラフキンと決闘し、彼が引き金を引いたときに顔が粉々になるところを見たのだ。だが、俺がラフキンに抱いている忌まわしい記憶はそれだけではない。あのとき、彼は決闘をやめたがっていた。彼が臆病者だったからではない。ただ、そういうことは彼の気質に合わなかったからだ。彼は優しい人間で、芸術家であり、暴力を避けようとしていたがラッパハノック川で摘出不能のミニエ弾を受けてしまった。それなのに俺は慈悲の念を示さず、命取りになりかねない愚かな儀式を強引に続けさせてしまった。きっと俺はその代償を支払うだろう。まちがいなく。

翌朝、俺はまだ泥酔《でいすい》したまま霧の中をふらふらとさまよっていた。酒場の店主は扉にかんぬきをかけて俺を締め出し、さっさと玄関ポーチから出ていかないと保安官を呼ぶぞと脅した。俺はその脅しに、両手の拳で扉を強打して応えた。バイユー・テッシュにはものすごく濃い霧がかかり、顔の前から三フィート先も見えない。テントにいる売春婦たちでさえ、俺に向かってうるさいと叫んでいた。酒場の店主が扉を開け、瓶入りのウイスキーを俺の手に押しつけて、「うちの建物をもう一回叩いたら、このバケツに入った糞を顔に浴びせてやるぞ」と言った。そして十字を切った。懐かしきアイルランドから来た敬虔な人間だと思われたかったからだろう。彼の魂に神の祝福を。

俺は売春宿を訪れたことがない。それは本当だ。だが、俺はそっちの方向へ向かっていた。しかし立ち止まり、瓶のコルクを引き抜いて、少なくとも五インチは一気に飲んだ。まるで下水管から逆流してきた汚水を飲んでいるようだ。恐ろしい味で、鼻の穴が火傷しそうだ。俺は仰向けに草むらに倒れた。敗残者になったことをいやというほど思い知らされながら。発作も起きているようだ。両足がばたつき、背骨は弓なりになって痙攣している。と、そこへ若い女性が現われ、俺のかたわらにひざまずいた。すぐそばのテントから出てきた堕天使《だてんし》にちがいない。霧は氷水のように濡れていて冷たいのに、上着やショールは身につけていない。彼女の肩が見える。剝き出しの肩は蠟燭の火のような柔らかな色合いだ。髪のまわりからは、正教会の聖者のような後光がさしている。

彼女の指が俺の胸に触れ、それから俺を横向きにして掌で俺の背中を押さえた。きっと俺が自分の唾液や吐瀉物《としゃぶつ》で喉を詰まらせないようにしてくれているのだろう。

そのとき俺は、彼女があちこちのポケットを探っているのがわかった。

「あんたは素敵な嬢ちゃんだし、あんたを不快にさせるつもりはない」俺は言った。「だが、あんたとウイスキーのせいで俺は赤痢《せきり》になってしまったようだ」

ほかにいい表現が浮かばないのでご容赦いただきたいが、つまりは血まみれの下痢《げり》ということだ。

しかしその娘は怯むことなく、俺のポケットから財布を取り出して霧の中へ消えた。

俺は忌まわしい気分で自らの排泄物《はいせつぶつ》にまみれ、ウェイド・ラフキンやハンナ・ラヴォーやダーラへの罪悪感に苛まれて、夜の女たちに自分の厄介事を埋めたい欲望に苦しんでいた。

その三十分後、俺は〝ニグロの牢獄〟にいた。友人のジミー・リー・ロメイン保安官によると、今夜は誰もいないので便宜を図ってくれたそうだ。窓の鉄格子の向こうでは世の中がいつもどおりに動いている。青空に日が昇り、昼前に二人の少年が鉄格子に登ってきて、俺が用便をするところを見ていた。これ以上、誰も俺に構ってくれるなと思った。

俺は罰金の二ドルを支払うのに、保安官から借金しなければならなかった。俺の月給は五十ドルだが、南部連合の金なので、二ドル硬貨を用立てるのは容易ではない。俺はシャドウズ農園で借りている小屋に帰り、雨水の溜め桶からバケツに汲んだ水で体を洗い、清潔な服を着て、冷たいコーンブレッドとモロコシシロップの昼食をとった。俺はもう、これまでの人生で犯してきた過ちとはきっぱり縁を切ることに決めた。俺はダーラを失ってはならないと決めた。たとえ彼女が殺人犯であっても構わない。それはスアレス老人の自業自得だ。そして、彼女をなぶりものにしたほかの男たちの。

たとえ彼女がミズ・スアレスの頭の病気につけこんだとしても、それにには複雑な事情があるのだ。スアレス家は長年にわたりダーラの人生を搾取してきた。それに、ミズ・スアレスは夫が奴隷の女たちを手ごめにしてきたのを知っていたにちがいない。それだけでもプランテーションの所有者は絶対的な加害者だ。あるいはこういう考えかたもできる。スアレス家の人々が最初からダーラにそういう役まわりを押しつけ、彼女が逆らえなかったのだとしたら？ 彼女は自殺までしないにしても、惨めで自暴自棄《じぼうじき》になるだろう。俺はスアレス老人のことを考えるたびに、あの男の遺体を掘り出して頭にショベルを叩きつけてやりたくなる。

俺は大通りを歩いて電報局に向かった。母は失明し、眠っているときにしか光が見えなかったが、俺にはかけがえのない贈り物を遺してくれた。それに匹敵《ひってき》するのは、ベツレヘムをめざした東方の三賢人が頼りにした星だけだろう。母はよくこう言っていた。「ねえ坊や、主を信じていれば、たとえ悪いことがあっても、おまえが願いさえすればいつでも乗り越えられるのよ」

だからこそ、俺は心の中で願いながら電報局に足を踏み入れた。北部の金で十セント払えば、電信技手が州全体だけでなく、ときにはアトランタやリッチモンドから入ってくるニュースも読み上げてくれる。リー将軍がゲティスバーグの戦いで敗れたことは大半の人々を落胆させたが、それでもテネシー州、南北のカロライナ州、ジョージア州では膠着《こうちゃく》状態が続いており、希望をもたらしている。少なくとも戦場で肉親や恋人を失った者や、サウスカロライナ州からテキサス州まで連邦離脱の動きが広まったときの昂揚感を思い出すのがつらい者には。

目下のニュースはルイジアナ州での小競り合いだ。それを起こしている男は、理性的な時代であれば、政治的な出来事にも戦争にもなんの影響力も持たないような人間だろう。あるいは歩道の清掃や、犬の死骸の撤去にも。その男というのは、もちろんカールトン・ヘイズ大佐で、その錯乱した目や梅毒に侵された皮膚は、錯乱して梅毒に侵された彼の頭に比べればはるかにましだろう。

電信ニュースによれば、ヘイズ大佐率いる〝非正規軍〟がミシシッピ川両岸の北軍占領地に侵入しているという。誰だか知らないが、この原稿を書いたやつはぼんくらだ。ヘイズの〝非正規軍〟なるものは烏合《うごう》の衆でしかない。北軍の戦略は南部の占領ではなくその破壊だ。ヘイズの部隊はその土地から食料を漁っている。彼はいわば海賊旗を掲げて戦っているようなもので、その武器は火を放ち恐怖を煽《あお》ることだ。北軍にとってそれ以上の援護射撃があるだろうか？　われらが無教育な民が北軍の仕事を手伝ってくれるのだ。そうなると、北軍にとって敵などいないも同然ではないか。

だが、何より気になるのはウェイド・ラフキン、ハンナ・ラヴォー、フローレンス・ミルトンにまつわるニュースだ。三人ともヘイズ大佐といっしょにいるところを目撃されていることがわかった。ウェイド青年は正気を失ったのだろうか。もっと具体的に言えば、決闘で暴発した拳銃の破片が彼の脳内に食いこんだのだろうか？　俺がその片棒を担いだ決闘で。

俺はこの日、一からやりなおすことにしたと言った。ところがいまは、悩みや罪悪感が蘇ってきている。電信機がカタカタと音をたてはじめ、技手が几帳面《きちょうめん》に一文字ずつ書き取っていく。そして書き取った文字を見返したとき、彼の目が眼鏡の奥で薄気味悪いほど大きくなった。

「どうしたんだい？」俺は訊いた。

「グラントがチャタヌーガに侵入してきたらしい。ウィリアム・シャーマンの軍が数日中に援軍を送る見通しだ。きみはどう思う、ミスター・コーション？」

「なんとも言えないね」俺は言った。「ニュースを読んでくれてありがとう」

俺は大通りを歩いて戻り、シャドウズ農園の小屋に引き返した。チャタヌーガにグラントとシャーマンが現われたというのは、何を意味するのか？　それが意味するのは、南軍がジョージアへの撤退を余儀なくされるということであり、チッカモーガの戦いもラフキン家の三人兄弟の死も無駄になるということだ。最終的にアトランタの街は陥落し、シャーマンが指揮を執《と》るのなら、略奪と破壊を繰り広げて、街全体が灰燼《かいじん》に帰《き》するだろう。

戦争は偉大だと言う人間がいても、彼らを責めないことだ。剣や拍車の鳴る音や、馬にまたがる騎士の鎧《よろい》が風を切る音は中世の吟遊詩人が奏《かな》でる音楽のようだと言う人間も責めないことだ。だが、戦争には道理があるとは決して言わせてはならない。それを許した人間もまた、太古の洞窟から現代に至るまで戦争の苦しみを繰り返している狂人どもの仲間入りをすることになるのだから。

その日の夕方、俺は葉巻を買ってバイユー沿いを散策し、渡し船に乗って、大通りを覆い尽くす樫の天蓋の下へ戻った。ラベンダー色に染まった空に点々と羽ばたく鳥が見え、サトウキビ畑の上に中秋の満月が浮かぶ。そのとき俺の目に、何台もの馬車の列が見えた。シャドウズ農園からそう遠くないところにある奴隷監督の家の前に止まっている。並の奴隷監督が住むような家ではない。壮大な住居だ。

誰がいるのか？　誰あろう、悪意に満ちた異常性欲者エンディコットだ。やつは婦人と腕を組んでベランダを横切っている。将校連のほか、北部から来たスアレス家の連中も何人か見えた。スアレス家の人間を見分けるのは難しくなかった——蛙のような顔つきなのだ。奴隷監督の家の窓や両びらきのガラス扉は天井高なので、俺には居間や食堂にともる蠟燭の灯りも、使用人が給仕用テーブルに並べている酒瓶の琥珀《こはく》色の輝きも見えた。

そして賓客《ひんきゃく》の中に、ダーラの姿が見えた。給仕用テーブルに並外れて大きな銀の盆を置いているところだ。盆の真ん中にあるのは口に林檎をくわえた仔豚の丸焼きで、そのまわりにはにんにくと早掘りの馬鈴薯《じゃがいも》が並んでいる。ダーラは一張羅《いっちょうら》のドレスと紫の上着を身につけ、頭にはラベンダー色のスカーフを巻いている。空と同じ至福の色だ。俺は通りを横切った。たとえ見られようが構わない。彼女の顔に紛れもない屈辱の色が浮かんでいる。彼女の心痛も。俺はエンディコットを腹から喉まで切り裂いてやりたくなった。

だが法執行官として、俺は教訓を学んでいた。敵に仕返しするために刑務所に入ってはならない。スパニッシュ・レイクで金銀財宝入りの樽だと思ったものを引っかけたとき、ダーラが鉤を解き放ったのは、俺を喜ばせようとしたからだ。彼女は無一文だというのに。俺は彼女に借りがある。俺は彼女に借りがあるばかりではなく、彼女を愛している。俺はすべての貧しい人々を愛している。これまで心ならずも奪い取ってきたすべての魂と人生の持ち主たちを。

そろそろ虫けらにも意地があるところを見せてやろうじゃないか。

俺はヴァリーナを駆ってスパニッシュ・レイクへ行き、スアレスの農園を迂回して、湖のほとりで馬を降りてヴァリーナに浅瀬を歩かせ、ダーラの手漕ぎ舟が繋留《けいりゅう》されている船着場へ向かった。だが今回は、先込め式の拳銃と三叉《みつまた》の引っかけ鉤とザリガニ採りの網を持ってきている。引っかけ鉤と網はシャドウズ農園の裏手の納屋から拝借してきたものだ。スアレス家の屋敷は真っ暗で、頭上には星が瞬《またた》き、湖面は黒曜石のように漆黒《しっこく》だ。奴隷捕獲人やチンピラに襲われる心配はしていない。鰐の漁師はしばしば夜遅くなってから湖に舟を出す。延縄《はえなわ》を張って鯰《なまず》を獲る漁師も同様だ。実際に俺は、空砲を一発撃って彼らの邪魔をするつもりはないことを示した。俺は舟を一心に漕ぎ、ダーラと俺が二人だけの誓いを交わした島へ行って、彼女が無邪気にも、舟の真下に財宝が眠っていると確信した場所にあたりをつけて錨を下ろした。

　俺が使っている三叉の引っかけ鉤は、匠《たくみ》の技によるものだ。鉤の先端はやすりで磨かれ、針のように鋭い。鉤自体の重みで標的を突き刺すのだ。月明かりに照らされた湖面に風でさざなみが立つ。俺は心の目に時計を思い浮かべ、舟の周囲三六〇度を視野に捉えて、鉤を全方位に十二回放り投げた。

　空振りだった。切り株一本にも引っかからない。だがそう思ったとき、俺ははっとした。前に俺がダーラに言われて鉤を投げた場所には、丸太や切り株があったはずだ。しかし南ルイジアナの湖沼では、切り株が一本だけという現象はあり得ない。ゴムの木は群生するか、さもなければ一本も生えないかのどちらかなのだ。俺は錨を引き上げ、舟を四十ヤード先へ進め、俺が覚えている柳の島へ近づいて、もう一度時計を思い浮かべた。そして四度目に投げ入れたとき、鉤がコンクリートのように硬く重いものに引っかかるのを感じた。それほど深くはない。せいぜい七、八フィートだろう。

　しかし問題があった。樽に鉤を引っかけたら、水中で破壊してしまうかもしれない。ダーラはスアレス老人が水中に転がして沈めるのを見たと言っていた。それは一八六二年四月のことだ。今年の夏は雨が多かったので、たぶん湖の水位が二フィートは上がっているだろう。俺はブーツもシャツもズボンも脱ぎ、舟の端から湖に飛びこんだ。北極から溶け出した氷のように冷たい水だ。ロープを両手でたどり、暗い湖底に下りると、鉤に手が触れ、それが引っかかっているものの感触もわかった。丸い物体で、少なくとも二本の金属が巻いてある。

　俺は湖面に戻り、ザリガニ採りの網を舟の端から下ろし、ふたたびロープをたどって三叉の鉤に触れると、丸い物体を転がして網に入れ、鉤も網の中にそっと置いて湖面へ上がった。水の冷たさは忘れていたが、肌は赤らみ、木工やすりのように粗い鳥肌が立っていた。俺は船を漕いで浅瀬に着くと、横から飛び降りて腰まで水に浸かり、樽だと確信したものを斜面に引き揚げた。

　干潟《ひがた》に上がったところで、桶屋がつけた金属の帯から板を引き裂き、いくらか中身を引き出してみた。心臓が早鐘を打ち、両手は震え、膝が崩れそうになった。

「主よ、これが汝のはからいでありますように」俺は天に向かって言った。「俺や悪魔のはからいではなく」

聞こえてくるのは、風が柳の木の葉をそよがせ、湖面を吹きわたって金の筋を作る音だけだった。

第三十四章　フローレンス・ミルトン

ヘイズ大佐が私《わたくし》を〝お呼び〟だという。それは彼の軍曹、シェイ・ラングツリーの言葉だ。

「まちがいなくそう言ったんですか？」私は訊いた。「大佐がこの私を〝呼んでこい〟と？　私は彼の命令を受ける立場なんですか？」

「俺にはそう言っているように聞こえたんですが、ミス・フローレンス」軍曹は答えた。

私の大佐に対する感情をどう言い表わせばいいのかよくわからない。問題は彼の忌々しい振る舞いや性病だけではない。問題なのは彼が私たちのまわりの空気を吸い、肺に溜めこみ、喉に溜まった痰や歯茎に棲《す》みついた病気や鼻腔《びくう》から排出されて袖口の裏で拭われた体液によって、空気を汚染しているという事実だ。

ところが、幕をくぐってテントに入った私は、大佐の身なりや物腰に驚いた。白い膝丈のズボンを穿き、赤いウールの外套と銀のベストを着こんでいる。髪にも櫛を入れていた。その目はもう寄り目ではない。彼は指をテーブルから離して立ち上がり、顎をわずかに傾けて、顔の半分を覆う腐敗物が私の目にあまり触れないようにしている。

「かけてくれ」彼は言った。

「お言葉ですが、立ったままで結構です」私は答えた。

「ミス・ハンナがわしの寄り目を治してくれた」

「そのようですね」

「信じられるか？　彼女がそんな力を持っていると？」

「どう考えていいのかわかりません」

「そうだとしたら、彼女の言葉はすべて本当だということになる」

「私にはなんの道徳的な権威もありません、大佐。私は罪のない若い兵士を殺してしまったのです。仮に私が許されたとしても、もう以前と同じではいられません。なぜ私に、そういうことを訊くんです？」

「ミス・ハンナがわしの目を治せるのなら、わしの顔も治せるということではないか？」

「大佐、あなたは彼女に霊的な力があってあなたの顔の痛みを治せると信じたいようですが、その力が本当に神からの贈り物であるとは信じたくないのでしょう。なぜならそう考えたら、あなたの生きかたを変えなければならなくなるからです。いいですか、あなたの考えかたは信じがたいほど利己的です。あなたの両親はいったいどんな人たちだったのですか？」

　彼は頭の向きを変え、顔のもう半分を私に見せた。私の言葉が何も耳に入っていないかのように。私は思わずたじろいだ。「どんどん悪くなっていくようだ」彼は言った。「あんたに治せないのなら、彼女に治してもらえないだろうか、わしの目を治してくれたように？　そうしてくれたら、ほしいものをなんでもやろう」

「私は具合がよくないのです、大佐。これが天然痘や黄熱病の初期症状なのか、それとも若い兵士の命を奪ってしまったことへの罰を受けているのかはわかりません。けれども私の心身の不調にはもうひとつの原因があり得ます。私は堕落した男性のもてなしを受けており、そうすることで彼の行状《ぎょうじょう》に暗黙の支持を与えているからです。しかし、すべてあなたが悪いとは思いません。あなたはきっと子宮にいたときから発狂していたのでしょう」

　彼の顔は、フライパンから滑り落ちていくクリームパイのように溶けてしまいそうだ。

「私は自分の道を歩むべきではないかと思います」私は言った。「ごきげんよう。あまりきついことを言うつもりはなかったのですが」

私はテントを出ようとした。

「ミス・ハンナに、息子さんを取り戻すと伝えてもらいたい」彼は言った。「必要なら、ここからアンゴラ農園までの悪人どもをすべて殺してでも」

「もう一度繰り返していただけますか？」

彼は空気を吸いこんだ。「あんたからは樟脳の臭いがする。出ていったら幕を閉めてくれ。それから、その黒い服を着るのはもうやめるんだ。煙突掃除人みたいに見えるぞ」

「なんですって？　なんと言いました？」

「お。おい、こっちに来るな。あんたを殴りたくはない。その乗馬鞭を置くんだ。あんた、気は——」

私は大佐を鞭で打ったわけではない。実際には。鞭を彼の顔に投げつけ、驚かせてやったが、怪我はさせていない。たぶん。彼はハンカチを頬に当てながら私のテントまでついてきて、わしはすべての婦人や淑女を守ってきたし、母親からはよく躾けられたと弁明し、わしの〝礼儀〟を少しは尊重して、今晩の夕食にハンナといっしょに来てほしいと説得を試みた。

ラングツリー軍曹が、大佐の豹変した真の理由を教えてくれた。リー将軍が文書や布告を公表し、南部連合旗を掲げて殺人行為をしたり町々を焼き払ったりしている犯罪者や悪党を糾弾したからだ。その布告は明らかにウィリアム・クラーク・クアントリルやカールトン・ヘイズに向けられたものだった。その日ずっと、私の耳には泥酔して怒鳴り散らす大佐の声が聞こえてきた。ラングツリー軍曹は大佐をテントに押しとどめ、大佐自身がそれ以上面目を失うようなことをしないように配慮した。

そのとき私がしたことは、おそらく馬鹿げたことであり、禁酒運動への共感によるものでもあっただろう。ハンナと私は彼に食事を作り、日没とともにテントへ届けて、彼のウイスキーをすべてテントの外にぶちまけ、食事を木のスプーンで文字どおり口に詰めこんだのだ。大佐は太った乳母に駄々をこねる腹ぺこの子どものようだった。気持ち悪い喩えだが、この男性を見ているとミスター・ダーウィンの進化論にもいくらかの真実はあるのだと思う。ただし、類人猿より烏賊《いか》のほうが人間の先祖に近いかもしれないとも思うが。

奇妙なことに、それからの数日はうららかな春のような陽気になり、真っ青な空が広がって、蚊の群れは姿を消し、細い月が沼地の樹々の上に浮かんでいた。私の気分もよくなったが、なぜなのかはわからない。たぶん、私がまだ絶望しておらず、死神に屈していないからだろう。私が結婚しないのは、すでにこの世にいる子どもたちの面倒をきちんと見るまでは、さらに多くの子どもたちを送り出すべきではないと思うからだ。でも私はいままで何をしてきただろう？　頭が働かず、考えることさえできない。きっと、それゆえに私は束の間の穏やかな時間を過ごしているのだろう。私の罪は自分より大きく、結果的に、私はそれらを造物主にゆだねてそれ以上考えないようにした。もしかしたら、それは奇妙な救済なのかもしれない。

ひょっとして、あの下劣な飲んだくれの巡礼者であるヘイズ大佐も、同じように感じてはいないだろうか。考えるだけでも恐ろしいことだ。それ以上何も考えないでじっとしていたいが、私にはハンナへの責任があり、ひいては私自身の魂への責任がある。私は自分に課せられた要求を放擲《ほうてき》するわけにはいかない。私は自分が殺した若い兵士への償いをしなければならず、ハンナを助けて彼女の息子の身に何が起きたか突き止めなければならない。

それなのに私は、まさにロバート・リー将軍が糾弾した張本人とともに野営している。もっとも、かく言うリー将軍もチェンバーズバーグでの残虐行為にまったく関与していなかったとは言い切れない。ドレッド・スコット判決以来の経験から私が何か学んだとしたら、それはこういうことだ——私たちは同じ人間で、同じユダヤ教やキリスト教を信仰しているのに、自分たち自身の信条に従って生きることができずにいる。さらに言えば、私たちは自分たちと調和して生きることもできないのだ。

そもそも清教徒は好感を持てる集団ではない。彼らはイングランド国王の首を切り、膨大な数のアメリカインディアンを殺した。彼らは自分たちの隣人を絞首刑にすることにも長《た》けていた。しかもその大半は女性だ。私のアイルランド系の友人たちの言葉を借りれば、私たちはこの国をめちゃくちゃにしてしまったのだ。

私がこんなことを言うとは、われながら信じられない。

それから何日経ったのかわからなくなった。私が思うに、ウェイド青年はこの内戦で自分が担う役割をあれこれ空想していたようだ。日曜日の朝早く、よりによって安息日に、ライフルを一杯に積んだ荷馬車二台が野営地のど真ん中に現われた。大佐は恍惚《こうこつ》とし、知らせは瞬く間に野営地のテントを駆け巡った。兵士たちの様子は、まるで車輪を発見した人類のようだ。私たちのテントの横を通りすぎていくウェイド青年は、黒のズボンに袖が膨らんだ白いシャツを着て、剣士のような出で立ちだった。

「ひとつ申し上げたいことがあります」私は呼びかけた。

彼は怪訝そうに立ち止まった。「なんでしょう？」

「あそこにあるライフルは、いままでさんざん聞かされてきたものですか？」

「そうです、スペンサー銃とヘンリー銃です。なぜお尋ねになるんですか？」

「それはあの銃が、なんの目的もなく、何百人、もしかしたら何千人という若い人たちを殺すと思うからです」

「お知らせありがとうございます、ミス・フローレンス」彼は応じた。「そのお言葉を、より強力な武器で殺された数万人の南軍兵に伝えましょう」

「私が思ったことを申し上げたまでです。嫌味をおっしゃるのはあなたらしくありませんね」

「申し訳ありません」彼は深々と礼をして言った。「あなたとミス・ハンナはぼくにとってかけがえのない人たちですから」

私は頬が赤らむのを感じた。彼の言葉が本心からのものだと思えたからだ。私はまた、決闘で顔を損なった傷が、彼の魂にも影を落としていると思った。「私はハンナを連れてメンフィスに出て、シャイローまで行きたいと思います」

「そうしたら、あなたがたは二人とも官憲に捕えられるでしょう。まわりをご覧なさい、ミス・フローレンス。文明は太陽に従うものです。きっとぼくたちの時代が来たのでしょう」

「それは虚無主義者《ニヒリスト》のたわごとですわ」

「あなたは驚くべき語彙力《ごいりょく》をお持ちだ、ミス・フローレンス。ひとつ、約束していただけませんか?」

「できることでしたら」

「あなた自身やミス・ハンナを傷つけるようなことはやめてください。必要なものを言っていただければ、及ぶかぎり力になりましょう」

「シャイロー教会まで行ける充分なお金がほしいです」

彼の目には涙が浮かんでいた。なぜなのかはわからない。彼が善人なのは知っている。けれども、その人の善良さと道徳的指針がつねに一致するとはかぎらない。彼は私の手を強く握り、それから歩き去った。新たに手にした武器にわれを忘れて歓喜する有象無象《うぞうむぞう》の群れを引き連れて。

第三十五章　ピエール・コーション

エンディコット大尉がどんな人間なのか理解するのは難しい。おそらくあの男の中では相反する人格がせめぎ合い、その性格の四分の三を汚れ仕事にあて、残りの四分の一で日曜日に教会へ通っているのだろう。俺があの男を唯一評価しているのは、探偵としての能力だけだ。スアレス家の人間が宝石やら金銀の皿やら燭台《しょくだい》やら金貨やらを隠した樽が湖から引き揚げられているのに気づき、エンディコット大尉に知らせて樽のありかを知っていると疑われる人物のリストを渡したのだ。

そのリストの一番目は誰だったと思う？　俺ではなかった。俺は二番目だ。ダーラ・バビノーが一番目だった。

あの男が彼女を殴ったとは思わない。だが、ほかのアフリカ系人たちの話によると、あの男は彼女の顔に怒号を浴びせ、頭のすぐ隣の壁を殴って彼女を侮辱し、ひどく怯えさせたという。俺は仕返ししてやると誓った。しかし、心の中で復讐を誓っても、いじめられた被害者はあまりうれしくない。やつがシャドウズ農園の裏にある俺の小屋にたどり着くまで一週間かかった。俺はその日を心待ちにしていた。ドアノブにやつのはらわたを吊るしてやるところを空想しながら。

それでいま、俺は扉の外にいるこの端正な顔立ちの若々しい男を見ている。その業績は幅広く、シャイローで砲撃によって敵兵を挽肉のように切り刻んだかと思えば、牝牛を没収したり、有色人種の女性をいじめたり、未亡人を脅したり、部下に命じてレディ・オブ・ザ・レイク農園の使用人居住区に発砲させたりと、さまざまな活躍をしてきた男だ。

「何かご用かな、大尉殿？」俺は朗らかに呼びかけた。

「まずはその忌々しいケツを上げて、こっちへ出てきてもらおうか」

「心のこもったご挨拶、かたじけない」

　俺は朝の日差しの中へ踏み出した。バイユーから温かな微風が吹いてきて、頭上の樫に着生した猿《サル》麻桛擬《オガセモドキ》を揺らしている。六、七人の部下が土手のそばで馬を降り、ナイフを投げたりサイコロを転がしたりして遊んでいる。優秀な指揮官というものは部下に会話を聞かれたくないのだろうか。エンディコットの足下には白い帆布の袋が転がっていた。

「あんたは湖の泥土に風変わりな痕跡を残してくれた」彼は言った。「片足を切られた鴨の足跡に似ている」

「そりゃ本当か？」俺は言い返した。「鳥類学の研究でも始めたのかい？　だったらウェイド・ラフキンと話してみたらいい。そういうことには詳しい男だ」

　エンディコットは袋の引き紐を広げ、樽の断片を取り出して地面に落とし、それから三叉の引っかけ鉤を引っ張り出した。ここから百フィートしか離れていない納屋から俺が盗み出したものだ。「この鋭利な小物はシャドウズ農園のものだ」エンディコットは言った。「ところが、その鴨の足跡があった現場に落ちていた。これはいったいどういうことかな？」

「その鉤を俺に売りに来たのか？」俺は訊いた。「一ドルか二ドルの追加料金で？　まるで売春宿の延長料金だな？」

　彼はふたたび袋に手を入れ、慎重に裏返してザリガニ採り網の残骸を見せた。「こいつはどうなんだ？　樽の重量でひどく破損したが、シャドウズ農園主の孫が自分のものだと証言した。あんたは新たな手口を考えついたようだな、ミスター・コーション。つまり盗みのために盗みを働いたということだ。そろそろ、馬鹿のふりをしてしらを切るのにも飽きたんじゃないのか？」

「おまえがダーラ・バビノーに何をしたか聞いたぞ、大尉」俺は言い返した。「女性を脅迫するとは、よほど特異な部類の男だな。それも人生の大半を奴隷の境遇に置かれていた女性を脅迫したんだから」

「これが任務でなければ、あんたと決闘するところだ。そしてあんたを撃ち殺し、その口に毒キノコをぶちこんで、糞の山に埋めてやるのに」

「もう一度言ってくれないか？」

「あんたは白痴《はくち》だ。わたしの見るところ、あんたは母親から尿瓶に産み落とされたんだろう」

俺はやつの頬をしたたかに張り飛ばした。こんなことをするのは生まれて初めてだ。ただしウェイド・ラフキンには唾を吐いたが。そのことは深く後悔している。

エンディコットは手で口を押さえ、痛みをこらえたが、唇から血を流していた。部下の兵士たちが唖然として土手からこちらを見ている。彼は口から手を離した。「一日だけやろう」彼は言った。

「なんのために？」

「想像力を働かせるんだな」彼は金の懐中時計を開け、時間を見た。「いまは九時四十二分だ。浣熊《あらいぐま》は自分の足を噛み切って罠から抜け出す。せいぜい楽しんでくれたまえ」

俺はエンディコット大尉を甘く見ていた。あの男は敵に恐怖や不安を植えつける方法をわかっている。母は言っていた。肝心なのは敵と戦うことではなく、自分を強く持つこと、すなわちいかに周囲から傷つけられようとも自分という人間を決して変えないことだと。「どれだけひどい目に遭わされても、にっこり笑ってやりなさい。そしてそいつらのはらわたに割れたガラスが入ったまま放っておくの」母は言った。「あいつらが毒を溜めておけるのはそこだけだからよ。それがいちばんだわ」さすが母さんだ。

それで俺はエンディコットのことを考えるのをやめ、ヴァリーナに乗ってセント・マーティンヴィルへ向かい、レディ・オブ・ザ・レイクの使用人居住区を訪れた。農園は荒れているように見えた。エンディコットの兵士たちに割られた窓は修理されないまま、板で塞がれていた。庭園も遊歩道も手入れされておらず、吊り籠の花は水をやっていないのか枯れて茶色になり、格子垣《こうしがき》に這わせていた凌《ノウ》霄花《ゼンカズラ》や蔓薔薇《ツルバラ》はしおれて地面に垂れている。夕方になってようやく、俺は目当ての男を見つけた。ウェイド・ラフキンが馬に乗って奴隷小屋の前を駆け抜けたとき、北軍兵が撃った弾丸で妻子を殺された夫だ。

夫の名はジョー・デュプリー。大男で、シャツも靴も身につけず、ズボンはロープで縛って腰に留めている。胸の筋肉は盛り上がり、頭は砲弾のように黒くていかつい。彼は湖畔で巣箱を作っていた。俺はヴァリーナから降り、自己紹介した。

「お悔やみを言わせてほしい」俺は言った。

「ありがとうございます」彼は答えた。

「俺はミスター・ウェイドのことはよく知らないのだが、彼も今回の出来事をすまなく思っているはずだ」

「わかっています。ミスター・ウェイドに悪気はありませんでした」

「俺は彼と決闘した男だ」

黒人はうなずいたが、目を伏せたままだった。

「俺が決闘を無理強いしなかったら、彼の顔は破壊されていなかっただろうし、もしかしたらこういう事態にもなっていなかったかもしれない」

「そんなことは言わなくてもいいんです」

「ほかに子どもはいるのかい、ジョー？」

「ええ。六人います。それでいま、こうして巣箱を直しているところです。ミスター・ウェイドは鳥の図鑑をたくさんお持ちで、子どもたちにも見せてくれました。それにあの方は、どんな鳥の鳴き声も真似できました」

「金貨を百ドル持ってきた。これをあんたにあげたい」

彼は遠くを見た。ラフキン家の屋敷か、赤紫に染まる西の空か、あるいは嵐の予兆を漂わせたメキシコ湾を。「厄介事はもうたくさんです」彼は言った。「お金はいりません。あんなことはもう充分です」

「ミズ・ラフキンには俺から金の出所を説明しておこう、ジョー」

「奥様はすでに俺を解放してくれました。俺を奴隷にしていたことで、ひどく悲しい思いをさせてしまったとおっしゃいました。お願いですから、もう俺たちのことは放っておいてください」

「そうか、ではごきげんよう、ジョー。あんたは気持ちのいい男のようだ」

彼は俺の言葉に答えることなく、巣箱に釘を打ちはじめた。沼の上空には大きな緑の雨雲ができ、稲光が音もなく天を切り裂き、生温かくて涼しい、塩水の混じった風が吹きつけてくる。斜面を上りきったところで、俺は手を振ろうとして振り返ったが、ジョーは俺に背を向けたままで、きっとそれは偶然ではなかっただろう。

率直に言えば、俺がレディ・オブ・ザ・レイク農園を訪れたのは自己満足のためだったが、だからといって不道徳な行ないではなかったはずだ。俺がウェイド・ラフキンのために善行をしたかったのは、俺が決闘を無理強いしたことで、彼の人生を破滅させてしまったからだ。ある意味では、連邦離脱してこのかたアメリカ全土に広がっていた出来事が、この南ルイジアナの狭い社会にも反映し、俺の行動にも影響していたかもしれない。最初のうち、俺たちは祝祭気分に浮かれ、そのあとで支払うことになる代償に考えが及ばなかった（すなわち北軍による封鎖、食料の欠乏、市場へ輸送できなくなって積み上がっていく綿花の梱《こり》などだ）。その後、俺たちは二、三の小競り合いが終わればヤンキーどもは降参するだろうという甘い期待を抱いたが、マナサスの戦いやシャイローの戦いで戦争は長期化した。続いて、戦場で感動的な行為をした英雄の美談が語られたが（たとえば敵兵に水を飲ませ、マリーズハイツの丘の天使と呼ばれた南軍兵など）、そのあとには残虐行為や戒厳令下の絞首刑、銃殺刑、捕虜収容所など地獄のような光景が待っていた。

そうした時代にあって、俺は最善を尽くしてきたつもりだ。俺は南軍兵の一員だったことを誇りに思うが、いまは考えかたを変えなければならないときだ。南部連合旗は歴史の一部になりつつある。クアントリルやカールトン・ヘイズのように常軌を逸した者どもはきっと精神病院に送られ、ジュバル・アーリー将軍のような夢想家たちは人けのない集会場で怒号をあげるが、誰からも顧みられないだろう。それでも世の中はずっと変わらず続いていく。それが経験から得られた教訓だ。

残念なことに、エンディコット大尉のような百足《むかで》どもは俺たちに寄生する。そういう連中は昆虫をピンで留めるように俺たちの背中に針を刺して操ろうとするだろう。さもなければ、そいつらをこの世から放逐するかだ。どちらを選ぶべきか？

ミノス・スアレスの樽に入っていたものはエンディコットに決して見つからない場所に隠してある。だがあの男は俺に影響力を行使できる。なぜならあいつはダーラ・バビノーに影響力を行使できるからだ。その状況をどうやって変えたらいいだろう？　コリンスでのような戦闘では変えられない。あのとき俺たちはローズクランツ指揮下の北軍に二万二千人の兵力で攻撃を仕掛けたが、焼けつくような暑さで、水も補給できず、敵の砲撃で大勢の死者を出した。戦争での戦いかたを知っているのはジャクソン将軍だ――「相手を惑わし、欺いて、不意を突け」

では、この言葉どおりエンディコットに対処するにはどうすればいいか？　俺にはよくわからない。

それに俺は、あの男ともう一度寝たのかと訊いてダーラを深く傷つけてしまった。ジャクソン将軍ならなんと言うだろう。将軍はとても地味な男で、夢物語を口にしない現実的で風変わりな人物という評判があり、片腕を四十五度の角度に突き上げながら敵陣に向かって馬を疾走させた。そうすれば血流のバランスを保て、思考の流れが邪魔されないと信じていたからだという。

　もうすっかり日が暮れた。俺は散歩して露店で干し林檎を買い、薄切りにして掌に乗せ、ヴァリーナに食べさせた。俺は愛馬の耳のあいだを撫で、鼻にキスした。そうするといつも、彼女は俺をいささか不思議そうな目で見る。

「おまえはどう思う、なあ？」俺は言った。

　彼女はいなないて返事をし、頭を上下に動かした。

「それじゃわからないよ、ヴァリーナ」

　彼女は額を俺の胸に押しつけ、息を吐いた。その息からは草の匂いがし、いま食べさせた林檎の薄切りの香りも混じっていた。しかし彼女の仕種《しぐさ》が、俺には気になった。ヴァリーナはいつも俺の気分を読めるのだ。俺の胸に額を押しつけるとき、彼女は死や喪失を感じている。母さんが死んだときにも、ヴァリーナはそうしていた。

「俺にはなんの計画もないんだ。そんな悲しそうな顔をするなよ。おまえと俺はいつだって、苦しいときをいっしょに切り抜けてきたじゃないか？　大佐が俺たちを撃ってきたときはどうだった？」

　だがその目には真率《しんそつ》な感情がこもっていた。俺は自分に、それはモルガン種の血が混じっているからだと言い聞かせた。うん、きっとそうにちがいない。雨蛙《あまがえる》が鳴き、太陽は地球の端でオレンジの染みになっている。こんなときは人生の儚さが身に沁み、胸を締めつけ、目から光を奪う。いまはそうした瞬間にすぎない。それだけのことだ。俺は彼女の頭をもう一度軽く叩いた。それでもヴァリーナは俺から目を逸らさなかった。

そのあと、俺はベッドに持ち物を並べはじめた。それらの持ち物は特定の計画に基づくものではないが、俺のいまの差し迫った状況をまちがいなく反映しており、エンディコット大尉がその言葉を守るなら、明朝九時四十二分の俺の状況にも反映するだろう。その時間になったら、エンディコットは俺になんらかの苦痛をもたらすつもりでいる。あの男はそのための手練手管《てれんてくだ》にいよいよ長けてきているようだ。

俺はベッドに、着替え、毛布、油布、一張羅の帽子、半長靴、下着、靴下、財布、ペンナイフ、一ドル銀貨数枚、ビスケットのようにずんぐりした銀時計、丸溝の入ったボウイナイフ、砥石、母の形見の聖書、先込め式の三六口径リボルバー、レバーアクション式のヘンリー銃を並べた。俺はヘンリー銃を過大評価するつもりはない。真鍮の部品はまるで古くなったバターのようだ。この銃は十六発の四四口径弾を装填でき、ラダー式照準器は標的に致命傷をもたらす。西部のインディアンはこの銃のためならいくらでも払うそうだ。そんな連中に単発式のスプリングフィールド銃で立ち向かわなければならないとは、北軍の騎兵隊は哀れなことだ。

ベッドに積み上げたこれだけの物の合計はいくらになるだろう？　さっぱりわからない。というより、考えたくもない。

翌朝、俺はすっきりして目覚め、髭を剃り、ハムエッグの朝食を食べて、銀のケースに入った時計の蓋を開けてテーブルに置いた。九時四十二分が来て、過ぎていったが、俺は直観的に、エンディコットの仕掛けがすでに正確に作動しているのがわかった。俺の推測では、やつは俺を孤立した状況に追いこみたいはずだ。そして部下をけしかけてくるのではないか。おまけに、あの優秀な指揮官は欲深い男でもあるから、俺がやつの鼻先をかすめて盗んだ金銀財宝に両手を埋めたくてたまらないだろう（その財宝は、死んだ戦友ウィリー・バークの母親が経営している貸し馬車屋の下に埋めてあり、母親はそのことを知らない）。あるいはエンディコットが自らの手で何か仕掛けてくる可能性もある。つまりダーラに。そう考えただけで、俺は胸が悪くなった。

こうしてはいられない。俺はいますぐダーラに会い、彼女を傷つけてしまったことを詫びて、エンディコットやスアレスや長年彼女を食い物にしてきた人々の下から連れ去らなければならない。世界は広い。いったいなぜ俺たちは、誰と結婚できて誰と結婚できないと指図してくるような社会に閉じこもっていなければならないのか？　俺たちはどこかの島や南アメリカで暮らしてもいいはずだし、メキシコで起ころうとしている戦争に加わってもいいだろう。どうしても戦争に行きたいのであれば、ヒスパニック系人やイタリア系人の戦争がうってつけだ。大義など二の次で、誰もが頃合いを見計らって仲たがいしたり、好きなときに鞍替えしたりする。

納屋のそばの馬繋場《ばけいじょう》から、ヴァリーナのいななきや鼻息が聞こえてくる。涼しい朝にそうした行動を取ることはあるが、いまはなぜそうしているのかわからない。俺が見てきた中で、求婚相手を自分で選ぶ牝馬は彼女だけだ。そしてなんの理由もなく、気まぐれにどの雄馬も振ってしまう。これぞヴァリーナだ。いつか彼女をデイヴィス大統領のヴァリーナ夫人に紹介したいものだ。

俺はリボルバーとヘンリー銃に弾丸を装塡し、肩に袋を背負って、外に踏み出した。メキシコ湾上空に大きな雷雲が集まっているが、太陽は樫の樹々を照らし、バイユーの流れは微風に波立って、青鷺《あおさぎ》が睡蓮《すいれん》の葉に囲まれてすっくと立っている。まるで空気の上に絵が描かれ、神の手になる作品はまだ完成途上のようだ。

俺は心を空《から》にしてヴァリーナに乗り、スアレス農園へ近づいた。母屋の二本の煙突からは煙が上がっている。俺がペカンの果樹園に足を踏み入れたとき、太り肉の黒人女性が二階のベランダでベッドカバーを振っていた。表情がいかめしいのは、とうの昔から自らの運命を忍従《にんじゅう》しているからだ。彼女は手すりにベッドカバーを掛け、中に戻った。ヴァリーナは耳を後ろに伏せ、その足取りは柔らかな土つき芝の上で不安定だ。しかし彼女が警戒しているのは、風にざわめく樹々と、近づく雷雨の臭いのせいだろう。俺はそう思った。

俺は彼女の首筋を撫でた。「大丈夫だ」と話しかける。「そうびくびくするなって。おまえらしくないぞ」

不意に彼女が後ろ足で立ち上がり、危うく俺を振り落としそうになった。ヴァリーナにしてはきわめて珍しい。彼女がいままでにそんなことをしたのは、俺たちが蛇に出くわしたときと、メキシコ湾近くの砂洲《さす》島《とう》の茂みから黒熊《くろくま》が出てきたときだけだ。

胸の悪くなるような悪臭が俺の顔を襲った。まるで内臓や糞や髪が焼けるような臭いだ。それから、ダーラの小屋の向こう側からもうもうと上がる黒煙が見え、男たちの笑い声と女の取り乱した叫び声が聞こえてきた。ヴァリーナが馬銜《はみ》に抗いはじめる。

「落ち着け」俺は言った。「いい子だから、言うことを聞くんだ」

しかしヴァリーナは言うことを聞かない。心底から怯えている。煙に包まれて燃えている布切れが火の糸となり、熱に煽られて灰になって漂っている。俺はヴァリーナの馬首をまわし、火や悪臭から遠ざけると、袋の引き紐を鞍の前橋から緩め、鞍から降りて、鞍の鞘に入れてあったヘンリー銃を取り出し、袋の隣に置いた。

「ここは勇敢にならないといかん、ヴァリーナ」俺は言った。「俺たちの家族は俺とおまえだけなんだ。どちらかが行くところには、どちらかもいっしょに行く。わかるか？」

彼女の尻が前後に揺れ、頭がぐいと動く。煙の上がる場所で誰かが嗚咽しているのが聞こえた。それは女にしかできない嗚咽で、なぜなら女は男が耐えなくてもいい痛みを味わうからだ。それは労苦による痛みであり、拒絶や裏切りに遭ったときの痛みだ。それは巨大な憤怒が形をなしたもので、その憤怒を包みこめるほど大きな器はどこにもない。そして最悪なことに、そうした痛みは経験した者でなければ理解できず、言葉で描写することもできない。

俺はヴァリーナを引いて小屋を通りすぎた。エンディコット大尉と五人の男たちが馬にまたがり、かがり火を見ている。そこには衣服、ベッドカバー、シャツ、下着、水彩画、粘土の皿や椀、木製の台所用品、研磨されていない家具、靴、マルディグラビーズ、そしてダーラのお気に入りだった紫の上着がくべられている。二杯のバケツに入った豚の腸を火の真ん中でゆでており、そこには豚の頭もあって、鼻や耳から出てきた脳味噌が黄色い泡となって沸騰している。

ダーラ・バビノーが地面に座りこみ、泣きじゃくって、彼女の周囲にスカートが広がっている。エンディコット大尉が片手を上げて俺の注意を引いた。笑みを浮かべている。「勘ちがいしないでくれよ、きみ」彼はそう言った。「わたしはこの女をニューオーリンズへ護送するよう命令を受けた。この農園の所有権と、彼女がミスター・スアレスを殺害した可能性に関する聴聞会《ちょうもんかい》のためだ。わたしの考えでは、彼女は潔白かもしれない。そのことは彼女にも説明しようとした。だがこの女は、慎みをもって女主人のために仕事をしなければならないというのに、頭に血が昇った売女のように行動したのだ」

「いまの言葉をもう一度言っていただけるかな？」俺は訊いた。

「もちろん、いいとも。彼女がなすべきことは、豚の腸を揚げることだけだ。しかし彼女はほかの選択をした。それでわれわれは、自分たちの手で感情的な振る舞いに及んでしまったというわけだ。おわかりかな、きみ？」

「きみだって？　こいつは傑作だ。ずいぶん馴れ馴れしい響きだな」俺は答えた。

風が湖の柳を揺らしている。五人の下士官が鞍をきしませ、くつろいだ姿勢で見物していた。顔は一様に日焼けし、軍帽《ケピ》の縁の下でほっそりして見える。

「言うことはもう何もないか？」エンディコットが訊いた。

「おまえは彼女の家財道具を焼いておきながら、豚の腸を揚げろと命令したのか？」

「いや、家の女主人が命令したんだ。豚の腸を揚げて、小屋を引き払うように、と。もうこの女には不要だからな」

「ミズ・スアレスが命じただと？」

「いかにも」

「ミズ・スアレスは頭の病気だ」俺は言い返した。「太陽が東から昇るのか、西から昇るのかもわかるまい」

「ダーラはわたしの部下の顔に引っかき傷を作り、もう一人の一物《いちもつ》を切り落とそうとしたんだ」

「おまえの部下が彼女をレイプしようとしたんじゃないのか？」俺は訊いた。

「していない」

「ダーラ、どうなんだ？」俺は呼びかけた。

だが彼女は俺を見ようとしない。

馬にまたがった伍長が、馬の首の傷を指さし、「あんたの狂った黒人女の仕業だ」と言った。

エンディコットは手を上げて下士官を黙らせ、俺を見た。「きのう話し合った、窃盗に遭った財産の返却に関しては、何も言うことはないのか？」

俺は丸腰だった。ヘンリー銃はペカンの木立に隠した袋の上に置いてある。俺のリボルバーはその袋の中だ。俺はエンディコットをあっと言わせたくてたまらなかった。「俺はたまたまここを通りかかっただけだ。窃盗された財産のことは何も知らない」

彼の馬が足を動かしている。「きょうの予定はなしか？」大尉は言った。

「釣りでもしようかな」

ダーラが俺に向かって目を上げる。頭にラベンダー色のスカーフを巻いていた。肌は土埃にまみれている。

「立ち去る前に、ミス・ダーラに何か言いたいんじゃないのか？」エンディコットが言った。

「事態が円満に解決することを祈るばかりだ」俺はそう返した。

「ほう、なかなかできた人物だ」エンディコットは言った。「気持ちのいい男じゃないか。安全第一というわけか」

「現実的になろうとしているまでだ」俺は応じた。

大尉は部下の男たちを実に楽しげな目で見て、その気分は全員に伝わった。「率直なところを聞かせてくれ」エンディコットは言った。「きみは本当に軍にいたのか？」

「短いあいだだ。喧嘩好きなほうではなかった」

男たちがどっと笑い、俺もいっしょに笑った。ダーラは虚ろなまなざしでかがり火を見ている。

「では、きみはもう行ったほうがいい」エンディコットは言った。「ニューオーリンズから戻ってきたら、また会いに行くよ。そのときは好きなだけ豚の腸を食べてくれ」

俺はヴァリーナに乗り、大尉に向かって帽子を上げた。「では、ごきげんよう」

「きみにはありったけの幸運が必要になりそうだな」彼は言った。「そもそも、釣りに行った場所がまちがっていたんだ」

「確かにそのとおりだろう」俺は答えた。「だが、俺たちがすばらしい天国のような場所で誓いを交わしたのもまた確かだ」

「なんだって？」

俺は返事をしなかったが、その瞬間にダーラと気持ちを通い合わせたことを大尉に勘づかれないように、鞍上《あんじょう》で前かがみになって彼女から目を逸らした。俺たちはミノス・スアレスの狩猟小屋があった柳の島で誓いを交わしたのだ。ヴァリーナは速歩《はやあし》になり、鞍が俺の尻を打ちつける。一分足らずのあいだに、俺はペカンの果樹園の木陰に隠れた。雨粒が音をたてて木の葉に落ち、かがり火の煙が枝にたゆたって、まだ悪臭がこもっている。

俺は鞍から降り、木立に隠しておいた袋からリボルバーを出してベルトの後ろに銃身を挿し、ヘンリー銃を構えてラダー式照準器を覗きこむと、ペカンの太い幹のそばに片膝を突いてライフルを樹皮で支え、エンディコットの胸を狙った。引き金を引いた瞬間、反動で銃が肩に食いこみ、エンディコットが姿勢を変えたので、四四口径弾は狙いを外れ、ダーラに馬を刺されたと主張していた伍長の顔を吹き飛ばした。

俺は次々と発砲しはじめた。瞬時に全員が大混乱に陥り、どの馬も土埃と雨の中で後ろ足で立ち上がり、いななきながら互いにぶつかった。そこにいるヤンキーどもは一人残らず、弱い者いじめをして喜ぶやつらで、俺があえてそう言うのは、人をいじめて喜ぶ人間は例外なく臆病者だからだ。俺の見ている前で、一人が鞍から落ち、立ち上がって、吹き飛ばされた左前腕を抱えて母屋へ逃げていった。もう一人は湖の浅瀬へ逃げ、沼水木《ヌマミズキ》の切り株の陰に隠れた。俺はさらに、馬にふたたびまたがろうとした兵士の尻を撃ち抜いた。ヴァリーナは身じろぎもしない。エンディコットは歩いて小屋の裏手にまわり、護身用の拳銃で応戦してきた。俺は四四口径弾を撃ってやつの顔中に木っ端を飛び散らせてやったが、やつはまだまだ戦える状態だ。

銃撃戦のあいだに、俺はダーラを見失ってしまった。おお、主よ、いまは彼女を見失わせないでください。俺は祈った。邪悪な男たちと取引することの意味を知っているあなたが、この苦杯をあとまわしにしてくださるのなら、俺はできることをなんでもして、よりよい人生を送ろうと努めます。ですからどうか、どうか、お願いです。それだけを聞き入れていただければ、俺は二度とふたたびあなたにお願いはしません。

俺は鞍に飛び乗り、手綱を歯でくわえて、左手にリボルバー、右手にヘンリー銃を持ち、ヴァリーナの腹を蹴って、脚のあいだにほとばしる力を感じた。手綱をくわえたまま、「ウー！　ウー！　ウー！」と南軍の鬨《とき》の声をあげる。俺はここで死ぬかもしれない。だがそれ以上の死にかたがあるだろうか？

完全に不意を突かれ、やつらは右往左往している。ヴァリーナは地面にほとんど触れもせず、飛ぶように疾駆している。俺は拳銃とヘンリー銃の引き金を交互に引いた。ヤンキーが一人落馬し、鐙《あぶみ》にブーツが引っかかったまま、頭を彼の馬の蹄に踏みつけられる。俺はヘンリー銃でもう一人の喉を撃ち抜き、銃弾が首を貫通して馬の尻に跳ねるのを見た。三人目の兵士は脱兎《だっと》のごとく逃げ、湖の浅瀬に飛沫をあげて飛びこんだ。こういう男は、いつまでも臆病者の烙印を払拭できないだろう。

俺はヘンリー銃を鞘に収めて馬を降り、ダーラを抱き上げてヴァリーナの尻に乗せ、彼女の両腕が俺の肋骨に巻きつけられて太腿が鞍尾《あんび》を挟むのを感じた。そしてふたたびヴァリーナを蹴り、ダーラと俺は二人とも体を屈めて一心同体となり、果樹園に降りしきる大粒の雨を受けながら坂を駆け上がった。ヴァリーナの蹄は柔らかく黴《か》びたペカンの殻の絨毯を蹴り、肺は膨らんでいる。

それから俺たちは木立を抜け出し、爽やかな雨の匂いがする、サトウキビ畑とバイユー・テッシュの流れのあいだに広がる草地に出た。雨が氷のかけらのように俺たちの顔を打ちつける。

俺は袋を置いてきてしまったが、これからは必要なものをなんでも買える。あと数分もすれば、俺たちはダーラ・バビノーが味わわされた苦痛から永久に逃れ、他人の糾弾を恐れることなく、そんなものには取り合わずに安心して生きていけるのだ。俺はまだ二十七歳、ダーラはまだ二十三歳。きっとこの日は特別な贈り物になり、これから南十字星の下、暗いワイン色の大洋を越える果てしなき旅が始まるだろう。俺たちが憧れ、俺たちを招き寄せる場所をめざし、その島へたどり着ければきっと二人で、珊瑚の上でココナッツを割り、指で実を食べ、もう二度と隷属の世界に汚されることはないはずだ。

そんな人生が目の前にある。それは決して夢物語ではない。俺たちはそこへたどり着かねばならない。そうとも、必ずたどり着くんだ。

ヴァリーナは唾液で口が白くなり、バイユー沿いの土の道に入ると速度を落としはじめた。俺は彼女の首を軽く叩き、おまえはすばらしい馬だと言った。そこで俺は異変に気づいた。ヴァリーナの異変ではない。ダーラの太腿はまだ鞍尾を挟み、頬は俺の背中に押しつけられ、アイロンのような温もりを感じるが、俺の腹でしっかり組んでいた両手はもうそこになく、不意に彼女の両腕が俺の肋骨から離れた。

「ダーラ」俺は呼びかけた。

答えはない。「ダーラ」俺はふたたび呼んだ。

俺は鞍上で振り向き、落馬する前に彼女を摑もうとした。だが遅かった。彼女は背中から、金鳳花《きんぽうげ》が点々と彩るエメラルドグリーンの草地のベッドに落ちた。俺はヴァリーナから降りて手綱を離し、左手をダーラの頭に添え、右手で草をよけて、怪我した箇所を見極めようとした。彼女は唇をすぼめている。まるで呼吸を取り戻そうとしているか、舌の火傷を冷やそうとしているかのように。

「どこだ、ダーラ？　どこをやられた？」

「体中よ」彼女はささやいた。

体を横向きにすると、ダーラは痛みに頬を震わせた。ブラウスの少なくとも四カ所が血に染まり、雨に滲んでいる。

ダーラは俺のシャツを握りしめ、俺を引いて顔に近づけた。「あたし、もう怖くない。あなたを愛しているわ。あなたはできるだけのことをしてくれた」

「そんな言いかたをするな、ダーラ。二人で引き返そう。町までは遠すぎる」

「いいえ、あいつらにはもう二度と捕まらないわ。ハンナに、つらい目に遭わせてしまってごめんなさいと伝えて。ミノス・スアレスを殺したのはあたしよ」

「ミノス・スアレスなんかくそくらえだ。その家族も。ヤンキーどもも。死んではだめだ」

ダーラは俺の手を探り当て、口に引き寄せた。俺の手に彼女の吐息を感じたが、やがてそれは止まり、彼女は目を閉じた。

「神よ、こんなことにしないでください」俺は天に向かって言った。「なんでも言われたとおりにします。彼女は善人です。こんな死にかたはあんまりです」

しかし返事はなく、聞こえるのは風の音と、バイユーの流れに叩きつける雨の音、スアレス農園に鳴り響く奴隷を集める鐘の音だけだ。それから俺はバランスを崩し、酔っ払いのようによろめいて、ヴァリーナの手綱を握ろうとし、俺が何者で誰のために祈っているのかを思い出そうとした。すると俺自身の声が聞こえてきた。まるで内臓に刺さったガラスの破片が胸や喉を切り裂いているような声だ。俺はひざまずき、両手の拳を地面に叩きつけ、爪で墓穴を掘った。その墓は彼女のためではなく俺のためだ。どうしようもない愚か者の俺は、息を恋人に吹きこんでその目を開けようとし、顔の冷たさや肌の青白さを追い払って、心臓の鼓動を取り戻そうとしている。

そのとき俺の目に、バイユーを進む屋根のついた平底船に乗った三人の北軍兵が見えた。竿で上流に向かって船を漕ぎ、防水布とチューリップハットを身につけ、髭を剃っていない三人に、俺は不思議と見覚えがあった。船首には鳴き声をあげる仔豚で一杯の檻を積み、防水布を掛けている。その船はまるで、死と残酷の使いのようだ。「あんたは誰だ、なぜそこにいる?」いちばん背の低い兵士が叫んだ。

「名前はピエール・コーション! 助けてほしい!」

「なんてこった」彼は答えた。

「なんだって？」

「これは主のお導きにちがいない。そこにいてくれ。船を近づける」

どういうことなのか、俺にはわからなかった。

三人は竿を葦《あし》や蒲《がま》の生えた水面に突き入れて船を押し、浅瀬の泥に近づけた。「俺を覚えているか？」背の低い男が言った。「あんたが町で朝めしを頼んでいたときに、松ぼっくりを背中にぶつけたのが俺だ。あのとき俺たちは、シャイローやコリンスのことであんたを笑い物にしてしまった。俺たちはひどく酔っていて、あとから自分たちの振る舞いを後悔したんだ」

「ここに女性が一人いる。すでに死んでいるか、瀕死の状態だ」

「なんだって？」

ヤンキーに頼るのは好きではない。しかしほかに選択肢はなかった。「撃たれたんだ。俺を罰してもいいが、彼女に罪はない。彼女の命を助けてくれれば、なんでもやろう」

そのとき、メキシコ湾上空から雷が聞こえてきた。バイユーは粘土のように黄色く濁り、汚泥で一杯だ。水面には雨粒が踊っている。「あんたとエンディコット大尉のことが噂になっているぞ」背の低い男が言った。「大尉がこのことに関わっているのか？」

「好きなように解釈してくれ。俺たちを助けるのか、助けないのか？」

「何をしてほしい？」

「セント・マーティンヴィルの医者のところへ連れていってほしい」

「ひとつ知らせがある、南軍兵。合衆国陸軍の兵士は一人残らず、エンディコットの性根を忌み嫌っている。やつがなんと言おうと、あの男は怒りが渦巻く命懸けの戦場にいたことは一度もないにちがいない。さあ、その馬もご婦人もあんたも船に乗ってくれ。シャイローにいた人間はみんな俺たちの仲間だ」

第三十六章　ハンナ・ラヴォー

大佐は神が目を治してくれたという事実を受け入れようとせず、わたしの力だと思いこんでいる。つまりわたしにその力があれば、いつでもわたしに治してもらえるのだと。

わたしはこの男が嫌いになってきた。ミス・フローレンスも同じ気持ちだ。ウェイド・ラフキンはわたしたちがシャイローに行けるよう、船を手配すると約束してくれたが、シャイローまで行き着ける交通手段を見つけるのは相当な困難をともなった。それでもわたしたちはついに、後部に煙突と大きな外輪を備えた蒸気船に乗りこみ、もう少しでヴィクスバーグまで行き着けるところだった。綿花の梱《こり》が舷縁に山積みにされ、北軍の狙撃兵がその背後に陣取っていた。北部の発音で話す甲板員によると、ときおり川岸から狙撃手が撃ってくるらしいが、わたしにはそれらしき兵士の姿は見当たらなかった。わたしの目に見えたのは、川岸の森に配置された大砲だ。夕方近くになり、太陽が赤くなって水面の上で揺れるころ、森が乾ききって木の葉がはらはらと舞い散る中を、大砲の車輪や砲身から上がる陽炎《かげろう》が垣間《かいま》見えた。

誰かが、あれはグラントの軍の兵器だと言った。別の誰かが、いいや、あれは南軍の兵器で、腹いせにこの船に葡萄弾を撃って甲板にまき散らすつもりなんだ、ヴィクスバーグの住民は包囲戦で降伏するまで洞窟に隠れて鼠を食べて餓えをしのいでいたからな、と言った。その乗客たちによると、フォレスト将軍がきっとミシシッピ州からヤンキーを一人残らず追い払ってくれるだろうし、将軍はずば抜けた軍略家だから、戦えば必ずヤンキーどもの先を読んで打ち破ってくれるらしい。でも本当に将軍がそんなに賢い人なら、なぜ彼は有色人種の家族や幼い子どもや妊婦や知的障害の人たちまでルイジアナのサトウキビ畑に売って生計を立てていたのだろう？　誰かに教えてほしいものだ。

船に乗り合わせた賭博師が、わたしのあとをつけまわしはじめた。まるで鼠の巣穴を嗅ぎまわる猫のようなおかしな顔つきをしている。そいつはわたしにミス・フローレンスの奴隷なのかと訊いてきたので、わたしはちがう、もう奴隷なんてどこにもいないのだし、まだいると思うのならリンカーン大統領と話してみればいいと答えた。だがその賭博師が本当に知りたかったのは、わたしがミス・フローレンスの私有財産かどうかだった。この男は、そうでなければわたしに手出ししてもよいと思ったのだ。それでこいつは図に乗り、ミス・フローレンスが狭い船室で寝たあと、綿花の梱のそばでわたしに近づこうとしてきたので、わたしは靴を脱いで側頭部を一回、二回と思いきり叩いて、おまけに鼻も殴ってやった。あの男が、以前の大佐よりもさらに寄り目になりそうなぐらい強く。ただしそいつのほうが大佐よりも間抜けで、しつこかった。

翌朝早く、そいつは酒臭い息でわたしたちの船室の前に現われ、わたしにミス・フローレンスとミスター・ウェイドとわたしの人相書きを見せた。操舵室の前の掲示板で見つけたという。そして機関室にはいま誰もいないので、そこまでいっしょに来るか、さもなければ次の寄港地で北軍か南軍に突き出されるかのどちらかだと言った。

わたしにはどうしたらいいのかわからなかった。そいつを殺してやりたいと思っている自分に気づき、わたしはいったいどうしてしまったんだろうと不安になった。わたしは本来の自分自身よりダーラ・バビノーのようになりつつあるようだ。とはいえ、彼女が自分の身を守らねばならなかったことについては、ダーラを責めようとは思わない。

「そろそろ覚悟を決めるんだな、嬢ちゃん」賭博師はそう言った。

太陽はまだ地平線の辺りにあり、川面には霧がかかっている。そのとき、警告の汽笛が鳴り響いた。

この辺りで北軍の捕虜輸送船が爆破され、大勢の南軍の兵士が帰郷の願いかなわず火傷で死んだり溺死したりしたのだ。わたしは賭博師に、何か食べたらすぐ甲板の下の機関室であなたと会うわと言った。

「あまりぐずぐずするなよ」彼はそう言ってわたしの頬に手を触れた。

わたしはミス・フローレンスの様子を確かめてから、梯子《はしご》を降り、賭博師が待っている機関室へ向かった。そこには機関士が落ちないように厚板が何枚か敷いてあるだけで、その下には汚水溜《ビルジ》りの水が跳ね、見ていると眩暈がしそうだ。大きなピストンが上下に動き、機関部に出たり入ったりして、耳も心臓も痛くなってくる。そいつはすでに上着を脱ぎ、ズボンの前ボタンも外して、わたしに微笑みかけてきた。短い口髭とささやかな山羊鬚を生やしている。男は茎のついた一輪の薔薇を持っていた。しおれて色褪せ、折れ曲がっている。

「まだ名前を聞いてないわ」わたしは言った。

「俺の名前は別にいいだろ。嬢ちゃんの名前がわかればいいんだ」

「わたしにその花を渡して、目を閉じて」

「何かのゲームかい?」賭博師は笑みを浮かべたまま訊いた。

「すぐにわかるわ。怖がっているんじゃないでしょうね? お兄さんみたいにハンサムで強そうな男が?」

そいつはわたしの髪に薔薇を挿した。わたしは胸の前で手を組み、男は目を閉じた。上下動しているピストンからあまり離れていないところに作業台があり、レンチが載っている。バルブから甲高い音が漏れ、ピストンの金属音はますます大きくなってきた。でもわたしはレンチには手を触れず、いきなり賭博師を後ろに押し、厚板から突き落とした。ビルジの汚水は油のように真っ黒で、そいつがすっぽり入るぐらい深い。男は目も口もきつく閉じ、服は吐き気を催すようなビルジの汚物にまみれた。
「あんたがここで何をしていたのか、みんなに説明するといいわ」わたしは言い、薔薇を彼に向かって放り投げた。「ところで、あんたの顔のすぐ横に、大きな太い蛇が泳いでいるわよ。朝ごはんはまだ食べていないみたい」

そういうわけで、わたしたちは大佐の野営地のテントに舞い戻った。ほかに隠れる場所がなかったのだ。北軍はわたしたちを指名手配している。南軍はもちろんなんの頼りにもならない。元アメリカ大統領の息子リチャード・テイラーは、ポートハドソンの戦いの直後、有色人種の部隊を奴隷に戻した。実際、南軍の将軍たちはみんなそうしていた。リーやスチュアートも、チェンバーズバーグやワシントンDCの郊外で同じことをしている。わたしは新聞記事で読んだ。将軍たちの身に同じことが起きたら、いったいどう思うのだろう。

ミス・フローレンスの血色は以前よりよくなった。もうボール紙のような灰色ではない。ただ問題は、彼女が食物ではなく、魂で生きていることだ。彼女は食物を消化できずに吐き出してしまうか、道端で物乞いをしている有色人種にあげてしまう。わたしは彼女に、自らを傷つけるようなことをイエスは教えていないと言い聞かせた。イエスが聴衆に魚やパンを与えたのは理にかなっている――彼は貧しい人間だったので、貧者が必要としているものを知っており、自分を傷つけるような馬鹿げた考えを売りつけようとはしなかった。創世記の一章二十九節から三十節を読むといい。神はわたしたちに地球上の草木を与えたのであり、わたしたちに動物や鳥を殺す権利があるとも言っていない。わたしたちにそんな権利はないのだ。権利があると言うやつはみんな、わたしの尻に口づけしてもらおう。神が言ったのは、草木はわたしたちみなのために作られたということだ。それを理解するのは難しくないはずだ。

わたしはミスター・ウェイドのことも心配だ。わたしは彼が好きだ。とりわけ彼がバージニアから戻ってきてわたしに親切にしてくれたことや、自分の傷はあとまわしにして他人の心配をしていたことに好感を持っている。けれども彼は、苦しみというものがどのように心を蝕むのかを理解していない。自分自身の中で苦しみを積み上げても、それは虚しいばかりだ。彼の自分の顔の傷痕に囚われすぎてしまっていると思う。彼は誰にも拭い去ることのできない懺悔《ざんげ》服と灰をまとっているのだ。

ラングツリー軍曹がニューオーリンズの新聞を持ってきてくれた。一面の記事を見てわたしは目を疑った。ピエール・コーションとダーラ・バビノーがニューイベリアの外れにあるスアレス農園で数人の北軍兵を殺し、バイユー・テッシュで没収された仔豚を積んだ平底船を盗んで、セント・マーティンヴィル付近で姿を消したというのだ。仔豚は行方不明で、ミスター・ピエールとダーラも同様だという。その記事を読んであげよう。これを書いた人間はまともにものを考えられないようだ。新聞社で働くには学校へ行かなければならないと思っていたのだが。

有力な見解によると、ダーラ・バビノー使用人は反乱組織に属している可能性があり、一八六一年六月にセント・マーティンヴィルで絞首刑にされた複数のニグロや白人一名の仲間だと思われる。その白人に関する詳細が重要なのは、複数の郡でニグロの法的問題を担当していたピエール・コーション巡査が、北部からの潜入者である可能性が高いからだ。彼はまた、斧で自らを傷つけ、名誉ある軍役を逃れたと思われる。バビノーなる女もまた、複数の男と内縁関係にあったと思われ、彼女が名誉を傷つけた北軍の兵士たちによって何発も銃撃された。レッドリバー郡やアカディア人社会の人々は一様に衝撃と恐怖を覚えており、コーションとバビノーは長年にわたる秘密諜報員であるという憶測が広がっている。〝峻厳な矯正措置〟をすべきだと主張する住民も多い。

〝有力な見解〟？　〝峻厳な矯正措置〟？

誰がそんな見解を唱えているのか？　それに〝峻厳な矯正措置〟とは何を意味するのか？　わたしが教えてあげよう——人々の手足を切断して火をつけるのだ。わたしは実際に見たことがある。それは人間のすることではない。そんなことが人間的だというやつは、火の中に顔を突っこまれればいい。

それから何日も、何週間も経った。いまは十月下旬か十一月上旬だろう。時間はおかしなほどあっという間に過ぎ去る。日は短くなり、なんの期待も抱かせず、太陽の光も弱々しくなって、メキシコ湾の縁で染みみたいにへばりついている。わたしの髪には灰色が混じり、ミス・フローレンスの目は爛々と輝いて、くる病にかかった子どものようだ。その目の光はまるで病人の中で燃える一本きりの蠟燭のようで、日ごとにスプーン一杯ほどの希望が失せていく。やがて燃え尽き、消えてしまったあとには何も残らないのではないか。そう思うとわたしは悲しくなる。

テントが霜でこわばる寒い朝、わたしはミスター・ウェイドの声を聞いた。「ミス・ハンナ、ぼくだ。よかったら、いっしょに歩いてくれないか？」

ミス・フローレンスはすやすや寝ている。わたしはミスター・ウェイドといっしょに歩きたくなかった。わたしに彼を治すことはできない。彼を慰めることもできない。彼の心を晴らすことも。神の力をもってしても、そんなことができるのかどうかわからない。彼は心の中では戦士になったつもりでいるようだ。だが、どんな戦士だろう？　彼は自分が戦っていることを誇りに思っているらしいが、わたしにはそれが戦いだとは思えない。それは略奪だ。そして略奪というのは、人々の持ち物をすべて奪うことだ。それでもミス・フローレンスとわたしは、レディ・オブ・ザ・レイクにいたときと変わらないミスター・ウェイドの優しさと親切さがなければとっくに餓え死にしていたにちがいない。

「はい、すぐに行きます」わたしはそう答えた。

わたしが外に出たとき、彼は重そうな深紅のウールの外套を着ていた。襟が耳まであり、頭には灰色のチューリップハットを深々とかぶっている。スカーフは顔のほとんどを覆い、鼻と口の部分だけ穴が開いていてそこから白い息が出ていた。丸太の隣に小さな火が燃えており、フライパンで卵と背脂とパンが焼け、コーヒーの缶が灰の中に押しこまれている。わたしたちのまわりにほかのテントはない。ミスター・ウェイドのはからいのようで、わたしはいささか不安になった。

「きみの息子さん、サミュエルについていてわかったことがある」彼は言った。

わたしの息と心臓が止まった。言葉が出てこない。わたしは続く言葉に身構えた。

「息子さんは生きている」ミスター・ウェイドは言った。

わたしの肺に空気が戻ってくるのがわかった。まるで喉を縛っていたぼろ切れを誰かが取り払ったかのように。

「あの子はどこにいるんですか、ミスター・ウェイド？」

「ぼくをミスターと呼ぶのはもうやめてもらえないかな？」

「ミスター・ウェイド、そんなことを言ってる場合じゃないんです」わたしは言った。「息子はどこにいるんですか？」

「ナチェズの下流辺りだ」

「じゃあ、わたしは蒸気船であの子のそばを通りすぎてしまったんですね？」

「そんなふうに思わないことだ」彼は大事な話の最中に皿を手に取り、わたしに食事を盛りつけはじめた。「それより、きょう得られたものを考えたほうがいい」

わたしは皿を彼の手からひったくり、火の中に食事をぶちまけた。「いまはあなたの分別臭い言葉など聞きたくありません、ミスター・ウェイド。あの子はいま、ナチェズにいるんですね？　どうやってそれがわかったんですか？」

「アイラ・ジェイミソンから聞いた」

どこで聞いた名前だっただろうか。「ミスター・ピエールがいつも話していた人ですか？　シャイローに現われなかったという？」

「彼は実業家なんだ、ハンナ。ぼくたちはときに悪魔と取引しなければならないこともある」

「黄熱病と取引して、それが病気じゃないふりをするみたいに？」

「これは一本取られたな。ほかにも、ぼくたちが知っている人たちについてニュースがある」

「ほかの人のニュースなんて興味ありません、ミスター・ウェイド。どうしたらあの子を取り戻せるか教えてください。ミスター・ジェイミソンのために働く必要があるのなら、わたしはやります。怖くはありません。わかりましたか？」

「わかった」彼は答えた。「ぼくもできることはなんでもやるつもりだ。けれどもいまは、ほかに話したいことがある。きみの助けが必要なんだ」

「どんなことです？」

「ぼくは自分の精神状態が心配なんだ。ピエール・コーションがぼくに連絡してきた。彼とかつて奴隷だったダーラ・バビノーという女性がここからあまり遠くないところにいる。二人は逃げ場を求めているんだ。でもぼくは、コーションを赦すのが難しいと思っている」

「決闘のことですか？」

「ああ、それにあの男はきみを投獄した」

「わたしなら大丈夫です、ミスター・ウェイド。わたしを言い訳に使わないでください。そもそも、伯父様がミスター・ピエールをクズ呼ばわりしたことが、すべての始まりだったんです。原因は伯父様にあるのであって、ミスター・ピエールにはありません」

「きみのように客観的になれたらと思うよ」

「だったら少しはそうなってください」

ミスター・ウェイドは笑みを浮かべかけ、それから目を伏せた。「きみはすばらしい女性だ、ハンナ」

「わたしはそんな話をしたくはありません、ミスター・ウェイド。そんなことは、もういっさい言わないでください」

「ぼくの顔のせいか？」

「いいえ、ちがいます。その顔であなたがしていることのせいです」

そんなことを言うべきではなかった。聖アウグスティヌスが、真実を使って人を傷つけてはいけないと言っている。わたしはいま、まさにそうしてしまった。ミスター・ウェイドは火をじっと見つめ、両手を腰に置いている。まわりで火の粉が弾け、その顔は粘土のように生気がない。

「ごめんなさい、ミスター・ウェイド」わたしは詫びた。「あなたはわたしたちにとてもよくしてくださるのに」

「ジェイミソン将軍が数日以内に到着する予定だ」彼は煙と熱さの中で目を大きく見ひらいて、そう答えた。

第三十七章　フローレンス・ミルトン

浸礼《バプテスマ》とはどんなものかご存じ？　私《わたくし》は知っています。それは神に印を押されるときなのです。当時、私は十四歳で、メリマック川の上流で洗礼を受けた。すぐ近くにある紡績工場では、子どもたちを働かせ、その小さな肺を綿屑で一杯にさせて大儲けしていたわ。三月のその日はまだ寒く、風が吹きすさんでいて、私は白い洗礼着と薄地の下着という姿で、牧師の腕に抱きかかえられ、川の中に入れられた。

感電したようなショックだったわ。歯はカタカタ鳴った。私は牧師の黒い祭服にしがみつき、その中にもぐりこみたかった。けれども彼からは離れたかった。彼は妻に先立たれた地味な若者で、孤独なことと女性を誘惑することで知られていた。そのガウンでは私の華奢な手足や、思春期になって体に訪れた変化や、弱さを隠すには不充分だった。「私を出してください、牧師様」

「いや、二人とも頭まで浸からなければならない」

「こんなのもういやです。お願い、寒いわ」

だが、私が怖いのは寒さではなかった。

私がさらに何か言う前に、牧師は私を川の水面下に引きこんだ。あまりの冷たさに目がくらむ。氷のハンマーで眉間を殴られたようだった。死んだほうがましだと思った。

牧師に不適切な触られかたをしたとは思わないが、いまだに確信はない。血の気は失せ、感覚はなくなり、頭が割れるようだ。そのとき何かが起こったが、それは地味な牧師とはなんの関係もなかった。

私がまだ沈んでいるあいだに、白い光が頭の中で弾け、体のまわりに胎児のような形をした袋状のものが創られて、それがしだいに温かくなった。夏の海風のように心地よい。そんな経験をしたのは生まれて初めてだった。牧師に水から引き上げられたとき、私はすでに彼の存在をまったく意識していなかった。まるで彼が名詞を修飾しようとする不適当な副詞であるかのように。

その瞬間、私は召命《しょうめい》されていることを自覚し、そのために生涯を捧げることを確信した。私はマサチューセッツの紡績工場や労働者を搾取しているニューヨークの工場の前で、女性たちや子どもたちとともに行進した。ぼろ船に乗って移民してきたアイルランド人たちを愛することを学び、彼らとともに線路の敷設《ふせつ》現場や炭鉱でストライキをした。それから南部へ移り、有色人種の解放を支援した。その結果私は、男たちや無知や邪悪を恐れることは二度となくなった。

なぜ私はこんなことを話しているのか？ それは、洗礼がさまざまな形で訪れるからだ。必ずしも腰まで川に浸かったり、教会の浸礼槽に入ったりする必要はない。私の言いたいことはまもなくおわかりでしょう。


アイラ・ジェイミソンのことは戦争前から知っていた。彼はもともと、ニューオーリンズで技師をしていた。土手を築いたり、市街地を走る馬車鉄道を造ったり、ガーデンディストリクトと呼ばれる高級住宅地で樫の木立の天蓋《てんがい》に覆われた分離帯を設けたりしていたが、そのときから私には、彼のやっていることは単なる準備運動にすぎないように思えた。痩せていて貪欲そうだったが、それは女性に対してではなかった。彼は金銭を崇拝しており、それは彼自身と家族のためにさまざまなものを買えるからだ。彼が生きているのは享楽のためだった。いかなる貧困や人間の苦しみや社会的不正義を目の当たりにしても、心を動かされることはなかった。彼以上に強欲な男を私は知らない。連邦離脱の時期、彼は金で少佐の地位を手に入れ、ボーレガード将軍と懇意になったので、当時の私はこんな腐敗した南部に勝機はあるのだろうかと思った。きっとご存じだろうが、ボーレガード将軍もまたニューオーリンズの産物で、サムター要塞を最初に砲撃した功績で名高いが、それによって南北戦争が開戦した結果、何百何千もの人々が死に、数えきれないほどの動物が犠牲になって、その数がますます増えるのはまちがいない。墓石に刻めるほどの功績だ。なんと素敵な墓碑銘だろう。

ミシシッピ川上流にアンゴラと呼ばれる土地がある。そこの農園主は綿花市場で巨万の富を貯めこんだと言われている。彼は奴隷たちに愛されていることになっている。だが教えてほしい。あなたは奴隷にされて喜ぶ人に会ったことがあるだろうか？　鉄の枷を喜んで受け入れた中世の農奴が果たしていただろうか？

アンゴラ農園の所有者にとっては不運なことに、南軍も北軍もここを略奪し、しかもそれは酔っ払った連中が戯れに数時間襲ってきたのではなく（ヘイズ大佐が得意とする行為だ）、より徹底したもので、数万ドルに相当する綿花がニューオーリンズやさらに上流のメンフィスに運び出された。

私が思うに、ジェイミソン少佐にはいくらでも金儲けの機会が転がっている。彼の才能は、熱いうちに鉄を打つことではない。ジェイミソン少佐の才能は、鉄が鍛冶場に到着する前に打つことだ。

少し前に、私はミスター・ダーウィンの進化論に触れた。私は、彼の結論にひとつ異議を唱えたい。私の考えでは、私たちすべてに、すなわち猿や人類に〝共通の祖先〟がいるとは思えない。ジェイミソンのような男たちの祖先には、独自の系統樹があるにちがいない。

彼が四輪馬車に乗って近づいてくるのが見えた。御者は有色人種で、ジェイミソンは後部座席に座り、黒い杖の金色の持ち手を握っている。おそらく三十歳近いだろうが、胸ががっしりし、恰幅《かっぷく》がよく、自信に満ちて、同年代の男より年上に見える。髪は灰色混じりで眼光が鋭い。ヘイズ大佐とウェイド・ラフキンが指揮官のテントから来客を出迎える。驚いたことに、二人は彼と握手してから真っ先に、私に向かっていっしょに来るよう身振りで促した。

私は見ないふりをした。

「ミス・フローレンス！」ウェイド青年が叫んだ。「いい知らせが聞けそうです！　ミス・ハンナを連れてきてください！」

私は彼の求めに応じた。ハンナの腕を摑んで無理やり連れていったのだ。粗野で下品なヘイズ大佐だけでも女性に嫌悪を抱かせるには充分なのに、豚がお化粧したようにうわべを飾り立てた強欲なアイラ・ジェイミソンまで加わったら、まともな人間は耐えられないだろう。それでも私は彼女の腕を取り、大佐のテントの半びらきになった幕に向かって歩かせた。

だが、二人とも同時に入ることはできなかった。それで私はハンナを先に行かせた。しかしその直後、伍長が入口で腕を広げ、私が入れないようにした。

驚くべき無礼な振る舞いだが、それでも私には耐えられた。問題なのはハンナが一人きりで立っている前で、三人の白人男性が椅子に座っていることだ。だからこそ私は、バプテスマの性質と、それが私たちに授ける意義を語ったのだ。いまがまさにその瞬間であり、私は確信した。これからわずかな時間で起きることで私たちみなが変容し、よかれ悪しかれ、いままでと同じではいられなくなるのだと。

ウェイド青年が椅子から立ち上がった。容貌を損なわれているので表情を読むのは難しかった。ほかの二人は動こうともしない。「少佐、こちらはミス・ハンナです」彼は紹介した。「ミス・ハンナ、少佐は最近、ナチェズを二度にわたって訪問された。少佐の友人が町の様子と、シャイロー地区を追われた使用人やニグロの子どもたちを写真に撮影したんだ」

ハンナはうなずいた。プラム色のスカーフを頭に巻き、その上から赤い紐を巻いている。巻き毛の先が日光で色褪せていた。彼女は美しかった。「ありがとうございます、ここまで来ていただいて」ハンナはそう言った。

ジェイミソンは無言だ。その目が彼女の全身を這いまわる。ウェイド青年は沈黙で気まずくなったようだ。彼は私を見た。「なぜそこで待っているのですか、ミス・フローレンス？ どうぞこちらへ」

それでも伍長はテントの柱から手を離さない。大佐もジェイミソンも椅子から動かなかった。ウェイド青年の視線が私から大佐へ移り、それからジェイミソンに移った。ウェイドは目をしばたたき、かすかに咳払いした。

「みなさん、ミス・ハンナは若く、並外れてすばらしい女性です」彼は言った。「彼女は、バージニアから戻ってきたぼくの療養生活と絵画制作をとてもよく助けてくれました」

それでも二人は縫いつけられたように椅子から動かない。大佐は仰々しい海賊のようなブーツの爪先をじっと見ている。すでに自分の目の不具合を治してくれた女性のことなど忘れてしまったようだ。ウェイド青年は立ち尽くしている。ジェイミソンは身動きせず、しだいに苛立ちはじめた。

「聞こえていますか？」ウェイド青年が言った。

「どうぞ進めてくれ」ジェイミソンが答えた。

「いいえ、その前に」ウェイド青年が返した。「ひとつ理解していただきたいことがあります。ぼくたちが育んできた礼儀や人間性を重んじる文化は破壊されようとしています。ぼくたちの先駆者はトマス・ジェファーソンです。ぼくたちがその前例を作らなければなりません。さもなければ、ウィリアム・シャーマンと同類になってしまうのです。みなさんがぼくたち共通の目的に同意してくださると確信しています。北の敵を見習ってはいけないのです。ただし、北部出身のミス・フローレンスに無礼なことを言うつもりはありません。彼女は誰からも称賛されている女性です」

ジェイミソンはベストから懐中時計を取り出した。

ウェイド青年のなんと無邪気なこと。彼はこの男たちのことを何も理解していない。この男たちは自らを無知蒙昧《むちもうまい》にし、自らにしたことを元どおりにできないのだ。彼らは毒キノコに囲まれて生き、その心はいぼで覆われている。こうした男たちが自らを測る基準は、他人にどれほどの権力を及ぼし、悲惨な目に遭わせられるかだ。

しかし、思っていたよりウェイド青年は無邪気ではなかったようだ。彼は見るからに困惑し、自制心を失いかけている。彼は三枚の写真を折りたたみ式のテーブルから取り上げた。「これを見てほしい、ミス・ハンナ」

彼女は写真をウェイドの手から受け取り、一枚ずつじっくり眺めた。感情を表に出さずに。それから彼女の目が霞んだ。

「その子はサミュエルなの？」私は幕の外から呼びかけた。

「この子の目は何色でしたか？」ハンナが訊いた。

ジェイミソンの手は黒光りする杖の金の持ち手を握っている。まるでイチジクの実を握るような手つきだ。「たぶん青緑だと思う。あんたと同じように」

ハンナは口を手で覆い、叫びだすのをこらえた。

そのときジェイミソンが言った。「あんたをぬか喜びさせたくない。わたしには確信が持てん。写真家ならわかるかもしれない」

「なぜもう少し考えてくださらなかったんですか？　ここへお越しになる前に、お友だちの写真家に訊くこともできたはずでしょう？　行方不明になった幼い子どものことなんて、いちいち気にしてはいられませんか？　そんなことはしじゅう起きているからですか？　あなたがたがしたことのせいで？　子どもたちの写真を撮っておいて、その子たちに親がいるかどうか調べもしないのですか？」

　ジェイミソンはため息をつき、目を逸らした。「こんなところへのこのこ来て、やっぱりわたしは騙されていたんだ」

「立て」ウェイド青年が言った。

「なんだと？」とジェイミソン。

「さっさとその椅子から立ち上がらないと、あんたの体を靴から引き剝がして叩き出してやると言ったんだ」

「少し落ち着け」大佐がとりなした。

「あんたの出る幕じゃない、このくそじじいが」ウェイド青年が大佐に言い放った。それからジェイミソンに向きなおる。「いいか、あんたは南部連合の面汚しだ。シャイローのアウルクリークの坂で、数えきれない将兵が犠牲になったのは、あんたが見捨てて北軍の一斉射撃にさらしたからだ。あんたの背中の皮を剝ぎ取ってやりたいよ。さあ、とっとと出ていけ。今度戻ってきたら、あんたの両脚を鋸で切り落としてやるからな。ぼくの目を見ろ。嘘をついているように見えるか？　一度でも瞬きしたら、あんたを切り刻んでやる」

　私は十四歳のときにメリマック川の水中で温かな光に包まれたことや、世界中で親と生き別れになった子どもたちのことを考えた。人間の心に不条理にも課せられた苦難の茨や、紡績工場の外で光の嵐のように訪れたバプテスマのことを。私は知っている。私たちは悲嘆や喧噪《けんそう》や憤怒や人間の心の泥沼のせいで大動乱に何度引きずりこまれても、そこからどうにかして立ち上がり、蜂起を企てたが失敗した奴隷の指導者ジョン・ブラウンに寄り添い、強烈な光を浴びて、恐れることなく絞首台に立つことができると。そうすればゴルゴダの丘も、地平線上の幻影になるだろう。

　ウェイド青年、万歳。私たちの仲間へようこそ。

第三十八章　ダーラ・バビノー

ピエールは自分がどれほどの善人なのか気づいていない。ジョン・エンディコットがどれほどの悪人なのか気づいていないように。初めてピエールに会ったときから、あたしは彼がどんな家庭環境で育ったのか知っていた。父親はおらず、一人で家計を支えてきた母親は、何よりも愛する息子に、この世はつらく恐ろしい場所だと言い聞かせた。ピエールはそうした話のすべてを自分の心に刻みつけたが、おそらく小学校に入った最初の日に、いじめっ子によってそれが事実であったことを思い知らされただろう。

あたしは決して忘れはしない。ペカンの果樹園から馬に乗って現われ、片手にピストル、片手にライフルを持ち、手綱をくわえていたあの人の姿を。ヤンキーの一人は鞍に乗ったままお漏らしをした。恐れをなしていたのは、彼一人ではなかった。愛馬のヴァリーナに乗り、ピエールはかがり火を飛び越え、両手で銃を撃っていた。あたしはそのあいだずっと、この人はあたしの夫、この人はあたしの夫、この人はあたしの夫なのよと心の中で繰り返していた。

だってまさしくそうなのだから。あたしを助けてくれたあのときから墓に入るまで、それは変わらないだろう。ヴァリーナのお尻に乗ったとき、あたしはもう怖くなかった。しっかりピエールにしがみつき、背中の筋肉に顔を埋めて、服や銃口炎《じゅうこうえん》の火薬の匂いを嗅ぎ、両脚を彼に絡めて、肋骨をぎゅっと摑んで肩にキスをした。それからあの人の肌をなめてしょっぱい汗を味わったり、筋肉を嚙んだり、手を伸ばして後頭部に生えている髪の汗に触れたりしたくなった。

そのとき、散弾銃の銃声が聞こえた。中国の花火のような拳銃の音とちがい、辺りに響きわたる音だ。あたしのブラウスを散弾が突き破って体に入ってくるのがわかったが、痛くはなかった。なぜなのかはわからない。あたしはもう人間ではなくなったような気がした。空を飛び、両脚の下に地球があって、ヤンキーどもが逃げまわり、エンディコット大尉がまだ銃を撃っているが、その顔中に木っ端が突き刺さり、まるで山嵐《やまあらし》のようだ。けれどもあたしには、自分が死なないのがわかった。少なくともそのときには。それはピエールが瀕死のあたしに読んでくれた面白い物語のおかげだ。それはアーサー王と湖《レイク》の中に住む貴婦人《レディ》の話で、王は剣を使う必要がもうなくなると、貴婦人にそれを返すのだった。

あたしはピエールに、それはセントマーティン郡のレディ・オブ・ザ・レイクの話なのかと訊いたのを覚えている。そのとき彼は、「そうかもしれない。あるいはダーラ、きみみたいな人がいるところならどこでもそうなりうる」と言った。

あたしは「どういうこと？」と訊いた。

ピエールは答えた。「きみは特別な人なんだ、ダーラ。きみのような人の目には、魔法がある。俺といっしょに横になっていると、きみは輝いている。きみは朝に昇る太陽で、夜の星を瞬かせるのもきみだ」

彼にそう言われて、あたしにはわかった。あたしたちが離れることは決してないと。彼が死んで、あたしにほかの男ができたとしても、そんなことは問題ではない。その男はピエールにはなり得ない。その男はただの別の男であり、ほかの誰かであり、話をしたり、掃除をしたり、扉の番をしたりする人になるだけだ。

エンディコット大尉は納屋の隅から叫んでいた。「ニガー！　ニガー！　ニガー！」

あたしは何も感じなかった。

あたしたちは北軍と南軍の両方に追われている。そんなことは構わない。あんなやつら、くそくらえだ。集団であれ個人であれ、助けてくれた人たちのことが思い出される。平底船を漕いでいた三人の北軍兵が、たぶんピエールとあたしの命を救ってくれたのだろう。あたしの背中から銃弾を摘出してくれた医師は、コリンスの戦場で、あたしの夫とともに戦った。盗品の馬車を売ってくれた有色人種の男性は、ザ・ウォールズと呼ばれるバトンルージュの刑務所を脱獄してきた。牢屋は真っ暗で、鼠さえも白くなると言われているところだ。

　みんなは子どもだったころの気持ちを覚えているだろうか？　たとえきのうはどんなことがあろうとも、朝、目が覚めたら、きっときょうは特別な日になり、いいことがたくさんあるんじゃないかと思えたころのことを。いまのあたしはまさにそう思っている。きっといいことが起きるだろうと。

　あたしたちはカールトン・ヘイズ大佐の野営地まであと一マイルのところにいた。遠くに湖があり、湖の向こうにはミシシッピ川があって、夜明け前の薄明かりの中、野営地に霧が立ちこめ、そここに火が燃えて黒い煙が上がり、灰が漂って、六フィートも伸びた草を汚れた雪のように覆っている。その辺りには鰐がうようよし、しっぽを叩きつけて、饐えた泥のような臭い息を吐き出している。

　あたしたちには馬車を引く二頭の去勢馬がいて、ヴァリーナは後ろに繋がれている。今月三週目になってヴァリーナは発情期に入った。彼女は去勢馬といっしょにいたがるのだが、彼らはまだときどき頭の中をよぎる行為ができないので、少し騒ぎになることがある。

　野営地は、地元の人々に間欠細流《クーリー》と呼ばれる小川に沿って半マイルほど広がっているにちがいない。クーリーは大半のルイジアナの水路とはちがい、水はきれいで川床に小石や砂があり、比較的小型で穏やかな動物たちが水を飲みに来る。鰐は沼に棲み、腐敗臭がする動物の死骸や淀んだ水や流砂に囲まれ、水面には緑白色《りょくはくしょく》の地衣類が絵の具のように漂う環境を好むのだ。

　クーリーの両岸には食事を煮炊きする火が燃え、兵士たちが訓練したり、将校たちが馬の競争をしたりしている。あたかもここには平和が訪れたかのように。けれどもあたしにはわかっていた。あたしがカールトン・ヘイズに会ったことは一度もない。会う必要もない。有色人種の女はみな、ああいう手合いの白人を知っている。そういう男たちは自分自身を軽蔑しているだけではない。最大の犠牲者は家族だ。そいつらは自分の子種も、妻も、子どもたちも軽蔑している。そいつの家ではあらゆる問題を、剃刀の革砥《かわと》を鞭代わりに使って解決している。そいつの家に行けば、革砥がうなりをあげる音が聞こえるだろう。

　馬車は閉め切られて居心地がよく、あたしは出たくなかった。椅子はふかふかで、中にはフェルトが入っている。包帯は薬でごわつき、交換が必要だ。あたしは野営地のもっと手前で止まってほしかった。これから男たちの目にさらされるのはわかっている。あたしをレイプした男たちを別にすれば、いままでの人生で出会った最悪の人間は、あたしをいやらしい目で見てきた白人のクズどもだ。あたしが何もできないのをいいことに、やつらは目であたしの服を脱がせ、体中をなめまわすので、まるで触られているような気がした。あたしはやつらを殺してやりたい。そして殺す前に、手ひどく痛めつけてやりたい。そう思っているのはあたしだけではないだろう。

「大丈夫かい？」ピエールが訊いた。

「もちろんよ。あたしたちにお金はあとどれぐらい残ってるの？」

「たくさんあるよ」

「たくさんって、どれぐらい？」

「なんでもきみの好きなものを買えるぐらいだ」

　彼は硬貨を持っていた。ポケットでずっしりした金貨や銀貨がじゃらじゃら鳴っている。でも彼はあたしに、スアレス老人の財宝をどこに隠したか話していない。あたしからも、あえて訊いていない。もしあたしが隠し場所を知ってしまい、白人たちに捕まったら、無事でいられるはずがないからだ。

そうでないとは言わせない。一八一一年の反乱であたしたちがわかったのは、人間とは思えない連中がいるということだ。やつらは人間のような姿をしているが、そうではない。ニューオーリンズの外れの大農園《プランテーション》で働いていた祖母が、実際に見ている。祖母の話では、土手に沿って三十マイルも、杭に突き刺された首が並んでいたという。それよりひどい出来事もあったが、これ以上話さないことにしよう。

「これからどこに行くの、ピエール？」あたしは訊いた。

「昨夜、夢を見たんだ」彼は言った。「俺が手漕ぎ舟を漕いでいるときに、ある場所を見つけるという夢だ。きっとあそこが俺たちの新しい家になると思う」

彼がにっこり笑うと、まるで小さな男の子のようだ。あたしはそんなピエールを愛している。あたしは彼の手をとり、親指を口に入れて噛んだ。彼は笑い声をあげ、その顔は太陽の光のようだ。「なんでそんなイカれたことをする？」

「さあね」

そのとき、馬車に向かって歩いてくる男の姿が見えた。その顔は渦巻き模様を描いた骸骨《がいこつ》のマスクのようだ。あたしは彼を知っている。スアレス農園に一、二度来たことがあった。彼と決闘したことであたしの夫はとても罪の意識を感じているが、そもそもあたしの夫を白人のクズ呼ばわりしたのは彼の家族なのだ。あたしの夫は世界一の男だし、あたしはミスター・怖い顔に摑みかかり、頭をピクルスの樽に突っこんでやりたくなった。

あたしはピエールの腕を握った。まるでハムの燻製のような感触だ。「こんなところにいるのはよしましょう」

「俺は彼にすまなかったと言わなければならない」ピエールは言った。

「あいつが同じように謝ると思う？　金持ちは絶対に謝らないわよ。あいつらが奴隷を虐げてきたことを謝ると思う？　とんでもない、やつらはまだ始めたばかりだわ」

ピエールは長いこと、あたしを見つめた。「いったいどうして、俺みたいな人間がきみのような凛々しく美しい人に出会えたんだ？」

第三十九章　カールトン・ヘイズ大佐

わしはいまのなりゆきがまったく気に入らない。わしの指揮下には、見渡すかぎりのテントに九百人の兵士がいる。こいつらを束ねているのはわしだ。ほかにそんなことができる人間はいない。ナポレオンはなんと言った？　腹が減っては戦はできぬ、だったか？　まあ、似たようなことを言っていたはずだ。わしがこいつらを食わせているのだ。わしはこいつらに敬意を払っている。わしはこいつらに力も与えている。みんな、酒を飲まなくても戦える。食事や女を抱く楽しみがなくても戦えるだろう。だが、力がなくてはどうにもならない。あるいはその見せかけだけでも。

わしらが初めて本格的に〝解放〟した町は、ルイジアナとテキサスの州境《しゅうきょう》を流れるサビーン川沿いにあった。連邦離脱に反対票を投じ、女教師を町長にしたおかしな土地柄だった。夕潮のころ、沼地のほとりに沈みゆく赤い球のような太陽が辺り一面の枯れ木の森を染め、そのすべてがいまにも燃え上がりそうに見えた。馬を歩かせて町に入ったわしらは疲れ切ってうなだれ、まるで通りを這う影のようだった。その日はもう仕事をやる気がなく、誰かに害を及ぼすつもりもなく、辺りに興味を示すこともない。隊列の殿《しんがり》に引いている真鍮の大砲は時代遅れの遺物で、土産《みやげ》に置いていってもいいぐらいだった。

子どもたちが窓からわしらを見ていた。女が一人、わしらの前を横切り、そのあとを三本足の犬がついていった。風が吹きつけ、砂埃《すなぼこり》を巻き上げる。女も犬も走っていたが、その理由はわしにはわからなかった。通りにはペンキを塗ったばかりの教会があり、ひとつきりのランプが燃えている酒場もあって、三揃《みつぞろ》いの服を着た酔っ払いの男が一人、潰れたシルクハットをかぶって板張りの道に立ち、陽気な口調でわしらに何か叫ぶと、早口で喋りつづけながら道端で立ち小便をした。この町の能天気男らしい。

酒場の隣には古い木造の建物があり、二階にバルコニーがあって、どう見ても曖昧宿《あいまいやど》のようだ。元気のいい若い娘が二人ぐらいバルコニーに出てきて、ドレスやペチコートの衣ずれの音をたてたが、また姿を消し、半びらきの窓から笑い声が漏れてきた。当時は開戦初期で、ヨーロッパからアメリカ全土に広まったとされる性病のことなどほとんど知られていなかった。

そのころ、わしらは三十人もいなかった。戦時になると、町に行けば住民がわしらを食堂に連れていって飲み物を奢《おご》るなり、入浴させてくれるなり、親切な言葉のひとつでもかけてくれるのではないかと期待するものだ。だがここはまったくの静けさに包まれ、最悪の事態を想像させる。冷たい風がふたたび吹きはじめ、埃の臭いを運んでくる。太陽は赤いダイヤモンドさながら、粉々になって沼の水面に広がっていく。そのとき、雨粒がわしの額に当たった。わしは指で拭ってそれをなめてみたが、なぜそんなことをしたのか自分でもわからない。と同時に、部下の男の一人が曖昧宿の軒下で立ち止まり、わしと同じように顔に触れるのが見えた。ただしその部下は、若い女が立っているバルコニーを見上げていた。女のドレスが風で膝までめくれ上がっている。

「俺に唾を吐いたな、思い知らせてやる、このアイルランドの売女が」部下はそう言うと、拳銃を抜いて女を撃ち殺した。

それからわしらはみんなで撃ちまくり、町の住民も同じことをしてきた。やつらが撃ってこなかったとは決して言わせない。あいつらはわしらを殺そうとしていたのだ。わしは部下の男たちを誇らしく思った。戦いを仕掛けたのはわしらだったかもしれないし、そうではなかったかもしれない。解明するのは歴史家にまかせよう。それでもひとつ言っておこう。責任を誰かに押しつけてもいいことは何もない。戦争や戦闘が始まった経緯はどうあれ、いったん始まってしまったものはどうにかして終わらせないといけないのだ。終わらせるのが早ければ、それだけ早く平和を取り戻せる。わしの部下たちは町中に散開《さんかい》し、インディアンのように雄叫《おたけ》びをあげて窓もカーテンもバルコニーも屋根も撃ってまわり、しまいには墓地の墓石の陰に隠れようとした住民まで撃った。そいつらがなぜあんなところへ隠れようと思ったのか、わしにはいまだに謎だ。

こうして町は静かになり、最後の一発で雨水の溜め桶に隠れていた男を射殺すると、戦いは終わった。わしらは酒場で略式裁判を行ない、夜明けまでにはすべての案件に判決を下した。わしらの運んでいた大砲から鉄の砲弾を何発か撃ち、標的になった家や店には灯油をまいて火を放ち、町長だった学校教師や立ち小便をしていた酔っ払いには多少の悪行を働いたが、わしはそうしたことをほとんど心から締め出している。戦争とはそうしたものだからだ。

ところが、いまのわしが得られたのは、とてもこれまでの労苦に引き合うものではない。呪術《ブードゥー》的な力を持つ有色人種の女がわしの目を治してくれたが、わしの顔は頑として治そうとしない。わしの顔の半分は溶けた蠟に覆われているように見える。毎朝、鏡を見るたびに膿が顔に広がり、貝殻のように硬くなって、その上にある目は圧迫されてだんだん縮んでいくようだ。エジプトのミイラはこんなふうだろうか？

さらに奴隷制廃止論者の女がずかずかとわしのテントに入ってきて、わしのウィスキーをすべて捨ててしまい、わしを臭い猫の糞みたいに扱いおった。率直に言って、わしはどっちを向けばいいのかわからん。ウェイド・ラフキンはその知識と教養を使い、シェナンドー渓谷作戦でリー将軍やジャクソン将軍が用いた戦術を学んで、ナサニエル・バンクスのように無能な北軍の指揮官を出し抜き、おかげで部下の忠誠心はわしからあの男へ移ってしまった。わしはこのことでいたく傷ついた。わしは部下を、中世の農奴よりさらに悲惨な生活から救ってやったというのに。それは決して誇張ではない。わしの部下はみんな南部の貧乏白人で、中世の城壁の外で鍬《くわ》を振って野良仕事をする農奴と変わらない暮らしをしていたのだ。奴隷にされた黒人は大きな金塊と同じぐらいの値段がつく。ところが貧乏白人にはなんの価値もなく、大砲の弾みたいに使い捨てにされるだけだ。わしが助けてやらなかったら、そいつらはやがてテロリストの一味になり、解放された黒人を奴隷に戻す仕事に就いていただろう。

そんなことを考えていたら、まさにその貧乏白人が入ってきた。

「なんの用かね、ラングツリー軍曹？」わしは訊いた。

軍曹は敬礼し、気をつけの姿勢を取った。軍帽《ケピ》はかぶっていない。二挺のリボルバーをベルトに挿している。「白人の男と有色人種の女が馬車で陣営に近づいてきます、大佐殿」

「休め。なぜケピをかぶっていない？」

「大佐殿に敬意を示そうとしたのです」

「兵士が武装しているときには、建物やテントに入ってもケピをかぶったままだ。武装していないときには、ケピを脱ぐ。なぜだかわかるか？」

「いいえ、大佐殿」

「考えつづけるんだ。そうすればきっと理由がわかるだろう」

彼の顔は石のように硬く、目はわしの頭の後ろにあるテントの帆布を見たままだ。「ミスター・ラフキンが馬車に乗っている人たちに向かって歩いていきます。きっと大佐殿は知りたいだろうと思いまして」

「なぜミスター・ラフキンのやることなんぞをわしが気にせんといかんのだ、軍曹？」

「わかりません」

「おまえは理由もわからんまま、わしにそのことを教えに来たのか？」

「自分でも混乱してきました、大佐殿」

わしはその顔から目を逸らした。苛立ちが募ってきたが、原因はわからない。この少年兵を鞭で打ってやりたい。何度も打って、こいつの中にあるものを壊してやりたい。わしはテーブルの下で手を握ったりひらいたりした。「お前の家族はどんな人間だ？」

「その日暮らしをしていた人間です、大佐殿」

「それだけではあるまい。わしは知っておるぞ」わしは言った。「おまえは子どものころ、親父から昼も夜も折檻《せっかん》を受けていた。親父に言わせれば、おまえはろくなことをしていなかった」

「父はそんなことはしませんでした、大佐殿」

「嘘をつくな、若造。親父はおまえの体にみみず腫れを作り、おまえが小便を漏らして脚にしがみつき、やめてくれと頼むまでそれを続けた」

彼は泣くのをこらえ、歯を食いしばっている。

「思い出したかね？」わしは言った。

「イエッサー」

「おまえの親父はそのとき、これでおまえの自尊心はわしの脚を伝って流れ落ちたと言っただろう？」

彼は鼻をすすっている。「イエッサー。おっしゃるとおりです」

「ほら、ハンカチだ。それで顔を拭け」

「ハンカチはいりません、大佐殿。自分は戦士ですから」

「だったら、喉をひくつかせるのをやめるんだ」

「イエッサー」

「よろしい。ではとっとと出ていけ」

彼はわしに敬礼したが、わしは答礼しなかった。彼が出ていくと、わしは燦々《さんさん》と降り注ぐ日差しの中に足を踏み出した。体中が震えている。なぜか？　樹々のあいだから、ウェイド・ラフキンが話しかけている男の姿が見えた。その男はある日曜日の朝、バイユー・テッシュでわしを殺しかけた男だったのだ。同時にわしは、奇妙な感覚を覚えた。わしはまるで、表紙が閉じられようとしている本の登場人物になったような気がした。ページがめくれるのが見え、その中にいるわしの顔はまだ十九歳で、坂を上ってスペインが建てた伝道所に突撃するわしらに、メキシコ人どもが漆喰《しっくい》の壁の向こうから銃撃してくる。空は真っ青で、やつらのライフルの銃口から吹き出す煙が風に漂い、わしの心臓は早鐘を打っているが、それは恐怖のせいではなく、わしが古《いにしえ》の騎士たちのように造物主に愛されているという確信によるものだった。

わしは疑いなく、死の瀬戸際に立っている。しかしどういうわけか、死を恐れてはいない。わしの人生で最大の損失は、わしがしたことではなく、しなかったことにあるのだとしても。遠くから雷鳴のような轟きが聞こえる。どこかの大軍がわしを地球から追い出すために差し向けられてきたのだろうか。だが、わしはそんなことではうろたえない。戦争を始める連中は自らを落伍者だと告白している弱虫だ。その実行犯は死の商人であり、そいつらが戦争を起こすのは人を殺したいからではなく、まともな人生を送ろうとする勇気がなかったからだ。

第四十章　ウェイド・ラフキン

　ぼくが馬車の前で帽子を脱いだのは、たぶん礼儀というより、ピエール・コーションに醜く損なわれた顔を見せるためだっただろう。「きっときみも来ると思っていたよ」ぼくは呼びかけた。

「なぜそう思ったのです？」

「まだやり残したことがあるからだろう。あるいは、ほかに行く場所がないからかもしれない」

「だいたいそのとおりです、ミスター・ラフキン。友人のダーラ・バビノーを紹介させていただいてもよろしいでしょうか？」

「ミス・ダーラとはスアレス農園で一、二度お会いしたことがある」ぼくは答え、かすかに頭を下げた。「またお会いできて光栄だ、ミス・ダーラ」

　彼女はコーションの前腕に手を置き、正面を見据えたまま返事をしなかった。さっきからずっと遠雷のような音が聞こえてくる。というよりは地鳴りのような、ボウリングのピンが倒れるような音だ。空は砂《さ》塵《じん》が渦巻いて黄色に染まり、硫黄のような臭いが漂っている。メキシコ湾には大きな緑の雲がかかり、その中に稲光が見えた。コーションの目がぼくの顔に注がれているのを感じる。

「ぼくが何かお役に立てることは？」ぼくは訊いた。

「お詫びをしに伺いました」と彼は言った。「あなたは決闘を止めようとしていました。それは怖かったからではなく、良心のゆえです。それなのに俺は、忌まわしい行為を強行してしまいました。俺は決して自分を許すことができませんが、どうかお許しをいただければと思います」

ぼくはいったん彼から目を離し、遠くを見つめた。風がぼくの顔を冷やしてくれる。というより、まだ感覚の残っている顔の一部を。ぼくの脳裏には、バージニアの小川沿いの岩に座ってロバート・ブラウニングの詩集を読んでいた北軍の兵士と、ぼくが彼の肺を突き刺した銃剣が蘇った。不意に時間や場所や出来事の順序がわからなくなってきた。戦争前に送っていた人生は存在しなかったように思えてくる。一八六一年四月以降に起きたすべてが、教会のステンドグラスのようだ。足下で草地が動いているような気がする。きょうは何曜日だ？　安息日か？

「大丈夫ですか？」有色人種の女性が言った。

ぼくは自らの額に手を触れてから答えた。「ああ、大丈夫だ」けれども言葉は続かず、まるで話しかたを忘れてしまったかのようだ。コーションが馬車を降り、ぼくに歩み寄ってきた。「日陰に入りませんか？」彼は言った。「よろしければ、休戦がてら」

「なんと言った？」ぼくは訊いた。

「はい？」

「いま、〝休戦がてら〟と聞こえた。ぼくはバージニアで若い北軍の将校に似たようなことを言ったんだ」

「それはいいことをしましたね」彼は答えた。

「いや、きみはわかっていない。ぼくは彼を殺してしまったんだ。銃剣で胸を突き刺し、雪と氷の上に倒した。いまでも目に浮かんでくる。小川の近くだった。彼が詩集を手から落としたのも覚えている」

コーションとその恋人はぼくから目を逸らしたが、その目に浮かぶ同情と困惑の色は隠せなかった。ふたたび地鳴りのような音が聞こえ、ぼくは近くにある町の林で小さな妖精たちが九柱戯《ナインピンズ》（ボウリングの原型）をして遊んでいると思いたかったが、ワシントン・アーヴィングが小説に書いたような魔術的な伝説はぼくたちの時代から姿を消し、ヨハネの黙示録の四騎士に取って代わられた。その騎士たちはぼくと同じ傷に耐えているのだろうか。きっとぼくは、ようやく自分が担う役割を見出したのだろう。いや、自責の念に囚われるのはこれぐらいにしておこう。さらし台は、愚か者と自分の苦しみを楽しむ者たちのためにあるのだ。

「ぼくに詫びることはない、ミスター・コーション。きみは伯父からひどい扱いを受けたんだ。それに決闘の段取りを整えたのはぼくのほうだ。きみのせいではない。ミス・ハンナとミス・フローレンスもここにいる。二人とも、きみに会えて喜ぶだろう」

「もうひとつ、お知らせがあります」彼は言った。「エンディコットという人物を知っていますか？」

「伯父と伯母の家をめちゃめちゃにし、ぼくに銃弾を撃ってきて、使用人居住区にいた母親と幼子を殺した人物だ」

「その男がこちらへ向かっていると聞きました」彼はそう告げた。「大勢の兵士を引き連れて。俺たちを追ってきているのかもしれません」

「本当か？　なんと言っていいのかわからない」ぼくはコーションの首の骨を折ってやりたくなった。

「あなたは悪人ではありませんね、ミスター・ラフキン」彼は言った。

「どうかウェイドと呼んでほしい」

ぼくは二人にテントと寝台を手配し、ミス・ハンナとミス・フローレンスはミス・ダーラの背中の包帯を交換して、配給の食料をたっぷり持ってきた。北軍は熱気球を使用することで、戦術の飛躍的進歩を遂げていた。沼地の東側から気球を打ち上げ、籠から地上まで電信線を伸ばし、こちらの部隊の居場所を突き止めるのだ。その部隊は甚大な被害を受け、とりわけ著《いちじる》しく士気が低下した。正規の南軍も被害は受けているはずだが、当面は好都合だろう。榴弾砲《りゅうだんほう》の砲弾がどこからともなく飛んできて朝食のテーブルに落ちてきたら、こちらはたまったものではない。

しかも、榴弾砲の砲兵が単に気晴らしをしているのか、それともシャーマンが目標を変更してミシッピ州を横断し、本気になってわれわれを殲滅《せんめつ》にかかっているのかはわからない。そのような噂も聞いているからだ。より簡潔に言えば、われわれは北軍と南軍の双方から厄介者とみなされている。非正規軍を統制するのは容易ではないからだ。たとえばこんな状況を想像してみてほしい——太陽が西に沈んで暗くなる前に、わが軍の食事を煮炊きする火を、小川の土手から運んできた湿った土で消したとする。ところが黄昏時になって、酔った二、三人の兵士が偵察気球を狙い撃ちしはじめたとしよう。敵の榴弾砲はほぼ一マイルの距離に配置されており、酔っぱらいの兵士がみすみす居場所を明かしたせいで、わが軍は眠れぬ夜を過ごすことになる。こんな足手まといの兵士がいる部隊なら、たとえ味方でも宣戦布告したくなるのではないだろうか。

午後になっても、ぼくの感覚は午前中と変わらなかった。地球はぼくたちの下で回転しつづけている。空の緑色や塩け臭い空気や遠くの雨といった徴候を見落としてはならない。自然界は大聖堂そのものだ。太古の人々の頭上を覆っていた樹々の天蓋は天と教会を繋ぐ枷《かせ》で、苔むした石は柔らかな会衆席だ。十九世紀に興った産業資本主義は、自然の教会をぼくたちから奪ってしまった。

ぼくの考えでは、戦局の帰趨《きすう》を決する戦いは来年の一八六四年に行なわれるだろう。シャーマンはテネシー州を封鎖し、ジョージア州を経てサウスカロライナ州へ進軍し、南部を遺体安置所に変える。これは単なる比喩ではない。きっとシャーマンは飢餓と窮乏を武器にするはずだ。

それにもかかわらず、名誉は名誉であり、義務は義務なのだ。ぼくの目にシェイ・ラングツリー軍曹の姿が見える。痩せ細った体をかがめて馬に乗り、森へ続く長い坂を飛ぶように駆けて、軍帽《ケピ》を肩になびかせている。ぼくにはこの少年兵がなぜカールトン・ヘイズのような男のそばにいるのかわからない。あの大佐は彼に底意地の悪い態度を取りつづけ、機会さえあれば彼を辱めているようだ。ぼくの見るところ、大佐は彼自身とこの哀れな少年を重ね合わせているのだろう。

馬がまだ動いているのに、彼は鞍から地面に降りた。

「おい待て、軍曹！」ぼくは言った。「二人とも馬に蹴られるところだぞ！」

「二マイル向こうに北軍の歩兵隊がいます、ミスター・ラフキン」

「人数は？」

「わかりません。森の外れに散兵線《さんぺいせん》を設けていました。それ自体は怖くなかったのですが、連中は両翼に騎兵隊を配置し、土手に少なくとも六門の大砲を並べていました。そういうのをなんて言うんでしたっけ？」

「挟撃《きょうげき》部隊か？」

「イエッサー。確か、バージニアで南軍のなんとか将軍がそれを使ったんでしたね」

「たぶんジャクソン将軍だろう」ぼくは言った。「名前はまあいい。ひとまず、きみは休んで少し落ち着いたほうがいいだろう」

「ヘイズ大佐の言うことを聞いていたら、俺たちみんな死んでしまいます、ミスター・ラフキン。俺はそんなことのために入隊したんじゃありません。伝令をさせられるのも、うんざりです」

彼の顔つきは、まさかりの刃のように鋭い。「伝令？　どういうことだ、軍曹？」

「森に北軍の兵士がいるのを望遠鏡で見つけたんです。それで俺は全速力で馬を飛ばし、五分後に小川を猛スピードで渡ろうとしたら、ヤンキーの騎兵どもが木と木のあいだにロープを張っていて、俺が止まらなかったら首が切れるところでした」

彼は話しているうちに興奮して目の焦点が合わなくなり、まるで大佐のようだった。三六口径リボルバーを二挺携えているが、どちらも革紐のホルスターに収まっている。

「北軍兵に銃を奪われなかったのか?」

彼は唇を湿らせて答えた。「いいえ。俺は銃を抜こうともしませんでしたから。ほかに選択肢がなかったんです。抜いていたら、やつらが撃ってきて鞍から吹き飛ばされていたでしょう。そいつらの将校から、あなたにこの手紙を渡してくれと言われました」

彼はシャツのポケットから折りたたんだ紙を取り出し、ぼくに手渡した。まだ息をあえがせ、うっすら伸ばした顎鬚が上下している。目を伏せ、ぼくの顔を見ようとしない。臆病者と罵られるのを恐れているのだ。

「よくやってくれた、軍曹。その将校は名前を言っていたか?」

彼は深呼吸した。「いいえ、言いませんでした。整った顔立ちでしたが、薔薇の藪でも通り抜けてきたような顔をしていました。発音はミス・フローレンスに似ていました」

「ボストンの発音ということか?」

「俺にはわかりません。その将校は鞍を下敷きにして手紙を書いていました。ペンと紙を持ち歩いていたようです」彼はさらに話そうとしたが、そこでやめて虚空を見た。

ぼくは二枚の手紙をひらいた。そこに書かれた字は流麗《りゅうれい》な筆記体で、大文字には渦巻があり、背の高い小文字は小さなナイフのように尖っている。文面はこうだった。

親愛なるミスター・ラフキン
貴殿とご家族がご不幸を耐え忍び、立ちなおることを願っています——ラフキン家の三人兄弟がチッカモーガで戦死を遂げられた悲劇から。われわれが戦争で敵味方になってしまったのは残念なことです。われわれは同じ英国系の血統を持ち、平和な時代なら親友になれたはずだと思うからです。

さて、小生《しょうせい》は不正義を正し、悪党を処罰して、ニグロの幼子が母親の下へ戻れるよう手を尽くしたいと存じます。貴殿にその手助けをしていただけないでしょうか？　きっと貴殿も、小生がいかなる出来事や人物に言及しているかはお察しでしょう。ピエール・コーション巡査は小生の麾下《きか》にあった合衆国陸軍の兵士を数名殺傷しました。目下、彼はダーラ・バビノーとともに、カールトン・ヘイズの山賊一味のところへ逃げこんでいます。

その他の関係者の罪は不問とします。おそらく、戦争はさほど長引くことはないでしょう。終戦の暁《あかつき》には、大赦《たいしゃ》が実施され、誤った判断により罪を犯した人々が釈放される可能性もあります。それは一向に構わないのですが、コーションは断じて赦免されるべきではありません。

ハンナ・ラヴォーと彼女の息子のことは聞き及んでいます。その息子はミシシッピ州の西側の孤児院にいます。ここからさほど遠くない場所です。小生はその子をこの手に抱いて、母親の腕に戻してあげることができます。しかしそのためには、まず彼女自身と逃亡者の黒人ダーラ・バビノーと殺人犯ピエール・コーションが投降しなければなりません。

小生が確信するところ、バビノーとラヴォーは釈放されるでしょう。しかしコーションは投獄され、絞首刑にされるまで留め置かれるはずです。子どもが生きている証拠をお望みでしたら、白旗の下で子どもを母親に見せましょう。明日午後三時、いま小生がいる場所へ貴殿からの代表団をよこしてください。

貴殿は紳士です。しかし、貴殿の周囲にいる男たちは紳士ではありません。その男たちを貴殿の重荷にすることなきようお願い申し上げます。

敬具

ジョン・エンディコット大尉

ぼくは手紙を折りたたみ、シャツのポケットに入れた。ラングツリー軍曹は茎の長い草を嚙んでいる。「何か俺にできることはありませんか、ミスター・ラフキン？」

「きみはライフルでどれぐらい遠くのパイ皿を撃てる、軍曹？」

「射撃はそんなにうまくありません。ひとつ個人的な意見を言ってもよろしいでしょうか？」

「なんなりと」

「俺の考えでは、あの将校はお高く止まった、偉ぶったやつです。そいつは手紙を書き終えると、おつきの軍曹に手渡して、その軍曹が俺に手渡しました。まるで俺が汚いみたいに」

「きみは気立てのいい若者だ」ぼくは答えた。「テキサスには、その大尉みたいな男にふさわしい言いかたがある。ぼくの記憶では、〝卑劣漢《サイドワインダー》〟だ」

「イエッサー、おっしゃるとおりです」彼は顔をほころばせた。

野営地に歩いて引き返しながら、ぼくには気圧計の数字が下がり、雷雲が大きくなり、波が大量の海藻を砂浜に打ち上げるときのように、塩けを含んだ臭いがさらに強まるのがわかった。ピエール・コーションの存在は事態を複雑にしているが、ぼくは彼を責めるつもりはないし、彼に重荷だと感じてほしくもない。ハンナ・ラヴォーがテントの前にたらいを出し、服を洗濯している。ぼくが近づくと、彼女は顔を上げ、笑みを浮かべた。

「ジョン・エンディコット大尉が、息子さんの居場所を知っているそうだ、ミス・ハンナ。彼は、きみが息子さんに会ってもいいとも言っている。ぼくの考えでは、あの男は信用ならないし、事をどう進めていいのか確信が持てない。それでもぼくは持てる力をすべて使って、息子さんがきみのところへ戻れるようにしたい。神よ、どうか助けたまえ」

彼女は洗濯物を取り落とし、エプロンで手を拭いた。その両手は牡蠣の殻剝きで傷つき、シャツの上のボタンを留めていないので乳房が見える。「神に祈らなくてもいいんです、ミスター・ウェイド」彼女は答えた。「神はご自分の子どもたちの誰が善良で誰がそうでないのか、よくご存じです。ですから恐れないでください。神は決してわたしたちを見捨てることはありません」

ぼくたち白人が優越した人種だって？　なんという冗談だ。

第四十一章　ダーラ・バビノー

あたしにはわかる。エンディコットはあたしたちを苦しめ、仲を引き裂こうとし、あたしたちの中にある最良のものまで利用して攻撃してくるだろう。あの男はそういう行為の達人で、髪の毛から爪先まで悪に染まり、遠くから人を傷つける方法を知っている。ふだんは小さい男のくせに、怒りを膨らませたときだけは大きくなるのだ。まるで膿が溜まった腫れ物みたいに。

本当はあたしだって怖い。ピエールがスアレス家から盗んだ金の皿や銀器や宝石の入った樽を、エンディコットはルイジアナの半分を掘り返してでも見つけ出そうとするだろう。金のためだけではない。エンディコットはよくあたしに、彼の家族はメイフラワー号でニューイングランドに来て、先祖は植民地で最初の知事を務めたと言っていたが、下士官から聞いたところでは、エンディコット大尉の両親は年季奉公の召使《めしつかい》で、先祖はセイラムの魔女裁判（一六九二年、マサチューセッツ州の村で二百人近くの住民が魔女として告発され、十九人が処刑された）に関わり、隣人に不利な証言をして刑を逃れたようだ。

あたしはすでに、あの男が上流階級ではないことぐらいわかっている。どうしてかって？　あいつは歯に隙間があるのだ。歯に隙間がある人間は上流階級ではない。それにあいつは、マナー事典や正しい話しかたの指南書を鞍嚢《あんのう》に入れている。あたしは夜中にあいつが部屋の片隅で唇を丸めて発音する練習をしているのを見た。

おお、主よ、あたしがこんなことで頭を一杯にしている理由は、ひとつだけです。それは、何か恐ろしいことが起きるのが怖いから。たとえば地球があたしを地の底へ引きずりこもうとするような。

世界中のあらゆる力があたしと夫を引き裂こうとするような。社会だけでなく自然界全体があたしたちを攻撃してくるような。聖書に書かれている約束は実現せず、あたしたちがエデンの園を取り戻せる見こみはなくなるかのような。

あたしは一度、狂った白人たちが教会で歌っているのを聞いたことがある。「神はノアに虹の印をお与えになった、今度は洪水ではなく、火が襲ってくる」と。彼らはそうなるのを心待ちにしているのだ。なぜかって？　ほかの人たちが自分たちより金持ちなのを妬《ねた》んでいるから。

その人たちに、ひとつ知らせてあげよう。それは近づいている。けれども、その人たちの想像どおりではない。空気が塩け臭いのがわかる？　それは掘ったばかりの墓と同じ臭いだ。棺桶に入れられなかった死体が湿った土に埋められ、白い蛞蝓《なめくじ》がうじゃうじゃたかっている臭い。あるいは動物の死骸や鰐の卵で一杯の沼に流砂が起きたときの臭いだ。

あたしのまわりにそんな臭いが立ちこめている。でもピエールにはその臭いがわからない。それは彼が、あたしたちは南の海を渡り、南十字星の下にある島へたどり着けると信じているからだ。そしてその星の下の海は暗い赤ワイン色に見えるにちがいない、とあの人は言っている。彼は大地を崇拝し、季節が持つ癒しの力や、岩のあいだに溜まった泉から得られる恵みを信じている。あの人は実際に口に出してそう言う。あたしは彼のそういうところも愛している。

あの人と言い争うつもりはない。言い争ったからといってジョン・エンディコットが消えてくれるわけではないからだ。あの男はミスター・ウェイドもハンナもミス・フローレンスもピエールもあたしも、それに幼いサミュエルも破滅させるためにここへ来ている。神を破滅させる力があれば、あいつはまちがいなくそうするだろう。

こんなことを終わらせる方法はひとつしかないと思う。男たちはあたしに、言葉にできないようなことをしてきた。あたしが許せば、男たちはいつまでもそうするだろう。男たちが死ねば、二度とそんなことはできなくなる。

あたしは歯に隙間がある大尉に近づき、あいつがどう思っているのか確かめてみたい。いま、あたしのところへピエールが来る。食べ物やあたしの背中に塗る薬を持って。

「どうして泣いているんだい？」彼が訊く。

「泣いてなんかいないわ。あたしたちが恵まれていることに感謝していたの」

ピエールはあたしの頭にキスした。近くのテントからみすぼらしい白人たちがあたしたちを見ていたが、目を逸らした。きのう、あの人たちはこっちを睨んでいた。でも、あたしのほうから話しかけてみた。あたしは簡単に紙をまっぷたつに切れる鋭いナイフを持っている。あたしは馬鈴薯の皮の剝きかたを見せてあげた。あの人たちはじっと目を注ぎ、見せてくれてありがとうと言った。


翌朝になった。日差しは季節外れなほど暖かく、森はちらほら紅葉し、野原の草は少し色褪せ、沼地や小川からは霧が立ちこめて、メキシコ湾の上空では紫のインクのような雲が広がっている。雨が近づいているのだ。

そこらじゅうが蒸し暑く、ブラウスにあたしの体臭がこもる。ピエールは一晩中眠れなかった。それはミスター・ウェイドが包み隠さずに話さねばならないと言い、ジョン・エンディコットが手紙に書いてきたことをすべて明かしたからだ。つまりハンナとあたしとピエールはエンディコットに投降しなければならないが、ミス・フローレンスは罪を問われることなく、ミスター・ウェイドもニューオーリンズのホテルで男の頭を砕いたことを心配しなくてすむと。

やっぱり、あたしが言ったとおりになった。ジョン・エンディコットは丘の上に陣取り、麓の人々を争わせて互いに絞殺させる方法を知っているのだ。

ミスター・ウェイドはエンディコットと取引するつもりはいっさいないと言い、ミス・フローレンスも同じことを言った。ハンナは何も言わなかった。彼女が知っているのは、息子が近くにいるということだけだ。彼女は蠟燭の火のように明るい表情をしている。でもあたしの考えでは、彼女が喜ぶのはまだ早すぎるだろう。

けれども、ほかにもさまざまな出来事が起きている。噂によれば、フォレスト将軍がミシシッピ州全体の司令官になったので、将軍がヤンキーどもを一人残らず追い払ってくれるらしい。でも、そうなるとは思えない。北軍のグラントがヴィクスバーグを占領したときには、鉄道網が寸断され、町全体が飢餓に苦しんだ。つまりヤンキーどもは、いまもミシシッピ川全体を掌握しているのだ。焼け残った煙突が雑草から突き出しているだけの農地を占領したところで、川を通って綿花を運び出せない以上、なんの意味もない。フォレスト将軍は賢い人らしいので、何か解決策があるのだろうが。

ところでここの指揮官とされている人は、すべての話し合いから除外されているようだ。いま、その人は何やらぶつぶつ言いながら歩きまわっている。その顔の半分は、誰かに踏まれた苺《いちご》のケーキのようだ。彼はあたしが誰なのか、二度も訊いてきた。あたしはピエールとハンナの友人で、ここに迎え入れていただいて感謝していますと答えた。彼は帽子を取ってお辞儀すると、あたしたち全員を夕食に招待したいが、テーブルの客が気分を悪くしないよう、ハンナに頼んでわしの顔を治してもらえないだろうかと言った。彼にはとてもじゃないけど言えないが、あの顔を治す方法はないと思う。頭を鋸で切り落として川に投げこめば、少なくともあの顔とはおさらばできるだろうが。

午後三時が近づくころ、あたしたち全員がジョン・エンディコットとの待ち合わせ場所に到着した――ミスター・ウェイド、ピエール、あたし、ハンナ、ミス・フローレンスが。風はメキシコ湾からまっすぐ吹き、水たまりや温かい砂に閉じこめられた小魚のような臭いがしてくる。確か、きょうは金曜日のはずだ。どうしてそんなことを思ったのか、自分でもわからない。あたしの心臓は飛び出す寸前で、息ができなくなりそうだ。

不思議なことに、あたしが最も信用できるのはミスター・ウェイドだ。彼は悪人どもに取りこまれることはない。あたしはピエールを愛しているが、彼の善良さは弱点でもある――彼は自分が古代ローマ人に十字架にかけられ、ハンマーで手足に釘を打ちこまれても黙って眺めているような人だ。ミス・フローレンスも同じだ。彼女に結婚する気はなく、子どもを産みたいとも思っていないので、彼女が授かったものは自らの命だけだと思っている。そういう考えかたはよくない。

ハンナの心は来世にある。しかしいまは、来世に思いを致すときではない。いま、ここにあるものを守るべきときなのだ。ジョン・エンディコットが樹々のあいだから、馬に乗った八人の男たちとともに出てきた。一人の軍曹が白旗を結んだ旗竿を持っている。兵士たちの誰一人として、その汚い下着に見合うほどの価値もなさそうだ。やつらは本当に汚い。

ピエールとあたしとミス・フローレンスは馬車に乗っている。ハンナはミスター・ウェイドの後ろで馬にまたがっている。けれどもあたしの目には、幼い子どもの姿はどこにも見えない。ジョン・エンディコットの嘘つき、とあたしは内心でつぶやいた。みんな、そのことがわからないの？　それだけではない。ジョン・エンディコットは服をすっかり着替えている。まるで役柄を変えた俳優のように。黒っぽい帽子、空色の綿のシャツ、首には黄色のスカーフ、そして鹿革のコート。足には歯輪《しりん》のついた拍車をつけ、大佐と似た海賊のようなブーツを履いていた。

「子どもはどこだ？」ミスター・ウェイドが訊いた。

「いまにわかる」エンディコットが答える。

「さっさと子どもをここへ連れてこい、大尉」ミスター・ウェイドが言った。

「バビノー、ラヴォー、コーションの身柄を引き渡すのに同意するか？」

「同意するとはひと言も言っていない」ミスター・ウェイドが言った。そして片手を上げた。次の瞬間、三、四十人の馬に乗った男たちが、日差しを受けて紫や金に染まるサトウキビ畑から姿を現わした。男たちの長い髪が軍帽《ケピ》から垂れ下がり、鞍の前橋から拳銃が突き出している。顔は陰に覆われ、背筋が伸びていた。

「ほほう、大軍を連れてきたな、ミスター・ラフキン。しょせん、その程度の男だったか」ジョン・エンディコットが言った。「しかし、いまは用件が先決だ。きさまは無罪放免のチャンスをありがたく受け入れるつもりはないのだな？」

「そのとおりだ。しかし、おまえが抵抗を放棄するならありがたく降伏を受け入れよう」

ジョン・エンディコットの馬が輪を描いた。「わたしを甘く見ているようだな。わたしが目標を定めたら、何者にも邪魔させはしない」

その言葉を合図に、さらに大勢の北軍兵がいっせいに樹々の中から現われた。騎兵もいれば、歩兵もいる。あたしのふくらはぎが震えた。そのとき、一台の馬車が木陰から出てきた。一頭の馬に引かれている。一人の白人女性が席に座り、膝に幼い子どもを抱えていた。子どもは蚊よけのショールに包まれている。

「その馬に見覚えは？」エンディコットが訊いた。

ヴァリーナだ。ピエールがあたしの隣で体をこわばらせる。あたしはピエールの腕に手を置いた。

「きさまの鼻先をかすめてわれわれが盗み出したのさ、ミスター・コーション」ジョン・エンディコットが言った。「何か言うことはあるかね、このうすのろ？　馬車に乗っている女は、バトンルージュで投獄されていた精神病質者で、自分の子どもを絞め殺した女だ。幼い子どもはサミュエル・ラヴォー。ひとつ警告しておこう――言動にはくれぐれも気をつけることだ。わたしはいっさい情けをかけない。試しにやってみせようか？」

エンディコットの馬が彼の下で飛び跳ねている。神経を尖らせ、怯えているので、エンディコットは手綱を引いて馬を制御しなければならなかった。ハンナはもう、ミスター・ウェイドの鞍の後ろから降りようとあがいている。ピエールの顔からは血の気が引いていた。拳銃は馬車の床に置いてあるが、ジョン・エンディコットを挑発するようなことはしなかった。

あたしはジョン・エンディコットを殺してやりたい。あたしにはそれができる。あの男は寝室で邪悪な生き物たちを解き放ち、信じがたいほどの痛みをあたしに加えてきたのだから。あたしはジャケットの中からナイフを取り出し、腰の後ろに持って馬車を降り、歩いて北軍に近づいた。

あたしは顔にも目にもなんの表情も浮かべなかった。エンディコットがあたしをどうするつもりかはわかっている。延々と激しい責め苦を与えるのだ。それが終わったとき、あたしはぼろ切れ同然になり、誰もあたしだと気づかないほど変わり果てた姿になるだろう。

「あたしは投降するわ、ジョン大尉」あたしは呼びかけた。「だから誰も傷つけないで。言われたことはなんでもします。お願いだから、ピエールの馬を傷つけないで」

あたしは彼の顔を見た。それから、最後になるかもしれない祈りを天に捧げた。

主よ、いまは金曜日の午後三時です。あたしが何をしようと、あなたはあたしを地獄に落とさないとわかっています。ハンナが言ったように、あたしたちはすでに神の王国にいるのです。あたしは大切な夫と、狂った女の腕にいる幼い子どもを守りたいだけです。お力を貸してくださるあなたに感謝し、あたしは自分のなすべきことをやります。きっと乱暴なことをするでしょうが、どうかお許しください。アーメン。

第四十二章　カールトン・ヘイズ大佐

一体全体、何事だ？　風の中で銃声が聞こえる。小火器なのはまちがいない。さらに遠くから大砲の砲声がこだまし、続いて空中で爆発する音が響いた。砲兵が砲弾の導火線を短く切りすぎ、弾を無駄にしたということだ。きっと蛙に榴散弾が降り注いでいるだろう。わしの部下どもは大混乱に陥り、どうすればいいかわしに指示を仰ぎ、大声でわめきたてている。これまでの訓練は、いったいなんのためだったのだ。わしは部下どもに隊列を作れと言った。だが次の瞬間、砲弾がテントを直撃し、料理人を吹き飛ばして、大鍋に入っていた隠元豆《インゲンマメ》が木の幹に飛び散った。副官どもは奇襲になんら対処できていない。わしの剣さえも見つからなかった。剣もないのにどうやって突撃の先頭に立てるのか？　なんということだ、歴史に名を残せる千載一遇《せんざいいちぐう》の機会かもしれないのに。

それはゲティスバーグの戦いで、セメタリーリッジに突撃したジョージ・ピケットが成し遂げたことだ。ただし、やつが突撃させた兵士の半数以上が死んだ。わしは一八四七年のメキシコ戦争の激戦地チャプルテペックでこの男を知った。わしの印象では、こいつはうすのろで権力を与えるとろくなことにならないと思っていた。そのうち、誰もが卑劣な野郎だと気づくにちがいない。わしは軍を愛している。生涯の大半は軍を愛して過ごした。軍のほうでももっとわしを愛してくれればよかったのだが。

戦場は臭いでわかる。火薬の臭いのことではない。戦場に誕生日はない。過去、現在、未来にわたり、戦場は死者を飲みこむだけだ。海が水を飲みこむように。ただし、海は自らを浄化し、その純粋さで傷ついた者を癒して、鼠海豚《ネズミイルカ》に死者の護衛をさせる。海はわしらの母であり、わしらの最悪のものをその乳房に取りこんで子宮で再生し、あとから海底の砂でわしらを遊ばせてくれる。わしは十六歳のころ、クリッパー船で難破したときにそれを知った。戦場は葬儀屋の喜びであり、群れの数を減らすために使われる道具だ。そして、そこに咲く芥子《ケシ》の花は死者の養分から育つ。

南北戦争以前にあった貴婦人や騎士の世界は、揺れる大地に建っていた煉瓦の家のようにもろくも崩れ落ちた。わしは死神が実在すると思うし、現にそいつはいま、わしらの只中《ただなか》にいる。わしだって死神を恐れないわけではない。わしは死神が戦場を駆けめぐり、ときには灰燼に帰したメキシコの村で休んでいるのを見た。そいつは実に醜い男で、目が爛々と輝いていた。死神に触れられた者はみな、そいつには鋭い爪があり、息は氷水のように冷たくて、骨の髄から震えるほどの悪臭がすると言う。

わしのまわりで、大勢の人間が死んでいった。排水溝や外科用テントで、母親に会いたいと言いながら。だが、死はわしになんの興味も示さなかった。いつでも好きなときに連れていけると思ったのだろうか。わしは虚栄心から、侮辱されたと感じた。そして煉瓦の柵に座り、北軍の兵士三人がほぼ二十分にわたって銃撃してきたあいだ、のんびり昼めしを食っていた。そいつらの弾がなくなると、わしはズボンを下げ、そいつらに尻を向けて、健康のための日課に取りかかったものだ。

ようやくわしの番がまわってきたのだろうか？　耳元に静けさが漂い、頰を羽毛に撫でられるような瞬間が訪れるのか？　わしにはわからない。部下たちに訊きたかったが、みんな森に向かって銃を撃った挙句、連発銃の弾丸が足りなくなったので慌ててマスケット銃に着剣している。ミニエ弾を受けて倒れている者もいる。その弾には敵兵の糞便やにんにくがついているかもしれない。

わしは自分のテントへ行き、戦闘旗を広げ、テントの柱に結んで旗竿にし、戦場へ向かって行進を始めたが、誰もわしに注意を向けていない。部下たちは木から落ちた果物みたいに周囲を転げまわっている。立ちこめる煙が目に沁み、肺はガラスを詰めこまれたように痛む。手に持った即席の旗竿は、銃弾が旗に当たるたびに跳ね上がった。銃弾がうなりをあげて森へ飛んでいく。硬い地面に鈍い音をたてめりこむ弾もあれば、少年兵に当たる弾もある。すでに体を丸め、黄泉《よみ》の川を渡る順番を待っていた少年の悲鳴が聞こえる。

行く手では、騾馬《らば》や馬が無人の鞍をつけたまま、血走った目で戦場を逃げ惑っている。辺りには馬の皮が飛び散り、鐙《あぶみ》が宙を飛び、内臓がこぼれ落ち、蹄に自らのはらわたが絡まっている馬もいた。それなのに、死はわしに目もくれず、憐れみや嘲笑とともに置き去りにしていく。わしは侮蔑され、墓場にさえ拒まれたようだ。

第四十三章　フローレンス・ミルトン

どこからこんなに大勢の兵士が来たのだろう。黄色い煙は硫黄のような臭いがし、野戦病院の奥にあった焼却炉を思い出す。いま私《わたくし》の目の前で起きている出来事はどこか現実離れし、いかなる大義も由来も合意もなく、自然界の掟や人間の行動規範に外れたものに思える。

まるで悪夢を見ているようだ。ダーラとハンナは二人ともジョン・エンディコットのほうへ向かっている。エンディコットがミスター・コーションの牝馬の耳を撃ち、馬は後ろ足で立って、自分を馬車に縛りつけている輓馬具《ばんばぐ》や竿や革紐を引きちぎろうとしているからだ。土手に並んだ大砲が次々に火を噴き、砲身と車輪が地面から浮き上がる。砲兵が顔をそむけ、耳を指で塞ぎ、猿のように眉間に皺を寄せている。

私も馬車を後ろ向きに降りたが、足下がおぼつかず、老婆のようによろめいた。ハンナが乗りこもうとしている馬車では、バトンルージュの精神病院から連れてこられた女が黒人の幼児を抱いている。その女は怯えた顔つきで馬を鞭打ち、樹々の中から抜け出そうとしていた。その無垢な青白い目は、本当に正気を失った者だけが宿す光だ。その女は幼児をわが子と思いこみ、自暴自棄になって子どもも彼女自身も殺してしまうのではないか。そのときミスター・ラフキンが馬を降り、手綱と結びつけた繋ぎ縄の錘《おもり》を地面に落とした。その錘は象の頭のような形をしている。ミスター・コーションはエンディコット大尉に刃向かおうとするダーラを止めようとしていた。

やにわに、あらゆる音や動きが止まった。私は口をぱくぱくさせ、精一杯息を吸いこんでみたが、なんの効果もなかった。ゴムの木や湿地性の柏《かしわ》に吹いていた風も、まるで風景画に描かれたようにぴたりと止まった。私は地獄へ落ちたような気がした。あるいは天国と地獄のあいだ、まさに私たちが生きている場所、不協和音や騒音や破滅的な選択に満ちている場所にいるような。

それから砲声がふたたび轟き、まわりの誰もがそれぞれのやっていたことを再開して、私は現実に引き戻された。

コリンスを別にすれば、いままでこれほど大勢の兵士を見たことはなかった。ヘイズ大佐の非正規兵たちはサトウキビ畑の縁で猛攻撃にさらされている。彼らは隠れる場所もないまま、片膝を突いて銃を撃ち、一人、また一人と横ざまにばったり倒れていく。まるで疲れ切り、ちょっとひと休みするかのように。遠くでは、より多くの北軍兵が銃剣を装着し隊列を組んで前進し、後方ではすでに救急馬車が待機している。南のメキシコ湾に目を向けると、灰色の軍服を着た南軍兵の姿が近づいてくる。開戦の一年目以降、この軍服はめっきり見なくなったのだが。彼らが何者で、どうやってここまで来られたのかはわからない。ひょっとしたらフォレスト将軍が、主戦場をジョージアやサウスカロライナへ移動させようとするシャーマンの企てを阻止すべく川を渡ってきたのかもしれない。とはいえ、フォレスト将軍は白血病にかかり、鞍の上でみるみる痩せ衰えているという噂もあるのだが。

こんなことを言ってもいいだろうか？　きっとこの光景は、私たちの国が最終的に辿る運命の前触れなのだと思う。文明は太陽に従う。私たちは目の前にあるものを焼き尽くして進み、アメリカ大陸の反対側まで行き着いた。私たちはどれほど多くのものを奪い、どれほどおびただしい生き物を殺しても、満ち足りることはない。太平洋へ消えていく融解した天球は、私を身震いさせるような残光を含んでいる。

と、激しい銃声が止まった。何かが起きたようだ。私は最初、並外れて勇敢な兵士が負傷し、彼が戦場を離脱するあいだの小休止ではないかと思った。そうしたことは、同胞が血を流し合うこの内戦ではままあった。しかし今回はちがうようだ。どういうわけかカールトン・ヘイズ大佐が痩せ細った騾馬に乗り、戦場に出てきたのだ。サトウキビ畑の部下たちと、味方の武器から噴き出す煙で窒息しかけている北軍兵のあいだに。彼は酔っているかひどく負傷しているように見え、リー将軍の戦闘旗を頭上で振りまわしている。銃弾の穴だらけの戦闘旗は文字どおりぼろぼろだ。ラングツリー軍曹が騾馬の馬勒《ばろく》を摑もうとしている。砲弾が大佐の真上で爆発し、彼は例のごとく理性を失った振る舞いをさらけ出し、もうもうと上がる爆煙に怒声を浴びせ、おかげで旗がこのざまだと悪態をついた。

私はこの大佐と虐待されている少年兵のシェイ・ラングツリーを気の毒に思う。ラングツリーはいまもなお、放蕩《ほうとう》がたたって性病に脳を侵された男の称賛を得ようとしているのだ。皮肉なことに、清教徒の祖先はカールトン・ヘイズのような私生児をたくさん遺した。彼らはその怒りと情欲をひた隠し、罪のない者を手ごめにしたり、不遇のインディアンが自殺しなくてすむよう殺したりしてきた。

私は友人たちのほうへ歩こうとした。彼らは状況に応じた選択を迫られている。だがそこで、私は並外れた恐怖の念に囚われた。もしかしたらそれは、人命を奪ったことに支払わなければならない代償のゆえかもしれない。けれども、どうか誤解しないでいただきたい。私は自分自身を裁こうとしているのではない。私には本来、他人に危害を加えようとする意図はなかった。私は殺すことを強いられたのだ。けれども、夢の内容は命令に背き、魂に刻まれたむごたらしい傷は永遠に消えないだろう。

ときおり、ふと考えることがある。私が構えた銃口の前で死んだ人たちは私の臨終の床に集まるだろうか――私を赦すためか、黄泉の国へ連れていくためかはともかく。けれども私にも、こうした死者のことはわかっている。彼らはまだこの世から消え去っていない。彼らは蒸気になり、私たちが積み上げた墓石の隙間から抜け出して、黄昏時になると樹々の中に妖精のように出現する。私の友人たちにはそんな死にかたをしてほしくない。彼らはみなとても善良で、私の人生を生きるに値するものにしてくれた。

ああ、なんてこと。あそこにいる初老の男はいったい何をしているのか？　カールトン・ヘイズ大佐がいなくても、すでにこの世界は充分な厄介事に見舞われているではないか？　われらの主はなぜ、私たちの中にあんな生き物を送りこんだのか？　それは、原罪よりなお悪いものがあると示すためだとしか思えない。

第四十四章　ダーラ・バビノー

ジョン・エンディコット大尉はあたしを殴り倒した。目玉が頭から飛び出すかと思うぐらい強く。こんなにひどくぶたれたのは初めてだ。視界の片隅に、正気を失った白人女が見えた。その女も地面に倒れていて、ハンナが馬車を樹々の中に戻し、ピエールの馬のヴァリーナを操っている。彼女がどこまで行くつもりなのかはわからない。エンディコットの部下たちはあたしたちに銃を向けている。あたしにはきょうを生き延びられるとは思えない。あたしはとんでもない思いちがいをしていたのだろうか？　あたしたちはどこか別の場所で処刑されるのではなく、ここで殺されるのだ。あたしはナイフを上着の袖に隠している。殺される前にジョン・エンディコットに近づくことができたら、ありったけの痛い思いを味わって死んでもらおう。

あたしは立ち上がろうとしたが、今度はブーツで蹴り倒された。「そこにいるんだ、このあま。おまえにはいままでとまったくちがう新たな人生が待っているぞ。だからいまは、わたしの手を煩わせるな」

彼の言う〝新たな人生〟がどんなものかは見当がついている。やはりこの男はピエールを処刑し、あたしをニューオーリンズの売春宿に放りこむつもりにちがいない。

「お願い、あたしを抱き起こして」あたしは言った。「もうあなたに刃向かわないから」

「おまえの魂胆に気づかないとでも思っているのか？　おまえは地面から起き上がる前に、わたしにナイフを突き刺すつもりなんだろう」

そのとき、場の空気が変わった。もう誰もあたしのほうを見ていない。ジョン・エンディコットの兵士が何人か大笑いしている。ヘイズ大佐が、あばら骨が樽板のように浮き出た騾馬に乗って開拓地に出てきたのだ。その手は南部連合旗の旗竿を握っているが、旗はまるでチーズを包んでおいたら鼠にさんざん齧られてしまった漉《こ》し布みたいにぼろぼろだ。いつも大佐に付き従っている貧乏白人の少年兵が、騾馬から降りるのに手を貸そうとしているが、大佐は少年をぴしぴし叩いている。北軍兵はみな笑い転げていた。

大佐は鞍から地面に落ち、立ち上がったが体がふらついていた。まちがいなく酔っている。体からは反吐《へど》の臭いがし、ズボンからは別の異臭が漂ってきた。

「誰だ、きさまは？」エンディコットが訊いた。

「カールトン・ヘイズ大佐が参上仕《つかまつ》った」

「その顔はどうした？」

「覚えておらん。たぶん、ガルベストンにいたときにかかったんだろう」

「ここから出ていけ。おつきの軍曹も連れていくんだ」

大佐は野原や木立に手を広げて言った。「ここはわしの土地だ。バトンルージュからメキシコ湾まで。おまえらはわしの土地で何をやっている、このヤンキーふぜいが？」

「出ていけ、くそじじい」

「わしはカールトン・ヘイズ大佐だぞ、この腰抜け野郎。気をつけ」

「わたしをなんだと言った？」

「大佐殿、ここを出ましょう」軍曹が言った。

「なんだ、そこにいたのか、ロングツリーだったか、名前はなんだった」と大佐は応じた。

「おい、聞こえんのか？」エンディコットが言った。「わたしをなんだと言った？」

「そんなの覚えておらん」大佐が応じた。「だが、おまえのことはよく覚えておる。卑怯者のウィリアム・シャーマンの命令で、乳牛やら鶏やら豚やらの家畜をぶんどってまわっていただろう。ほかにもいろいろ浅ましい仕事をやっておった」

「ひざまずけ」エンディコットが命じた。

「なぜわしがそんなことを？」と大佐。

やおらエンディコットが拳銃の撃鉄を上げ、大佐の爪先を撃った。

大佐のブーツが跳ね上がる。革靴に開いた穴から血が噴き出した。それでも大佐は立ちつづけたが、目は痛みに曇り、病に冒された顔から首に膿が垂れてきた。「なぜそんなことをする？」大佐は言った。「わしは何も危害を加えておらんだろう」

「名前は、軍曹？」エンディコットが訊いた。

「シェイ・ラングツリー軍曹です」少年兵が答える。

「この男からは小便や、それ以外の臭いもする。こいつを連れてわたしの視界から消えろ」

「あの人たちはどうなるんですか、大尉殿？」

「きみの知ったことではない。いますぐ出ていかないと、即刻射殺するぞ」

「大尉殿」少年兵は引き下がらない。「ミス・ハンナは子どもを取り戻して、どこかへ行きました。こんなことはもうやめにしませんか？　これ以上、ほかの人たちを傷つけてもなんにもならないでしょう？」

「なかなかの外交官ぶりだ」エンディコットは言った。「こんなことはもうやめにしませんか、だと？　ではあそこにいるピエール・コーションという男はどうする？　あの男はわたしの部下を何人も殺したのだが、きみの権限で特赦を与えるべきだというのかね？」

あたしはもう一度立ち上がろうとした。ジョン・エンディコットのただならぬ口調に気づいたのだ。

彼が暗がりであたしの上になったとき、こんな口調だったのを覚えている。あのときこの男は、あたしの髪を指に巻きつけ、思いきり引っ張ったのだ。ようやく立ち上がりかけたところで、彼はふたたびあたしを突き倒した。指先を震わせ、あたしに指を突きつけている。「今度はおまえにも容赦しないぞ、くそあま」

　そのとき、あの人が進み出てきた。世界を押し戻そうとするかのように、両手の掌を前に突き出している。「俺は自分の意思で投降する、エンディコット大尉。俺はスアレス農園から持ち去った物品を持っている。それを引き渡そう。俺がなんのことを言っているのかはわかるはずだ」

「ここで何が起きようと、その〝物品〟をわたしに引き渡すということか？」ジョン・エンディコットが言った。「そういう理解でよろしいかね？」

「結構だ」あの人が答えた。

「つまりそれは、一種の賄賂《わいろ》ということか？」

　そのとき空がかき曇り、雨が樹々にポツポツと降りはじめ、空気は塩水の飛沫のような臭いと、太陽に照らされて変色した真鍮のような臭いに満たされた。

「おまえは豚を没収していただろう。それはなんと呼ぶんだ？」ピエールが言った。

ああ、ピエール、ピエール、ピエール、なんでそんなことを言うの？　あたしの高潔で勇敢な人、あなたは取り返しのつかないことをしたわ。

「では、あんたはこれをどう思う？」エンディコットはそう言うなり、いきなりリボルバーを構え、至近距離からシェイ・ラングツリーの左のこめかみを撃った。彼の肌に黒い穴が開き、銃弾が反対側から出ていく。あまりの早業《はやわざ》だったので、少年兵は何かのいたずらをされたように笑みを浮かべていた。彼はそのまま倒れ、目は視力を失って、両膝が草の上にどうと崩れ落ちる。草の丈は八インチに伸びていたので、額の両側の傷は隠れ、まるで戦争をやめにして眠っているように見えた。

「なんということをしてくれたんだ？」大佐の声が聞こえる。「やってはならないことだ。まだほんの子どもだったんだぞ。いったいなんということを？」

大佐のシャツに血飛沫と脳漿《のうしょう》が飛んでいる。彼は両手を耳に押しつけた。まるでほかの誰にも聞こえない音に聞き入っているように。

第四十五章　ハンナ・ラヴォー

わたしはミスター・ピエールの馬の手綱を振るい、森から抜け出して北軍の大砲が並ぶ土手を上った。風雨の中、稲妻が走る空に砲身から黒煙が上がる。わたしは愛するサミュエルを膝に乗せていた。幼子はわたしのお腹に顔を押しつけ、両腕をまわしてしがみつき、馬車が凹凸《でこぼこ》に差しかかるとわたしといっしょに跳ね上がる。けれどもこの子は恐れてはいない。砲兵が引き綱を引いて大砲が宙に浮いても。

兵士たちがわたしを見ているのは、きっと退屈しのぎだろう。彼らはほぼ一マイルも向こうの人々を殺しているが、昂《たかぶ》っている様子はない。一人が股間を露わにし、わたしに向かって放尿《ほうにょう》している。将校が近づいてきてその兵士に何か言い、それからわたしに止まるよう合図した。わたしはなんらまちがったことはしていないので、合図に従った。それに神はわが子を返してくれたのだし、もうわたしから彼を奪うようなことはしないにちがいない。そんなことが起こるはずはない。

「ここはお嬢さんの来るところじゃない」将校は言った。どう見ても二十五歳より上ではなさそうで、髪をきちんと切り、顎鬚は生やしていない。鍔《つば》の広い帽子ではなく軍帽《ケピ》をかぶり、軍服は小柄な体格に合わせて誂《あつら》えたように見える。「川沿いに南軍の狙撃兵がいる。そいつらは破れかぶれになり、標的を選ばない」彼は言った。「こんな戦場のど真ん中で、いったい何をしている？」

「この子を安全な場所へ連れていくところです」わたしは答えた。

「そんな場所は見つからんだろう」メキシコ湾から来た秋雨《あきさめ》前線を見ていた彼はつと視線を逸らし、

何か考えこむような顔をした。「あんたの顔を人相書きで見たような気がするんだが、お嬢さん」

「いろいろな人相書きが出まわっていますから」

「確か、二件ぐらいの殺人事件に関与しているんじゃないか」

雨がサミュエルの顔に当たっている。わたしは正気を失った女のショールを彼に掛けた。「兵隊さん、わたしたちはとてもつらい思いをしてきました。この子もわたしも、あなたを悲しませるようなことは何もしません。どうかわたしたちを行かせてください」

彼はケピをいったん脱ぎ、かぶりなおした。「その馬の耳はどうしたんだ？」

「ヤンキーの将校に撃たれました」

「将校の名前は？」

「ジョン・エンディコット大尉です」

「お嬢さんの名前は？」

「ハンナ・ラヴォー」

「ミス・ハンナ、ジョン・エンディコットは合衆国陸軍を代表する人物ではない。金は持っているか？」

「いいえ」

彼はポケットから三枚の硬貨を出し、わたしの手に握らせた。「ここから半マイル進んで、川のほうに曲がるんだ。そこに村がある。焼け落ちてしまったが、まだ食べ物は売っているだろうし、ひょっとしたら宿も見つかるかもしれない」

「兵隊さん、この森の向こう側にはわたしの友だちがいるんです。あなたがたが撃った弾は、友だちの真上で炸裂しています。どうかお慈悲を」

「くれぐれも息子さんを大事にするんだ、ミス・ハンナ。わたしにはお友だちが選んだ場所を変えることはできない。お友だちにはよほどの幸運が必要だろう」

わたしは膝の手綱を持った。「兵隊さん、あなたが実り多い人生を歩めますように。お子さんに何人も恵まれ、みんなすくすくと育って、あなたが年老いたときに守ってくれますように。お子さんたちが、わたしの息子が見たような世界を見なくてもすみますように」

わたしはミスター・ピエールの馬の尻を手綱で軽く打った。彼がヴァリーナと呼び、とても可愛がっている馬だ。ジョン・エンディコットの手からダーラ・バビノーを救い出したのもこの馬だった。これからどうすべきか？　胃が痛くなった。わたしは友人を見捨てようとしており、そうすることで神を裏切ろうとしている。わたしを決して見捨てることのない神を。

わたしは若い将校が教えてくれたほうへ十分ほど進んだが、それ以上先には行けなかった。神がこの子を返してくれたのは、この子に特別な力があるからだ。この子の名前は聖書のサムエル記に由来している。彼はわたしのためだけに生まれたのではなく、世界のために生まれてきたのだ。この子がシャイロー教会の硝煙の中から歩いて出られたのは、決して偶然ではない。この子の魂には神が書いた言葉が刻まれている。まるで山腹の石板に刻まれて光輝いているように。そうしたことを信じていながら、わたしはサミュエルとともに逃げ隠れし、死んでいく友人たちを見捨てられるだろうか？

それは神の子どもたちがすることではない。わたしたちは誰も恐れない。わたしは左の手綱を引き、馬車の方向を変えて、来た道を戻った。サミュエルはこの雨のなかでも、わたしの服の下で寝入っている。砲声がまだ轟いている。扉の列を叩いているような音だ。空は灰色で、戦場の野に緑が広がっている。わたしの両手は雨水で滑り、皮膚についた傷は、母のようにみみず腫れになっている。首を切られたあと、わたしは遺体を見た。わたしは目を上げられず、両手の傷しか見られなかった。母がそれを忘れることは決してないだろう。けれども、なぜわたしがいま、そんなことを考えているのかはわからない。決してわからない。わたしが何をしようと、わかることはないだろう。

第四十六章　フローレンス・ミルトン

私《わたくし》はニューイベリアで住んでいたバイユー・テッシュ沿いの小さな家が恋しくてたまらない。北部育ちの私が、熱帯やカリブのような生活様式を好きになるとは思えなかったが、実際にやってみるとそれは麻薬のような中毒性を精神にもたらした。クリスマスの朝に駒鳥の鳴き声で目覚めたり、窓の外でバナナの葉が雨に打たれる音を聞いたり、霧の朝に煙突から火と煙を吹き出す外輪船を眺めたり。

彼ら、すなわち私の同胞の人間たちが、同胞を奴隷にするという制度を作った自分たち自身を呪っていなければ、彼らはほぼ完璧な社会にいるつもりで人生を過ごしていただろう。私としては奴隷制廃止のためにできるかぎりのことをしてきたつもりだが、そのための心の支えになったのはミスター・ホイットマンの詩作だった。彼は決して人を裁かず、祖国を心から愛し、病院や野戦病院で負傷兵の看護を買って出て、よりよい世界への希望を決して捨てなかった。

きょう、そんなことを考えている私に空から雨が降りしきり、森や牧草地から広がってきた霧が、兵役志願書に承諾の印をつけた北軍兵やゲリラ兵や南軍兵の遺体を覆っていく。

私は怖いほどの安らぎを感じた。崖っぷちと戯れているような、あるいは死そのものと戯れているような感覚。なんと愚かで無益な虚栄心の表われだろう。何を言いたいのかって？　人は天の川をじっと見ているだけでその一部になれる。それを捨て去りたい人間がいるだろうか？

大佐は明らかに正気を失っている。それは言い尽くせない悲しみゆえかもしれないし、脳を侵してきた病気や酒のせいかもしれない。いまハンナが、ミスター・コーションの愛馬ヴァリーナを操り、息子とともに森を通って引き返してきた。彼女はなぜ戻ってきたのか、説明しようとしない。けれども尋ねる必要はなかった。彼女は私たちみなのために次元を越える扉を開けてくれる人なのだ。彼女自身がひとつの聖堂なのだ。ハンナの息子が、彼女の言うとおり特別なのかどうかはわからない。そうでないとしても、私は構わない。神聖な人々は独特な光輝をまとっており、世界からあらゆる光が吸い取られたように見えるときに、しばしばその光を瞬かせる。どこからそれを得たのかなど、誰が気にするだろう？　彼らは光を帯びているのだ。彼らは甲板が波に浸され、銃声が鳴り響いても、沈む船と運命をともにするような人たちだ。そんな人たちを愛さずにいられるだろうか？　あるいはその愛をはねつけることができるだろうか？

私はこの世界にささやかな贈り物しかできないだろう。大佐のことは心から気の毒に思う。彼は嗚咽しながら、両手で頭を抱えている。どういうわけか、彼はジョン・エンディコットを説得すれば、その凶悪な行為を取り消して元どおりにできると思っているようだ。

「おまえは何かしなければならん」大佐は言った。「手招きすれば、外科医でも野戦病院でも救急馬車でも呼べるだろう」

「黙れ、このたわけ」エンディコットは取り合わない。

「おまえはわしの足を使えなくし、コーションの牝馬に傷を負わせ、母親とその息子を追い出した。なんという人でなしだ」

「あんたこそ、自分がしてきたことをよく覚えていないようだな、この臭い老いぼれが。さっさと消えろ」

「わしは父にごめんなさいと言ったんだ」大佐は言った。「何度も何度も謝った。それなのに許してくれなかった。それで殺すしかなくなったんだ」

「それがわれわれとどういう関係がある？」エンディコットが訊いた。

「わしはあの子にその償いをしようとしていたんだ。ラングツリーに。それなのに、おまえが撃ち殺した。あの子はもう戻ってこない」

エンディコットは部下に向かって命じた。「こいつに手錠をかけ、ぼろ布を口に押しこめ」

「ほかの者たちはどうしますか、大尉？」軍曹が訊いた。

エンディコットは無言で振り向いた。軍曹は私たちから目を逸らし、表情を隠そうとしている。このままだと私たちは殺される。

私は靴紐を結ぼうとするようにかがみこみ、それからミスター・ラフキンが繋ぎ縄の錘《おもり》に使っていた鉛のブックエンドを拾い上げた。象の頭の形をしたブックエンドだ。私はそれを力一杯、エンディコットの顔に叩きつけた。それからもう一度。さらにもう一度。軟骨や骨が砕け、目が葡萄のように潰れ、唇が歯にめりこんで裂ける。私はそれを見、手で感じた。私は大尉を殴るのを止められなくなった。そのあいだにも私のまわりで、ミスター・ラフキンとミスター・コーションが銃を手にして撃ちつづけている。

不意にダーラが私を押しのけ、ナイフをエンディコットの喉元深く、柄《つか》まで突き刺し、刃をひねった。頸動脈からとめどもなく血飛沫が噴き出す。

「あなたはこんなことをしなくてもよかったんです、ミス・フローレンス」彼女は言った。「体中が汚れてしまいます」

ハンナが息子を抱いて馬車を降りてきた。息子の頭にショールをかぶせ、彼がやがて受け継ぐことになる世界を見せないようにしている。空が暗くなり、雨の勢いが増して、私たちはその人生を終わらせた兵士たちとともに取り残されて、衣服も体も彼らの血に染めた。私は太陽を探してみたが、西のほうに銀色がかったかすかな光しか見えない。そのとき、奇妙な自然現象が起こった。私がそれを目にするのは、これでまだ二度目だ。雷雲に巻き上げられていた小魚が天から放たれ、私たちの頭や肩に雨のように降ってきたのだ。最初は一、二匹だったのがしだいに増えていき、生者も死者も区別なく草の上に落ちて虹色に輝き、空気を求めて口や鰓《えら》を動かし、故郷の海に帰ろうとあがいている。

　私はハンナに歩み寄り、幼子の頭を撫でた。子どもの美しさをほめようとしたが、二人の輝くばかりの表情を見て、言葉をとどめた。

エピローグ

一八九三年、自ら放浪生活を選んだフランス人のある画家が、タヒチからさほど遠くない小さな島で、奇妙なアメリカ人の移民団に遭遇した。その移民たちは農業を営み、互いに調和して暮らしていた。彼らの農園はもともと、あるパリ人の貴族が創設したのだが、その貴族は愛人だった黒人女性に射殺され、その愛人もまた子どもたちを射殺してから拳銃自殺を遂げた。

大半の人々は、そこが幽霊屋敷だと思っていた。その屋敷は白い漆喰造りの二階建てで、屋根はタイル葺《ぶ》き、天井高の窓には風通しのいい鎧戸があって、夜になると海と南十字星の両方が見渡せた。温かい風はそれでいて冷たく、夜の海は暗いワイン色で、『オデュッセイア』に謳《うた》われたイタケー島の伝説や、遠い北にあった南北戦争以前の社会をさまざまな意味で彷彿《ほうふつ》させるものがあった。その移民たちは誰一人として、姓《ラストネーム》を使わなかった。そして誰一人、過去の暮らしのことは話さなかった。

その画家はこの集団の謎めいた性質にいたく興味をそそられた。いままでそうした集団は見たこともなかったので、彼は両親の許可を得てその子どもたちの絵を描きはじめた。その画家はアルコール依存症と梅毒を患っていながら、若い娘たちと親密な関係を続けていた。彼が移民の人々を描いたのは、芸術のためや、決してよかったためしのない財政状態のためであると同時に、彼自身の魂を癒すためでもあった。

彼の油絵の大半は土着の島民をモデルにし、その世界を明るく、どぎついほどの色彩で描写した画風はやがて印象派運動を席捲《せっけん》し、のちにピカソのような画家たちに門戸《もんこ》をひらくことになった。しかしその小さな島にいたアメリカ人の奇妙な集団が現地の住人とまったく趣《おもむき》を異《こと》にしていたのは、何よりも彼らが血肉のある人間というより生霊《いきりょう》のように見えたからだろう。

彼らの何人かは漆黒の髪と金色の肌の持ち主で、目は菫《すみれ》色、白い歯はまったく蝕まれていない。彼らは決して動物を殺さず、パイナップルを育てて売り、珊瑚礁でココナッツの実を割って、海に近いテーブル岩で日を浴びて寝ていた。子どもたちには両親の特質が混じり合い、奇妙に相反する性質を併せ持っていたが、その共通点は世の中が永久に続くと信じ、天国は報酬ではなくすでに住んでいる場所にあると確信している点にあった。

画家はその移民たちを絵に描いただけでなく、文章にも書き残していたが、それが自らに及ぼす影響に動揺していたのは明らかだ。彼は享楽的な生活に深くなじみ、それはアルルの石畳の裏通りが与えてくれたものだったが、その移民たちと接するうちに欲望が失われ、彼はしばしばイーゼルの前で座ったきり、美的感覚が麻痺状態に陥って呆然とするのだった。こんな言葉が引用されて残っている。

「わたしのキャンバスはまっさらなまま、手にした絵筆を動かすこともできず、太陽は紺碧《こんぺき》の海を打ちつけるように照らしている。この土地もそこにいる西洋人たちとアフリカ人たちもこれほど美しいのに、こんなにも捉えがたいのはいったいどういうことだろう？　山々は緑の地衣にビロードのように覆われ、突き出した岩は灰色のオベリスクさながらに風に彫刻され、移民団のさまざまな人々は謎に包まれている。わたしはなぜ、自分の若さをこれほど浪費してしまったのだろう？」

その小さな島の移民団は当初のうち、現地のポリネシア人たちから距離を置かれていたが、やがて徐々に好かれるようになった。そのなかの男の一人は顔を恐ろしく損なわれていたが、運命が彼に投げかけた残酷な冗談にも無関心なようだった。さらに、宗教改革者ジャン・カルヴァンをも叱りつけそうな女もおり、彼女は学校を運営して、チャールズ・ダーウィンの『進化論』やエミリー・ディキンソンの詩作やハリエット・ビーチャー・ストウの『アンクル・トムの小屋』などを教えた。その移民団の指導者は——彼自身は決してそうとは思っていなかったが——独学で農業を始め、驚くほど勇敢に見えたが、素朴な仲間たちに囲まれているときは謙虚な男だった。彼の妻はダーラという有色人種の女性で、その画家はぜひとも絵に描きたかったが、おのれの欲望を信用できず、片手を失うような目に遭いたくなかったので思いとどまった。

ハンナという名の女は最も篤《あつ》い信仰心を持っているように見えたが、その画家の考えでは、信仰心という言葉では彼女の世界観を充分に表現できなかった。彼女は信仰しているのではない。彼女はただ、知っているのだ。どこであろうと、神はただそこにいると。

彼女の息子、サミュエルは牧師だったが、決してありふれた牧師ではなかった。彼の話では、幼いころの最初の記憶に残っているのは、悪魔が放った大砲の轟きだという。と言っても悪魔が人間を殺したわけではなく、人間たちが殺人行為を楽しみ、なんと言われようとあらゆる口実を使って言い訳をし、何度でも飽くことなく殺人を繰り返していたからだ。彼の見かたによれば、そいつらはフェニキア人が子どもを人身御供《ひとみごくう》に捧げた邪神モレクの侍祭《じさい》同然で、キリスト教の教会に彼らの居場所はない。サミュエルは並外れた肺活量で、カジモドが鳴らすノートルダム大聖堂の鐘さながらに声を轟かせた。彼の説教が満場《まんじょう》の喝采《かっさい》を浴びることはめったになかったが、それでも彼の言葉が会衆の心を惹いたのはまちがいない。

その移民団の中で画家がどうしても我慢ならなかった人物は、赤髭の海賊だった。その男は顔の半分を熱いストーブの上に置いて寝たような風貌で、鷗に悪態をつきながら崖をさまよい、そこから七十フィート下の潮溜まりに落ちて、鯱《しゃち》の赤ん坊にしっぽで弾き飛ばされた。それ以来、この海賊は聖書に出てくるような重要人物気取りで、自分のことをルーブル美術館に飾られる価値があると思うようになった。その画家は海賊に言い返した。俺の親友が耳を切り落とし、それを売春宿の女にプレゼントとして渡したが、その片耳の画家も、おまえみたいな正気を失った海賊に比べたら理性的な人物そのものだ、と。

その画家は不遇な日々を過ごし、一九〇三年に死んだ。その移民団を描いた作品の大半は、二十世紀最初の二十五年間で富裕な蒐集家《しゅうしゅうか》たちの屋敷に消えていった。一度その作品群は、一九四二年にヘルマン・ゲーリングが開催したナチスの展覧会で短期間展示されたが、その後ふたたび日の目を見ることはなかった。それらはオーストリアの地下貯蔵庫にあるのかもしれないし、スイスの洞窟に隠されているのかもしれない。あるいはドレスデンの空襲に遭って焼けてしまった可能性もある。

冷笑家なら、悪が勝利を収めたと言い、一度はわれわれが取り戻したエデンの園の絵画を悪が奪い取っていったと結論づけるかもしれない。だが、さすらいの旅人を自認するわれわれは、そうは思わない。消えゆく光や悲しみがわれわれを狂気に追いやり、暗闇では邪悪が栄えるという考えには与《くみ》しない。われわれにとって、夕暮れは日の出への入口であり、ヨシュア記に書かれたヨルダン川を渡るイスラエル人の伝説も、われわれが砂浜で打ち寄せる波の泡に素足を浸すのも、人間の営みという点ではなんら変わらない。それほど簡単なことなのだ。

謝辞

本書『破れざる旗の下に』はわたしの最高の作品だと思う。しかし、あらゆる書き手が知っているように、本が成功するには表紙に載らないたくさんの人たちの協力が必要だ。わたしは幸運にも、類《たぐ》い稀《まれ》な仲間を持ち、ほぼ毎日その人たちに頼っている。そのなかには古い友人もいれば、新しい友人もいる。だがその人たちなくしては、これほど長年にわたって楽しく仕事を続けることはできなかったし、これからも続けられないだろう。より端的に言えば、その人たちの一員になれてとても光栄に思う。

まずはわたしの出版社と編集者に感謝したい。すなわちグローヴ・アトランティック社のモーガン・エントレキン、ゾーイ・ハリスとそのチーム、デブ・シーガー、ナタリー・チャーチ、イアン・ドレイブラット、ジュディ・ホッテンセン。著作権代理業スピッツァー・エージェンシーの人たち、すなわちアンナ－リーザ・スピッツァー、メアリー・スピッツァー、ルーカス・オーティス、キム・ロンバルディーニ。エリン・ミッチェルは亡き娘パマラの親友で、地球上のあらゆる問題を解決するすべを知っている。わたしの映画化権代理人にして法律顧問のペネロピー・グラス。わが子のジム、アンドレー、アラフェア。わが妻パールは、実に六十三年にわたるわたしの副操縦士だ。

最後に、わたしの本の読者に感謝の意を表したい。大勢の人たちがメールやフェイスブックに寄せてくれるメッセージは、一人の作家として身に余る支えであり、人間性豊かな読者に恵まれたことをありがたく思う。彼らの温かさや善意、嗜み、わたしへの親切や、読者同士の思いやりは、ほかのどこでも目にすることはできない。それはかけがえがなく、比類のない特別なクラブだ。

言いかたを変えると、このような友人に恵まれれば、いま試合の何回をプレーしているのかという意識も忘れてしまう。なぜならスコアボードがおのずから数字を重ねていくからだ。そう思えるのはとても幸せなことだ。

ひとつの大きな絆に寄せて、

JLB

解説

文芸評論家
池上冬樹

戦争、暴力、殺人、愛、信仰、高潔など、あらゆるものがここにある。それを力強く、ときに格調高くうたいあげていて、感動的ですらある。とくに終盤の格調高い調べはどうだろう。それまでもつれていた人物たちがみな一点に集まり、それぞれが抱えていた問題すべてが投げかけられ、こたえられ、混沌とした生そのものが讃えられる。

アメリカ探偵作家クラブ賞（エドガー賞）最優秀長篇賞を受賞したミステリであるけれど、しかし何よりも激しい戦争小説である。アメリカの南北戦争という日本人にはなじみのない戦争の残酷さと理不尽さと虚無が同時に描かれているのに、面白く、時にわくわくしながら読み進むことになる。ときおり容赦のない観察がききすぎて、ところどころ悲惨なユーモアさえ生まれているが、それもこれもジェイムズ・リー・バークの偉大さのひとつだろう。

物語の時代は、一八六三年の秋。舞台は、ジェイムズ・リー・バークの小説ではお馴染みのアメリカ南部だ。

一八六一年四月から始まった南北戦争は北軍が優勢を誇っていた。北軍はミシシッピ川を支配し、ニューオーリンズやバトンルージュを含むルイジアナ州の大半を占拠していた。テキサスに撤退を余儀なくされた南軍は、北軍のほかに、奴隷解放を掲げるゲリラ組織レッドレッグとも対峙し、三つ巴の争いになっていた。

そんななか傷痍軍人ウェイド・ラフキンは、伯父のチャールズが経営するレディ・オブ・ザ・レイク農園で体を休めていた。外科医の助手として戦場に駆り出され、偶然、自らの命を守るために敵兵を刺し殺したことを悔やんでいた。ウェイドはそこで女奴隷、ハンナ・ラヴォーに魅せられる。伯父が一年前奴隷市場で買い取り、スパニッシュ・レイクの農園主ミノス・スアレスに賃貸奴隷として貸し出していたが、一カ月もしないうちに自宅へ連れ帰り、沼のほとりの小屋を与えて住まわせていた。巡査のピエール・コーションは、ミノス・スアレスから、ハンナ・ラヴォーが、黒人の奴隷たちの反乱を煽動しているときいて、レディ・オブ・ザ・レイクを訪れるが、チャールズに強く否定され、追い出される。

ハンナ・ラヴォーはスパニッシュ・レイクでスアレスから性的虐待をうけていた。しかしハンナの心にあるのは、幼い息子と生き別れたことであり、何とかして探したい、もう一度抱きしめたいと思っていた。そんなある日、ウェイドが小屋にやってきて、スアレスが二日前に殺害され、巡査が二人やってきたことを伝えられる。死体には悪魔祓いの印があり、局所を切り取られていた。

という風に紹介すると、殺人事件の捜査が行われ、関係者たちの隠された肖像が明らかになっていくと考えてしまうが、本書ではそうならない。殺人事件の謎は解かれずに、謎含みのまま物語が進んでいくからで、それでも十二分にひきつけられる。章がかわるごとに語り手も代わり、ウェイド、ピエール、ハンナのほかに奴隷制廃止論者の教師フローレンス・ミルトンが加わり、このミルトンが殺人容疑のかかったハンナを助ける形で逃亡して、物語はいちだんと熱を帯びるようになるからだ。さらにスパニッシュ・レイクの解放奴隷のダーラ・バビノー、梅毒におかされて顔半分が崩れている南軍のゲリラ組織レッドレッグの首領のカールトン・ヘイズ大佐、北軍の将校ジョン・エンディコット大尉なども登場して、彼らもまた語り手を務めて、アクション豊かな、いっそう混沌とした世界が繰り広げられる。とくに驚くのは、中盤に用意された決闘で、一方を絶望の淵にたたきこむのだが、決して孤独と絶望の沼に沈むことなく、自分の意志をもち、ふたたび己が手で世界を掴み取ろうとする。それは彼一人だけではなく、ほかの人物たちにもいえることだ。興趣をそぐので具体的にはいわないが、恋愛感情の醸成がそれぞれの人生の確認、再生へと向かわせるのも、本書の大いなる魅力のひとつだろう。

それにしても何と色彩豊かな世界だろう。人物も舞台となる場所も実にカラフルだ。バイユーの自然が鮮やかにうつしとられているし、つややかな自然描写がそのまま人物たちの内面を投影して詩情を生み出している。梅毒におかされたヘイズ大佐など、膿をもつ皮膚の臭気さが鼻につくし、その悪党ぶりに嫌悪感しかないのに、次第にそれが薄れ、むしろ親しみさえ覚えはじめるから不思議だ。それはほかの人物たちについてもいえる。物語に登場した段階から印象が少しずつかわり、戦争ということもあるが、もはや読者が本の外側に抱いている倫理や価値観ではははかることができず、人物たちが生きている倫理や価値観など、本の内側で作り上げられたもので見てしまうからである。そして物語が展開するにつれて、その混沌とした状況がまるで、ウクライナとロシアの、イスラエルとパレスチアの終わりなき戦争を見ている我々の現在を浮き彫りにする。

CrimeReadsのインタヴュー記事によると、現代を舞台にしたハードボイルド／ノワールのシリーズを書いている一方で、今回のようなアメリカの歴史を綿密に深く掘り下げる小説を書いたのは、「長年ずっと歴史的なものに対して強迫観念を抱いてきた」からだという。「フォークナーが述べているが、過去は過去ですらなく、私たちはいまだその中にいる。アメリカの歴史は驚くべきもので、その多くは美しい。しかし、同時に恐ろしいものも多く含んでいて、私たちはそれを見ないようにしている。書いていて明らかなのは、いまや十九世紀半ばに戻ったということ。私たちは移民排斥の時代を取り戻してしまった。歴史について書くことは充分に意味があるのだ」と。

質問者が、歴史家ヘザー・コックス・リチャードソンの『南部はいかにして南北戦争に勝ったか』という皮肉な本の題名を引き合いに出して、本書を読むと、南北戦争が決して終わらなかったように思うがと聞くと、「その通りだ。南北戦争は決して終わらなかった。〝あの忌ま忌ましいヤンキーたちが、自分たちは戦争に勝ったという噂を広めている〟いう南部のジョークがあるほど」ともいっている。

この記事では、本書の小説作法についても聞いていて、さきほど紹介したように、章がかわるたびに語り手もかわるのだが、これは「フォークナーの美しい小説『死の床に横たわりて』から来ている」という。「フォークナーの素晴らしい才能は、物語の内容だけでなく、文体の工夫にもある。私はいつも学生たちに、小説の読み書きを学びたいなら、『死の床に横たわりて』と『響きと怒り』を読むようにといっている。これを越えるものはない」。

その記事でもふれているが、バークは、「犯罪小説のフォークナー」と呼ばれることがある。ミステリなのでアプローチは異なるけれど、南部を舞台にした人種と階級の衝突、過去の因習や家族のドラマ、不気味な人物像など似通っている(とりわけ本書がそうだろう)。あるインタヴューでは、「フォークナーは、人間の怒りと心の泥沼に深く手を差し込む。すべての西洋文学を貫く中心的なテーマは、贖罪の探求です」と述べているのだが、それは戦場で殺人を犯したウェイドだけではなく、関係者のほとんどにいえるのではないかと思う。誤っておかしてしまう殺人、強い意志でおかす殺人、衝動的に沸き起こる殺意と殺人など様々なものがここでは描かれ、それぞれがみな心の中で悔いているからである。下劣で飲んだくれのヘイズ大佐をはじめとする戦場での残虐な行為を重ねてきた軍人たちの中にも、それはある。

ジェイムズ・リー・バークの翻訳もずいぶん久しぶりなので、未知の読者もいることだろうから、簡単に紹介しよう。バークは一九三六年生まれで、トラック・ドライバー、ソーシャル・ワーカーなど様々な職業につきながら若い時から執筆活動を行い、純文学の分野で六五年 ***Half of Paradise*** でデビューした。計五作の長篇と一冊の短篇集 ***The Convict***（受刑囚）を上梓したものの成功には至らなかった。この短篇集の表題作「受刑囚」は、レイモンド・カーバーが選者をつとめた八六年版の ***THE BEST AMERICAN SHORT STORIES*** に採録されたが、評価は一部にすぎなかったようである（ここで余談。この短篇集の初版本はいまや五千ドルの高値で取引されていることが、ジョン・グリシャムの古書ミステリ『「グレート・ギャツビー」を追え』に出てくる。ちなみに現代作家ではコーマック・マッカーシーの『ブラッド・メリディアン』が四千ドルとか）。

この短篇集が上梓されたのは、八五年であるが、二年後の八七年にバークは『ネオン・レイン』でミステリ作家に転向する。ハードボイルドの偉大な巨匠ジェイムズ・クラムリー（『さらば甘き口づけ』『ファイナル・カントリー』）に「すばらしい人物造形と、緻密なプロットと、詩情あふれる文章で、純文学と探偵小説のギャップを埋める作品だ。……本当にうらやましい」と高く評価され、純文学ではえられなかった大いなる反響をえて、一気に広汎の読者を摑むことになる。この小説は、刑事デイヴ・ロビショー・シリーズの第一作で、年一作のペースで書きつがれ、日本でも『天国の囚人』『ブラック・チェリー・ブルース』『フラミンゴたちの朝』と続けて翻訳されたが（翻訳は計八作）、日本での紹介が途絶えても、世界的な人気シリーズとなり、最新作 ***Clete***（2024）まで二十四作を数える。シリーズはほかに弁護士ビリー・ボブ・ホランドもの（『シマロン・ローズ』『ハートウッド』）など計四作、ホランドの従兄弟でテキサスの保安官ハックベリー・ホランドものが三作、ハックベリーの家族ものが五作ある。長年の功績がたたえられて、二〇〇九年にアメリカ探偵作家クラブ賞（エドガー賞）の巨匠賞を受賞している。

ここで個人的な感想を述べるなら、デイヴ・ロビショー・シリーズも優れているけれど、僕はビリー・ボブ・ホランドものを買う。ロビショーものにはいささか過度の感傷と甘い恋愛、暴力的な解決が目立つけれど、ホランドものにはそれがない。絶望と悲しみがどこか自己陶酔的に語られる部分がロビショーものにはあるけれど、ホランドものでは、主人公の感情は十二分に抑制され、プロットは練られ、暴力は批判の対象とされる。とくに九七年の『シマロン・ローズ』は事件の探索行が自らの家族のルーツと関係するくだりがとても印象深く、円熟の境地を味わうことができる。実際、この作品は、八九年のロビショーものの第三作『ブラック・チェリー・ブルース』もそうだが、エドガー賞最優秀長篇賞を受賞している。九八年のロビショーものの第十作 *Sunset Limited* は英国推理作家協会賞ゴールド・ダガー賞も受賞した。

そういう経緯もあり、エドガー賞の巨匠賞も授与されたのだが、そして巨匠賞をとった作家は文学賞的にはあがりに近いのだが、本書『破れざる旗の下に』で、バークは何と三度目のエドガー賞最優秀長篇賞を獲得している。長篇賞を二回受賞している作家はT・ジェファーソン・パーカー、ジョン・ハートなどがいるが、三回はディック・フランシスとバークのみである。巨匠賞受賞後の長篇賞受賞の例は、二〇一六年に巨匠賞を授与されたウォルター・モズリイで、彼は一九年に『流れは、いつか海へと』でエドガー賞最優秀長篇賞を受賞している。ただしモズリイにとっては意外にも、初の小説での受賞だった。

なお余談になるが（いや本書と関係があるのだが）、『流れは、いつか海へと』は大傑作で、「本の雑誌」の二〇二〇年度ミステリーベストテンの第一位に推したほど。元刑事の私立探偵オリヴァーが十数年前に刑事を辞めざるを得なくなった彼自身の冤罪の解明と、死刑宣告された黒人ジャーナリストの無実の証明に奔走するハードボイルドで、過去と現在を巧みに往復しながら、二つの事件を掘り下げて、緊迫感を高め、予測できない決着点へと向かう。特にオリヴァーの相棒の時計職人で元犯罪者メルの肖像が出色。メルと共に行う戦慄と恐怖と昂奮の探索と闘争がたまらなく面白い。決して一様ではない罪悪の認識と正義の捉え方もいいし、節々で示される人生・社会観照も読者に新たな思索を促すのだが、この点は本書『破れざる旗の下に』にもいえるだろう。戦慄と恐怖と昂奮の闘争、一様ではない罪悪の認識と正義観、そして自分たちが生きている社会と己が人生を捉え直す視点と思索が、本書にも数多くあるからである。本書にはさらにロマンスも、おもわずニヤリとするゴーギャンにからめた余韻の深いエピローグもある。本書『破れざる旗の下に』は、「わたしの最高の作品だと思う」とバークは謝辞で述べているけれど、純文学やミステリの垣根をこえた現代小説の巨匠の傑作であることは間違いないだろう。

二〇二四年十月

作中には、差別的な表現が使用されている箇所がありますが、著者に差別を助長する意図はなく、作品で描かれた当時の時代背景を忠実に反映したものであることに鑑み、原文のままとしています。

訳者略歴　1970年北海道生，東京外国語大学外国語学部卒，英米文学翻訳家　訳書『ピルグリム』ヘイズ，『マンハッタンの狙撃手』ポビ，『ハンターキラー 潜航せよ』ウォーレス＆キース，『真珠湾の冬』ケストレル，『恐怖を失った男』クレイヴン（以上早川書房刊）他多数

破《やぶ》れざる旗《はた》の下《もと》に

2024年11月20日　初版印刷
2024年11月25日　初版発行

著　者　ジェイムズ・リー・バーク
訳　者　山《やま》中《なか》朝《とも》晶《あき》
発行者　早　川　　浩

発行所　株式会社　早川書房
東京都千代田区神田多町２－２
電話　03-3252-3111
振替　00160-3-47799
https://www.hayakawa-online.co.jp

印刷所　精文堂印刷株式会社
製本所　大口製本印刷株式会社

定価はカバーに表示してあります
ISBN978-4-15-210379-6 C0097
Printed and bound in Japan
乱丁・落丁本は小社制作部宛お送り下さい。
送料小社負担にてお取りかえいたします。